로만세,

스페인 발라드

메르세데스 디아스 로이그 편
안영옥 역해

로만세,
스페인 발라드

Mercedes Díaz Roig

KU PRESS
고려대학교
출판문화원

Romance

* 일러두기

1. 외래어의 우리말 표기는 국립국어원의 외래어 표기법에 따랐다.
2. 이책에 수록된 작품들은 Mercedes Díaz Roig, *El Romancero viejo* (Cátedra, 1984)를 저본으로 삼았다.
3. 각 작품의 해설은 모두 역자가 작성하였으며, 필요할 경우 역주를 추가하였다.

책머리에

스페인은 민중 중심적인 문화가 지배적이다. 스페인의 귀족도 '민중적인 귀족'이었듯이 빈부나 계급의 차이와는 별개의 문제로, 이 나라에는 귀족 상류사회와 평민 하층사회 사이에, 다른 나라에서 흔히 볼 수 있는 정신적인 면에서의 담이 없다. 교회나 궁정, 문학과 예술의 역사를 살펴보면 그것들은 항상 민중의 생기를 흡수하고 그것에 근거해 왔다. 문학 중에서 이 '민중의 생기'의 대표적인 장르가 로만세이다. 이 로만세 가사에 노래를 붙이기도 하고 노래에 가사를 붙이기도 하면서 스페인 대지는 민요로 덮였다. 그뿐인가. 프랑스 르네 클레망 감독의 영화 〈금지된 장난〉이 세계의 이목과 인기를 한 몸에 안았던 이유는 배경음악으로 깔렸던 스페인 로만세인 〈로망스〉 덕분이었다. 미국 민요로 알려진 〈나의 사랑 클레멘타인〉의 원 뿌리가 스페인의 '기사여 어디로 가시나이까'로 시작되는 〈사랑의 로만세〉에서 시작되었고, 이상주의의 아이콘인 《돈키호테》가 로만세로 탄생되고, 작품 이해의 코드이자 작품의 축이 그 생기로 이루어져 있다는 사실, 그러한 전통성은 가르시아 로르카의 《집시 로만세로》로 이어지는 등 로만세는 스페인 전승 문화의 꽃이다. 그런데 일반 독자들에게 이 로만세Romance 란 용어가 낯설지 모른다. 프랑스어 표기인 '로망스'가 더 익숙할 수 있어 스페인 문학 전공자들도 로만세를 로망스라 표기해 왔다. 그런데 프랑스어 '로망스'는 스페인 문학의 8음절 서사시를 지칭하기도 하지만, 남녀 사이의 사랑 이야기, 또는 중세 유럽에서 발생한 통속 소설, 또는 자유로운 형식에 아름다운 선율을 주로 한 서정적이고 부드러운 악곡도 칭한다. 이렇게 보면 '로만세'는 '로망스'의 대체물이 될 수 없다. 중세 이야기체 서사, 서정적인 노래이자 시로, 영국에서는 발라드라 한다. 물론 이 용어로도 스페인 로만세를 제대로 전할 수 없고, 이 책이 스페인 민족 고유의 예술을 소개하는 자리인 이상 스페인어 표기인 '로만세'로 이름했음을 밝힌다.

로만세는 구두 문학인만큼 암기하기 쉽고 노래하기 좋도록 한 행을 8음절로 해 짝수 행에서 모음으로 각운을 이룬다. 이렇게 인쇄술이 발명되기 전까지 불렸다. 이 노래들은 15세기에 채록되기 시작하여 16세기에는 노래집에 수록된다. 채록과 수집은 지금도 계속되고 있다. '로만세'는 14세기 이전부터 불리고 듣게 되는데, 처음에는 라틴어가 아닌 통속어로 쓰인 작품을 일컫는 용어였다. 하지만 15세기 이후 대중가요 용어로 사용되면서 서사시처럼 구비문학 형식에서 기록문학으로 자리매김하기 시작한 것이다. 저렴한 낱장 종이에 실려 유포된 것으로만 봐도 대중 문학의 특징을 알 수 있다. 16세기에 들면 지식인들의 호기심을 자극하여 민요로, 춤으로, 극 등으로 변신하기도 한다. 17세기 초까지 수집된 작자 미상의 로만세는 구전 전통의 '구舊 로만세'라 하고, 19세기와 20세기에 수집된 작자 미상의 로만세는 구전 전통의 '현대 로만세'라 한다.

로만세는 스페인 중세의 정사正史와 야사野史, 중세와 르네상스기의 삶의 양식과 존재 방법, 민초의 감성과 사고, 고대 로마와 중세 유럽의 문화를 간결하고도 극적으로 품고 있어 참으로 흥미롭고 재미있는 이야기보따리이다. 이 한 장르만으로도 스페인과 유럽의 문화에 흠뻑 젖을 수 있을 정도이다. 로만세는 현대에 이르기까지 스페인과 유럽은 물론이요, 중남미 문화에도 큰 영향력을 행사하고 있다.

이 책은 세 부분으로 구성된다. 1부는 로만세의 특징을 소개한다. 2부는 구전 전통의 '구舊로만세' 128편을, 3부는 구전 전통의 '현대 로만세' 10편을 번역 소개한다. 작품은 메르세데스 디아스 로이그Mercedes Díaz Roig가 선별해서 수록하고 스페인 카테드라 출판사Cátedra가 1984년에 펴낸《구舊로만세로El Romancero viejo》, 즉 '오래된 로만세 노래집'에서 가져왔다. 악센트 기호와 철자 표기에서 현대화를 일부 꾀하기는 했으나, 문체와 문법 그리고 어휘에서 중세 원본에 충실한 것인지라 중세의 멋과 맛이 물씬 난다. 이 저본은 두 개의 행을 한 시행에 휴지부를 두어 정리하였기에 번역 역시 그렇게 하였다. 그리고 역사적, 문화적 배경 및 작품에 대한 역자의 설명을 넣었으니, 옛날이야기에 귀 세웠던 호기심과 상상력에 따라붙는 재미로 교양의 지평을 넓혀 보시기를 바란다.

2023년 2월
안영옥

차례

part III

구전 전통의 현대 로만세

— 작품 번역과 해설 —

Romance
part I

로만세의 특징

로만세란?

어느 나라에서나 상류층의 가요가 있고 세속 가요가 있듯이, 스페인 역시 지식층의 가요가 있고 민중의 입에서 탄생된 노래가 있다. 세상사, 인간사에 대한 민중의 이야기체 노래가 바로 로만세이다. 중세에 시작된 작자 미상의 로만세는, 문학과 음악이 바로 연결되어 있어서 아름다운 시에 멜로디를 붙이기도 하고, 익숙한 멜로디에 노랫말을 넣기도 하며, 민중·귀족 구별이 없이 사랑하여 스페인의 지성 다마소 알론소가 말한 스페인 문화의 정신을 더없이 잘 나타내고 있는 시 장르이다.

로만세는 누구나 이야기꾼이 되는 스페인에서 그 민중들이 탄생시키고 지켜온 가장 스페인적인 문학 장르이다. 그 시작은 두 가지이다. 하나는 '전통 로만세'라는 것으로 중세 서사시, 무용 찬가가 시대가 바뀌고 대중의 기호가 변하면서 흥미로운 부분만 기억에 남아 대중 사이에서 불린 것과 연대기나 전설에서 유래한 지역민들의 노래나 이야기로 전해 내려온 것이다. 최초 작품을 13세기로 보기도 하고, 귀족 전사의 정신을 대변하던 중세 영웅 찬가가 시대적 요구에 따라 영웅적인 주제에 서정적이자 소설 같은 요소들을 받아들인 14세기로 보기도 한다. 15세기에 들면 기사 계급과 세속적이자 개인주의적 중산층의 기호가 이전의 기호를 밀어내어 아주 폭넓은 대중적 호응을 얻으며 이전의 시를 잊고 새로이 부상하고 있던 사회 계층의 미적 감각에 어울리는 이야기로 자리 잡게 된다. 다른 하나는 '후글라르', 즉 '떠돌이 가수들의 로만세'이다. 라틴어 호쿨라리스joculariss에 기원을 두고 있는 후글라르juglar는 초기에는 익살꾼이라는 의미로 사용되었으나 이후 예술가로 그 의미가 확장되었다. 후글라르는 떠돌아다니며 축제 때 광장이나 시장터에서, 또는 귀족들의 잔치에서 사람들을 즐겁게 해주던 곡예사이자 음악가이며 만담가로, 이들은 자기가 알게 된 이야기를 큰 소리로 읊어주거나 노래로 들려주던 중세시대 최고의 연예인이다. 명칭은 스페인 레온 지역에서 1116년에 처음으로 등장했지만, 그전부터 이들은 있었다. 이들은 당대 역사적 사건과 영웅 관련 이야기를 정보용으로 제공하다가 점차 소재의 폭을 넓혀나갔다. 15세기 중엽에 들면 전통 로만세가 대중에게만 머물지 않고 궁정으로도 전파되고 지식층의 기호도 자극한다는 사실을 알고 가공의 흥미로운 이야기들을 만들어 내는데, 그것이 '떠돌이 가수들의 로만세'이다. 이 두 가지를 '새로운 로만세'와 구분하기 위해 '구舊 로만세'라 부른다. 이후 16세기에 들면 식자층 시인들이 자신들의 이름을 걸고 궁정 문학 분위기의 로만세를 노래하는데, 이들의 로만세는 궁정 시인들의 시를 모은 노래집인 《칸시오네로Cancionero》에 수록되었다. 이어 '박식한 로만세' 작가들이 등장한다. 이들은 연대기에서 소재를 취한만큼 좀 더 사실적이지만, 문체는 전통 로만세에서 영감을 받았다. 전통 방식의 로만세는 이상 더 만들어지지 않았지만 로만세가 가장 많이 유포된 시기이다. 15세기 말 스페인에 인쇄술이 도입되면서 낱장으로 인쇄되었던 것이 16세기 중엽부터는 《로만세로Romancero》 또는 《로만세 노래집Cancionero de romances》으로 발간되기 시작했기 때문이다. 책으로 발간된다고 해서 구두 문학의 특징이 사라지기는커녕 오히려 궁전이나 거리에서 더 많이 읊어지고 노래로 불렸다. 사람들은 일상 대화에서 로만세에 나오는 표현이

나 고유의 수사를 사용했다. 음악을 동반하면서 연 앞뒤로 후렴구가 붙기도 한다. 17세기에 들면 로만세는 최고의 인기를 누리게 되는데, '예술적인 로만세' 덕분이다. 시대를 대표하는 시인들이 목가, 신화, 연애, 종교 등, 다양한 사건들을 8음절로만 아니라, 7음절, 6음절로도 노래하면서, 이전의 검소하고 단순하며 우아한 문체는 수사학적이며 화려하게 변모한다. 스페인 서정시 전통을 고수하며 자전적 이야기를 로만세 형식에 담은 로페 데 베가와 전통을 파괴한 루이스 데 공고라가 대표적이다. 이들의 작품을 '새로운 로만세'라 한다. 공고라는 구 로만세의 형식과 내용을 전복하고 패러디하여 로만세의 새로운 지평을 열어 스페인 문학의 판도를 바꾸기도 한다.

로만세에는 스페인인들의 믿음과 철학이 반영된 삶과 역사가 들어 있어 지식인들이 만든 가요보다 더 많은 인기를 누렸다. 역사서나 철학서보다 재미있는 내용을 핵심적으로 짧고 극적으로 들려주기에 스페인 민족의 창조적 영혼으로까지 일컫는다. 진솔하면서도 깜찍할 정도의 미의식으로 탄생된 로만세는 스페인에서만 그 소재를 찾지 않았다. 전승의 과정에서 시대적 상황 변화와 이웃 나라 구비문학의 전통과 중남미, 유럽 문화의 흐름까지 담아내고 있다. 이를 보면 로만세는 스페인 문학의 꽃이자 현대까지 막강한 힘을 발휘하고 있는 거대 산맥인 셈이다.

중세에 탄생되었다 해서 운명과 체념이 지배하는 중세의 신의 문학이 아니다. 인간의 욕망과 열정을 분출하는 근대 인간의 문학이라 할 정도로 세속적 인간 이야기가 주를 이룬다. 영웅의 시대가 무너지자 그들의 이야기를 담은 문학적 도식은 낡은 것이 되어 이야기꾼과 대중은 자신들의 새로운 기호와 욕망에 따라 다양하면서도 혁신적인 레퍼토리를 요구할 수밖에 없었다. 기존의 관습을 능가하는 도구인, 서사시가 아닌 새로운 양식이 요구되자, 익명의 입에서 시작되어 대중의 입으로 세대를 거쳐 전해 내려오다 처음으로 마요르카의 대학생 하우메 데 올레사가 1421년에 필사하여 15세기 말 낱장으로 인쇄되었다. 13세기부터 15세기에 걸쳐 탄생된 수천 점의 작품들은 보존이 어려웠던 관계로 16세기에 들면 그 수가 백 편밖에 남지 않는다. 낱장을 묶어 처음 책으로 발간된 것이 1506년 사라고사에서이다. 1547년과 1548년 사이에는 암베레스 마르틴 누시오 인쇄업자가 최초의 로만세 모음집을 출판한다. 구 로만세를 알게 해주는 최고의 자료이다. 그 안에 담긴 150편 중 118편은 낱장으로 인쇄되어 유포되던 것이다. 이 모음집을 시작으로 1550년에는 세 종류의 모음집이 인쇄되고, 1596년까지 재판되면서 한 작품에서 나온 다양한 버전까지 포함되어 작품 수는 500개로 늘어난다. 구 로만세 모음집의 출판과 유행은 1580년에 들며 막이 내리지만, 스페인 황금세기를 대표하는 로페, 공고라, 그리고 케베도의 새로운 로만세가 17세기 서정시 세계를 장악하게 된다. 구 로만세 모음집에는 시와 음악 양 측면에서 대단히 흥미로운 작품들이 담겨 있다. 이후 재편되고 변천되는 과정을 거치면서도 본래의 순수성은 훼손되지 않고, 현재도 낱장으로 인쇄되고 있는 것을 보면 그 생명력 하나만으로도 로만세는 스페인의 정체성을 대변해 주고 있는 듯하다.

이러한 로만세를 모아놓은 책을 '로만세로Romancero'라 한다. 이 로만세로와 함께 식자층들의 시를 모아놓은 노래집이 있다. 이를 '칸시오네로 Cancionero'라 하는데, 16세기 초에 발간된 이 노래집에도 구 로만세가 등장한다. 이는 구 로만세가 솔직한 스페인 국민성을 표현하고 있어서 궁정 가요의 생산자인 궁정 시인들 역시 대중의 노래를 모방하거나 주해용(작품 97의 해설 참조)으로 사용하여 둘 간의 차이를 둘 필요가 없을 정도가 되었다는 뜻이다. 궁정 문화의 세련미와 민중의 기발함이 하나로 뭉쳐진 것이다.

로만세의 특징

로만세의 기원은 서사시와 서정시이다. 서사시는 16음절로 된 행마다 같은 모음이 각운을 이루는 형식이었으나 로만세는 16음절을 두 행으로 나눠 짝수 행에서 각운을 이루도록 하였기에 가벼워졌다. 행의 수에는 제한이 없고 연으로 구분하지도 않는다. 사실이라고 여겼던 역사 속의 영웅이나 여인네들이나 사건들을 8음절로 노래하다 황금세기에 들면 6음절, 7음절, 11음절로도 노래한다. 6음절 로만세는 '로만시요'라 하고, 7음절 로만세는 '엔데차'라 하며 11음절 로만세는 '로만세 에로이코'라 한다.

초기의 로만세는 서사시에서 유래되었기에 앞서 본 후글라르, 즉 서사시를 들려주던 '떠돌이 가수'라고 불리던 이야기꾼들의 서사시 특징을 갖고 있다. 그러한 특징은 문체적인 면에서 드러난다. 예로, "자, 말하는 바를 잘 들어들 보시게나"라는 식의 표현이 자주 등장하는데, 이는 청중의 관심을 끌기 위해서이거나 청중을 공모자로 만들기 위한 수사이다. "눈에서 눈물이 난다", "눈으로 본다" 등의 중복 강조법이나, 등장인물과 상황을 묘사할 때 같은 내용을 표현만 약간 달리하여 반복해서 사용하기도 한다. 이 역시 관중의 집중도를 높이고 흥미를 불러일으키기 위한 목적이 크지만, 쉽게 외울 수 있고 운율을 살리기 위한 장치로서 로만세의 기본적인 수사들이다. 하지만 시대가 바뀌면서 이러한 표현들은 줄어들고 시의 길이도 짧아지며 서정미와 극적인 미를 더해간다. 이야기체에다 대화를 넣어 흐름이 빠르고, 화자가 상황 설명이나 묘사에 그치지 않고 등장인물이 되어 직접 말을 하기까지 하므로 한 편의 드라마를 보고 있다는 느낌이 들기도 한다. 15세기에는 유럽에서 절정을 이룬 발라드 영향도 받아, 연의 구분이 없는 로만세가 두 행이 짝을 지은 하나의 연으로 시작되는 작품도 있다. 그래서 로만세란 용어가 낯선 사람에게는 '스페인의 발라드'라 하면 더 친숙하게 받아들이기도 한다.

이야기는 보통 발단, 전개, 절정, 파국의 구조로 이루어지지만, 시작과 끝부분을 제하고 중간 부분만을 노래하기도 한다. 극적인 효과를 거두는 방법이다. 연으로 구분하여 각 연의 마지막 부분에 후렴구를 두는 작품도 있다. 이를 보면 만일 음악가가 로만세를 수집하고 연구했다면 로만세는 음악 장르가 되었을지도 모른다. 하지만 문인들의 손에 의해 채록되고 정리되다 보니 시 장르가 되었다는 이론이 있다. 이외, 사건을 연대기적으로 풀어내지 않기도 한다. 또는 한 작품 안에 다른 작품을 병행하거나 두 작품을 하나의 작품으로 융해하기도 한다. 이 경우 이해에 어려움이 있지만, 극적인 면에서의 효과는 탁월하다. 이야기를 갑자기 끊는 열린 결말로 작품의 신비성을 도모하기도 하지만 문맥에 맞지 않는 결말로 논리가 파괴되기도 한다. 그리고 단편적이다. 전반적으로 이야기가 전개되지 않고 한 부분에만 국한되어 간혹 내용이 모호한 작품들도 있다.

로만세 문체의 특징

로만세는 통속 언어와 교양 언어를 균형 있게 사용하여 누구나 이해하기 쉽고 다루기 쉬우면서 탁월한 시적 효과를 추구한다. 그리고 전통 시에 사용되는 공통적인 표현을 기본으로 하고 있어서 듣는 데 어려움이 없다. 탁월한 시적 효과를 위한 방법 중 가장 쉽게 경험할 수 있는 예가 동사의 사용이다. 스페인 동사는 시제와 법에 따라 사용이 다양한데, 시인이 그러한 단순한 요소로 문체적으로 어떻게 로만세의 맛을 살리는지 살펴보면 흥미롭다. 문맥상 현재 시제로 말해야 할 상황이 불완료 과거시제로 표기되어 사건 전개를 지연시켜 긴장감을 주거나, 문법상 과거 완료 시제가 와야 하는데 불완료 과거 시제를 사용하여 사건의 지속성을 모색한다. 또는 현재 완료된 사건이나 과거의 사건을 현재 시제로 말하거나, 과거 시제로 상황을 이야기하다 현재 시제로 대화를 이어 가는 등으로 현실감과 속도감을 살린다. 묘사한 바를 생생하게 살려 현장감을 느끼도록 하고 특정 행위를 강조하고, 또는 이야기 리듬에 박차를 가하거나 청자의 상상력을 불러일으키며 운율까지 고려한 방편들이다.

대중 서사시나 서정시에 두루 사용되는 도식화된 서식 중에서 무엇보다 로만세에 많이 사용되는 수사법이 있다. 반복과 대조와 열거이다.

1. 반복

• 하나의 행에 휴지부를 두어 반복되거나, 행과 행 사이에서 이루어진다.

올리베로스에게 그녀를 위임하면서, 또 롤단에게 그녀를 위임하면서

선한 자로서 그 일을 한다면, 그녀들에게 명예로운 자가 될 것이다.
악한 자로서 그 일을 한다면, 그녀들에게 모욕을 당하는 자가 될 것이다.

• 의미상으로 유사한 개념의 단어를 사용한다.

울면서 신음하며, 두려움과 공포, 아이와 소년

• 대구법을 사용하는 경우에는 두 가지 패턴이 있다. 하나는 동의어로 대체하여 같은 의미의 문장을 반복한다. 다른 하나는 낱말의 자리를 바꾸는 것이다. 주어를 앞에 놓거나, 아니면 뒤에다 두는 식이다. 대구법은 각운에 영향을 주지 않도록 반 행과 반 행 사이에서 일어난다. 행과 행 사이에서는 일어나지 않는다.

— 무엇 때문에 웃으시오, 부인?, 무엇 때문에 웃으시오, 내 사랑?

— 비르길리우스, 여기서 뭣을 하시오?, 여기서 뭣을 하시오, 비르길리우스?

• 음성적인 반복도 있다. 같은 모음이나 자음을 이용하거나 어원적으로 유사한 발음을 사용한다. 번역어로는 느낄 수 없는 맛과 멋이다.

무어인들의 거주지(모레리아)의 무어(모로), 얼굴 가리개(또까)로 장식을 하고(또까다)

• 화자가 한 말을 청자가 반복하기도 한다. 화자가 말한 내용을 문장의 변화를 최소화하여 그대로 모방하여 답하는 경우이다.

— 왕이 그대를 체포하라 하시오, 알아마를 빼앗겼으니 말이오.
— 왕이 나를 체포하라 하신다면, 알아마를 빼앗겼으니 말이오.
— 그대는 무어인들이 두려운 게요, 아니면 프랑스에 연인이 있는 게요?
— 난 무어인이 두렵지 않으며, 프랑스에 연인도 없소.

2. 대조

• 반대 개념의 용어를 사용하거나 주변과 다름을 강조하기 위한 방법이다.

모두가 황금과 비단으로 복장을 하고 있으나, 로드리고는 완전무장하고 있다네.

'황금'과 '비단 복장'은 궁정의 의복이고 '완전무장'은 전투의 복장이다. 동시에 전자는 평화를, 후자는 전투를 의미한다.

모두가 녹색으로 옷을 입고 있으나, 주교는 푸른색과 흰색 옷을.

주교가 입은 옷 색깔로 다른 사람과 구분되며 그의 존재가 도드라진다. 복수인 '모두'와 단수인 '주교' 역시 대조를 이룬다.

- 문장으로나 의미적인 면에서뿐만 아니라, '어제는…', '오늘은…'에서처럼 시간상으로, '네…', '그러나'에서 보듯 부정과 긍정의 부사로도 가능하다. '윗마을…', '아랫마을', 또는 '어떻게 늘어나고 어떻게 줄어드는지', '편지로는 기쁨을…, 말로는 고통을", "들어가고…, 나가고" 등처럼 다양한 예는 작품을 통해 만나게 될 것이다.

3. 열거

사용되지 않는 경우가 없을 정도로 등장 빈도가 높다. 묘사할 때, 정보를 줄 때, 또는 상황을 설명할 때 등등에서 두루 사용된다.

"왕에게는 아들 세 명이 있었지요.
하나는 사슴으로 변했고, 다른 한 명은 개로 변했지요,
나머지 한 명은 무어인이 되어 바다를 건넜지요."

“— 저기 뵈는 성들은 무엇인고? 높고도 눈부시도다!
— 전하, 알람브라라 하오, 다른 것은 메스키타이고
다른 것들은 아리사레스로, 경이로운 산물들이지요.”

“— 다른 것은 헤넬랄리페로 비교할 상대가 없는 정원이고
다른 건 또레스 베르메하로, 엄청난 가치의 성이지요.”

‘희고 금색에 붉은’은 피부와 머리카락 색을 말한다.

4. 상투적인 표현

앞의 세 가지 외에 기본적인 수사로 상투적인 표현들이 있다. 구두 문학 특징상 으레 갖는 판에 박힌 양식을 말한다. 하지만 패턴이 늘 한결같지는 않다. 상황에 따라 바뀐다.

• 인사문의 경우

“기사단장이시여, 하느님이 그대를 지켜주시기를,
— 기사단장이시여, 잘 오셨습니다.”
“도냐 이사벨, 하느님이 그대를 도와주시기를,
— 기사들이여 환영합니다.”
“무어인이여, 무사히 오시기를,

–당신의 내방에 축복 있기를.”

• 이야기를 시작할 때 하는 서식

“그때 말을 했지요, 말하는 바를 잘들 들어보시기를.”

• 그 밖에 “계단을 오를 때”, “길 도중에”, “강변에서”, “호두나무 그늘에서”, “푸른 소나무 아래에서”, “높은 탑으로부터” 등의 공간 묘사나 “성 요한의 아침”, “정각 밤 열두 시”, “성 세브리안 전야” 등 시간을 알릴 때 사용되는 판에 박힌 양식도 흔하다. 특정 형용사의 사용도 빈번한데, 왕이라면 “그 훌륭한 왕”이고, 도시라면 “그 도시”이고 여자아이라면 “하얀 아이”이며 어느 지역 태생인지는 “프랑스, 그곳 태생”이다. 특정 고유명사의 사용도 그 빈도가 높다. 여자 이름은 많은 수가 “블랑카플로르”, “알다” 아니면 “이사벨”이다. 이 외 “소란을 피우다”, “그의 빵을 먹다”, “모든 무기로 무장하다” 등의 표현도 자주 등장한다. 여기에 더하여 저주나 한탄이나 기원이나 맹세의 서식들도 있다.

이러한 수사는 시적 효과를 높이기 위해 사용된 것들로, 청자들에게는 암기에 탁월한 기능을 수행한다. 새로운 버전이 다양하게 양산되어도 낯선 요소로 인해 이야기의 방향이 틀어지거나 작품이 빛을 잃지 않도록 하는 역할도 한다.

소재별 분류

모든 종류의 소재가 가능하다. 약탈, 살인, 전쟁, 반란, 영웅주의, 배반, 사랑, 간통, 충절, 소외, 고독, 모험과 죽음 등 인간사 모든 소재를 용인한다. 더불어 이야기 주제, 동기, 상황, 환경 등이 동일해도 작품마다 자신만의 색깔을 지닌다. 스페인 역사, 기사도 이야기, 비잔틴 소설, 스페인 및 프랑스 서사시, 전래 동화, 전설, 유럽 발라드, 고대 로마 등에서 온 소재들은 창조자의 상상력으로 다양하고도 기발한 모습으로 탄생한다. 소재별로 로만세를 정리해 보면 이야기의 원천을 일별할 수 있다. 메르세데스 디아스 로이그에 따르면, 물론 그의 분류가 완벽한 것은 아니며 겹치는 부분도 있지만, 분류의 정확성보다 정리한다는 의미로 검토해 보면 좋을 듯하다.

1. 역사 로만세군

정보용 로만세와 역사-서사 로만세로 분류된다. 정보용 로만세는 다시 변경邊境의 로만세와 스페인의 역사에서 소재를 가져온 로만세로 분류된다. 이 경우 역사-서사 로만세와 겹치는 부분이 있을 수 있다.

2. 창조 로만세군

기사도 이야기에서 소재를 가져온 로만세와 소설적, 서정적 로만세가 여기에 속한다. 사실에 상상력을 가미하거나 허구의 이야기로 창조된 로만세들이다.

로만세의 기원과 주제, 그리고 어떤 식으로 다루었느냐에 따라 또 달리 정리될 수 있다. 역사에 기원을 둔 로만세들 상당수가 서사적 관점에서가 아니라 소설적 관점에서 검토되기도 한다. 소설적 로만세의 상당수가 역사적 사건이나 기사도 이야기에 근거하기도 한다. 기사도 로만세는 사건이나 주제에서 소설적 로만세와 겹치기도 한다. 같은 작품이지만 다양한 버전으로 탄생될 때면 초점 역시 달라진다. 예로, 스페인 최초의 서사시 〈엘 시드의 노래〉의 실제 주인공인 엘 시드 관련 로만세는 16세기까지 서사 로만세로 다루어졌으나, 이후 소설적 로만세로 정리된다. 베르나르도 데 카르피오라는 인물을 노래한 로만세는 16세기까지 역사적 로만세군에 속했다. 당시에는 가장 순수한 스페인 민족주의를 고양할 인물이 실재적으로 존재할 필요가 있었기 때문인데, 이후 프랑스의 롤랑에 맞섰던 가공된 인물로 다루어지고 있다.

내용별 분류

1. 역사-정보 로만세

스페인 역사와 관련된 것들이다. 국토회복 당시 기독교인과 이슬람교도 간의 접경지역에서 일어난 일들은 기독교 측에서 보면 대부분 안쓰러운 사건들로, 무어 쪽에서 노래된 것들이 많다. 역사 서사 로만세는 스페인 역사 속 인물이나 서사시로 노래된 인물로, 잔인한 왕 돈 페드로, 국토회복전쟁의 영웅 엘 시드, 고트족 마지막 왕 돈 로드리고, 전설상의 인물 베르나르도 델 카르피오, 라라의 일곱 왕자들, 카스티야 백작 페르난 곤살레스와 관련된 에피소드들이다.

2. 창작 로만세

2-1. 기사도 로만세

스페인에 널리 알려진 프랑스 무용 찬가에서 유래된 것으로 샤를마뉴와 롤랑과 그 밖의 기사들과 관련된 이야기들이 있고, 프랑스 기사도 이야기에서 유래한 브리튼 시리즈에서 파생된 이야기들이 있다. 랜슬럿, 트리스탄, 아서왕 기사들 관련 이야기이다. 프랑스에서 소재를 가져온 기사도 로만세는 분량이 방대하고, 상상과 환상이 더해져 소설적이며 장식적인 요소가 풍부하다. 프랑스 서사시가 보이는 특징들과 일치하는 부분이 많다. 특히 스페인 서사시에서 만나는 엄격한 도덕성이 사라지고 그 자리를 사랑이 차지하는데, 분방하다. 사랑에 대한 자유로운 생각이 강하게 배어 있다.

2-2. 소설-서정 로만세

프랑스나 고대 로마에서 가져온 사건들로, 주로 연애 감정을 다루고 있다. 프랑스 기원의 이야기에는 예외 없이 사랑이 아주 자유롭게 표현되어 있다. 서정적인 로만세는 사랑의 감정이 주를 이루며 시의 길이가 짧고 정적이다.

로만세의 전통성

로만세는 대중들의 노래로, 성격상 보존과 개작을 거치면서 지금까지 그

강한 생명력을 보존하고 있다. 로만세의 전승되는 동력을 말하는 것이다. 어떤 로만세는 5백 개의 이본으로 존재하는데, 이는 바로 보존과 개작의 힘에 지배되어 온 전통 작업임을 증명한다. 보존은 하나의 텍스트가 세대를 거쳐 입에서 입으로 오랜 세월 대중의 기억 속에 영속되어 온 것으로, 사람은 배운 대로 그리고 전해진 대로 반복하고자 하는 충동이 있기에 가능한 일이다. 고귀한 문화유산을 지켜내듯 자기네 텍스트를 지켜내 온 것이다.

이와 함께 의식적으로든 무의식적으로든 자기들이 갖고 있던 것을 개작하여 더 나은 것으로 만들고자 하는 열망도 있다. 이로 인해 텍스트들이 조금씩 원래의 모습을 바꿔가며 다양한 버전으로 재탄생한다. 이러한 변화의 범위는 무한하다. 스페인 문학 특징 중 하나가, 스페인 국민은 문학 작품을 공동체의 유산이라고 생각하는 경향이 있다. 생산된 그 순간 로만세 역시 자기 것으로 할 수 있다고 생각하여 각자 취향에 따라 다양한 버전을 만들어 낸다. 능력에 따라 더 나은 작품이 탄생하기도 하겠지만 그렇지 못한 경우가 더 많을 것이다. 운율에 관심이 없는 사람은 로만세의 음절을 더하기도 하고 빼기도 하며 다른 낱말로 대체하기도 할 것이다. 그 반대의 경우도 가능하다. 시란 큰 소리로 읽어 주거나 반주를 곁들여 노래하는 것이었기에, 음악에 관심이 있는 사람은 운율에 많은 신경을 쓸 것이다. 이런 사람들에게는 시의 내용보다 음악성이 더 중요하다. 그래서 음성적인 면을 중시하다 보니 낱말이 변형되고 다른 의미의 단어로 바뀌기도 한다. 간혹 훼손된 로만세를 원상태로 돌리기도 하는데, 본래의 모습 그대로는 아니다. 반면 음악성보다 문학성을 중요하게 여기는 시인에게는 내용이 더 중요할 것이다. 이들은 일관된 내용을 유지하고자 그에 따르는 변경을 시도할 것이다. 작품의 동기는 같으나 해석을 달리하는 경우에도 변화는 일어난다. 또는 텍스트에서 마음에 드는 부분을 더 늘리는 일도 있다. 그리고 시대가 바뀌면서 칼이 총으로 대체되는 등, 작품 내용을 현재화하거나, 역사적인 인물의 이름 대신 보통 이름으로 대체되기도 한다. 왕이나 여왕이 우리 주변의 인물로, 기사들이 군인으로 바뀐다. 이렇게 고치고 더하면서 새로운 버전들이 등장하게 되는 것이다. 반면 문체는 갈수록 전통 양식(대화, 반복, 대구, 상투적 서식 등)을 따르게 되는데, 이런 모습은 16세기까지 수집된 텍스트와 20세기에 수집된 텍스트를 비교해 보면 확연하게 드러난다. 이렇게 로만세는 바뀌면서도 유지되고, 다양해지면서 본래의 모습은 지켜지고 있다. 역사나 전래 이야기는 사라지는 법이 없으니 당연히 그럴 수밖에 없을 것이다. 다양한 버전이 나오고, 내용이 줄어들거나 길어질 수는 있어도 줄거리는 유지되는 법이기 때문이다. 중심되는 사건은 대체로 보존되고 부차적인 요소나 묘사에서 조정되며 개작된 것이다. 조화롭지 않거나 이상해 보이는 버전은 당연히 사라졌을 것이다. 보존과 개작의 예를 다음의 '뱃사람의 유언 로만세'로 이해해 본다.

"영혼은 나의 하느님을 위한 것으로 되어 있고
내게 남은 나머지는 지존의 성모님을 위한 것이오."

또는

"영혼은 하느님을 위한 것…
육체는 물고기들을 위한 것…
심장은 성모님을 위한 것…"

또는

"영혼은 내 것이 아니니 주지 못하오…
육체는 물고기에게 주고…
눈은 물에 주고…
심장은 나의 어머니에게…"

또는

"영혼은 나의 것이 아니니, 하느님께 바치고
심장은 마리아, 성모 마리아에게 드리고.
나의 육신은 물고기들에게, 나의 셔츠는 물에 띄워 보내고,
나의 고독은 바다에 던진다오, 가져가 버리라고 말이지요."

동기와 줄거리는 같으나 부차적인 요소들이 더해지거나 생략된 모습이

다. 중요한 요소인 '영혼'과 '육신'은 유지되는 반면, 세 번째 요소인 '심장'이 새로이 등장하고, 어떤 경우에는 심장 대신 '뼈'가 등장하기도 한다. '셔츠'는 '모자'나 '장신구' 등으로, '눈'은 '머리카락'으로, '고독'이 시인을 유혹하는 '악마'로 바뀌기도 한다.

주된 동기 역시 배제되지 않은 채 다양한 모습으로 노래한 '나쁜 시어머니'도 대표적인 예라 할 수 있다. 남편이 출산을 앞둔 아내에 대해 자기 어머니에게 묻고 어머니가 답하는 부분이다.

"후안은 밤에 왔지요,
— 카르멜라가 어디에 있나요?
— 자기 엄마랑 애 낳으러 갔지…"

또는

"— 어머니, 칼메나가 어디로 갔나요?, 칼메나 나의 사랑 말이지요.
집에 보이지를 않네요, 어두워지는데 말이지요.
— 칼메나에 관해 묻지 말거라…"

또는

"— 어머니, 제 거울이 어디 있나요?, 제가 바라보곤 했던 거요.

— 무슨 거울을 말하는 거니, 아들아, 유리니 아니면 창이니?
— 유리도 아니고 창도 아니에요.
제 아내 아나르볼라를 묻는 거예요, 어디 있는지 말해주세요.
— 네 아나르볼라는 말이다, 아들아…"

아래는 '그라나다 성 축성' 로만세에 가해진 변형들이다.

"성들을 지은 무어인은 매일 백 도블라를 벌었지."

위의 행에 설명이 덧붙으며 다음과 같이 만들어진다.

"축성 작업을 하지 않는 날은 그만큼 잃었던 게지."

또는

"축성 작업을 하지 않는 날은 그만큼을 잃었던 게지.
성을 다 짓고 나면 왕은 그의 목숨을 앗아버렸지.
안달루시아의 왕에게 그와 같은 다른 성을 지어 주지 못하도록."

같은 개념이지만 문체적으로 다양한 모습을 보이는 예도 있다.

"오월이었어요, 오월…"

또는

“오월이었다니까요, 오월…”

“왕이 고통스러워합니다, 그 훌륭한 왕 돈 페르난도가.”

또는

“왕이 아파해요, 아파해요, 그 훌륭한 왕 돈 페르난도가.”
“그들이 백작을 포로로 데려가네요…”

또는

“백작이 포로로 잡혀가요, 포로로…”

“왕은 딸이 셋이었어요, 은처럼 다들 예뻤지요.”

또는

“한 왕에게 딸이 셋 있었지요, 은 같은 세 딸이었어요.”

이렇게 구두 전승의 로만세는 시간이 흐르고 취향이 바뀌어도 유사성에서 더 두드러져, 기본 되는 사건을 훼손하지 않는 범위에서 다양한 버전으로 영속되고 있음을 알 수 있다.

Romance
part II

구전 전통의 구舊 로만세

— 작품 번역과 해설 —

역사 정보용
로만세

변경邊境의 로만세

711년 이베리아반도로 들어온 무어인들은 이들에 쫓겨 반도 북부 산악지대인 아스투리아스까지 밀려난 기독교인들과 1492년까지 싸웠다. 기독교인들 측에서는 이 싸움을 자기네 땅을 되찾는 전쟁이자, 무어인들이 들어오기 전 서고트족의 기독교 왕국의 정치적, 종교적 질서를 회복한다는 의미로 '국토회복전쟁'이라 이름했다. 아스투리아스의 코바동가에서 돈 펠라요를 중심으로 첫 번째 국토회복전쟁(722년)에서 승리를 거둔 기독교인들은 차츰 남쪽으로 영토를 회복해 나갔지만 동시에 회복된 땅에서는 기독교 왕국들 사이에서뿐만 아니라 같은 왕국 내 왕과 귀족 간의 싸움이 그치지 않았다. 사실 기독교 측은 1212년 7월 16일에 벌어진 라스 나바사 데 톨로사(현재 안달루시아 하엔 주에 있는 산타 엘레나) 전쟁으로 무어 측이 다시 일어서지 못할 정도의 결정적인 타격을 가하여 승리를 거두었다. 이 전쟁에서 이베리아반도의 카스티야 왕국의 알폰소 8세와 아라곤 왕국의 페드로 2세, 나바라 왕국의 산초 7세, 레온 왕국의 알폰소 9세(왕은 참전하지 않고 군대만 보냄)가 이끄는 기독교 측 7만 군대와 이슬람 측 무하마드 안-나스르가 이끄는 12만 군대가 맞붙었다. 국토회복 과정 중 가장 피비린내 나는 전쟁으로 기록되는 이 싸움에서 무어 측 2만 명, 기독교 측 1만 2천 명이 사망했다. 기독교 측이 승리를 거두게 된 가장 큰 이유는 알라르코스(현재 카스티야 라 만차 지역에 있는 시우다드 레알)에서의 페르난도 8세의 대패 이후 교황 이노센시오의 소환으로 결성된 십자군이 결정적 역할을 했기 때문이다. 이후 이베리아반도에 있던 무어인들은 그라나다 왕국으로 숨어 들어갔고, 이 왕국의 접경지에서는 무어인들과 기독교인들 간 약탈전이 빈번하게 일어났다. 이러한 일련의 사건들은 그라나다 왕국이 카스티야 왕국에 바치던 조공과 관련된 일로, 또는 기독교도들이 회복한 땅에서의 귀족과 왕권 간의 싸움으로, 또는 무어인들의 축제로 로만세에 많은 소재를 제공했다. 역사적 사실이지만 공식 역사에는 기록되지 않은 당시 사람들의 삶의 철학과 존재 방식 등이 기독교인 관점과 무어인의 관점에서 흥미롭게 그려지고 있는 소중한 역사 자료이기도 하다.

작품 1 바에사 포위 로만세

그 아랍 수장인 안다야 미르가 바에사를 포위하고 있어요.
8만의 보병과 5천의 기마병으로 말이죠.
그와 함께 배반자, 페로 힐 배반자가 가네요.
베드마르 문으로 전투가 시작됩니다.
담에 사다리를 놓고 정복하기 시작하지요.
탑을 하나 빼앗았네요. 막을 수가 없습니다.
그때 카롱헤 문으로 기사들이 나오는 걸 내가 봤어요.
선두에 루이 페르난데스가 있지요, 전술에 뛰어난 그 수장 말입니다.
안다야에게 달려듭니다. 그에게 상처를 입히기 시작합니다.
그의 머리를 잘랐습니다. 다른 사람들은 도망을 칩니다.

해설 국토회복전쟁이 막바지를 향해 가던 시점에 첫 번째 카스티야 내전(1366-1369)이 일어나는데, 그 원인은 시간을 거슬러 알폰소 11세(1311-1350)의 카스티야 궁정의 분열에서 시작된다. 알폰소 11세는 마리아 데 포르투갈을 아내로 두어 그 사이에서 페드로 1세가 태어났다. 그런데 왕은 연인도 두어, 레오노르 데 구스만에게서 열 명의 자식을 보았다. 페드로 1세(1334-1369)와 이 열 명의 이복형제 중의 하나인 엔리케 2세 사이에 일어난 전쟁이 카스티야의 첫 번째 내전이다. 페드로 1세는 유대인의 도움으로 상업과 수공업을 보호, 장려하는 법을 1351년 바야돌리드에서 선포

했다. 반면 카스티야의 트라스타마라 귀족 가문에 입양되어 트라스타마라 성姓을 갖게 된 엔리케는 페드로 왕의 정책이 땅만을 부리고 있던 귀족들에게 불리하게 작용될 거라는 생각에 왕에게 맞서고 있었다.

그러던 차, 페드로 1세가 열아홉 살이 되던 1353년, 이미 결혼한 몸인데도 불구하고 마리아 데 파디야라는 여인을 정부로 들인다. 그러면서 권력을 남용하고 더욱 권위적으로 변해가자 아라곤의 페드로 4세 왕과 페드로 1세의 이복형제들과 페드로 1세의 총신이었던 후안 알폰소 데 알부케르케가 페드로 1세에게 등을 돌리는 사건이 일어난다. 페드로 1세는 이복형제 세 명을 살해하고 아라곤에 전쟁을 선포하며 음모자와 친척들을 처형하고 나머지 이복동생들인 엔리케와 파드리케를 자신의 여인 마리아 데 파디야의 감시하에 둔다. 이러한 사건들로 인해 페드로 1세는 귀족들로부터 '잔인한 왕'이라는 별칭을 얻게 된다. 반면 일반 서민들은 그의 반反귀족 정책으로 그를 '정의로운 왕'이라 불렀다. 1354년에는 후아나 데 카스트로를 아내로 맞이하지만, 왕비는 1369년까지 왕위를 지키다 1374년에 사망한다. 그런데 이 결혼이 있기 전에 프랑스에서 태어나 1353년부터 페드로 1세의 첫 번째 부인으로 있었던 블랑카 데 부르봉 왕비가 1361년에 암살당한다. 페드로 1세 왕은 왕비의 지참금이 늦어지자 아내인 부르봉 왕비를 멸시했다고 한다. 그렇게 생을 마감한 블랑카 데 부르봉의 비극적인 죽음 이야기와 '잔인한 왕 돈 페드로' 관련 이야기는 이후 다양한 모습으로 작품화되었다.

영국의 도움을 받고 있던 페드로 1세는 프랑스의 도움을 받고 있던 엔리케 2세와 결국 내전으로 격돌하게 되지만, 페드로 1세 측에 군대를 보낸 영국이 왕에게 요구한 보상이 제대로 이행되지 않자 군대를 퇴각시킴으로써 왕은 몬티엘 전투에서 사망하고 왕위는 트라스타마라 가문의 엔리케 2세에게로 넘어가게 된다.

이러한 역사적 배경을 두고 있는 본 로만세는, 그라나다의 나사리 왕에게서 조공을 받고 있던 페드로 1세 왕이 엔리케 2세의 거점인 바에사를 무어인이 공략하자 무어 측을 도왔던 사실에 근거하여 만들어진 것으로 보인다. 기사들의 우두머리인 루이 페르난데스의 영웅적인 개입으로 엔리케 측이 바에사를 통치하게 된다. '페로 힐 배반자'는 이복동생 엔리케가 페드로 1세에게 붙여준 별명이다. '페로 힐'은 유대계 가문의 사람을 일컫는다는 말도 있다. 페드로 1세 왕이 유대인을 옹호하고 그들의 지지를 받았다는 데 근거한다. 또는 '페로 힐 탑'의 주인을 말한다는 설명도 있다. 이 로만세는 1368년경 실제 역사상 일어난 바에사 포위 사건이 있은 지 얼마 되지 않는 시점에 만들어진 것으로 날짜를 밝힐 수 있는 로만세 중에서 가장 오래된 변경의 로만세이다.

작품 2 무어인들이여, 나의 무어인들이여…

무어인들이여, 나의 무어인들이여, 내 봉급을 벌어들이는 그대들이여,
나를 위해 저 탑의 도시 바에사를 무너뜨려라.
늙은 남자와 늙은 여자들 모두 검을 들고
젊은 남자와 젊은 처자 모두 말을 타도록 하라,
페로 디아스의 딸이 나의 연인이 되도록
그의 누이가 나의 동반자가 되도록 말이다.
그대, 베네가스 대장 가시오. 바에사가 더 명예롭게 되도록 말이오.
그대가 심부름꾼으로 간다면 일은 확실할 테니 말이오.

해설 현재 스페인의 안달루시아 지역 하엔 주는 기독교인들과 무어인들의 변경이었다. 당연히 싸움이 잦았고, 사건들은 훗날 대중들의 입으로 노래되어 퍼져 나갔다. 앞선 로만세처럼 이런 종류의 작품들은 시작법에서 단순하여 암기하기가 쉬워 훗날 채록되어 현재 기록으로 만날 수 있게 되었다. 이 작품은 무어 진영의 관점에서 무어 장군의 열변으로 이루어져 있다. 베네가스는 그라나다 나사리 왕가 후손의 성인데, 그라나다 전쟁 상황 속에서 기독교로 개종하여 카스티야 왕국에 봉사했다. 기독교 세례명은 페드로 데 그라나다이다. 이 작품 역시 변경의 로만세 중 오래된 것으로 사건의 진실성을 보증할 만한 자료가 존재하여 역사성을 확보하고 있다. 1407년 그라나다 왕이 8월 17일에 바에사를 포위했다. 포위는 사흘 동안 계속

되었으나 기독교 측 후위대가 온다는 소식에 그 포위를 풀었다. 기독교 측 장군이 가르시 곤살레스 데 발데스와 페로 디아스 데 케사다이다. 그래서 본 로만세를 '페로 디아스의 로만세'라고도 한다. 그라나다 전쟁(1482-1492)은 기독교 측 가톨릭 양왕(카스티야의 이사벨 1세 여왕과 그녀의 남편인 아라곤의 페르난도 2세 왕)이 이슬람 측 그라나다 나사리 왕국 내에서 벌인 군사 충돌로, 나사리의 마지막 왕 보압딜의 항복으로 끝났다. 이후 그라나다의 무어인들은 1491년에 이루어진 기독교도 측과 무어인 측의 합의에 따라 자신들의 전통 의식과 관습 유지 등이 가능했으나, 시스네로스 추기경은 이러한 관대한 동화 정책을 무시하고 강제 개종과 집단 세례의식을 거행했다. 이로 인해 일부는 이름뿐인 기독교도가 되었고 일부는 아프리카 북쪽으로 이주할 수밖에 없었다. 즉 이주와 개종 이외에는 다른 대안이 없었다. 1502년 2월에는 개종하지 않은 모든 성인 무어인들의 추방을 명하는 칙령으로, 그 이후 그라나다의 무어인들은 자동적으로 기독교도가 되었다. 이렇게 기독교도가 된 무어인 후손들은 모리스코라 불렸는데, 이들마저 스페인은 1609년에서 1613년 사이 외국으로 추방했다. 본 로만세는 1407년에 일어난 바에사 공격을 언급한다. 바에사는 안달루시아에 있는 도시로, 이 노래는 무어인 쪽에서 기술된 것이다.

작품 3 하엔을 회복하기 위한 그라나다의 치코 왕과 레두안의 출정

— 레두안, 자네가 내게 한 말을 잘 기억하게.

승리를 거둔 어느 날 밤에 내게 하엔을 주겠다고 한 말 말일세.

레두안, 자네가 그 약속을 지킨다면 난 자네 봉급을 두 배로 올려줄 걸세.

만일 지키지 않을 시에는 그라나다에서 자네를 추방할 걸세.

변방으로 보내어 당신 부인과 함께 있지 못하게 할 걸세.

레두안은 표정을 바꾸지 않은 채 이렇게 말했죠.

— 제가 그 말을 했는지 기억하지는 못하지만 그렇게 말했다면 지킬 것이오.

레두안이 천 명의 사내를 요구하자 왕은 그에게 5천 명을 줍니다.

엘비라 문으로 아주 굉장한 기마대가 나갑니다.

얼마나 많은 기품 있는 무어인들인가! 엷은 노란색의 암말은 어찌나 많은지!

손에 든 창들은 얼마나 많은지! 흰 방패들이 얼마나 많은지!

몸에 딱 맞는 옷들은 얼마나 많은지! 수많은 진홍빛 짧은 소매의 외투라니!

셀 수 없이 많은 깃털과 늠름함이라니! 석류 빛 망토는 얼마나 많은지!

연노란색 편상화는 얼마나 많은가! 그것을 갖가지 색으로 장식하는 수없이 많은 리본이라니!

수많은 황금 박차라니! 수많은 은으로 된 안장의 등자라니!

모두가 용감하고 전투에 노련한 사람들이지요.

이 사람들 사이에서 그라나다의 치코 왕이 갑니다.
무어 여인네들이 알람브라 탑에서 그를 바라보지요.
왕의 어머니인 무어의 여왕은 이런 식으로 그에게 말합니다.
— 알라신이 너를 지키시기를, 아들아, 마호메트가 너를 보호해 주시기를.
그리고 하엔에서 자유롭고 무사히 뭔가를 얻고 돌아오기를.
그리고 구아딕스와 바사의 주인이신 너의 삼촌과 평화롭게 지내기를.

해설 엘 치코El Chico(1459 그라나다-1533 페스) 왕은 이베리아반도 내 무어 측의 마지막 보루인 그라나다의 나사리 왕국의 마지막 왕 보압딜을 말한다. 보압딜 또는 보압딜 엘 치코는 기독교 측에서 부른 이름이고, 무어 측에서는 무하메드 이븐 알리이다. 아버지 물레이 하센이 정부를 두자 아버지의 왕권을 찬탈했는데, 이로 인해 아버지와 삼촌인 엘 사갈과 한동안 분쟁했다. 그는 1483년 4월 카스티야의 도시 루세나 전투에서 카브라 백작의 포로가 되었다가 이후 가톨릭 양왕에게 인도되었다. 그의 어머니 아이사는 아들의 석방을 위해 엘 사갈이 통치하고 있던 나사리 땅 일부를 기독교 측에 넘겨주기로 합의한다. 이후 페르난도 왕은 보압딜의 아들 아흐멧을 인질로 잡고, 금 1만 2천 도블라, 그리고 아버지 하센과 자신 간의 싸움에서 자기 편이 되어 준다는 조건으로 보압딜을 무어인들의 군주로 보위해 주었다. 하지만 이후 나사리 왕국 내의 내란으로 그는 결국 1492년 1월 2일 알람브라 열쇠를 가톨릭 양왕에게 넘겨주고 알람브라를 떠난다. 본 로만세는 1407년 무어 귀족이자 용감한 장군인 레두안이 하엔을 공격한 역사적 사실을 바탕에 두고 있다. 하엔을 빼앗겨도 결코 그곳을 떠나지 않을 거라고 했던 레두안은 그 전투에서 사망한다. 본 로만세는 그러한 비극적 결말에는 입을 다문 대신, 무어 전사들의 장대함에 집중하고 있다. 전투에 임하는 그들이 아니라 열병을 위해 치장한 모습을 형상화하고 있어 당시 무어 군대의 모습을 그려볼 수 있다. 언급되는 도시들은 모두 안달루시아에 있다.

작품 4 페르난다리아스의 로만세

— 카녜테의 훌륭한 성주여, 세테닐 공략은
아비의 말을 듣지 않고 그대 멋대로 한 일이구먼!
위임된 일을 수행하는 기사는 넘치도록 일을 하지!
그대는 확실히 약탈할 줄 알았는데, 무어인들이 그대에게 덫을 놓았군.
페르난다리아스 사아베드라여, 그대의 아버지가 그대의 복수를 하고자
론다를 공략하기로 결정하고 자기 사람들에게 이렇게 말하며 간다오.
— 내 아들 페르난다리아스는 내게 전혀 알리지 않았어.
나는 그에게 카녜테를 다스리도록 했는데, 그가 전장에서 죽을까 해서 말이지.
그는 한 번도 내 말을 듣고자 하지 않았지, 늘 자기 뜻대로 하던 아이였어.
무어인 한 명을 찌르고자 어떠한 상황도 마다하지 않는 아이였지.
그렇게 제멋대로인 애를 보며 난 노심초사 그의 죽음을 기다렸지.
하지만 오늘 론다의 무어인들은 내가 개를 사랑한다는 사실을 알게 될 것이다.
곤살로 데 아길라르에게 무어인들이 덫을 놓았지요.
론다를 눈앞에 두고 가자 무어인들이 들로 나오지요.
페르난다리아스는 기막힌 전략으로 고삐를 돌렸고,
곤살로 데 아길라르는 그들에게 과감하게 나아가지요.
자기의 창을 휘두르면서 외치며 가지요.

— 산티아고*여, 이들에게 돌진! 이들은 아무것도 아니다. 오늘 페르난도**의 복수를 하자!

거기에서 후안 델가디요는 많은 훌륭한 기독교인들과 죽었지요.

하지만 론다의 문으로 무어인들이 들어가고 있었지요.

기독교인들은 무어인 25명을 포로로 하고, 3백 명을 죽였지요.

하지만 늙은 페르난다리아스는 복수를 한 것으로 여기지 않지요.

해설 세테닐 지역과 그 지역민들의 이야기를 담고 있는 본 로만세는 국토회복전쟁 중 마지막 단계인 그라나다 전쟁 초반인 1410년에 일어난 사건을 소재로 하고 있다. 1410년 4월 26일부터 같은 해 9월 24일까지 있었던 일로 기독교 측 카스티야-레온 왕국의 승리로 끝났다.이베리아반도 내 마지막 무어 왕국인 그라나다가 망하기까지, 이 사건 전후로 여러 가지 일이 일어난다. 무엇보다 기독교 왕국과 무어인 왕국 간의 변방에서, 그라나다

* 기독교 측의 정신적인 지주인 성자 야고보를 말한다. 갈리시아의 산티아고 데 콤포스텔라에 그의 무덤이 있다. 이슬람교도들에게 맞서고 있던 기독교도들은 성자의 유해를 소유하고 있다는 생각만으로도 그들에게 맞설 용기와 자부심으로 무장할 수 있었다. 그래서 기독교인들은 '산티아고'라고 외치며 전투에 임했고, 야고보에게는 '마타모로스(무어인을 죽이는 자)'라는 호칭을 부여했다.

** 가톨릭 양왕 중의 하나인 아라곤의 페르난도 왕이 왕자였을 때의 이야기이다. 안테케라 공략 중 그 주변 도시 론다를 공격하려던 페르난도 왕자는 처음에는 실패했으나 결국 모두 정복함으로써 아라곤의 왕위 계승에서 우위를 점하게 된다. 왕위 계승 건은 1412년에 있은 카스페 약속으로 해결된다. 카녜테는 카스티야의 쿠엔카 주에 있는 도시이고 세테닐은 안달루시아의 말라가 주에 있는 도시이다. 여섯 번째 로만세까지 그러한 사건을 노래하고 있다.

왕국이 카스티야 왕국의 공격을 힘들게 견뎌내고 있었을 때의 이야기이다. 그라나다 나사리 왕국과 경계가 맞닿은 위치에 있는 세테닐은 전략상 요충지였다. 전면전으로 벌어진 큰 싸움 관련 에피소드보다 역사적, 전설적인 이야기가 더 많이 양산되던 곳이다. 이들은 게릴라전으로 서로를 약탈하기도 하고, 결혼식이 있을 때나 농지를 임차할 때 등, 상거래가 생기면 휴전도 곧잘 했다. 이러한 역사로 인해 이곳이 훗날 아메리카까지 위세를 떨쳐 대제국을 건설한 스페인 군인들이 투쟁과 존재 방법을 단련한 무대라는 기록이 틀리지 않아 보인다. 자기의 것을 지키기 위해서라면 물불을 가리지 않는 무정부적인 정신과 플랑드르와 아메리카와 이탈리아를 정복할 수 있었던 정신이 벼리된 곳이라는 것이다. 따라서 변경의 로만세는 선전이나 홍보용으로 막강한 가치가 있는 장르이기도 하다. 이를 위해 과장도 용납된다.

본 '페르난다리아스(페르난 데 아리아스)의 로만세'는 그러한 변경에서의 군인의 삶과 그곳에 정주하는 사람들의 모습을 보여주고 있다. 소재는 당시 카녜테의 성주에게 일어난 일이다. 성주인 아들이 아버지의 충고를 무시하고 세테닐 땅으로 기마대를 꾸려 약탈하러 들어갔다. 초반에는 저항을 받지 않아 쉽게 적지로 진입하여 잽싸게 전리품을 약탈하는 것 같았으나 세테닐과 론다의 기사들이 연합하여 그에게 덫을 놓아 그 무모한 젊은이는 사망하고 만다. 그의 아버지가 아들의 복수를 하고자 맹세하고 적과 맞붙는다.

화자가 카녜테의 성주에게 하는 말에 이어 늙은 아버지 페르난 데 아리아스가 자기 기사들에게 아들의 생각 없는 행동과 신중하지 못한 처사를 이야기하며 아들에 대한 사랑을 표현한다. 이후 시는 다시 3인칭으로 카스티야인들이 혼쭐이 난 것과 싸움에서 기독교인들이 죽었음을 알린다. 물론 무어인들도 많이 죽었지만, 아버지가 적을 협박하는 말로 작품이 끝나는 것으로 보아, 아버지는 그 정도의 복수로 만족하지 못하고 있는 듯하다.

14세기 이후 국토회복전쟁은 카스티야 왕국 내의 문제로 의미 있는 진척이 없었다. 접경지역에서 서로 간 손에 무언가를 넣기 위한 분규와 탈환과 재탈환으로 일관되고 있었는데, 이를 통해 당시 접경지대에서의 군과 정치 수령 및 지역장이나 장교 등의 군사 엘리트들의 삶의 방식을 엿볼 수 있다. 특히 이들은 왕국 내부에서 얻을 수 없었던 기회를 접경지에서 찾고자 했다. 페르난 데 아리아스 성주, 즉 사야베드라 가계에 관한 이야기를 들려주고 있는 로만세들은 이들이 사회적, 경제적으로 번영하고 출세하는 방법이 무엇인지를 보여주는 자료이기도 하다. 이들은 자신들의 존재 이유이자 삶의 동력으로서 무자비한 전쟁을 일삼았다. 가계 구성원들의 숙명적인 운명과 영웅적 체념 사이에서 형성된 기질과 성격은 많은 가계 구성원들을 죽음으로 내모는 것으로 그 대가를 치렀다. 칼로 서는 자 칼로 망한다는 속담을 증명이나 하듯이, 그 가문에 관한 이야기는 앞으로 다른 로만세로 만나게 될 것이다.

작품 5 안테케라 무어인의 로만세

안테케라에서 한 무어인이 나오네요, 안테케라 그 마을에서 말이죠.
손에는 편지가 들려 있어요, 전달할 편지가 말이지요.
피로 적힌 거예요, 잉크가 없어서 그런 게 아니랍니다.
그 편지를 가져가는 무어인은 1백 스무 살이에요.
1백 스무 살인데 2백 살이나 되어 보여요.
수염은 백발에 허리까지 올 정도로 아주 길어요.
벗긴 머리인지라, 대머리가 빛나요.
장식된 머리 가리개를 썼는데, 아주 값이 나가는 거예요.
그것을 만들어 준 무어 여인은 그의 연인이에요.
암말을 타고 가는데, 말 가격이 보통이 아니죠.
수말이 없어서가 아니죠. 수말이라면 그는 많이 갖고 있지요.
머리는 고운 비단으로 된 술 장식이 달린 아랍 두건을 둘렀지요.
일곱 개 덫을 놓았지만, 그 모두를 빠져나갔지요.
아르치도나 주변으로 외치며 갑니다.
— 무어 왕이여, 저의 이 슬픈 전갈을 아시게 된다면,
당신의 머리카락과 당신의 아름다운 수염을 잡아당길 것입니다.
그렇게 한탄하며 엘비라 문에 당도하여
무어 왕이 살던 궁으로 갑니다.
알람브라에서 나오고 있던 왕과 만납니다.

왕은 가장 훌륭한 신하 2백 명과 함께 말에 올라 있었지요.
왕을 발견하자 왕 앞에 서서 이렇게 말합니다.
— 신이 전하를 돌보시기를, 신이 전하의 자리를 보전해 주시기를.
— 어서 오시오, 늙은 무어인이여, 오래간만이요.
무어인이여, 나의 마을인 안테케라에서 내게 가지고 온 소식이 무엇이요?
— 선한 왕이시여, 제 목숨을 살려주시지 않는다면 말씀드리지 않겠습니다.
— 목숨은 보존되었으니 말해보시오, 늙은 무어인이여.
— 왕이시여, 전하가 아셔야 할 소식은 즐거운 소식이 아니랍니다.
돈 페르난도 왕자가 전하의 마을을 포위하고 있습니다.
많은 수의 그의 기사들이 마을을 두고 매일 싸우고 있습니다.
후안 데 벨라스코라는 기사와 엔리케스라는 이름의 기사,
로하스 이 나르바에스라는 귀한 기사들이 말이지요.
낮에는 싸우고 밤에는 굴을 팝니다.
마을 안에 갇힌 무어인들은 소가죽을 먹고 있지요.
왕이시여, 도와주지 않는다면 전하의 마을은 잃게 될 것입니다.

해설 본 로만세는 앞서 본 1410년에 일어난 안테케라 정복 사건이다. 아르치도나는 안달루시아 말라가 주에 있는 도시이다. 엘비라 문은 그라나다로 들어가는 관문이다. 안테케라는 안달루시아 그라나다 주에 있는 도시이다.

작품 6 성 요한의 아침…

성 요한의 아침, 날이 샐 때
무어인들은 그라나다의 광야에서 큰 축제를 벌인답니다.
자신들의 말을 뒤섞고 창을 갖고 노는데,
창에는 멋진 깃발들이 매여 있죠. 그들의 연인들이 수를 놓은 것들이죠.
그들이 걸친 값비싼 옷들은 금과 고운 천으로 짠 것이죠.
사랑하는 이가 있는 무어인은 그러한 표식을 보여주고
그렇지 못한 자는 그러지 못하네요.
무어의 여인네들은 알람브라 탑에서 그들을 바라봅니다.
왕 역시 성채 알카사바 안에서 바라보지요.
한 무어인이 피가 낭자한 얼굴로 외치면서 왔지요.
— 왕이시여, 허락하신다면 좋지 않은 소식을 전해드리겠습니다.
돈 페르난도 왕자가 안테케라를 정복했습니다.
무어인들이 많이 죽었습니다. 저는 용케 빠져나왔습니다.
제 몸은 온통 일곱 군데 창상을 입었습니다.
저와 함께 도망쳐 나온 이들은 아르치도나에 남아 있습니다.
그런 소식을 들은 왕은 얼굴색이 변했습니다.
모든 트럼펫을 불어 무기를 들 것을 알리라 합니다.
자기 사람들을 모으라고 명령하여 대단한 기마대를 이룹니다.
라 레알이라 불리던 알칼라 문들에서

기독교인들과 무어인들이 국지전을 벌입니다.

기독교인 수는 많으나 질서가 없어

전사들인 무어인들이 그들에게 큰 부담이 되었지요.

어떤 이들은 죽이고 어떤 이들은 포로로 잡고 어떤 이들에게는 덫을 놓지요.

무어인들은 승리를 거두고 그라나다로 돌아갑니다.

큰소리로 외치면서 말이죠. — 이제 승리를 거두었도다!

해설 예수 탄생 6개월 전인 6월 24일은 성 요한(세례 요한) 축제일이다. 이날의 하지맞이 또는 해맞이 행사는 전 지구적으로 유명하다. 기독교 이전 시대, 인간의 삶은 태양의 지배를 받는다고 믿었다. 그래서 태양이 가장 강력하다고 생각된 하지에 해와 관련된 여러 가지 의식이 행해졌다. 이러한 믿음은 기독교 도래로 예수 오심을 인류에게 알리는 임무를 띤 세례 요한의 탄생으로 이어졌다. 성 요한의 탄생과 하지와의 연결고리는 성 요한의 말에 바탕을 둔다. 그는 "예수는 흥하여야 하겠고 자기는 쇠하여야 하리라"고 했다. 하지부터 태양은 쇠하기 시작한다. 성 요한 축제는 이베리아반도 내 무어인들에게도 큰 행사였다. 이들은 화려하게 치장한 행렬과 전쟁놀이 등으로 내용을 꾸렸다. 성 요한 관련 로만세는 세 가지 주제로 불린다. 사랑, 행렬, 그리고 마법적인 것으로, 본 로만세와 앞으로 만나게 될 '아르날도스 백작 로만세', 그리고 '물의 정수 로만세'에서 그러한 주제들을 만나볼 수 있다. 무어인 축제에 대한 묘사가 시작 부분이고 나머지 이야기는 앞선 로만세와 같은 역사적 사건을 바탕으로 하되, 성 요한 축제 때 하던 행렬에 이은 기독교인들과 무어인 간의 싸움으로 전개된다.

작품 7 모클린의 기사들…

모클린의 기마병, 콜로메라의 보병들이

심사숙고하여 음모에 합의를 보았습니다.

알칼라로 포획을 하러 가자는 것이지요.

우엘마의 물방앗간을 덮칩니다.

물레방아들을 파괴하고 곡식들을 온통 흩뜨립니다.

물가에 있는 방아꾼들 모두를 포로로 잡습니다.

그때 전투에서 가장 신중했던 한 노인이 말을 하니,

— 이 정도의 기마대로 이 정도의 약탈은 소소하다.

포로를 한 명 풀어 알칼라로 전갈을 가져가도록 하자.

포로는 그곳에 도착하자마자 죽을 정도로 상처를 입혀서 말이다.

우리에게 대들지 못하도록 그의 오른팔을 잘라버리자.

방아꾼을 대신해 한 어린 소년이 나섭니다.

헤레스 데 라 프론테라에서 나고 자랐지요.

담갈색 사슴보다 더 잘 달리고 암사슴보다 더 잘 뛰지요.

알칼라 평야로 가며 말합니다. — 밖으로 나오세요, 나와 봐요!

알칼라의 기사들이여, 알칼라로 만족하지 마세요

여러분들이 기마대로 저지른 한 번의 약탈이 너무나 비싼 대가를 치르고 있다고요.

모클린의 무어인들이 당신들의 연안을 침략하여

당신네 땅을 약탈하여 당신네 사람들을 포로로 데려갔다구요.
불행하게도 이 말을 돈 페드로가 들었지요.
그 도시에서 나갈 때 사야베드라를 만났지요.
— 아들아, 거기 가지 말거라, 오늘은 그들의 것이라면
내일은 너희들의 것이 될 것이란 내 저주가 네게 떨어질까 그런다.

해설 모클린, 콜로메라, 우엘바 모두 안달루시아 자치지역 내 그라나다 주에 있는 지명들이다. 알칼라는 알칼라 라 레알로 그라나다 주, 코르도바 주와 경계를 이루는 하엔 주에 있는 지명이다. 헤레스 데 라 프론테라는 안달루시아 카디스 주의 도시이다. 무어인들은 스페인 남부 해안 도시들을 수없이 침략하고 노략질을 했는데, 이를 노래한 작품이 많다. 본 로만세는 알칼라 라 레알 수장인 사야베드라의 아들 돈 페드로 페르난데스 데 코르도바가 사망한 침략을 기술하고 있다. 앞서 본 사야베드라가 가문의 일원이다.

작품 8 아베나마르의 로만세

— 아베나마르, 아베나마르, 무어 촌의 무어인이여,
네가 태어났던 날 큰 징조들이 있었구나!
바다는 잔잔했고 달은 차 있었다.
그러한 표식으로 태어나는 무어인은 거짓말을 해서는 안 되는 거다.
그러자 그 무어인이 대답하니, 그의 말을 잘 들어들 보시기를.
— 왕이시여, 제 목숨이 달아나는 한이 있어도 진실을 말씀드리겠습니다.
전 무어인과 포로가 된 한 기독교 여인 사이에서 난 자로
제가 어릴 때 어머니가 말씀하시곤 하셨지요.
거짓말을 하지 말라고요. 그것은 비열한 행위라고요.
그러니 왕이시여, 질문하소서, 진실을 말씀드리겠나이다.
— 아베나마르, 자네의 이러한 예의 바른 모습이 고맙군.
저기 보이는 저 성들은 무엇인고? 높고도 빛이 나도다!
— 알람브라입니다, 왕이시여, 다른 것은 사원이옵니다.
다른 것들은 알리사레스로 경탄할 만한 작품들이지요.
작업한 무어인은 1백 도블라스를 일당으로 받았습니다.
그러니 작업이 없는 날은 그 정도의 돈을 잃은 겝니다.
저 다른 건물은 헤네랄리페인데, 그와 견줄 만한 정원이 없지요.
또 다른 건물은 토레스 베르메하로 대단한 가치가 있는 성이지요.

그러자 돈 후안 왕이 말을 했으니, 잘들 들어보시기를.

— 그라나다여, 네가 원하기만 한다면 나는 너와 결혼을 할 터인데.

결혼 착수금과 지참금으로 코르도바와 세비야를 줄 터인데.

— 돈 후안 왕이시여, 저는 혼인한 몸이랍니다. 혼인한 몸으로 미망인은 아닙니다.

저를 소유하고 있는 무어인은 무척이나 저를 사랑한답니다.

해설 무어 왕자인 아베나마르와 카스티야의 가톨릭 왕 후안 2세 사이의 대화로 이루어진 로만세이다. 가톨릭 양왕이 1492년 그라나다 왕국을 완전히 가톨릭 왕국으로 함락하기 이전, 그라나다 왕국을 스페인 영토에 합체하려는 후안 2세 왕의 뜻이 있었던 1431년 일을 바탕으로 하고 있다. 이야기는 먼저 왕과 무어인 아베나마르의 대화로 시작한다. 이어 왕과 그라나다와의 대화로 전개된다. 첫 대화에서 왕은 그라나다의 부를 가늠하기 위해 아베나마르를 초대해 진실을 듣고자 한다. 이를 위해 무어인의 덕스러운 본성을 무어인이 탄생할 때 있었던 징조를 통해 이야기한다. 무어인은 그라나다의 위대함을 조화롭고 아름다운 장소를 통해 알린다. 왕은 갈수록 그라나다의 부와 웅장함과 아름다움에 매료되어 의인화된 도시와 결혼하고자 한다. 그러나 작품은 그라나다가 왕의 욕망을 부추기는 것으로 끝난다. 로만세의 기승전결 구조에서 '승'의 단계에서 작품이 중단되어 결말이 열려 있다. 본 로만세보다 내용이 더 긴 버전과 스페인계 유대인인 세파르디 버전 등이 있다.

작품 9 단단히 포위된 알로라의 로만세

단단히 포위된 알로라, 강에 가까운 너,
어느 한 일요일 아침 수령이 너를 포위했지.
보병과 무기들로 들판이 단단히 둘러싸였지.
대단한 전쟁 무기들로 그는 네게 쪽문을 냈지.
무어인들이 남녀 가리지 않고 모두 성으로 도망가는 걸 여러분들은 볼 겁니다.
무어 여자들은 옷을 갖고 남자들은 밀가루와 밀을 갖고요.
열다섯 살의 무어 여자애들은 순금을 갖고요.
어린 무어 아이들은 건포도와 무화과를 갖고 말이죠.
그들은 담 위로 깃발을 펄럭이고 있네요.
전안箭眼과 전안 사이로 한 무어 놈이 있었어요.
장전된 큰 활을 갖고요, 거기에는 나무로 된 화살이 놓여 있었죠.
그는 큰 소리로 말했어요. 사람들은 그 말을 들었지요.
— 수령이여, 휴전합시다, 휴전을. 성은 당신께 넘기겠습니다!
이런 말을 한 자를 보고자 투구의 차양을 위로 올립니다.
그의 이마로 활을 날리니 후두부가 밖으로 빠져나왔지요.
파블로가 그를 고삐에서 끌어내고, 하코비요가 거듭니다.
이들은 어렸을 때부터 자기 집에서 키웠던 사람이지요.
살 수 있을지 그들은 그를 의사에게 데려갑니다.

첫 말이 유언이 되었습니다.

해설 알로라는 말라가 주에 있는 도시로 구아달오르세 오른쪽 강둑에 자리 잡고 있다. 변경 통치자를 수령이라 했는데, 여기서는 디에고 데 리베라를 두고 말한다. 1434년 알로라를 공격하다 숨졌다.

작품 10 돈 곤살로 주교의 로만세

성 안톤, 그 유명한 날에
4백 명의 이달고들이 산후안에서 나오고 있었습니다.
그들이 들고 가는 표식들은 닭 꼬리 깃발이지요.
대장으로 돈 곤살로 주교를 세웁니다.
그는 완벽하게 무장하고 멋진 말을 타고
그 이름 높은 성인 라 구아르다로 가고 있었습니다.
유명한 이달고인 돈 로드리고가 그를 맞으러 나옵니다.
— 주교여, 제발 여울을 건너지 마시오.
무어인 수가 많은데, 그들이 이미 라 구아르다에 도착해 있으니 말입니다.
내 기사 3명을 죽였다오. 얼마나 마음이 아픈지요.
한 명은 내 사촌이고 다른 한 명은 내 형제이며
다른 한 명은 내 몸종으로 내 집에서 자랐지요.
돌아갑시다, 여러분들, 그들을 매장하러 돌아갑시다.
우리 하느님을 섬기고 기독교인들을 기립시다.
이러고 있을 때 돈 디에고 데 아로가 도착했습니다.
— 전진합시다, 기사들이여, 그들이 내 가축을 데려가니 말이죠.
한 촌놈의 것이라면 이미 여러분은 그것을 빼앗았을 것입니다.
하지만 내가 입은 피해를 즐거워할 자가 여기 있습니다.
누구라고 말할 필요가 없지요. 그는 하얀 법의를 입고 있는 자이지요.

그 말을 들었는지, 주교는 말에게 박차를 가했습니다.
말은 가벼워 울타리를 뛰어넘었습니다.
하지만 언덕길을 벗어나 평지가 보이기 시작한 지점에서
수많은 하얀 방패들과 두건 달린 붉은 망토들과
들판에서 빛나고 있는 수많은 쇠 창들이 눈에 들어왔습니다.
그는 사자처럼 대담하게 그들 사이에 끼어들었습니다.
세 번의 무어인들과의 전투에서 두 번을 무찔렀습니다.
자기편의 훌륭한 도움을 받아서였지요.
비록 그들 중 몇 명은 죽었다 할지라도 영원한 명성을 얻었지요.
모두가 앞서갑니다. 아무도 뒤에 있지 않습니다.
자기의 대장을 따라가니 겁쟁이도 용기를 얻습니다.
기독교인들은 명예를 얻고 무어인들은 진영을 잃습니다.
기독교인 한 명이 죽는 대신 무어인은 열 명이 목숨을 잃습니다.
무어인은 도망갈 때면 걸음아 나 살려라, 하며 줄행랑을 칩니다.
그의 대담한 용기로 기독교인들은 모든 영예를 안았습니다.
이렇게 이러한 승리를 안고 평원의 주인인 양
그들은 그들이 거둬들인 영광과 함께 하엔으로 돌아옵니다.

해설 본 로만세의 주인공 곤살로 데 수니가는 사아베드라 가문처럼 전투에 생을 바친 수니가 가문의 사람이다. 1415년 12월 18일에 플라센시아 교구 주교가 되었다. 하지만 평화로운 종교적 삶이 자신의 성격과 맞지 않는다고 느낀 그는 무어인들과 기독교도들의 접경지역인 하엔에서 전투하는 주교로 1422년부터 있게 된다. 그곳 수령인 디에고 고메스 데 리베라와 함께 무어인에 대항한 전투에 참전해 큰 승리를 거두었다. 수령 디에고는 알로라 포위전에서 무어인의 화살에 맞아 숨졌다. 카스티야의 후안 2세왕의 그라나다 전쟁에도 참전했고 동생 페드로와 동생의 아들인 디에고, 이니고와 함께 이게루엘라 전투에도 참전해 1431년 7월 1일에 이곳을 탈환했다. 1435년에는 구아딕스 전투에서 승리를 거두었는데, 싸움 도중 그가 타고 있던 말이 무어인들 손에 죽는다. 연대기에 기록된 바를 보면 이렇다. "그는 땅에 서서 손에는 칼을 들고 무어인들 사이로 앞장서 가며 싸웠다. 이들을 이길 때까지." 이러한 그의 무훈은 당시 많이 알려졌고, 후글라르들은 그의 무훈을 "아 나의 하느님, 주교 돈 곤살로가 바로 그러하니/말의 발까지 완전무장한 그."라며 노래했다. 1456년 3월 하엔 접경지에서 무어인들의 포로가 되었다. 1456년 11월 7일 유언을 작성하고 교황 에우헤니오 4세로부터 교서를 받았다. 포로로 있던 1457년 3월 24일 사망했다. 작품은 역사적 사실로 알려진 침략 중 하나를 들려주고 있다. 하엔의 주교인 곤살로 데 수니가가 1456년에 무어인들의 포로가 되었다는 자료를 보면, 실제 역사적으로 일어난 전투에 주교가 개입했음을 알 수 있다. 국토회복전쟁은 이슬람교도들에 맞선 기독교인들 간의 싸움이었기 때문에 종교직에 있는 사람들도 참전했다. '이달고'란 국토회복전쟁에 참전한 자들에게 보상의 뜻으로 부여했던 하급귀족 신분의 사람을 말한다. 이 신분의 기원은 스페인 북쪽 자치지역인 바스크와 나바라에서 시작되었다. 이 지역은 역사가 오래되었고 지형적으로 외부로부터의 침입이 쉽지 않아 이슬람 교도들이나 유대인들이 이 지역에 살지 않았다. 다시 말해 순수한 기독교 피만을 오랜 세월 유지했고 약간의 재산이 있으면 이달고라 했다. 이후 개종하지 않은 순수한 기독교 피를 가지고 국토회복전쟁에 참여했다는 공동의 대의명분을 가진 자들에게도 이 작위가 주어졌고, 16세기에는 사고팔 수 있는 상품이 되기도 했다. 18행, 주교에게 즐거운 일이 되는 이유는, 평범한 사람들의 가축이 약탈당하면 그 가축을 다시 빼앗아 되돌리는 것으로 해결될 일이지만, 주교의 것은 무어인을 공격할 빌미를 제공하기 때문이다.

작품 11 바사 포위 로만세

바사 근처에 왕이 있었지요, 점심을 먹은 뒤, 월요일에 말입니다.
자신의 야영지에 널린 멋진 막사들을 바라보고 있었죠.
물 댄 거대한 영토들과 그 주변을 바라보고 있었죠.
그 도시에 있는 튼튼한 담을 바라보고 있었죠.
셀 수 없이 많은 탑을 바라보고 있었죠.
전안 뒤에서 한 무어인이 그에게 말하기 시작했습니다.
— 돈 페르난도 왕이시여, 가시오. 여기서 월동할 생각이란 마시오.
이곳 추위는 댁이 견뎌낼 성질의 것이 아니외다.
우리는 10년치 빵을 갖고 있고 소금에 절일 천 마리의 소를 갖고 있소.
안에는 2만 명의 무어인들이 있는데, 다들 고집이 보통 아닙니다.
국지전용으로 8백 마리의 말이 있습니다.
대장이 일곱인데 롤단* 만큼 훌륭한 이들입니다.
그들은 맹세했지요. 항복하느니 그 전에 죽음을 택한다고요.

해설 가톨릭 양왕이 바사를 포위한 건 1489년의 일이다.

* 프랑스 롤랑의 스페인어 표기.

작품 12 니에블라 백작의 죽음 로만세

— 기사들이여, 내게 니에블라의 그 백작인

돈 엔리케 데 구스만의 소식을 전해주시오.

무어인들과 싸워 지브롤터를 포위한 자 말이오.

그런데 오늘 내 궁정이 상중에 있는 것 같소, 어제는 대단한 축제가 벌어졌는데 말이오.

왕자가 죽었나, 아니면 내 혈육 중 누가,

아니면 총사령관이자 원수인 돈 알바로 데 루나가 죽었는가.

— 왕비마마, 왕자가 아니라 한 위대한 인물이 죽었습니다.

무어인들이 마마는 별로 두려워하지 않는 걸 아실 겁니다.

이자만을 두려워해 감히 공략하지 못했었지요.

바로 니에블라의 위대한 백작이지요. 바다에 빠졌습니다.

자기 목숨은 개의치 않고 자기 사람들을 구하고자 말입니다.

그가 타고 온 작은 배를 무어인들이 뒤엎자

물에 빠지려는 한 기사를 구출하고자 했지요.

파도가 너무 높아 헤쳐나올 수가 없었습니다.

지브롤터를 거의 다 수중에 넣었는데 말입니다.

부인네들과 남자들이 모두 그의 죽음을 웁니다.

너무나 훌륭한 대장이었기에 전사들이 그의 죽음을 웁니다.

공작들과 백작들, 이 모두를 명예롭게 했기에 그들이 그의 죽음을 웁니다.

— 오, 기사들이여, 그토록 고통스러운 소식을 내게 전하다니!
모두가 두껍고 거친 옷을 입고 더는 축제를 하지 말기를 바라오.
곧 사신을 보내어 그의 아들 돈 후안을 오라 하오.
아버지의 일을 확인시켜 그를 더 높은 자리에 올리고자 하오.
그리고 오늘부터 그를 메디나 시도니아의 공작으로 하겠소.
그렇게 훌륭한 아버지의 아들에게 주어지는 선물이 너무나 하찮군요.

해설 니에블라의 백작인 돈 엔리케 데 구스만(1391-1436)은 메디나 시도니아 가문의 귀족으로 지브롤터 포위전에서 1436년 5월에 익사했다. 본 로만세에서 말하듯 자신의 부하이자 기사가 물에 빠지자 그를 구하고자 자기가 타고 있던 배를 후진시켰고, 그러다 자신이 물에 빠졌고 격랑에 휩쓸려 목숨을 잃었다. 대신 물에 빠져 있던 부하는 그 배에 올라 목숨을 건졌다. 무어인들은 그의 시신을 거두어 관에 넣어 성의 탑에 전시하여 기독교도들에게 공포감을 불러일으키고자 했다. 지브롤터가 아들 후안 알론소의 무훈으로 탈환된 뒤에도 그의 시신은 메디나 시도니아 가문의 창시자인 구스만 엘 부에노(알론소 페레스 데 구스만 1256-1309)가 세운 산 이시도로 델 캄포 수도원으로 옮겨지지 않았다. 아들 후안 알론소는 황금 천으로 덮은 상자 안에 아버지의 백골을 담아 지브롤터 성의 주 누각에 모셨다. 아버지는 바다로 지브롤터를 공략했다면 아들 후안 알론소는 육지로 지브롤터를 압박했는데, 아버지의 죽음이 있자, 포위를 멈추고 카스티야 후안 2세 왕에게 달려가 비극을 알렸다. 그러자 왕은 애통해 하며 아버지가 갖고 있던 모든 타이틀을 아들에게 부여했다고 한다. 백작의 비극적 죽음은 후안 데 메나의《운명의 미로》를 시작으로 많은 작품으로 다루어졌다.

작품 13 알아마 수령의 로만세

— 무어인 수령이여, 무어인 수령이여, 아름다운 수염의 무어인이여,
왕이 그대를 체포하라 하시오. 알아마를 잃었기 때문이라오.
— 내가 알아마를 잃었기에 나를 체포하라 하신다면
그러실 수 있습니다. 하지만 난 왕에게 빚진 게 아무것도 없소이다.
난 론다에 가고 없었거든요. 내 사촌의 결혼식이 있어서요.
난 내가 할 수 있었던 가장 훌륭한 일로, 알아마에서의 수금을 그만두고 있었거든요.
왕은 당신의 도시를 잃었다면 난 내가 갖고 있던 모든 것을 잃었지요.
내 아내와 내 자식들을, 내가 가장 사랑하는 것이지요.

해설 스페인 내부의 혼란으로 국토회복전쟁은 거의 중지되어 있었다. 그러나 1453년 콘스탄티노플이 함락되자 기독교 세계에서는 십자군에 대한 열정이 다시 일어나게 되고 교황은 새로운 십자군을 조직할 것을 요구했다. 스페인은 1455년 국토회복전쟁을 재개하는 것으로 응했다. 1455년에서 1457년 사이에 카스티야의 엔리케 4세는 여섯 차례에 걸쳐 대규모 군사 공격을 시도하며 신민들의 종교적 감정을 고양시켜 놓았다. 이어 이사벨 여왕과 페르난도 왕은 그 감정을 이용하여 1482년 무어인의 알아마를 정복하는 것으로 국토회복전쟁을 다시 시작했다. 이 지역은 산악지대라 공성의 전투였고, 포병과 보병이 무엇보다 중요했다. 보병은 용병과 지원

병, 모병인 국민 의용군으로 구성되어 있었다. 이들은 국토회복전쟁을 통해 험악한 지역의 극심한 더위와 추위를 견뎌내는 인내력을 키웠고 접경지에서의 기습과 전초전은 백병전에 단련되도록 하여 신대륙 정복을 도왔다. 국토회복전쟁은 무어인들의 땅을 빼앗아 스페인 군대를 주둔시키면서 기지를 확보하고 승리한 자의 권리를 설정하고 패배한 사람들에 대한 지배권 확보를 의미한다. 이러한 군사적 전진과 새로운 영토의 할당 그리고 전리품의 분배, 이교도의 개종이라는 군사적 전통은 유럽에서 일고 있던 상업적 전통과 충돌하는 것이다. 그 결과 스페인은 무역 기반과 상업 전진기지 구축을 모색한 상업적 전통을 신대륙에 내리지 못했고, 신대륙의 거대한 부는 스페인보다 유럽 여타 국가들의 배를 불리는 데 이용되었다. 그리고 그와 같은 군사적 전통은 아프리카 정복 꿈을 무색하게 만들었다. 척박한 땅과 실망스러운 전리품으로 물질적 보상이 없는 아프리카에서의 군사 활동은 전사들의 열정을 떨어뜨렸기 때문이다. 알아마 성은 1482년 2월에 정복당했다. 이것을 시작으로 무어인 왕국은 결국 그라나다만 남게 된다.

작품 14 알아마 상실의 로만세

무어 왕이 그라나다 도시를 돌아보고 있었습니다.
엘비라 문에서부터 비바람블라 문까지를.
　　— 아, 나의 알아마여!
편지가 그에게 도착했으니, 알아마를 잃었다는 거였지요.
편지를 불에 던지고 편지를 전한 자를 죽입니다.
　　— 아, 나의 알아마여!
노새에서 내려 말에 올라
사카틴* 위를 지나 알람브라까지 올라갔습니다.
　　— 아, 나의 알아마여!
알람브라에 당도하자 그 즉시 명령을 내립니다.
나팔과 은으로 된 트럼펫을 불라고요.
　　— 아, 나의 알아마여!
그리고 빨리 무기를 잡도록 북을 울리라고요.
광야와 그라나다의 무어인들이 그 소리를 듣도록 말입니다.
　　— 아, 나의 알아마여!
피를 좋아하는 마르스**를 불러내는 그 소리를 들은 무어인들은
한 사람, 두 사람씩 모여 큰 병력을 이룹니다.

---

* 그라나다 도시 중심부, 성당 옆에 자리한 곳이다.

** 전쟁 신이다.

— 아, 나의 알아마여!

그때 한 늙은 무어인이 말을 했으니, 이런 식입니다.

— 왕이시여, 무슨 이유로 우리를 부르십니까? 이 소환은 무엇인지요?

— 아, 나의 알아마여!

— 친구들이여, 불행한 소식이 있소.

용감한 기독교인들이 이미 우리의 알아마를 뺏었소.

— 아, 나의 알아마여!

그러자 길고도 흰 수염의 한 법률학자가 말했습니다.

— 당연하지요, 왕이시여, 당연하지요, 왕이시여.

— 아, 나의 알아마여!

당신은 그라나다의 정수인 벤세라헤 가문*의 사람들을 죽이고

유명한 코르도바의 배교자들**을 취하셨지요.

---

* 아벤세라헤스를 말한다. 북아프리카 출신의 그라나다 귀족 가계로, 역사와 전설이 뒤섞인 이야기의 주인공이다. 15세기 그라나다의 사회 정치적 소용돌이 속에서 그라나다 내전의 발발과 스페인 내 최후의 무어 왕국의 종말을 가져오게 한 원인이 된 가문이라는 설도 있다. 사랑의 분규와 정치적 왕권 강화를 이유로, 보압딜의 아버지인 물레이 하센과 삼촌인 엘 사갈이 이 가문의 기사 33명을 살해하도록 했다. 그 결과 '알람브라 뜰에서의 아벤세라헤스의 살해' 사건이 전설처럼 전해 내려오고 있다. 히네스 페레스 데 이타의 역사서이자 문학 작품인 《세그리에스와 아벤세라헤스 파들에 대한 역사》로 알려졌다.

** 당시 이슬람교에서 기독교로, 기독교에서 이슬람교로 귀의하는 사람들이 있었다. 두려움이나 원한으로 자기가 속한 사회의 일원이 되고자 그렇게 했는데, 이 작품에서 코르도바의 배교자들은 베네가스 가문이다. 유수프 알마울 왕이 있었을 때는 대접을 받았으나, 이 왕이 죽자 새로 권좌에 오른 왕과 아벤세라헤스 가문의 사람들은 그를 변절자, 배교자라 불렀고 그에 위협을 느낀 가문의 수장인 페드로 베네가스는

— 아, 나의 알아마여!

그러니 왕이시여, 그 두 배 되는 고통은 마땅한 겁니다.

당신과 왕국을 잃고, 이제 그라나다까지 잃는 게 말입니다.

— 아, 나의 알아마여!

해설 전통 로만세 중 후렴구가 있는 몇 안 되는 작품 중 하나이다. 노래로 각색하다 보니 생긴 특이함이라 할 수 있다. 로만세 중에서 가장 많이 알려진 작품으로 16세기와 17세기에 그 명성이 자자했다고 한다. 원래는 아랍어로 작성되었다는 이론도 있지만, 스페인의 대표적 문학사가인 메넨데스 피달에 의하면 이 작품은 스페인어로 지어진 것으로 단지 무어인 관점에서 노래된 것이라고 한다.

그라나다에 가족을 남겨둔 채 하엔으로 도망가 다시 기독교로 귀의했다. 그는 어릴 때 납치되어 이슬람교로 귀의하여 나사리 왕궁에서 교육을 받았고, 그를 시작으로 그라나다 왕국에서의 베네가스 가계가 시작되었다. 배교자들은 변경의 수령들에게 좋은 대우를 받았다는데, 적지의 지형에 대한 정보와 그 밖의 다양한 정보를 얻을 수 있었기 때문이라고 한다.

작품 15 칼라트라바 기사단장의 로만세

아, 신이시여, 칼라트라바 기사단 대장은 얼마나 훌륭한 기사인가요!
그라나다의 평야로 무어인들을 얼마나 훌륭하게 몰아세우는가요!
엘비라 문에서 비바람블라 문까지 말이지요.
팔을 걷어붙이고 자기의 창을 날립니다.
그가 행하는 이러한 모욕에 대해 누구도 감히 고소하지 못합니다.
매일 무어인들을 죽이고, 또 죽였습니다.
광야의 위로 광야의 아래로, 오, 어찌 그리도 잘 추격하는지요!
창으로 그들을 그라나다의 문으로 몰아넣을 때까지 말입니다.
그들은 그가 너무나 무섭습니다. 아무도 나올 엄두를 못 냅니다.
피하는 사람 하나 없이 모두에게 대항할 준비가 되어 있었습니다.
무어인들이 등을 돌려 그라나다로 들어가도록 할 때까지 말입니다.
그가 너무나 무서운 무어 왕은 언제나 그라나다 안에 박혀 있었습니다.
낮에는 감히 나올 생각을 못 하고 밤에는 단단히 자기 몸을 지켰지요.

해설 본 로만세의 주인공 로드리고 테예스 히론(1456-1482)은 1466년부터 칼라트라바 기사단의 단장으로 카스티야 왕권을 두고 일어난 카스티야 계승 전쟁(1475-1479)에서 후아나 라 벨트라네하 편 인물로, 후안 2세 왕과 포르투갈의 이사벨 사이에서 태어난 이사벨 공주에 맞섰다. 후아나 라 벨트라네하는 이사벨 공주의 이복 오빠인 불능 왕 엔리케 4세의 딸이다. 엔리케 4세는 후안 2세 왕과 아라곤의 마리아의 아들로 성적으로 문제가 있어, 그의 총신 벨트란 데 라 쿠에바와 왕비 사이에서 얻은 딸이라는 소문이 있었다. 본 로만세 주인공인 로드리고의 아버지 페드로 히론과 삼촌 후안 파체코는 이 카스티야의 왕 엔리케 4세(1425-1474) 궁정에서 권력자였다. 아버지가 기사단장이었는데, 엔리케 4세가 '아빌라의 소극' 이후 왕위를 양도하자 이사벨 공주와 결혼하기 위해 아들에게 그 단장직을 넘겼다. '아빌라의 소극'이란 1465년 6월 5일 아빌라 근교에서 카스티야의 대귀족 무리가 엔리케 4세 왕의 초상을 밀어내고 대신 왕의 이복동생인 알폰소 왕자를 왕으로 선포한 사건이다. 알폰소 왕자가 15세 나이로 죽자 다시 엔리케 4세가 권좌에 오른다. 하지만 1474년 이 왕마저 죽자 딸 후아나와 왕의 배다른 동생 이사벨이 각자의 지지자에 의해 카스티야의 왕으로 선포되었다. 이로써 계승 전쟁이 발발하게 된다. 본 로만세 주인공 로드리고는 혼외에서 얻은 네 명의 아들 중 둘째였으나, 1459년 엔리케 4세와 교황 피오 2세가 법적으로 인정했다. 하지만 당시 스페인 사회에서는 서자에 대한 편견이 있었고, 서자들은 출세에 제한을 받았기 때문에 야망을 이루기 위하여 고난의 삶도 마다하지 않았다. 그가 기사단장으로 임명되는 일에도 많은 반대가 있었다. 결국 1468년 교황 바울 2세의 교서가 그의 임명에 결정적으로 작용했다. 하지만 나이가 어려 삼촌 후안 파체코가 그의 후견인으로 활동했다. 그의 아버지는 그 후 얼마 지나지 않아 사망하여 이사벨 공주와의 혼인은 없던 일로 되어 버렸다. 집안의 장손 역시 죽자 아버지의 유언에도 불구하고 삼촌이 집안의 모든 귀족 타이틀을 로드리고의 동생에게 넘기는 농간을 부렸다. 계속 기사단장으로서의 권력을 행사하고 싶었기 때문이라고 한다. 1469년에는 이사벨 공주가 엔리케 4세와의 약속을 어기고 육촌이자 아라곤 왕위의 계승자인 페르난도와 결혼하고 교황과 멘도사 가문의 지지까지 확보한다. 후아나 지지자들은 이사벨의 막강한 세력에 맞서 후아나의 삼촌이자 포르투갈의 왕 알폰소 5세에게 후아나와 혼인하여 카스티야의 왕이 되어 줄 것을 제의하고 알폰소 5세는 이에 응한다. 알폰소 5세는 이탈리아에서 아라곤 왕국의 힘을 견제하던 프랑스의 도움까지 얻게 되어 양쪽 간의 힘의 균형은 이루어졌지만, 결국 카스티야 내전이 국제전으로 확산돼 스페인은 대서양에서의 장악권을 포르투갈에 양보하는 결과를 초래하고 만다. 로드리고는 1474년 삼촌이 죽은 뒤로 그 내전에 적극적으로 간여한다. 1474년 12월에 엔리케 4세가 죽고 이사벨 공주가 여왕으로 선포되자 얼마간 이사벨에게 충성을 보인다. 그러나 후아나 측이 포르투갈의 지원을 얻게 되자 1475년 후아나를 지지하는 편에 다시 서게 되고, 이사벨과 페르난도는 같은 해 6월에 새로운 기사단장을 임명한다. 1476년에는 기사단 내에서 로드리고에 맞섰던 칼라트라바 총사령관인 페르난도 고메스 데 구스만에 대항한 반란이 일어난다. 로페 데 베가의 《푸엔테오베후나》 극에 영감을 제공한 사건이다. 하지만 기사단 내에서 로드리고의 입지가 갈수록 좁아지자 1477년 5월에 이사벨과 페르난도의 편에 서게 되고, 기사단장의 지위와 재산을 모두 회복한다. 로드리고가 기사단장으로서 가장 먼저 한 일은 기독교로 개종한 유대인들을 약탈하고 살해한 다섯 명을 처형한 일이었다. 그는 아버지처럼 개종한 유대인들을 보호해 줬다. 유대인들이 기사단장과 후아나 측 사람들을 도왔기 때문이다. 1479년 9월 계승 전쟁이 막을 내리고 1482년 그라나다 전투가 시작되자 로드리고는 칼라트라바 기사단장으로서 하엔 왕국을 방어하라는 명령을 받는다. 그해 3월에 앞서 본 알아마를 수중에 넣는다. 7월 1일, 로하를 공략하기 위해 친척과 동맹자들과 함께 코르도바를 떠난다. 같은 달 13일, 그는 전투 중 무어인이 쏜 화살 두 발에 사망한다. 그의 나이 스물여섯 살이었다. 이러한 그의 삶은 대중들의 상상력을 자극하여 다양한 영웅담을 만들어 냈다. 본 로만세와 이어지는 로만세는 인물의 실제적 역사성 이외는 모두가 상상의 산물로 보인다. 위에 언급된 카스티야의 이사벨과 아라곤의 페르난도가 스페인 근대 국가를 이룬 카스티야의 이사벨 1세(1479-1504)와 아라곤의 페르난도 2세(1479-1516)로 '가톨릭 양왕'이다. 두 사람의 동등한 위상을 고려하고 가톨릭 선교 과업을 수행하라는 의미에서 교황이 부여한 왕호이다.

칼라트라바 기사단은 중세 스페인 군사 기사단 중의 하나로 1158년에 카스티야 왕국에 만들어진 것이다. 무어인들의 공격에 맞서 현 시우다드 레알 근처에 자리 잡고 있던 칼라트라바 지역 방위가 그 목적이었다. 이외 대표적인 기사단으로 1136년에 설립된 말타 기사단과 1150년에 설립된 템플 기사단, 칼라트라바 기사단과 같은 해에 세워진 산티아고 기사단, 1177년에 설립된 알칸타라 기사단이 있다. 본 로만세와 다음 로만세는 실제 기사단 단장이었던 로드리고 데 히론이라는 인물 외에는 역사적 사건에 대한 근거는 없다. 그는 대중의 상상력을 촉발할 결코 일어난 적이 없는 사건들의 주인공으로 노래될 만큼 잔인한 전쟁을 치른 모험가로 알려져 있다.

작품 16 무어인 알라타르의 로만세

그라나다로부터 알라타르라는 이름의 무어인이 출발합니다.

기사단장이 죽인 바얄도스의 사촌 형제이죠.

열 살 넘은 말을 타고 말이죠.

세 명의 기독교인들이 그 말을 돌보고 그 사람이 손수 말에게 보리를 주지요.

서른 뼘이 더 되는 길이의 창에는 날이 두 개인데

무어인이 잘 다루고자 일부러 그렇게 했지요.

가슴팍에는 방패를 들었는데, 가죽 망토식으로 온통 쇠 그물로 가려져 있었지요.

머리에는 터번을 아홉 번 둘러 감았지요.

끝부분들은 금으로 되어 있었어요, 그라나다의 금과 비단으로요.

소매는 걷어붙이고, 한 손은 쥐똥나무 잎의 분말로 붉게 물들어 있었어요.

너무나 화가 나 가고 있으니 그의 분노가 그대로 드러나지요.

다리를 건너는 동안 다로* 쪽은 정녕 쳐다보지 않을 겁니다.

마호메트에게 기도하고 알라에게 간청하며 가고 있었지요.

기독교인이 나타나면 자기의 창을 피로 물들게 해달라고요.

안테케라의 길로 갑니다. 날아가는 듯합니다.

---

* 그라나다 주에 있는 도시.

동행 없이 분노에 차 혼자 갑니다.
안테케라에 도착하기 전에 기독교 측 냄새를 맡았습니다.
말의 고삐를 당겨 그쪽으로 몹니다.
창을 휘두르면서 가니 그것을 박살내려는 듯합니다.
칼라트라바 기사단장이 그와 맞붙고자 나옵니다.
그 날 얻었을 암말을 타고 말이죠.
힘과 용기로 알아마 수령한테서 획득한 말을 말이죠.
완전 무장을 하고 있으니 아름답게 보입니다.
쇠 창에는 깃발이 달려 있었지요.
서로 맞붙습니다. 무어인이 외칩니다.
— 개 같은 기독교인이여, 알라의 이름으로 네 수염을 붙들어 너를 잡고 말겠다!
기사단장은 속으로 예수에게 자신의 보호를 부탁했습니다.
이제 무어인은 지쳤습니다. 그의 말도 이제 지쳤습니다.
용감한 기사단장은 용기백배하여
무어인을 격렬하게 습격하여 목을 잘라버립니다.
말은 멋지기에 왕에게 드릴 겁니다.
안장 틀에는 머리를 놓으니, 그 이유를 알도록 말입니다.

해설 앞선 로만세의 칼라트리바 기사단장과 본 로만세에 나오는 무어인 알라타르, 이 두 사람의 만남에 관한 정보는 1482년에 있었던 로하 포위전에서 이 무어인의 손에 기사단장이 죽었다는 사실뿐이다. 그 밖의 내용은 창작된 것으로 보인다.

작품 17 돈 마누엘 폰세 데 레온의 로만세

— 내 눈앞에서 4명을 창으로 찔러
말의 가슴걸이에 그 머리들을 달고 가는
저 유명한 무어인의 머리를 내게 가져올 자,
내 기사 중 가장 훌륭한 기사는 누가 될 것인가?
그곳을 거닐고 있던 돈 마누엘이 그 말을 들었지요.
부상에서 아직 다 회복되지 않은 상태였지요.
곧장 무기를 청하더니 단숨에 무장합니다.
앞서 급히 말을 몰아 달려갑니다.
너무 힘을 쓰다보니 피가 터져 나옵니다.
그렇게 약한 몸으로 그러는 그를 보자 부인네들이 안타까워 합니다.
모두가 그에게 돌아오라고 간청합니다. 하지만 그 말을 듣지 않습니다.
곧장 광장에 서 있던 그 무어인에게로 갑니다.
이 모습을 본 무어인이 이렇게 말했습니다.
— 돈 마누엘, 자네가 단단히 마음을 먹고 온다는 걸 난 잘 아네.
그리고 그 이유가 사람들이 자네에게 준 정보로 나를 알고자 하는 것임을.
하지만 더 살고 싶으면 돌아가고 말은 놔두시게.
내가 그 유명한 무어인 무사이니 말일세.
내가 바로 엘 시드가 벌벌 떨었던 암노라디에스 가의 사람이란 말일세.

— 나를 걱정해 줘서 고맙소, 무어인이여.
부인네들이 나를 보내니 난 얻은 게 없이는 돌아가지 않을 것이오.
그들은 더 말없이 서로 떨어졌다가
격돌하니 첫 만남에서 무어인이 말을 버리고
용감한 군인으로서 언월도를 잡았지요.
그러고는 벌써 그를 기다리고 있던 돈 마누엘에게로 갔지요.
하지만 노련한 돈 마누엘은 창을 치켜들었습니다.
창의 막대기 반이 몸 밖으로 빠져나오니, 무어인은 비실댑니다.
그가 죽은 것을 보자 말에서 내립니다.
그의 목을 잘라 머리를 창에다 꽂습니다.
그리고 부인네들이 보는 앞에서 왕에게 그 머리를 드립니다.

해설 돈 마누엘 폰세 데 레온은 1447년에서 1515년까지 실제로 존재했던 인물로 무어인과의 전투에서 공을 세운 모험가이자 영웅으로 기록되고 있다. 가문을 위해 당시 귀족들 간의 전쟁(1471-1474)과 사야베드라 가와 구스만 가에 맞선 분쟁에 적극적으로 개입했다. 하지만 아버지가 죽자 형의 유산 분배에 불만을 품고 가문과 연을 끊고 세비야에 정주하며 메디나 시도니아 공작의 보호 아래로 들어갔다. 본 로만세에 등장하는 무사와의 싸움은 전적으로 허구이다. 무어인들의 이베리아반도 정복사에서 처음으로 거론된 '무사'는 무사 이븐 누사이르Musa Ibn Nusayr로 이집트 보호령의 수장이었다. 그는 이프리끼야Ifriqiya라는, 현 북아프리카 중서부, 즉 튀니지에서 알제리 동부까지 다스렸던 인물이다. 그의 부관이자 베르베르족인 타릭이 스페인 이베리아반도를 점령했다. 이 외의 무사, 즉 Muza로 표기되는 경우는 무어인을 비하하여 상투적으로 일컫는 말이다. 본 로만세에서는 후자 '무사'를 말한다.

작품 18 사야베드라의 로만세

베르데강이여, 강 베르데여, 너는 잉크보다 더 검게 흘러가는구나.
너와 시에라 베르메하 사이에서 위대한 기사가 죽었지.
그들은 오르디알레스를 죽였고, 사야베드라는 도망가고 있었지.
그는 무어인들이 두려워 시스투스 밭으로 숨어들었지.
사흘 낮, 사흘 밤을 거기서 보내며 밥 한술 못 먹었지.
목이 마르고 배가 고파 힘들었지.
무슨 수를 찾고자 길로 나왔지.
산악지대로 다니던 무어인들이 그를 보았지.
그를 보자 무어인들은 즉시 그에게로 왔지.
몇몇은 죽여라, 죽여라! 했고, 다른 몇몇은 살려라, 살려라! 했지.
자기들 사이에다 포로로 하였고, 그는 따라갔지.
무어인들의 촌에 있던 왕에게 그를 데려가려 했던 게지.
무어 왕이 그를 보자 말을 했으니, 잘들 들어보시게나.
— 목숨 붙어 도망간 저 기사는 누구인가?
— 사야베드라라고 하옵니다, 세비야의 그 사야베드라요, 전하.
당신의 무어인들을 죽인 자이자, 당신의 사람을 파괴한 자이지요.
기마대로 약탈을 일삼곤 자기 마을에 몸을 감추었던 자이지요.
거기서 무어 왕이 말을 하려 하니, 그의 말을 잘 들어들 보시게나.
— 사야베드라, 내게 말해 보시게나, 만일 알라신이 자네의 목숨을 늘려

주시어

자네 땅에서 나를 포로로 하게 된다면 나를 어떻게 할 것인가?

거기서 사야베드라가 말을 했으니, 이런 식이었더라.

— 왕이시여, 제가 말씀드리지요, 한 점의 거짓도 없이 말씀드리외다.

당신이 기독교인으로 개종하신다면 당신께 엄청난 영예를 바칠 것이오,

만일 그렇게 하지 않으신다면 당신께 가하는 벌이 엄청날 것이외다.

어깨 위의 머리를 즉시 잘라버리겠나이다.

— 입 다물게 입 다물어, 사야베드라, 자네의 감상은 집어치우게.

원한다면 자네가 무어인이 되게, 그럼 내가 자네에게 무엇을 해줄지 알게 될 걸세.

자네에게 마을과 성을 주고, 값 나가는 보석을 줄 것일세.

사야베드라는 이런 말을 듣자 너무나 고통스러워했지요.

엄한 투로 이렇게 대답했지요.

— 사야베드라를 죽이시오, 죽이시오, 신앙을 버리지 않을 것이니.

살아 있는 동안 난 내 믿음을 지킬 것이오.

거기서 무어 왕이 말을 하니 이런 식이었더라.

— 내 기사들이여, 그자를 포박하라. 그리고 내게 그에 대한 정의를 행하라.

사야베드라는 칼을 쥐고 이들로부터 자신을 방어했으나,

혼자였기에 그 자리에서 목숨을 다했지요.

해설 1448년 포로로 잡혔던 후안 사야베드라에 대한 로만세에는 아주 다양한 버전이 있다. 이 로만세는 그중 가장 오래된 것에 속하며 가장 전통적인 문체를 보여준다. 베르데강은 안달루시아의 그라나다 주에 있다. 카스티야의 쿠엔카에서 발원하여 지중해로 흘러 들어간다. 시에라 베르메하는 안달루시아의 말라가 주에 있는 산맥이다.

역사 정보용
로만세

스페인의 다양한 역사 로만세

711년 무어인들에 쫓겨 이베리아반도 북부 아스투리아스 산악지대까지 달아난 기독교인들은 코바동가에서 처음으로 국토회복전쟁을 승리로 장식하며 점차 아래로 영토를 넓혀 가는데, 그 회복된 땅에는 기독교 왕국들이 세워져 나간다. 최초의 기독교 왕국이 아스투리아스이다. 910년에 레온 왕국이 이를 계승한다. 그리고 무어인에 맞서기 위해 기독교 진지를 북동 지역에 만드는데, 바스크인들이 중심이 된 팜플로나 백작령과 훗날 아라곤 왕국으로 탄생될 지역이다. 팜플로나 백작령이 훗날 나바라 왕국이 된다. 프랑스의 칼 대제가 8세기 말에 이 팜플로나 백작령과 함께 무어인들의 북진을 저지할 목적으로 카탈루냐 지역에 정한 스페인 변경 구역 중 일부는 바르셀로나 백작령이 되어 12세기에 아라곤 왕국과 합쳐진다. 아라곤 왕국도 처음에는 백작령으로 시작되었다. 그리하여 11세기, 즉 1029년과 1035년 사이 이베리아반도에는 기독교 왕국으로는 북서쪽의 레온 왕국과 그 오른편의 팜플로나, 그 오른쪽으로 아라곤 왕국, 그리고 중남부로 알 안달루시아라는 칼리프 체제의 무어 왕국이 있게 된다. 아스투리아스는 수도였던 오비에도를 레온으로 옮기면서 레온 왕국이 되었던 것이고, 이 레온 왕국은 1230년에 카스티야에 병합된다. 카스티야는 9세기 레온 왕국의 봉신인 백작 페르난 곤살레스의 영토로 출발하였다. 레온 왕국은 이 카스티야 백작과 함께 무어인에 맞서 승리를 거두지만, 백작이 레온 라미로 2세의 처사에 불만을 품고 반역을 저질러 투옥을 당하는 사건이 벌어진다. 이렇게 왕국의 설립과 독립 과정에서 왕국과 왕국 사이, 왕과 신하 간의 분규는 로만세에 많은 이야기를 제공했다. 포르투갈은 백작령이었으나 1139년에 왕국으로 독립했다. 카스티야 왕국처럼 봉신이 받은 봉토를 왕국으로 독립해 나간 경우이다.

카스티야가 1065년에 레온 왕국에서 독립한 이후 다시 레온에 합쳐지는 과정에서도 많은 이야기가 있다. 레온-카스티야 왕국의 병합 역사는 이렇다. 페르난도 1세 왕이 1065년에 죽기 전에 자식들에게 왕국을 배분하는데, 장남 산초 2세에게는 카스티야를, 둘째 아들 알폰소 6세에게는 레온 왕국을, 셋째 가르시아에게는 레온에 속해 있던 갈리시아 지역을, 딸 우라카에게는 사모라 땅을, 막내 엘비라에게는 토로 영토를 주었다. 산초 2세는 엘 시드의 도움으로 알폰소의 레온을 공격하고 정복하여 카스티야와 레온 왕국을 하나로 통일했다. 이때 알폰소는 사모라로 도망가 있었고, 산초가 1072년 사모라까지 포위하던 중 레온의 귀족 베이도 돌포스에게 살해당한다. 이로 인해 알폰소 6세가 레온-카스티야의 왕이 된다. 알폰소 6세에게는 우라카라는 딸이 있었는데, 아라곤과 팜플로나의 왕 알폰소 1세와 결혼한다. 귀족들의 반대로 이 혼인이 무효화될 때까지(1109-1114년) 알폰소 1세는 레온의 황제이자 스페인 전역의 왕, 또는 모든 스페인의 황제라는 타이틀을 가졌다. 이후 우라카의 아들 알폰소 7세가 나바라와 아라곤을 병합하지만, 아라곤은 이후 바르셀로나 백작령과 합쳐지고 알폰소 8세가 1200년에 나바라를 카스티야에 결정적으로 병합한다. 카스티야와 레온이 결정적으로 병합된 것은 성자라 불린 왕 페르난도 3세 때인 1230년이다.

남쪽에서는 무어 왕국과의 반복되는 약탈과 휴전과 패배와 승리 및 조공이, 중북부 기독교 왕국들에서는 병합과 왕국 내 불화 등이 수많은 로만세를 낳았다.

작품 19 나바라의 돈 후안 왕의 로만세

바람은 역풍으로 불고, 해는 기울고 있었으며.

달은 자신의 빛을 잃었고 북극성은 나타나고 있지 않을 때,

돈 후안 왕은 걷잡을 수 없는 생각에 사로잡혀

침상에 누워 슬퍼하고 있었다.

— 왕이여, 기억하라, 기억하라, 당신의 젊은 시절을 울지어다!

행운이 없이 태어난 자는 진정 잠을 이루어서는 안 되지 말고!

— 여인이여, 댁은 누구지요? 제발 말해주오.

— 사람들이 나를 운명이라고 불러요. 난 당신이 나와 함께하기를 궁리하고 있어요.

— 운명이여, 얼마나 나를 불행으로 몰아가려 하는가!

내가 가장 사랑하는 것들로부터 떼어놓은 나를!

무슨 일인가, 내 새로운 사랑, 무슨 일인가, 나의 슬픈 여식*이여?

진정 너는 딸을 가지고 있으니, 에스테야, 즉 희망이라 일컫지.

올리테와 타파야**는 어떤 운명에 처했는가? 내 가문은 어떻게 되었는가?

그리고 공작이 나한테서 뺏은 그 마야 성!***

---

* 운명은 스페인어에서 여성 명사이다.

** 나바라에 있는 지역명이다.

*** 나바라 팜플로나 지역에 있는 성으로, 그곳에는 나바라의 독립을 위해 싸웠던 이들을 기리는 비석이 길게 늘어서 있다.

하지만 왕이 나를 도와주지 않는다면 나는 죽은 목숨이 될 것이다.

해설 본 로만세는 나바라를 잃은 왕에 관한 이야기이다. 이름은 후안 달브레트Juan d'Albret이다. 상대 왕은 돈 페르난도 엘 가톨릭코('가톨릭 양왕' 중의 돈 페르난도, 1452-1516)이다. 페르난도 엘 가톨릭코 왕은 페르난도 1세 이름으로 1512년부터 1515년까지 나바라의 왕으로 군림했다. 아라곤의 왕으로는 페르난도 2세 이름으로 1479년부터 1516년까지, 카스티야의 왕으로는 페르난도 5세 이름으로 1474년부터 1504년까지, 나폴리 왕으로는 페르난도 3세 이름으로 1504년부터 1516까지 통치했다. 사위 펠리페 엘 에르모소(미남 왕 펠리페)의 죽음 이후 1507년부터 1516년까지는 카스티야 왕국의 계승자인 딸 후아나의 무능한 통치로 카스티야 왕국을 섭정하기도 했다. 돈 페르난도 왕 측 장군은 알바 공작인, 두케 데 알바이고 마지막 행에서 언급되는 왕은 페르난도 왕이다.

작품 20 라미로 왕의 로만세

라미로 왕이 이제 자리를 잡습니다. 점심을 먹고자 이제야 자리를 잡습니다.

그때 자신이 거느리고 있던 군 수장 중 세 명이 그의 앞에 섰습니다.

한 사람은 아르미뇨이고 다른 한 사람은 갈바네이며

이들과 함께 온 테요 루세로입니다.

— 신이 전하를 지켜주시기를, 전하, — 어서들 오시게나, 수장들이여.

팔로마레스 땅에서 무슨 소식이라도 가져왔는가?

— 소식을 가지고 왔습니다, 전하, 그래서 여기로 온 겁니다.

저희는 이레간을 빵 한 조각 먹지 못하고 다녔습니다.

말들은 보리 한 알조차 먹지 못했습니다. 이 일이 저희 마음을 더 아프게 했지요.

인가가 있는 곳에 들어가지 못했고 말할 사람 하나 만나지 못했습니다.

사냥하러 다니던 일곱 명의 사냥꾼들만 제하고 말입니다.

좋든 싫든 그들과 싸워야 했습니다.

그들 중 네 명은 죽였고 세 명은 여기 데리고 왔습니다.

훌륭한 왕이시여, 믿지 못하신다면 그들이 그러한 사실을 아뢸 것입니다.

해설 본 로만세는 아라곤의 첫 번째 왕 라미로 1세(1006/7-1063, 섭정기간 1035-1063)에 관한 것이다. 주변 백작령들을 하나로 합쳐 새로운 왕국으로 탄생시킨 장본인이다. 팜플로나의 산초 엘 마요르의 아들로 아라곤의 공주와 혼인했다. 이로 인해 아라곤 백작령, 피레네 북쪽 백작령과 동맹을 맺게 되고, 그러한 전통은 그 이후로도 지속되었다. 바르셀로나의 라몬 베렌게르 1세 백작의 영토 확장 정책에 맞서는 일에 힘을 다했다. 카스티야의 산초 2세와 힘을 합쳐 무어인에 대항해 싸우다 전투 중 사망했다. 그의 아들 산초 라미레스는 훗날 일개 마을에 지나지 않았던 하카를 주요 도시로 성장시켜 왕국의 수도로 삼았다. 본 로만세 내용은 탐사를 나간 부하들이 돌아와 그 과정을 알리고 사건에 대해 보고하는 것인데, 실제 이러한 일이 있었는지에 대한 근거는 없다. 그래서 소설적, 다시 말해 역사적 인물로 가공의 이야기가 만들어진 것으로 본다.

작품 21 아라곤 왕의 로만세

한 날 아라곤의 왕이 캄포-비에호에서

스페인의 바다가 어떻게 밀려오고 밀려나는지를 바라보고 있었지요.

오가는 배들과 갤리선들을 바라보고 있었지요.

어떤 것은 무장하고 어떤 것은 물건을 싣고 말이죠.

어떤 것은 플랑드르*로 가고 있었고, 어떤 것은 롬바르디아**로 가고 있었지요.

전쟁에서 돌아오고 있는 이들은, 오, 얼마나 멋지게 보였던지요!

나폴리라 하는 큰 도시를 바라보았고

그 큰 도시에 있던 세 개의 성을 바라보았지요.

카스텔 노보와 카푸아나 그리고 빛나는 산텔모이지요.

산텔모는 한낮의 태양처럼 성들 사이에서 번쩍거립니다.

눈에서 눈물을 흘리며 입으로 이렇게 말합니다.

— 오, 도시여, 나의 엄청난 불행으로 얼마나 값비싼 대가를 내게 치르게 하는가!

참으로 실력 있는 자들인, 공작들과 백작들의 목숨을 앗아가고

내 자식처럼 아꼈던 내 형제의 목숨도 가져가고

그 이외 사람들의 희생은 그 수를 셀 수가 없구나.

---

* 현재의 프랑스 북부와 벨기에, 네덜란드에 걸쳐 존재했던 백작령이다.

** 이탈리아 북부의 주로 주도는 밀라노이다.

내 인생의 가장 좋은 시절인 이십 년을 내게서 앗아갔으니,
네게서 내 수염이 자랐고 네게서 내 수염이 백발이 되었구나.

해설 아라곤 왕 페르난도 1세의 아들로 관대한 왕이자 현왕이란 별칭으로 불린 알폰소 5세(1394-1458, 나폴리)의 로만세이다. 나폴리 왕국을 정복하고자 1420년부터 1442년까지, 20년 이상을 싸웠다. 1416년부터 1458년까지 아라곤, 발렌시아, 마요르카, 시칠리아, 사르데냐의 왕이었고 바르셀로나의 백작이었다. 드디어 1442년에 나폴리를 정복하여 1458년까지 나폴리 왕으로 있기도 했다. 화자의 이야기에 이어 왕의 독백으로 토해내는 한탄은 참으로 아름다우면서도 애처롭다.

작품 22 나폴리 여왕의 로만세

나폴리의 슬픈 여왕은 아무런 수행원 없이 혼자 걷지요.
눈물을 흘리며 소리를 지르며 자신의 불운을 말하지요.
— 누가 슬픔을 사랑하고 기쁨을 증오한단 말인가!
내가 얼마나 울었는지 내 눈은 알기 때문이다.
난 내 남편인 왕을 울었다. 내가 가장 사랑했던 것들도.
돈 페드로 왕자를 울었다. 그는 카스티야의 정수였지.
울음은 하루도 쉴 날 없이 내게 오고 또 왔다.
이렇게 울고 있을 때 전갈이 왔다.
그 프랑스 왕으로부터. 그는 내 왕국을 요구해 왔었다.
난 내가 가진 탑 중 가장 높은 곳에 올랐다.
나를 구하러 오고 있던 7척의 갤리선을 보았다.
그 안에는 카스티야의 제독인 기사가 오고 있었다.
어서 오십시오, 기사여, 당신의 방문을 환영합니다.

해설 본 로만세는 1495년경 익명의 궁정 시인이 구 로만세 문체로 노래한 예술적 로만세이다. 여기서 말하는 여왕은 후아나 데 아라곤으로, '가톨릭 양왕' 중 아라곤 왕인 페르난도 엘 가톨리코의 누이이다. 1494년에 사망한 나폴리 페르난도 1세의 두 번째 부인이다. '돈 페드로 왕자'는 아라곤의 알폰소 5세와 형제로 1438년에 사망했다. '프랑스 왕'은 샤를 8세이고, '카스티야의 제독'은 '대수장'이라 불리던 사람이다. 당시 왕가 간의 결혼은 거의 모두 정략결혼으로, 아라곤의 후아나 역시 나라를 위해 희생한 인물이다.

작품 23 도냐 이사벨 데 리아르르의 로만세

난 히로메나에서 마음 편히 즐기고 있다가
좀 더 쉬고자 전망대로 올라갔지요.
몬벨라 들판으로 기사들이 모습을 드러내는 것을 보았지요.
그들은 전쟁하고자 오는 게 아니며, 더구나 평화를 위한 것도 아니에요.
멋진 말을 타고 손에는 창과 칼을 들고 옵니다.
그 모습을 보자, 불쌍한 난, 그대로 멈춰 그냥 바라보고 있었지요.
그들 중 한 명은 형체나 말을 탄 모습으로 누구인지를 알아보았지요.
마리찰레라 불리는 돈 로드리고 데 차벨라였어요.
여왕의 사촌 오빠로 내겐 불구대천의 원수이지요.
불쌍한 내가 그를 본 순간 난 즉각 불길함을 감지했어요.
난 내 새끼 세 명을 안고 성에서 가장 높은 탑으로 올라가려 했지요.
올라가려 하고 있을 때 벌써 그들은 내 거실에 들어섰답니다.
돈 로드리고가 앞장서고 그 뒤로 나머지 사람들이 왔어요.

— 도냐 이사벨, 하느님이 그대를 구해주시기를. — 어서들 오시요, 기사님들.

— 부인, 그렇게 말하는 걸 보니 우리를 아시오?

— 당신은 알아요, 돈 로드리고, 불행하게도 이미 당신을 알고 있지요.
여기 무슨 일로 오신 건가요? 누가 당신을 이곳으로 보냈나요?

— 당신께 할 말을 용서하기를 바라오, 부인.

나의 사촌인 왕비가 나를 이곳으로 보냈소.

그녀는 무척이나 불행한 결혼생활을 하고 있는데, 그 잘못은 모두 당신께 있소.

그건 왕이 당신과 자식을 보았고 내 사촌과는 하나도 두지 못했기 때문이오.

당신은 왕의 여인이지만 내 사촌은 본처인데도 말이요.

그대에게 죽음을 명하고 있소, 부인. 받아들이기를 바라오.

도냐 이사벨이 아주 정숙하게 대답합니다.

— 돈 로드리고, 당신에게 나는 모든 게 눈에 든 가시였습니다.

원하신다면, 진실을 알기를 바랍니다.

왕이 내게 내 사랑을 요구했고 나는 사랑을 그에게 주지 않으려 했지요.

그분의 왕국을 통치하는 게 두려워서가 아니라 내 명예가 욕될까 해서였습니다.

내가 원하지 않는 걸 알고 왕은 내 부모님께 명령을 내렸지요.

부모님 역시 그분들의 명예를 지키고자 원하지 않았지요.

일이 이렇게 되자 왕은 강제로 나를 취하셨습니다.

내가 있는 이 자리, 이 성으로 나를 데리고 왔지요.

난 내 의지와 상관없이 3년을 이곳에 있었던 겁니다.

그리고 왕이 내게서 자식을 가진 건 하느님과 그분의 은혜 덕분인 게지요.

그리고 왕비에게 자식이 없는 건 그 역시 하느님의 뜻입니다.

이렇게 난 아무런 잘못도 없는 데 나를 죽이려는 이유가 무엇인가요?

여러분께 자비를 부탁합니다. 거부하지 말아 주세요.
나를 이 땅에서 추방하세요. 더 머물지 않겠습니다.
난 카스티야나 더 먼 아라곤으로 가겠습니다.
이것으로 충분하지 않다면 프랑스로 가 살겠습니다.
— 부인, 우리도 어쩔 수 없으니 우리를 용서하시오.
이 자리에 바비아 공작과 비야레알 후작이 있고,
오포르토 주교가 있소, 고해를 하도록 말이오.
당신의 목을 칠 사형집행인과 당신의 머리를 가져갈 시종까지 있소이다.
도냐 이사벨이 아주 정숙하게 대답을 합니다.
— 난 혼자이군요. 나를 지켜줄 자 한 명도 없군요.
아버지도 어머니도 안 계시니, 내 말을 들으려 하지 않는군요.
왕도 바다 건너가셨으니 이곳에 안 계시고.
하지만 그분이 오시면 내 죽음을 복수하실 겁니다.
— 그만 말을 끝내지요, 부인, 그만 입을 다무시지요.
주교여, 고해를 받으시오, 그녀에게 고해하도록 하시오.
그녀가 고해하는 동안, 그 세 명은 말을 나누고 있었지요.
이 여인의 목을 치는 게 잘 하는 짓인지 아닌지를요.
두 사람은 죽이지 말라 합니다. 그녀에게 잘못이 없으니까요.
돈 로드리고는 너무나 잔인하여 그녀를 죽여야 한다고 합니다.
그녀는 고해를 마치고 세 명의 자식을 앞세워 나옵니다.
한 놈은 두 살이고 다른 한 놈은 채 세 살이 아니 되었고 나머지 놈은 젖먹이입니다. 그에게 젖을 물리며 나오는군요.

그녀의 몸은 온통 검은 것으로 덮여 있었지요. 그녀를 본다는 게 괴롭습니다.

— 안녕, 안녕 내 새끼들아. 오늘 너희들은 엄마 없이 남겨지는구나.

내 자식들은 고귀한 혈통의 기사로 취급해 주기를 바라오.

비록 엄마는 비천한 가문의 출신이나 결국 애들은 왕의 자식들이니 말입니다.

그들은 그녀의 목을 치고자 천 위에 그녀를 길게 눕힙니다.

이 여인은 이렇게 죽었지요, 아무런 잘못이 없는데 말입니다.

해설 본 로만세와 이어지는 로만세는 1355년 살해당한 이네스 데 카스트로에 관한 것이다. 이 여인은 포르투갈 페드로 왕자의 인정받지 못한 아내이다. 왕자는 합법적인 결혼을 앞두고 이 여인을 알게 되었고, 왕비가 출산 중 사망하자 두 사람은 비밀리에 결혼하여 세 명의 자식을 두었다. 왕자가 외유 중 왕의 신하들에게 살해당한다(작품 107의 해설 참조). 본 작품에서는 이름이 달리 불리고 있는데, 왕자는 돈 후안 마누엘 왕이고, 실제 살해자는 알바로 곤살레스, 디에고 로페스 파체코, 그리고 페드로 코에요이다. 작품에는 비야레알 후작, 돈 로드리고 데 차벨라, 바비아 공작 그리고 오포르토의 주교라 되어 있다. 이후 많은 작가들이 이 로만세를 차용하여 수많은 작품으로 탄생시켰다. 대표적으로 15세기 말의 가르시아 데 레센데, 17세기에는 메히아 데 라 세르다 그리고 벨레스 데 게바라가 있다. 게바라의《죽은 뒤에 통치하다》는 이네스 데 카스트로의 불행과 그녀를 노래한 로만세를 바탕으로 한 대표적인 작품이다.

작품 24 도냐 이사벨의 복수 로만세

돈 후안 마누엘 왕이 세우타와 탕헤르에서

무어인들을 이기고 포르투갈로 돌아오지요.

리스본에서 배를 내려 왕비가 있는 곳으로 가지 않습니다.

도냐 이사벨에게 말을 하러 코임브라로 갑니다.

성에 도착해 보니 분위기가 좋지 않습니다.

성을 지키던 수문장이 보이지 않습니다.

왕은 성 안으로 들어가고 싶지 않아 마을로 나와 물어봅니다.

도냐 이사벨이 어떻게 되었느냐고요. 그녀에게 무슨 일이, 어디에 있는지를요.

사람들은 말해줍니다. 왕비가 그녀의 목을 치라고 명령했다고요.

그녀에게 질투가 나서요, 왕이 그녀와 노는 게 눈꼴시어서 말이지요.

그래서 네 명의 기사가 그 일을 실행했다고요.

한 사람은 마리스칼이라고 하는 돈 로드리고였고,

나머지 세 사람은 누군지 모르겠다고요.

왕비의 두 형제가 그녀의 시체를

비세오로 가져가 묻으라고 조언했다고요.

이 말을 들은 왕은 더 듣고 싶지 않았지요.

슬픔과 고통에 휩싸여 왕비가 있는 곳으로 갑니다.

그로부터 얼마 지나지 않아 왕비가 아프기 시작합니다.

고통의 이유를 몰라 치료할 수도 없습니다.
밝혀지지 않은 병으로 왕비가 죽었지요.
그녀를 매장한 뒤 왕은 비세오로 갑니다.
왕이 무척 아꼈던 돈 로드리고를 체포하라 했지요.
왕은 도냐 이사벨이 묻힌 무덤으로 갑니다.
무덤에서 그녀를 꺼내게 했지요. 곧 무덤은 파헤쳐졌지요.
화려한 단에 그녀를 앉히도록 명했지요.
그녀의 손에 칼을 지우고 돈 로드리고를 그 앞에 세웁니다.
왕이 그녀의 손을 쥐고 그를 찔러버립니다.
— 이렇게 당신에게 악을 저지른 자를 당신이 복수했소이다.
그러고 난 후 왕은 그녀와 결혼했지요. 죽었는데 말입니다.
그녀의 자식들이 왕위를 물려받을 수 있도록 하기 위해서였지요.

작품 25 베르간사 여공작의 로만세

어느 월요일, 벌써 정오를 지난 네 시에

그 베르간사 공작은 부인 베르간사 여 공작과 다투었지요.

너무나 화가 치밀어 이렇게 말했답니다.

— 부인, 당신은 배신자요, 거짓부렁이 배신자.

부인은 너무나 당황하여 이런 식으로 대답했지요.

— 공작, 난 배신자가 아니에요. 내 가문에는 그런 사람이 하나도 없습니다.

내가 태어난 집에서 배신자가 나온 적이 없습니다.

내가 배신자라면, 공작, 카스티야에서 온 게 잘못이지요.

이토록 좋지 못한 관계로 당신 가문에 합류하고자 했으니 말이지요.

공작은 화가 머리끝까지 치밀어 칼을 뽑아 듭니다.

부인은 힘껏 칼끝을 손으로 움켜쥡니다. — 손을 놓으시오, 잘릴지 모르니.

— 더 이상 나를 자를 수 없지요. 벌써 충분히 잘랐으니 말입니다.

이러한 곤경에 처해 있게 되자 큰 소리로 말합니다.

— 카스티야에서 내가 데려온 기사들이여, 나를 구해주오.

그녀의 불운은 아무도 나타나지 않기를 바랐지요.

그곳에 있던 사람들은 모두 포르투갈 사람이었지요.

해설 본 로만세는 포르투갈의 돈 후안(1349-1397) 왕자에게 살해된 아내

도냐 마리아 테예스 이야기라고도 하고, 1512년에 사망한 브라간사 공작 돈 하이메의 아내 도냐 레오노르 데 멘도사 이야기라고도 한다. 돈 후안 왕자는 포르투갈의 페드로 1세와 갈리시아 귀족인 이네스 데 카스트로의 비합법적인 관계에서 태어난 장남이다. 17세기 스페인 국민극의 아버지인 로페 데 베가는 〈가장 멋진 포르투갈인, 브라간사 공작〉에 본 로만세 내용을 차용했다.

작품 26 포르투갈의 기마라에스 공작 부인의 로만세

— 왕이시여, 당신이 훌륭한 공작인, 제 남편에게

제기된 문제를 믿으시는 것에 대해 제가 항의합니다.

그는 아무 잘못도 없는데, 그를 체포하라 명하셨습니다.

전하, 잘못하신 겁니다. 잘못된 조언을 받으신 겁니다.

남편은 그렇게 함부로 취급될 정도의 어떠한 반역도 저지르지 않았습니다.

오히려 전하를 섬기는 데, 아 비참한 나여, 자기의 직분을 사용했습니다.

늘 전하의 명령을 받들고자 궁에 왔었지요.

전하를 잘못되게 할 일을 할 사람이 아닙니다.

자기 사람과 무기를 가졌던 건 자신을 지키기 위한 것이었습니다.

그 사람은 자기 죄가 무엇인지도 모르고 왔습니다.

전하, 정의를 보지 않으시고 그자의 목을 치라 하셨습니다.

남편의 죽음보다 명예가 실추된 것을 통곡합니다.

남편은 결코 생각으로도 하지 않은 내용을 공포하니 말입니다.

남편은 제대로 재판받지 못했고 다른 사람들의 잘못으로 죽었습니다.

하지만 남편은 그것으로 영광을 얻었고 저는 영원한 근심을 얻었습니다.

그리고 전하는 저를 아주 형편없는 감옥과 다름없는 삶에 던지셨습니다.

제 딸 한 명과 말입니다. 다른 행복이란 제게 남지 않았습니다.

제 세 명의 아들은 제게서 떼어 놓으셨지요.

한 명은 카스티야에서 죽었고 다른 한 명은 가난 속에 살게 하시고
나머지 하나는 유모에게 주어 그가 성장하는 것을 볼 희망도 없게 하셨지요.
사람들은 걔를 두고 불행한 자라 하겠지요.
전 그렇게 잘못된 일에 대해 하느님의 심판으로
전하께서 정정해 주실 것을 요구합니다. 왕이시며, 주인이시며, 사촌이자 형제이신 자여.
그것으로 저는 제 복수를 하고자, 죄 없는 그 사람은 무죄가 되고자 합니다.

해설 포르투갈의 돈 후안 2세(1455-1495, 1481년에 왕위에 오름)는 처남인 기마라에스 공작 돈 페르난도 2세에게 반역죄를 선고하고 목을 치도록 했다. 돈 후안 2세는 귀족의 힘을 억제하고 자신의 권력을 키우기 위해 음모를 꾸며 귀족을 제거하거나 카스티야로 유배를 보내곤 했다. 그가 왕자였을 때는 '폭군 왕자', '완벽한 왕자'란 별명이 있었다.

작품 27 왕이 요구한 5 마라베디의 로만세

부르고스에서, 그 도시에서 의회가 소집됐지요.
라스 나바스 전투에서 승리를 거둔 왕과 모든 이달고들이 모였지요.
왕이 돈 디에고와 말을 나눕니다. 그의 조언을 구하는 게지요.
그자는 비스카야*의 영주로 제일 총신이지요.
— 돈 디에고, 내게 조언을 주게. 아주 필요하다네.
내가 벌였던 많은 전투에 돈이 엄청나게 들었네.
쿠엔카로 가려 하는데, 그 비용을 충당할 돈이 없네.
돈 디에고, 내가 이달고들에게 각
5 마라베디를 내도록 청구하면 어떻겠는가?
— 제가 보기에 전하,
라고 아로**의 사람이 답을 했지요.
그들에게 세금을 내게 하시려는 생각은 위험하다고 생각됩니다.
하지만 전 전하를 무척 사랑하니 제가 도와드리겠습니다.
제가 핵심 인물이니 제 돈은 드리겠습니다.
의회로 모두가 모인 자리에서 왕이 그들에게 말합니다.
돈 디에고는 이미 왕이랑 말이 되어 있던 터라 일어섭니다.
— 왕이 요구하시는 바는 정당하다. 아무도 거부하지 말기를 바란다.

---

* 바스크 지역.
** 라 리오하 지역.

여기 제 5 마라베디를 기꺼이 드리겠습니다.
라라의 백작인 돈 누뇨는 아주 화가 났습니다.
두려움은 뒤로 한 채 이런 식으로 말을 합니다.
— 우리가 온 그곳에서는 그런 세금을 한 번도 낸 적이 없다.
적어도 우리는 내지 않을 것이다. 왕이라 해도 그런 세금은 주어지지 않을 것이다.
내고 싶은 자는 이곳에 평민으로 남고
자기가 이달고라 생각하는 자는 내 뒤를 따라 당장 떠나기를 바란다.
모든 사람이 그를 따라 나갑니다. 3천 명 중 셋이 남았네요.
글레라 들판에서 모두가 모였습니다.
그들은 왕이 요구한 세금을 창에다 묶고서는
세금이 도착해서 곧 내게 될 것이니
왕에게 징수원들을 보내달라 알리려 사람을 보냅니다.
왕이 몸소 오면 존경을 받지 못하기에
조언받은 자의 징수원들을 보내달라는 게지요.
혼자 남게 된 왕이 이 소식을 듣자
돈 디에고에게 몸을 돌려 조언을 부탁합니다.
영리한 돈 디에고는 이러한 조언을 드립니다.
— 전하, 저를 추방하시지요. 제가 일을 이렇게 만든 장본인이니 말이죠.
그러시면 전하는 전하의 이달고들의 호의를 다시 얻으실 겁니다.
왕은 그 조언을 받아들였지요. 이달고들에게 말을 전하러 사람을 보냅니다.

그러한 조언을 한 자는 심한 벌을 받게 될 것이라고요.

그리고 카스티야의 이달고들은 세금을 낼 신분이 아니라고요.

모두가 즐거웠지요. 모든 게 해결됐지요.

돈 디에고를 추방했습니다. 지은 죄가 없는데도 말이지요.

하지만 얼마 되지 않아 카스티야로 그는 돌아왔지요.

자유라는 재산은 어떤 가격으로도 살 수 없지요.

해설 작품 속 왕은 알폰소 8세(1155-1214)이다. 본 로만세는 당시 귀족들이 자신들의 특권을 지키기 위해 왕에게도 맞섰던 사실을 보여주고 있다. 이달고는 하급귀족으로서 상급 귀족과 같이 세금을 면제받고 있었다. 그리고 이들의 최고의 가치는 명예이다. 신분에 어울리는 않는 요구를 받은 이들이 자신들을 지키고자 한 사건을 로만세는 자유의 귀중함으로 풀어내고 있다.

작품 28 돈 페르난도 4세 왕의 로만세

성모 마리아시여, 강가의 성모 마리아여 저를 보호하소서.
그곳에서 그 훌륭한 왕 돈 페르난도는 자신의 사순절을 기렸지요.
재炭의 수요일부터 성스러운 목요일까지
왕은 수염을 깎지 않고 머리도 빗지 않았으며
의자가 그의 침상이었고 그 머리맡에서는 미사 노래가 울렸지요.
가난한 40인이 매일 그의 식탁에서 밥을 먹고
그들이 먹고 남긴 것으로 왕은 저녁을 했으며
손에는 황금 회초리를 들고 제대로 식사를 챙겨주라 하지요.
그의 기사들이 행사를 치르러 어디로 갈 것인지 왕에게 묻고
왕은 하엔으로 자기 부인인 왕비랑 간다고 말하지요.
하엔에서 행사를 마친 뒤
그 유명한 성 알카우데테로 출발합니다.
발은 말등자에 둔 채, 아직 말에서 내리지 않고 있을 때
사람들이 그에게 두 명의 이달고를 고소합니다.
평민 두 명이 왕에게 고통을 호소합니다.
샌들을 신고 손에는 소몰이 회초리를 들고 말이지요.
왕이시여, 돈 페드로 카르바할과 그의 동생 돈 알론소에 대한
정의, 정의를 요구합니다. 저희는 당신의 신하이니까요.
이자들은 우리의 땅을 누비며 밭을 훔치고

막무가내이자 도리에 어긋나게 아녀자들을 우롱합니다.

우리의 보리를 먹고 돈도 치르지 않습니다.

이 외 여러 뻔뻔스러운 짓들을 하니, 그것들을 말로 옮기는 게 부끄럽습니다.

짐이 정의를 행할 테니, 그대들은 그대들의 가축에게 돌아들 가시오.

왕은 자신의 왕국 전체에다 알리라 명령합니다.

그들을 발견하는 자에겐 현상금을 약속합니다.

해군 대장이 그들을 찾았지요. 저기 메디나 델 캄포에서요.

아주 비싼 무기와 말 갈기를 엮는 장식끈을 사고 있는 그들을요.

잡아라, 잡아라, 기사들이여, 꼼짝 마라, 꼼짝 마 이달고들이여.

해군 대장, 당신에겐 잡히지 않겠소. 다른 자의 명령을 가져오지 않는다면 말이지요.

그대들은 잡혔소. 왕의 명령이요.

그분의 명령을 수행하는 일이니, 해군 대장, 그리하겠소.

확실한 일정에 따라 그들은 하엔에 들어왔습니다.

하느님이 전하를 보존하시기를. — 환영받지 못하는 이달고들이여.

그들의 발을 자르라 명합니다. 그들의 손을 자르라 명합니다.

그러고는 그들을 그 마르토스 바위에서 밀어버리라 합니다.

그때 그들 중 한 명이 말하지요. 동생이자 더욱 과감한 자가 말이지요.

왜, 그 일을 하시는지요, 왕이시여? 왜 그런 명령을 내리시는지요?

지고의 주권자 앞에 당신을 소환합니다, 왕이시여.

30일 기한으로 우리와 함께 가시도록.
성자 페드로와 성자 바울을 증인으로 합니다.
공증인으로 사도 산티아고로 합니다.
왕은 이 말에 신경 쓰지 않고 자신의 명령을 수행하도록 했지요.
평민들이 그에게 준 거짓 정보로 말이지요.
왕을 소환했던 카르바할 형제들이 죽은 후
30일이 되기 전에 왕은 중병에 걸렸지요.
30일이 되는, 기한 마지막 날
선고가 내려진 레온에서 왕은 죽었답니다.

해설 돈 페르난도 4세 왕에게 '소환된 자'란 별칭이 붙게 된 배경은 이렇다. 페르난도 4세 왕이 1311년 8월 7일 칼라트라바 기사단의 기사였던 카르바할 형제인 돈 페드로와 돈 후안을 하엔에 있는 마르토스 암산 꼭대기에서 아래로 던져버리라고 명령했다. 이들의 죄명에 대해서는, 이들의 말에 따르면 중상모략이고 이들과 척진 측에서 보면 죄명이 틀린 건 아니라고 했다. 왕의 총신인 돈 후안 알론소 데 베나비데스가 팔렌시아에서 밤에 살해당했는데, 형제들이 그 일을 공모했다는 것이다. 베나비데스 가문과 카르바할 가문은 늘 사이가 좋지 않았다.

형제는 안쪽으로 날카로운 쇠가 박힌 울에 넣어 던져졌는데, 던져지기 직전 현장에 입회하고 있었던 왕에게 이렇게 말했다. "이 말을 잊지 마시기를. 우리는 죄가 없음을 하느님을 증인으로 내세우오. 그러니 당신은 한 달 기한으로 신의 재판대에 소환되었소. 그곳에서 우리는 당신의 범죄를 가리도록 당신을 기다릴 것이오." 카르바할 형제는 굴러 떨어뜨려지기 전에 복수로 왕을 소환했고, 이를 중세 로만세에서 노래한 내용이 본 로만세에서 "왜 이 일을 하시는가요, 왕이시여?"에서 "공증인으로 사도 산티아고로 합니다."까지이다.

이들이 갇혀 있던 울은 던져졌고 마르토스의 '세 개의 십자가'로 알려진 곳까지 굴러 내려갔다. 마르토스 마을 전체가 형제의 죽음을 슬퍼하며 그들을 동정하여 그곳 돌기둥 위에 십자가를 세웠는데, 이를 '통곡의 십자가'라고 부른다. 왕은 며칠 뒤 병석에 눕게 되고 하엔에 있던 궁(현재 하엔 의사당 건물)으로 돌아갔으나 병세는 점점 더 나빠졌다. 그런데 카르바할 형제가 소환한 날짜가 되자 신기하게도 깨끗하게 나았다. 식사만이 아니라 술까지 잘 마신 왕은 낮잠을 자러 갔는데, 다시는 깨어나지 못했다. 그 날은 형제가 죽은 지 꼭 한 달이 되는 9월 7일이었다. 정확하게 30일 되는 날 하느님은 페르난도 4세, 즉 '소환된 자'를 부르신 것이다. 카르바할 형제의 시신은 그곳 구 산타 마리아 교회 안에 매장되어 있다고 한다.

본 로만세에는 각기 다른 로만세 두 작품이 합쳐 있다. 하나는 13세기의 성왕 페르난도 3세[1217년에서 1252년까지 카스티야의 왕, 1230년에서 1252년까지는 레온의 왕으로 레온과 카스티야 왕국을 통일한 왕. 이 두 왕국은 알폰소 7세(1105-1157)가 죽을 때 두 아들인 산초와 페르난도 왕자에게 각각 물려줌으로써 1157년부터 나뉘어 있었다]와 관련된 것이고 다른 하나는 앞서 본 '소환된 왕'이란 별칭을 가진 페르난도 4세 왕(1285-1312) 관련 로만세이다. 그가 죽은 후 얼마 되지 않은 시점에 불린 것이다. 따라서 가장 오래된 역사 정보용 로만세로 문체가 그 이후와 다르고, 대화와 서술이 구분 없이 기술되어 있고, 한 행에 두 사람의 각기 다른 인사가 나열된다. 어휘는 중세어에서도 고어에 속한다. 초기 로만세 모습을 알게 해주는 작품이다.

작품 29 사람들 사이에 말이 있는데…

사람들 사이에 말이 있는데, 확실한 것은 아니랍니다.
그 훌륭한 기사단장 돈 파드리케 데 카스티야의
애를 왕비가 잉태했다는 거예요. 누구는 애를 낳았다고도 하지요.
확실한 사실인지는 모르나 사람들이 그렇게 말을 해요.
당사자들은 아무도 모르리라 생각하는데, 이미 다 퍼졌지요.
왕비는 자신의 하인을 알론소 페레스에게 보내
그를 오라 합니다. 낮이 아니라 밤에 말이지요.
그는 기사단장의 비서로 믿을 만한 사람이지요.
그자가 왕비 앞에 있게 되자 이런 식으로 말을 합니다.
— 기사단장은 어디 계시는가? 보이지 않으니 무슨 일이 있으신가?
왕가의 혈통이 되기에는 너무나 천박한 일을 저질렀다.
내 가문을 욕보였다. 세비야에 퍼진 소문에 의하면
내 시녀 중 하나가 기사단장의 아이를 낳았다 한다.
— 왕비님, 기사단장님은 코임브라를 포위하고 계십니다.
명하시면 당장 그분을 오시라 할 것입니다.
그리고 그분은 숨는 분이 아님을 왕비님께서 알아주시기 바랍니다.
그리고 왕비님이 하신 말씀은 엄청난 거짓말임이 확실합니다.
— 그렇지 않아,라고 왕비가 말합니다. 내가 자네에게 그 말이 사실임을 보여줌세.

궁에 있던 한 아기를 내보이라 명하지요.

왕비의 시녀가 시트에 싼 아이를 내놓지요.

— 알론소 페레스, 보라고, 봐. 이 아기가 누구를 닮았지?

— 왕비님, 기사단장을,이라고 알론소 페레스가 답하지요.

— 그러니 당장 아이를 키우라고 주어라. 누구에게도 이런 사실이 알려지면 아니 되니라.

알론소 페레스가 나가지요. 벌써 세비야를 빠져나가지요.

위안할 길 없는 왕비는 너무나 슬퍼하지요.

눈에서 눈물을 쏟으며 입으로는 이렇게 말하지요.

— 세상에 태어난 어떤 여인보다 더 불행하기 짝이 없는 왕비인 나여,

나의 불운으로 나를 왕과 결혼시켰지.

결혼식 날 밤 이후 한 번도 왕을 뵌 적이 없어.

그의 형제인 기사단장이 나와 함께 있어 줬지.

일이 이렇게 된 건 모두 나의 잘못이야.

돈 페드로 왕이 이 일을 알게 된다면 우리 두 사람에게 복수할 거야.

왕비인 나를 훨씬 더 많이. 나의 불운으로 인하여 말이다.

이미 알로소 페레스는 예레나, 그 마을에 도착했지요.

그는 아이를 한 유대인 여인에게 키우라 맡깁니다.

기사단장의 하녀였던 인물로 이름이 팔로마였지요.

그리고 돈 엔리케 왕이 얼마 후 카스티야를 통치하게 되자

그 아이를 데리고 와 기사단장으로 만들지요.

로만세가 말하는 것처럼 자기 형의 아들이었으니 말이지요.

해설 잔인한 왕 페드로 1세 치세 동안에 일어난 사건으로, 엔리케 데 트라스타마라를 지지하는 사람들 사이에서 나온 작품이다. 이 이야기의 진실성에 대한 근거는 확실하지가 않다. 도냐 블랑카와 돈 파드리케가 정말 사랑하는 사이였는지에 대한 확실한 증거는 없다. 하지만 비록 간통을 다루고 있지만 남편의 희생양이 된 왕비에 대한 애정이 보인다. 그녀의 과오가 아내를 버려둔 남편으로 인한 것임을 알리면서 그녀를 용서하고 있다.

작품 30 돈 파드리케의 로만세

나는 저기 코임브라에서 있었지요. 내가 전투에서 싸워 얻은 곳이지요.
그때 나의 형인 돈 페드로 왕으로부터 내게 서신이 도착했지요.
세비야에서 열리는 시합에 오라는 거였지요.
운 없는 기사단장이자, 불행한 기사단장인 나는
노새 13마리와 말 25필 모두를
금으로 된 사슬과 금으로 섞어 짠 비단 천으로 장식하여 데리고 갔지요.
보름 여정 중에 여덟 날을 걸었지요.
강의 여울을 건너갈 때
내 노새가 나와 함께 넘어졌지요. 내 금 단도를 잃었지요.
내가 가장 아끼는 사람 중의 하나인 시동 한 명은 물에 빠져 죽었지요.
내 방에서 자랐고 나를 아주 기쁘게 해주던 아이였지요.
이 모든 불행을 겪으며 세비야에 도착했지요.
마카레나 문 앞에서 한 성직자를 만났지요.
미사를 집전한 적이 없는 부제였지요.
— 기사단장, 하느님이 그대를 보호해 주시기를, 기사단장 잘 오셨습니다.
오늘 당신 아들이 태어났습니다. 당신은 오늘로 스물 하고도 한 살이 됩니다.
기사단장, 원하신다면 그 아이에게 세례를 주러 돌아갑시다.
제가 대부가 되고, 기사단장, 당신은 양육자가 될 것입니다.

이때 기사단장이 말을 하니, 잘들 들어보시기를.

— 그런 말씀 마세요, 부제님, 그런 말씀하실 생각일랑 마세요.

제 형인 돈 페드로 왕이 무슨 일로 나를 이곳으로 오라고 했는지 알고자 합니다.

난 내 노새를 몰아 세비야로 들어왔지요.

시합을 위한 준비가 되어 있지 않았고, 무장한 기사도 보이지 않았어요.

난 내 형 돈 페드로 왕의 궁으로 갔지요.

문으로 들어가자 내 뒤로 문을 닫아 버렸지요.

내가 옆에 차고 온 내 칼을 빼앗았지요.

나를 수행했던 수행원을 내게서 떼어 놓았지요.

이것을 본 내 사람들이 배반이라 내게 알립니다.

내가 밖으로 나왔더라면 그들이 나를 살렸을 겁니다.

난 잘못한 일이 없었기에 그럴 생각을 하지 못했습니다.

난 내 형 돈 페드로 왕의 자리로 갔습니다.

— 왕이시여, 하느님이 보호해 주시기를, 처음부터 끝까지 모든 일을.

— 기사단장, 우리는 일 년에 한 번만 봐 왔지.

이번 너의 방문은, 기사단장, 강요로, 또는 명령으로 인한 것이다.

기사단장, 네 머리를 선물로 대령하라 되어 있다.

— 왜, 이 일을?, 선한 왕이시여, 전 결코 전하께 싸움을 건 적이 없습니다.

전하를 곤경에 처하게 한 적도, 무어인들과 싸울 때조차도 말입니다.

— 나의 수문장들이여, 이리로 와 명한 바를 시행하라.

그 말을 마치기도 전에 그의 머리를 잘라버렸지요.
그 머리를 쟁반에 받쳐 도냐 마리아 데 파디야에게로 보내지요.
그러자 그 머리가 살아있는 양 그녀가 말을 합니다.
머리에게 하는 그녀의 말은 이렇습니다.
— 배반자여, 이렇게 넌 옛일과 오늘날의 일의 대가를 치르는 것이다.
네 형인 돈 페드로 왕에게 준 옳지 못한 조언을 말이다.
그녀는 그 머리를 머리채로 잡아 개에게 던집니다.
그 개는 기사단장의 개로 그 머리를 단 위에 올려놓습니다.
개의 울부짖음에 온 궁정이 떠나갑니다.
그때 왕이 묻습니다. — 누가 그 개를 괴롭히는가?
그러자 기사단장의 죽음이 고통스러웠던 이들이 모두 대답하지요.
— 머리입니다, 전하. 전하의 동생 기사단장의.
그때 왕의 이모가 말을 합니다. 두 형제의 이모이지요.
— 왕이시여, 어찌 그리 큰 악행을 저질렀단 말이오, 어찌 그런 악행을.
한 사악한 여인 때문에 그런 동생을 죽이시다니.
그 말을 마치기도 전에 고통스러웠던 왕은
도냐 마리아에게로 가서 이렇게 말을 하지요.
— 나의 기사들이여, 이 여인을 체포하라. 그리고 단단히 지키도록 하라.
내가 그녀에게 모두가 바라는 그러한 벌을 내릴 것이다.
아주 어두운 감옥에 그녀를 넣었지요.
왕은 몸소 그녀에게 자기 손으로 먹을 것을 주지요.

아무도 믿지 못하는 게지요. 자기가 키운 시동만 제하고 말이지요.

해설 살인은 1358년에 일어났는데, 본 로만세는 잔인한 왕 페드로 1세의 이복동생 돈 파드리케 기사단장의 무죄를 알린다. 역사적 사실이란 측면에서 의심 가는 부분이 있다. 그리고 연대기(작품 1번 해설 참조)에서와는 달리 도냐 마리아 데 파디야의 명예가 훼손되고 있다. 그녀는 이 살인 사건과 전혀 무관한 것으로 역사는 기록하고 있기 때문이다. 그녀에 대한 이후 다른 평가들을 보면 그녀는 아주 훌륭한 여인으로 되어 있다. 그런데도 도냐 마리아 데 파디야가 악마의 화신으로 전해져 온다는 사실이다. 전통은 적지 않은 악행을 저지른 자로 언급하고 있다.

작품 31 잔인한 왕 돈 페드로의 로만세

헤레스 들판으로 돈 페드로 왕이 사냥을 하러 갑니다.

늪에 이르자 비행 중의 사냥감이 있는지 보고자 했지요.

백로 한 마리가 나는 것을 보았는데, 맹금류 한 마리가 백로에게 덤벼들었습니다.

백로 위로 매 한 마리가 오르던 거였는데, 그 매가 왕의 발치에 죽어 떨어집니다.

발치로 매가 떨어지는 것을 보자 왕은 그 일을 나쁜 조짐으로 여겼습니다.

백로는 훨훨 날아오르니 하늘에 닿는 것 같았습니다.

백로가 올라간 곳으로 검은 물체가 하나 내려오는 것을 보았습니다.

그 물체가 가까이 올수록 점점 더 두려움은 커졌습니다.

내려오다 오다 바닥에 닿을 정도가 되었습니다.

왕의 말 앞쪽 다섯 보 정도의 거리를 두고 있었습니다.

그 물체에서 어린 목동이 울고 신음하며 나왔습니다.

헝클어진 머리에 산발한 머리카락을 하고 말입니다.

발은 엉겅퀴로 가득하고 몸은 온통 털로 덮여 있었습니다.

한 손에는 구렁이 한 마리가, 다른 한 손에는 피가 낭자한 비수가 들려 있었습니다.

어깨에는 수의를 걸치고 목에는 해골이 달려 있었습니다.

허리춤에 걸린 그 해골 옆으로 검은 개 한 마리를 데리고 있었습니다.

개가 토해내는 울부짖음은 사람들을 모두 두려움으로 몰아갔습니다.

그리고 그 검은 물체는 크게 외쳤습니다. — 돈 페드로 왕, 너는 죽을 것이다.

넌 네 왕국의 가장 훌륭한 자들을 재판도 없이 죽였다.

네 혈육인 기사단장을 회의도 없이 죽였다.

그리고 네 어머니를 추방했다. 그것에 대해 하느님께 고해야 할 것이다.

넌 도냐 블랑카를 포로로 하고 있다. 그 일은 하느님을 분노케 했다.

네가 다시 그녀를 사랑하게 된다면 하느님이 네게 후손을 주실 것이다.

만일 그렇게 하지 않으면 그로 인해 네게 불행이 닥칠 것이다.

너의 딸들은 너의 잘못과 부적절한 통치로 불행해질 것이다.

그리고 네 동생 돈 엔리케가 네 왕국을 물려받게 될 것이다.

넌 난도질을 당해 죽을 것이고 네 집은 지옥이 될 것이다.

이 모든 말을 재차 하더니 그 검은 물체는 사라져 버렸습니다.

해설 환상적 요소가 들어 있는 몇 안 되는 로만세이다. 이은 로만세에 대한 해설을 참조하기 바란다.

작품 32 블랑카 왕비의 죽음

도냐 마리아 데 파디야, 내게 슬픈 얼굴 하지 마시오.

내가 두 번 결혼한 건 당신에게 이익이 되고자, 그리고

도냐 블랑카 데 부르봉을 경멸하기 위한 거였소.

내 깃발을 만들라고 메디나 시도나로 보낸다오.

눈물의 작업이자, 그녀의 피가 깃발의 색이 될 것이요.

그 깃발은, 도냐 마리아, 당신을 위해 그에게 시키는 일이라오.

그리고는 왕은 훌륭한 사나이 이니고 오르티스를 불러

메디나로 가서 그 작업을 끝내라고 합니다.

이니고 오르티스가 왕에게 말을 합니다. — 그런 일은 제가 하지 않을 겁니다.

자기 주인의 아내를 죽이는 자는 자기의 주인을 죽이는 반역을 저지르는 일입니다.

그 말에 화가 난 왕은 거실로 들어가

철퇴 소지자에게 시키도록 합니다.

이자가 가서 기도를 올리고 있는 왕비를 만납니다.

철퇴를 든 자를 보자 자신의 슬픈 죽음을 예감했지요.

그자가 왕비에게 말합니다. — 왕비이시여, 왕이 저를 여기로 보내셨습니다.

그대의 영혼을 만든 자와 그대의 영혼을 잘 해결하라고 말이지요.

왕비님의 시간이 임박했습니다. 저는 더 지체할 수가 없습니다.

— 그래요, 하고 왕비가 말했습니다. — 내 죽음에 대해 당신을 탓하지 않아요.

내 주인이신 왕께서 명하신 일이라면 그분이 명하신 대로 되기를 바랍니다.

다만 고해만은 하게 해주세요. 하느님께 용서를 빌도록 말이지요.

그녀의 눈물과 신음은 철퇴 소지자의 마음을 눈물겹게 합니다.

힘없는 목소리로 떨면서 이렇게 말을 하기 시작했습니다.

— 아, 프랑스여, 나의 고귀한 조국이여!, 아, 나의 부르봉 혈통이여!

난 오늘로 열일곱 살, 내일은 열여덟 살을 향해 간단다.

왕은 나를 알지 못했다. 난 처녀의 몸으로 간단다.

카스티야여, 내게 말해보렴. 내가 네게 무슨 몹쓸 일을 저질렀단 말인가?

네가 내게 준 왕관은 피와 한숨으로 되어 있구나.

하지만 난 다른 왕관을 하늘에서 받을 거다. 더 가치 있는 게 될 것이다.

이렇게 말을 마치자 철퇴가 쳐지고

그녀의 뇌수가 홀에 흩뿌려졌더라.

해설 잔인한 왕 돈 페드로 1세는 자신의 첫 번째 부인인 도냐 블랑카 데 부르봉(1339-1361)을 살해하도록 1361년에 명령했다. 본 로만세는 이 사건이 있은 지 얼마 되지 않은 시점에 불린 것이다. 여왕이 자연사한 것으로 추정하는 역사가도 있지만, 역사를 아는 사람들과 스물두 살의 어린 나이로 죽음을 맞이한 그녀의 삶을 아는 사람은 그러한 가설을 일축하고 있다. 도냐 마리아 데 파디야는 그녀 죽음에 전혀 개입하지 않았다. 본 로만세는 그 부분에 있어 허구이다. 블랑카 여왕의 젊고 여린 모습과 그녀의 체념이, 부당하고 야만적이며 잔인한 모습과 대조를 이룬다.

작품 33 산후안 수도원장의 로만세

하느님이 용서해야 할 자, 돈 로드리고 데 파디야는
왕의 손을 잡고 따로 은밀하게 말하지요.
— 세상에서 둘도 없을 성이 콘수에그라에 있습니다.
왕이시여, 산후안의 수도원장보다 전하에게 더 가치가 있는 성입니다.
훌륭한 왕이시여, 그자를 초대하소서, 저녁 식사에 그를 초대하소서.
전하께서 그에게 베푸는 식사가 토로에서 돈 후안에게 한 것처럼 되게 하소서.
일말의 동정심도 없이 그자의 머리를 자르시어
그 자른 머리를 제가 갖도록 주소서.
이들이 이러고 있을 때 수도원장이 도착했지요.
— 하느님이 전하를 보존해 주시기를, 그리고 전하의 왕위를.
— 잘 왔소, 수도원장, 산후안의 훌륭한 수도원장이여.
수도원장, 내게 말해보오, 내게 진실을 말해주오.
콘수에그라 성이 누구에게 합당하오?
— 그 마을과 성 모두 전하의 분부하에 있습니다.
— 그렇다면 내가 그대를, 초대하오. 나와 함께 저녁을 합시다, 수도원장.
— 좋습니다, 수도원장이 말했지요. — 기꺼이 그리하오리다.
그런데 전하, 우선 제게 허가를, 저에게 허락을 해주시기를 바랍니다.
제가 새로운 사절들을 데리고 왔는데, 가서 그들을 숙박시키고자 합니다.

— 훌륭한 수도원장이여, 편히 가시오, 곧 돌아오기를 바라오.
그는 부엌으로 가지요. 거기에는 요리사가 있지요.
그는 그자와 같은 신분의 사람인 양 이렇게 말을 합니다.
— 이 내 옷을 입으시오. 당신 옷은 내게 주시오.
이미 반나절이 지나 길을 나서지요.
수놈이 있던 마구간으로 가지요.
— 넌 나를 세 번에 걸쳐 도주하도록 했다. 이번으로 네 번이 될 것이다.
이번에 내 도주가 성공한다면, 네 낙인을 금으로 찍어줄 것이다.
그는 급히 안장을 놓고 가기 시작합니다.
정확히 자정이었지요. 닭들이 울기 시작할 때
톨레도로 들어가지요. 그 도시 톨레도 말이지요.
닭이 울기 전 콘수에그라에 닿으려고 말이지요.
성을 지키는 보초들을 보자 그들에게 말을 합니다.
— 망보는 자들이여, 나에게 말해주오, 진실을 말해주오.
콘수에그라 성이 누구에게 합당한지 말해주겠소?
— 마을과 함께 성은 산후안 수도원장에게 합당한 것이지요.
— 그렇다면 내게 문을 열어주오. 여기 있으니 잘 보시오.
수문장은 그를 보자 문을 활짝 열어주지요.
— 자. 이 내 말을 잘 돌봐주기를 바라오.
그리고 내가 망을 보게 해주오, 내가 불침번을 서겠소.
망을 보라, 망을 보라, 밤샘으로 망보는 자들이여, 분노가 그대들을 죽일지 모르니!

홀륭한 주인을 섬기는 자에게 이러한 선물을 주지.

수도원장이 그러고 있을 때 그 훌륭한 왕이 도착했지요.

망을 보고 있던 문지기들을 발견하고 그들에게 말을 합니다.

— 망보는 자들이여, 하느님이 그대들을 지켜주시기를, 내게 말해보라,

콘수에그라 성이 누구에게 합당한지 말해보라.

— 마을과 함께 성은 산후안 수도원장에게 합당하지요.

— 그렇다면 내게 문을 열라. 여기 있으니 잘 보라.

— 비켜요, 나가세요, 훌륭한 왕이시여, 수도원장은 이미 왔습니다.

— 수놈 잿빛 노새여, 수놈 잿빛 노새여, 병에 걸려 죽어버려라!

넌 내게 일곱 마리 말의 희생을 치르게 하더니, 이번으로 여덟 마리가 되는구나!

내게 문을 열라, 훌륭한 수도원장, 나를 그곳에 들어가게 하라.

내 왕위를 걸고 맹세하지. 다시는 그대에게 해악을 행하지 않겠다고.

— 그러지요, 훌륭한 왕이시어, 지금 제 수중에 계시니.

해설 본 로만세는 페르난 로드리게스 데 발부에나(1270-1333)인 산후안 수도원장이 1328년에 일으킨 반란이라는 역사적 사실에 근거한다. 그는 카스티야에 있는 산후안 기사단의 주교로 있었는데, 알폰소 11세 왕의 총신인 알바르 누네스가 기사단에 새로운 세금을 부과하자 그 총신에 반대하여 콘수에그라, 사모라 그리고 바야돌리드에서 반란을 일으켰다. 결론은

그가 이겨 총신은 추방당하고 알폰소 11세와는 화해했다. 세월이 흐르며 다양한 변형이 가해졌으나 실제 사건에 바탕을 두고 있는데, 본 로만세에는 두 사건이 섞여 있다. 1행 돈 로드리고 데 파디야는 돈 디에고 가르시아 데 파디야로 칼라트라바 기사 단장이자, 도냐 마리아 데 파디야의 오빠로 자신의 처남인 잔인한 왕 페드로 1세에게 선왕인 알폰소 11세가 했던 것처럼 하라고 조언한다. 알폰소 11세는 외눈이라는 별창을 가진 돈 후안 왕자가 자기에게 맞서고자 아라곤과 포르투갈의 왕들과 결탁하고 있다고 생각하여 그를 저녁 식사를 구실로 토로로 불러 살해했다. 그리고 돈 후안의 영지를 수중에 넣었다.

작품 34 아라곤 왕자들의 로만세

알부르케르케, 알부르케르케, 넌 당연히 명예로울 가치가 있어.
그곳에 세 명의 왕자가 있으니. 돈 페르난도 왕의 자식들이지.
난 그들을 내 왕국들에서 추방했지. 일 년 동안 그들을 내쫓았지.
알부르케르케가 너무나 강하여 그들은 그것으로 나에게 맞섰지.
오, 돈 알바로 데 루나여, 나를 우롱하다니 고약하기 짝이 없구나!
내게 알부르케르케는 평지에 있다고 하지 않았던가.
내가 보기엔 깊은 창고들이 있고 탑으로 둘러싸여 있으며
그 안에는 엄청난 규모의 포와 보병과 기마대가 있다.
그 뭉툭한 탑에 사람들은 세 개의 깃발을 걸어놓았다.
하나는 돈 엔리케의 것이고, 다른 하나는 그의 동생 돈 후안,
그리고 나머지는 상속권이 없는 돈 페드로의 것이다.
그곳을 취하지 못한 왕실의 깃발이 곧 올려지기를 바란다.

해설 본 로만세는 카스티야와 레온의 무능하기 짝이 없는 후안 2세 왕(1405-1454)이 엑스트라마두라 바다호스 주에 있는 알부르케르케를 두고 벌인 싸움에서 실패한 사건을 언급하고 있다. 아라곤의 왕자인 돈 엔리케와 돈 페드로가 방비를 견고하게 하고 있었다. 작품에서 언급한 세 번째 왕자 돈 후안은 그 자리에 없었다. 이 후안 2세 왕의 아들이 불능 왕 엔리케 4세이다. 5행의 알바로 데 루나(1390-1453)는 루나 가문의 카스티야 귀족

으로, 카스티야의 이사벨 1세 아버지인 후안 2세 왕의 총신이다. 창 다루는 기술과 뛰어난 문학적 재능, 세련된 몸가짐 등으로 왕의 연인으로 불릴 만큼 왕에 대한 영향력이 절대적이었다. 카스티야에서 전통적으로 행사해 온 경제, 정치적 권리와 이익을 옹호해 온 아라곤의 왕자[아라곤의 페르난도 1세(1380-1416)가 트라스타마라 카스티야 왕조의 첫 아라곤 군주이고, 그의 아버지인 후안 1세(1358-1390)는 카스티야의 왕이었기에]들과 끊임없이 분쟁하고 왕을 꼭두각시처럼 조종했다. 산티아고 기사단의 기사단장직과 카스티야의 원수직 자리에 오를 만큼 끝 모를 그의 권력 상승은 왕의 두 번째 아내인 포르투갈의 이사벨(카스티야의 이사벨 1세 어머니)이 왕에게 행한 끈질긴 설득으로 하락하기 시작했다. 왕비는 루나가 왕의 절대적 신임을 받으며 온갖 악행을 저질렀음을 알고 있었고, 그가 가진 막강한 힘이 두려웠다. 1453년 6월 2일 바야돌리드의 마요르 광장에서 공개적으로 교수형에 처해졌다. 그의 유해는 톨레도 성당 내 산티아고 예배당에 안치되어 있다.

작품 35 아르호나 공작의 로만세

공작은 아르호나에 있었고 그 훌륭한 왕은 지브롤터에 있었지요.

왕은 공작에게 전하라 사신을 보냈지요.

불운한 공작은 지체하지 않고 즉각 왔지요.

보름 여정을 걸어서 여드레 만에 왔지요.

식탁이 차려져 있는 것을 보았지요. 점심 들 준비가 되어 있는 것을요.

그들은 식사를 마치고 정원으로 쉬러 갑니다.

걸으며 산책하다 왕이 말을 하기 시작합니다.

— 아르호나 공작, 자네에 대한 원성이 자자하네.

결혼한 여인네와 혼기에 든 여자들을 강제로 취하고

그들의 술을 마시고 그들의 빵을 먹으며

그들의 보리를 취하고도 돈을 내지 않는다는구먼.

— 훌륭한 왕이시여, 그런 말을 전하께 전한 자, 진실을 말한 게 아니옵니다.

— 내 시종을 부르라, 내 왕실의 시종을.

내 주머니에 있는 편지들을 내게 갖고 오라 하라.

여기 이 편지들을 보게, 부인할 수 없을 걸세.

기사들이여, 이자를 잡아라, 잡아라. 포로로 데려가라.

멘도사에게 건네주라. 충실한 나의 보호자에게.

해설 후안 2세 왕이 아르호나 공작을 체포하라 명했다. 1429년 그가 반역을 저질렀다고 의심했기 때문이다. 작품에 열거되는 이유는 상상의 소산물이다. 역사적 사건을 소설화한 것이다. 작품 28번에서 본, 카르바할 형제들이 당한 일과 유사하다. 16행의 멘도사는 후안 우르타도 데 멘도사(1351-1426)로, 후안 2세가 어렸을 때 그의 후견인이었다.

작품 36 돈 가르시아의 로만세

그렇게 돈 가르시아가 담을 돌며 앞으로 걷고 있지요.

한 손에는 화살을, 다른 손에는 활을 갖고요.

운명을 저주하다 운명에게 큰 고통을 호소하지요.

— 왕은 나를 어려서부터 키우셨다. 하느님은 나를 강하고 용감하게 만드셨다.

내게 어떤 사람의 것보다 더 가치 있는 말과 무기를 주셨다.

아내로, 그리고 내 신분을 올려 동등한 자격으로 도냐 마리아를 주시고

그녀를 수행할 1백 명의 시녀를 주셨으며

그녀와 결혼하도록 우레냐 성도 주셨다.

그 성을 지킬 1백 명의 기사도 주셨다.

우리에게 마실 술과 먹을 빵을 공급해 주셨고,

그녀에게는 성에는 없는 달콤한 물을 공급해 주셨다.

산 후안 아침, 무어인들이 내 성을 포위했다.

7년이 지나도 그 포위를 풀 생각이 없다.

내 사람들이 죽어나가는 것을 본다. 그들에게 줄 것이 없어서이다.

그들을 난 탑의 전안箭眼 사이에다 놔둔다, 무장한 채로.

무어인들이 보기에 싸울 수 있는 사람이라고 생각하도록 말이다.

우레냐 성 안에는 오직 빵 하나만이 있다.

내 자식들에게 그 빵을 준다면 내 아내는 어떻게 될까?

비열하게도 내가 그 빵을 먹는다면 내 사람들은 불평할 것이다.

그는 빵을 네 등분하여 그것을 야영지로 던졌지요.

그 조각 중 하나가 왕의 발치로 갔지요.

— 알라가 내 무어인들이 잘 생각하도록 하시기를, 알라가 왕에게 신중히 검토하도록 하시기를.

성에서 남는 여분이 야영지의 우리에게 조달되고 있으니.

나팔을 불라 명하고 당장 포위를 풀라는 명령이 내려지지요.

해설 구체적으로 어떠한 역사적 사실에 기반하고 있는지에 대한 언급은 없지만, 주제와 문체가 소설적 로만세보다 역사 로만세에 더 근접하고 있어 역사 로만세로 분류했다. 무어인들이 7년 동안 포위를 하고 있었으나, 무어 왕은 빵 조각을 보고 성에 먹을 것이 많다고 생각한 듯하다.

작품 37 아름다운 공주의 로만세

아름다운 공주가 올리브 나무 그늘에 있었지요.

양손에 황금 빗을 들고 자기의 머리카락을 빗고 있었지요.

눈을 하늘로 들어올렸지요. 해가 나오는 반대 방향으로요.

무장한 갤리선이 오고 있는 것을 봤지요. 구아달키비르 강으로 입항하지요.

그 배로 알폰소 라모스, 카스티야의 해군 대장이 왔지요.

— 어서 오세요, 알폰소 라모스, 당신을 환영합니다.

멋지게 장식한 내 배로부터 어떤 소식을 가져오시는 가요?

— 공주님, 제 목숨을 보전해 주신다면 소식을 전해드리겠습니다.

— 말하시오, 알폰소 라모스, 당신의 목숨은 안전할 것이오.

— 저쪽 카스티야로 베르베리아의 무어인들을 데려갑니다.

— 그 이유를 알리지 않으면 그대의 머리를 자를 것이네.

— 제 머리를 치신다면 당신의 머리가 그 대가를 치르게 될 것입니다.

해설 역사적 사건에 기반하고 있으나 구체적으로는 알지 못한다. 마지막 두 행은 의미가 모호하다. 다른 로만세의 일부를 가져왔거나, 변형이 일어난 듯하다.

역사 정보용
로만세

역사 – 서사 로만세

역사적 사건들이 서사시로 불리고, 이 서사시들은 로만세의 내용과 문체에 많은 영향을 끼쳤다. 스페인 영웅들의 무훈을 노래한 서사시는 서고트족 전통에 스페인적 특징이 더해 있다. 개인적 차원의 복수는 로마의 사법 시스템과는 반대로, 서고트와 스페인 서사시의 특징이다.

작품 38 라 카바의 유혹

로드리고가 사랑으로 인해 자신의 근심을 털어놓았더라.

라 카바에게 사랑에 빠졌노라 했더라.

그녀의 곱고 사랑스런 얼굴, 그 아름다운 얼굴을 바라보고

그녀의 희고 예쁜 손을 찬양하다 이렇게 말했더라.

— 내가 말하는 바로 나를 이해해 주기를.

네게 내 가슴을 줄 수 있고 네 말에 복종할 텐데.

카바는 진중한지라 그 말을 농담으로 받았더라.

하지만 왕은 그 말이 사실이라며 맹세를 했더라.

그녀는 여전히 모른 척하며 농담이라며 빠져나갔더라.

왕은 낮잠을 자러 방에 들어가

자기 몸종 중의 한 명을 라 카바에게 보냈더라.

라 카바는 달리 할 바가 없어 곧 왕의 명령을 받들었더라.

그녀를 보자마자 왕은 강하게 그녀를 붙들었더라.

만일 그녀가 자신이 원하는 바를 해주면 그 대가로 수천 가지 일을 제안하면서.

그녀가 왕이 원하는 것 어느 하나 단연코 해주려 하지 않자

왕은 그녀의 마음에는 아랑곳없이 억지로 그녀를 범했더라.

그녀는 화난 채로 돌아가 자기 방에 들어가 버렸더라.

그러한 사실을 말해야 할지 말아야 할지 몰라

매일 매일을 한숨과 눈물로 지새우니 그녀의 아름다움이 점점 시들어 갔더라.

그녀의 몸종이자 친구가 그러한 그녀를 눈여겨보다가
이렇게, 이런 식으로 말을 했더라.
— 카바여, 네 슬픔과 네 통곡으로 보아 네게 무슨 일이 있는 게
분명한데 내게 말해주지 않으니 내가 네 친구가 아닌가보다.
카바는 그래도 말을 않다가 마침내 털어놓았더라.
왕 로드리고가 어떻게 자기를 강제로 취했는지를.
그리고 자기 말을 제대로 믿도록 친구에게 보여주기까지 했더라.
친구는 사실을 알게 되자 이러한 충고를 주었더라.
— 네 아버지에게 편지로 너의 명예가 실추된 사실을 알려드려.
카바는 충고를 받은 대로 즉시 그렇게 하여
자기 밑에서 자란 시종에게 그 편지를 줬더라.
타리파에서 배에 올라 세우타로 그것을 가지고 갔더라.
그곳에 계신 그녀의 아버지인 백작의 손에 그 편지를 건넸더라.
그녀의 어머니는 그 사실을 알게 되자 오열하기 시작했더라.
백작은 딸의 복수를 하겠노라며 아내를 달래었더라.
왕이 자신들에게 내린 어마어마한 불명예에 대한 복수를.

해설 라 카바 혹은 플로린다 라 카바는 스페인 내 서고트왕국(411-711)의 멸망과 동시에 스페인에 무어 왕국(711-1492)이 들어서게 된 원인과 관련

되어 전설적인 존재로 알려져 있다. 카바는 현 모로코에 있는 세우타 도시의 백작인 돈 훌리안의 딸로서 궁에서 제대로 된 교육을 받을 수 있도록 아버지는 그녀를 서고트왕국의 수도 톨레도로 보냈다. 그 궁전에는 여성 편력이 심한 서고트족의 마지막 왕 로드리고가 있었다. 왕은 그녀를 보자마자 사랑에 빠졌고 그녀를 유혹하기 시작했다. '라 카바'는 아랍인들에게 '나쁜 여자', 또는 '창녀'라는 의미가 있다. 그녀는 자기의 몸종들과 함께 기거하고 있던 곳에서 나와 정원을 지나 근처 타호 강에서 목욕하고 있었다. 그 장면을 돈 로드리고가 몰래 훔쳐보았다. 아름다운 카바의 모습에 넋이 나간 왕은 결국 그녀를 강제로 욕보였고 이러한 모욕을 알게 된 아버지 돈 훌리안은 그에 대한 복수로 무어인들에게 스페인으로 들어오는 관문을 열어줬다고 한다. 1589년에 발간된 미겔 데 루나의 《돈 로드리고 왕의 진짜 역사》와 몇몇의 연대기에서는 왕이 카바에게 강요했다고 적고 있으나 반대로 카바가 결혼을 전제로 왕과 동침했다는 내용도 들어 있다. 물론 결혼 약속은 이루어지지 않았다. 여하튼 왕의 강요를 받아들이지 않자 왕은 분노했고 그녀를 납치해 강제로 카바를 취했다는 게 일반론이다. 플로린다 라 카바는 이 모든 사실을 아버지에게 알렸고 아버지는 무어인들과 한편이 되어 이들이 이베리아반도로 쉽게 들어올 수 있는 편의를 제공하는 것으로 복수했다. 이렇게 사랑과 증오와 복수가 결국 무어인들의 스페인 정복의 원인이 되었다. 무어인 무사의 장군 타릭이 711년 여름 스페인 구아달레테 전투에서 돈 로드리고 군대를 격파했다. 왕은 전투에서 죽었다는 설도 있고 구아달레테 강물에 익사했다는 설도 있다. 그런데 그의 시체는 발견되지 않았다. 이로 인해 숱한 전설이 생겨났다. 누구는 왕이 포르투갈로 도망가 그곳에서 은자로 살았다고 한다. 알폰소 현왕의 《스페인 역사서》(메넨데스 피달은 이를 '첫 번째 총 연대기'라 했다)에는 포르투갈에 있는 비세오 도시에서 로드리고 왕의 묘비를 발견했는데, 거기에 '마지막 고트족 왕 로드리고'라고 적혀 있다고 기록되어 있다. 돈 훌리안은 무어인들의 손에 죽었다고 전설은 전하고 있다. 무어인들은 그를 배신자로 보았기 때문이라 한다. 플로린다는 수취와 고통으로 미쳐 죽었거나 톨레도에 있는 타호 강에 빠져 죽었다고 한다. 돈 로드리고 왕이 목욕하던 그녀를 바라본 바로 그곳이다. 또는 일설에 의하면 전투에서 패한 뒤 코르도바에 있는 이름 모를 성에 숨어 살며 돈 로드리고와의 사이에서 태어난 아들의 죽음을 연못 옆에서 울며 보냈다고 한다. 아들은 무어인들이 목을 잘라 죽였다. 그녀는 자신의 비운을 저주하며 그 연못에 몸을 던졌다고 한다. 역사적 사건이 전설이 되어 숱한 이야기들을 만들어 냈는데, 그중 가장 환상적이자 충격적인 내용은 작품 42에 소개된 〈돈 로드리고의 속죄〉에서 만날 수 있다.

돈 로드리고 왕과 관련된 로만세들은 15세기 말과 16세기 초의 것들이며, 특히 왕에 집중된 이야기는 페드로 델 코랄의 《사라센 연대기》에 25장으로 압축되어 있다.

작품 39 돈 훌리안의 복수

세우타에 훌리안이 있다오, 그 유명한 세우타에 말이오.
저편으로 자신의 서신을 보내고자 한다오.
나이 든 무어인이 받아 쓰고 백작이 불러줬다오.
다 받아 적게 하고선 그 무어인을 죽여버렸다오.
서신은 스페인 전체에 고통을 주는 고통의 것이라오.
서신의 수취자는 무어 왕으로 훌리안은 편지에다 맹세했다오.
자기에게 마구馬具를 준다면 자신은 자신의 스페인을 넘겨주겠노라고 말이오.
조국 스페인을 말이오, 가엾은 너여! 세상에서 그토록
유명하고 가장 훌륭한 곳이자 가장 늠름한 곳을 말이다.
순금이 생산되고 은이 부족하지 않은 곳,
아름답고, 위업에서는 더 바랄 게 없는 곳,
그러한 네가 한 사악한 배신자로 인해 모두 불에 타버리다니,
그토록 품위 있는 사람이 있는 풍요로운 도시들을
지금 우리의 사악한 잘못으로 무어인들이 온통 굴복시키고 있단 말이오.
너무나 용감한 대지인 아스투리아스만 제하고 말이오.
당시 너를 지휘했던 서글픈 돈 로드리고 왕은
자신의 왕국들이 적의 수중에 떨어지는 것을 보자 싸움터로 나왔지요.
너무나 고통이 컸던지라 용감하게 싸웠죠.

하지만 무어인들이 워낙 많아 전투에서 패했다오.
로드리고 왕의 모습은 보이지 않아 아무도 그가 어디에 있는지 모른다오.
아, 빌어먹을 돈 오르파스*여, 돼먹지 못한 너 주교!
이런 검은 내막의 음모로 서로 손을 잡다니.
아, 이렇게 고통스러울 수가! 아, 결코 생각지도 못한 일이라니!
카바라 불리는 단 한 명의 여인으로 인해
이 두 명의 배반자가 스페인을 잃게 하고
왕을 잃게 하여 왕에 대해 아는 바가 전혀 없게 되었다니.

해설 이 로만세는 알폰소 현왕의 《총 역사서》에 기초하고 있다. 8행에서 15행에 걸쳐 보여주고 있는 스페인에 대한 찬양은 세비야의 대주교 성 이시도르(555-636)에서 시작되었다.

---

* 세비야의 주교로 돈 로드리고 왕을 버리고 무어인과 한편이 되었다.

작품 40 로드리고 왕의 환영

바람은 반대로 불었고 달은 차고 있었다오.

나쁜 날씨에 물고기들이 신음하고 있었다오.

돈 로드리고 왕이 카바 옆에서 잠을 자고 있었을 때지요.

금으로 멋들어지게 꾸며진 화려한 천막 안에서 말이죠.

그 천막은 3백 개나 되는 은으로 된 끈이 지탱하고 있었다오.

그 안에는 멋지게 차려입은 1백 명의 아가씨가 있었다오.

그중 50명은 아주 기묘한 화음을 이루며 악기를 연주하고 있었고

나머지 50명은 아주 달콤한 멜로디로 노래를 부르고 있었다오.

거기서 운명이라는 이름의 한 아가씨가 말했다오.

— 돈 로드리고 왕이여, 자고 있다면 일어나 보시오.

그럼 당신의 기막힌 운명, 고약한 인생 말년을 보게 될 것이오.

죽어 나뒹구는 당신 사람들과 패배한 전투를 보게 될 것이오.

하루 만에 파괴된 당신의 마을과 도시들을 말이오.

당신의 성곽은 다른 사람이 주인으로 다스리고 있군요.

누가 그런 짓을 했는지 내게 묻는다면 기꺼이 답해 드리리라.

그 돈 훌리안 백작의 딸에 대한 사랑 때문이지요.

당신이 그 딸의 명예를 짓밟았기 때문이라오. 그는 그 딸밖에 없는데 말이오.

당신을 죽이겠노라 맹세하며 오고 있답니다.

이런 소리를 듣자 왕은 고뇌로 가득한 채 잠에서 깨어나
슬픔과 번뇌가 만연한 얼굴로 이렇게 답했다오.
— 운명이여, 나에게 이러한 소식을 전해주어 고맙소.
이러고 있을 때 소식을 갖고 온 자가 도착했으니,
돈 훌리안 백작이 어떻게 왕의 영토를 파괴하고 있는지 말이오.

작품 41 돈 로드리고의 패배

돈 로드리고의 군대는 기력이 다해 도망을 쳤다오.
여덟 번째 전투로 그들의 적들이 승리를 거두었다오.
로드리고는 자신의 천막을 버리고 궁에서 나와
불행한 자로 동반자 없이 혼자 간다오.
말은 지쳐 이상 더 움직일 수가 없어
발이 닿는 대로 걸어가니 길이 그를 방해하지 않았다오.
왕은 거의 실신 상태라 감각이 없었지요.
갈증과 배고픔으로 죽을 지경인 그를 본다는 게 오명이었다오.
피로 물들어 가니 빨갛게 핀 숯불 같았다오.
값비싼 보석으로 된 무기들은 모두 망가져 있었지요.
칼은 충격을 받아내느라 톱이 되었고
찌그러진 투구는 머리에 움푹하게 파여 앉아 있었다오.
얼굴은 힘든 일들을 견뎌내느라 퉁퉁 부어 있었다오.
눈에 들어온 가장 높은 언덕에 올라
거기서 자기 사람들이 어떻게 패배해 가는지 바라보고
거기서 자신의 소유였던 군기와 깃발들을 바라보지요.
어떻게 그 모든 것이 짓밟혀 흙투성이가 되어 있는지를 말이지요.
지휘관들을 찾아보나 아무도 보이지를 않았지요.
피로 물든 싸움터를 보니 피가 시냇물이 되어 흘렀지요.

그러한 모습을 본 그 불쌍한 자는 자신의 명예가 완전히 실추된 것을 느껴 눈물을 펑펑 쏟으며 이렇게 말했지요.

— 어제는 스페인의 왕이었는데, 오늘은 한 마을의 왕도 못 되는구나.
어제는 마을과 성들을 가졌었는데, 오늘은 그 무엇 하나 내게 없구나.
어제는 하인들과 내게 시중 드는 사람들이 있었는데,
오늘은 내 것이라고 말할 수 있는 성벽의 탑 하나도 없구나.
내가 태어난 시간과 그토록 위대한 통치권을
물려받은 그 시간은 불행했도다, 그 날은 불행했도다,
모든 것을 한꺼번에 그것도 단 하루 만에 다 잃게 되었으니!
아, 죽음이여! 왜 와서 이 더러운 육신으로부터
나의 영혼을 가져가지 않는 건가? 네게 고마워할 텐데 말이다.

작품 42 돈 로드리고의 속죄

돈 로드리고 왕이 스페인을 잃은 뒤
절망에 찌든 채 발길 가는 대로 가고 있었지요.
그러다 가장 무성하게 보이는 산으로 들어갔답니다.
추격해 오던 무어인들이 자기를 찾지 못하도록 말이지요.
가축 무리를 데리고 오던 한 목동과 마주치자 이렇게 말했지요.
— 선한 인간이여, 내가 묻고자 하는 바를 말해주겠는가.
이곳 주변으로 인가가 있는지, 아니면 마을이 있는지.
내가 너무 지쳐 몸을 쉴 수 있는 곳이 있는지 말이오.
목동은 즉각 말하기를, 그러한 곳을 찾는 건 헛된 일로,
주위로 사람이 사는 곳은 하나 없으며 단지 한 예배당이 있을 뿐이라고.
그곳에는 한 은자가 있는데, 아주 경건한 삶을 영위하고 있다고.
왕은 그곳에서 삶을 마칠 수 있을 것 같아 이 말에 기뻐하며,
그 말을 해준 사람에게 먹을 것이 있으면 좀 달라고 했지요.
목동은 가죽 부대를 꺼냈지요, 그곳에 늘 빵을 가지고 다녔거든요.
빵을 건네주고 혹시나 몰라 그곳에 넣어왔던 육포를 주었지요.
빵은 검었기에 왕의 입에 전혀 맞지 않아
자기가 진수성찬을 먹었던 때를 기억하자
눈물이 흘러내렸고 그 눈물을 멈출 수가 없었지요.
몸을 쉰 후 그 예배당으로 가는 길을 물었지요.

목동은 지체하지 않고 어디로 가면 길을 잃지 않을지 일러주었지요.
왕은 가지고 있던 목걸이와 반지를 목동에게 주었지요.
왕이 무척 아끼던 아주 값비싼 보석들이랍니다.
길을 걷기 시작하여 해가 질 무렵에
목동이 일러준 예배당에 도착했지요.
왕은 하느님께 감사하며 곧장 기도를 드리러 들어갔답니다.
기도를 마치자마자 그는 은자를 찾아갔지요.
권위가 느껴지는 준수한 용모의 사람이었지요.
은자는 어인 일로 암자를 찾아왔는지를 물었지요.
왕은 그렁그렁한 눈으로 이렇게 답했답니다.
— 나는 불행한 로드리고로, 왕이었던 사람이요.
당신을 동반하고 당신과 함께 고행하고자 왔소이다.
제발 괴로워하지 마시오.
은자는 놀라워하며 왕을 위로하고자 이렇게 말했지요.
— 진정 전하는 당신의 구원을 위해
옳은 길을 선택하셨습니다. 하느님이 전하를 용서하실 것입니다.
은자는 하느님께 왕에게 적합한
그래서 왕에게 줄 고행 방법을 자신에게 계시해 주기를 간청했지요.
그러자 얼마 지나지 않은 어느 날 하느님으로부터 계시가 왔으니
그를 살아 있는 뱀과 함께 묘 구덩이에 넣으라는 거였지요.
이렇게 그가 저지른 악행에 대한 고행을 치르라는 거였지요.

은자는 아주 즐겁게 왕에게 가서
자기에게 일어난 대로 왕에게 모두 아뢰었지요.
왕은 그 이야기에 무척 흡족해 하며 곧 그 일을 행동으로 옮겼지요.
묘 구덩이에서 생을 마치고자 하느님이 명한 대로 무덤에 들어갔지요.
참으로 경건한 은자는 사흘째 되던 날 왕을 보러 가서
물었답니다. — 선한 왕이시여, 어떠신지요? 뱀과 잘 지내시는지요?
— 지금까지는 나를 물지 않았어요. 하느님이 그러기를 원하셨으니.
은자여, 나를 위해 기도드려 줘요, 이 목숨 잘 끝낼 수 있도록 말이지요.
은자는 그가 너무 불쌍해 울었지요.
그는 할 수 있는 한 최선을 다해 왕을 위로하고 기운을 북돋워 주기 시작했지요.
이후 다시 은자는 이제는 왕이 죽지 않았나 보러 갔지요.
기도하며 신음하고 대성통곡하고 있는 왕을 보게 되었죠.
어떤지 왕에게 물었지요. — 하느님이 나를 도와주고 계신다네.
선한 왕 돈 로드리고는 대답했지요. — 뱀이 나를 먹고 있다네.
가장 죄를 많이 지은 부분으로 이제 나를 먹고 있다네.
내 가장 큰 불행의 시작점이었던 곳으로 말일세.
은자는 왕에게 용기를 주고, 선한 왕은 거기서 죽어가고 있었지요.
왕 로드리고는 이렇게 목숨이 다해 하늘나라로 갔지요.

작품 43 베르나르도의 탄생

레온 왕국에서는 정결한 왕 알폰소가 다스리고 있었습니다.
그에게는 아름다운 누이가 있었는데, 이름이 도냐 히메나였어요.
살다냐의 백작이란 작자가 그녀를 사랑했지요.
헛된 일은 아니었어요, 공주도 그를 사랑했으니 말입니다.
그 둘은 함께 많은 시간을 보냈지요, 누구나 알고 있었지요.
그렇게 함께 많이 있다보니 공주가 임신을 해버렸네요.
공주가 베르나르도를 낳았지요, 그리곤 그녀는 수녀가 되었어요.
왕은 백작을 체포하라고 명했고, 그를 단단히 지키라고 했지요.

해설 베르나르도 델 카르피오는 루카스 데 투이의《연대기》와 스페인 원시 시기부터 1833년에 사망한 페르난도 7세까지 다룬《스페인 총 역사서》, 그리고 전설에 의하면 아스투리아스의 정결한 왕 알폰소 2세의 누이이자 공주인 히메나와 살다냐(카스티야 이 레온 자치지역, 팔렌시아 주에 있는 도시)의 백작 산초 디아스 사이에서 태어났다. 제2차 론세스바예스 전투(808)에서 샤를마뉴 대제를 무찔렀다고 전해지고 있다. 이 인물에 대한 무용 찬가인 '베르나르도 델 카르피오의 노래'가 13세기에 존재했다고 하나 지금은 사라지고 없다. 하지만 그가 실제로 존재했던 인물임을 밝혀주는 자료가 알폰소 현왕의 발의와 참여로 집필된 첫 번째《스페인 역사서》라고 한다. 이 문헌은 라틴어에서 번역된 것이 아닌, 광범위한 분량으로 스페인 역사를 처음 다루고 있는데, 성서의 기원에서부터 전설적인 내용까지 담고 있다. 베르나르도의 역사성에 관하여는 아스투리아스의 사제이며 역사가인 비센테 호세 곤살레스 가르시아가 입증하고 있다고는 하지만, 그 근거가 빈약하다. 역사 속에서 그의 존재를 부정하는 이유가 첫 번째 론세스바예스 전투(778)와 그가 참전한 2차 전쟁(808)을 혼돈하고 있기 때문이라고 한다. 그리고 스페인 라틴 역사 문헌에는 1236년까지 베르나르도와 관련된 정보가 전혀 없다. 그리하여 그의 무훈을 찬양하는 서사시는 프랑스의 롤랑과 같은 인물을 스페인에서도 만들고자 하는 뜻에서 비롯된 것으로 보는 이론이 설득력이 있다. 하지만 10세기 디에고 무뇨스 데 살다냐가 지었다는 〈베르나르도 델 카르피오와 론세스바예스 전투〉라는 작품이 언급되기도 한다. 여하튼 그는 살다냐 성에서 태어나 로만세에 무한한 소재를 제공하고 있는데, 그중 대표적인 것이 정결한 왕 알폰소로부터 자기 아버지를 구해낸 일화이다. 아버지가 히메나의 명예를 실추시켰다는 이유로 루나 성에 갇혀 있었다. 아버지를 구하기 위해 헤라클레스처럼 왕이 부과한 여러 가지 과업을 수행해야 했다. 그가 이룬 무훈은 대표적으로 론세스바예스에서 프랑스인들을 무찌른 것으로, 중세에는 로만세에, 황금세기에는 극에 많은 영감을 제공했다. 그의 역사성을 입증할 만한 근거로 1517년에 황제가 된 카를로스 5세(스페인에서는 카를로스 1세)가 독일 여행에서 배로 돌아오는 길에 칸타브리아에 있는 라레도에서 내려 베르나르도의 무덤을 방문했다는 것에서 찾기도 한다. 그때가 1522년인데, 무덤은 페냐 롱하 동굴 안에 있으며, 오래된 비문이 그의 무덤임을 증명해 주고 있다고 한다.

왕은 그곳으로 롤랑의 칼이었던 뒤랑달을 가져갔다고 한다. 지금 그 칼은 마드리드에 있는 왕실 무기 박물관에 보관되어 있다고 한다. 본 시는 앞선 시와 달리 무미건조하고 대중성이 약한 이야기체이지만 스페인계 유대인들인 세파르디의 로만세로도 전해지고 있다.

작품 44 아를란사 강가로…

아를란사 강가로 베르나르도 엘 카르피오가 말을 타고 가고 있다오.

붉은 마구로 장식된 붉은 기가 도는 검은 말을 타고.

중간 크기의 창을 들고 안장 틀에는 방패를 걸고.

부르고스의 사람들이 모두 탄복하며 그를 바라보고 있었지요.

특별한 일이 아니고서야 그렇게 무장을 하지 않으니 말이오.

백로를 날리고 있던 왕 역시 그를 바라보고 있었지요.

왕이 신하들에게 말하기를, — 이는 멋진 도전인데.

베르나르도 델 카르피오이거나 아니면 그라나다에서 온 무사이겠군.

이렇게 말하고 있을 때 베르나르도 엘 카르피오가 다가왔지요.

말을 진정시키면서, 하지만 창은 든 채로.

씩씩하게 그는 말했으니, 이런 식으로 왕에게 아뢰었지요.

— 왕이시여, 저를 사람들이 서자라 하오, 전하 누이의 자식인데 말입니다.

전하와 전하의 사람들이 그렇게 말을 합니다. 다른 사람들은 감히 입에도 올리지 못할 말을.

그런 말을 하는 자는 누가 되었든 거짓말하는 파렴치한이오.

나의 아버지는 배신자가 아니며 전하의 누이는 나쁜 여자가 아니지요.

제가 태어났을 때 제 어머니는 이미 혼인한 몸이었지요.

전하는 저의 아버지를 족쇄에 채우시고 저의 어머니는 수녀원에 넣으셨지요.

전하의 그 많은 성을 그 알량한 프랑스 왕들에게 주고자 말입니다.

전 가스코뉴인들과 레온인들과 아스투리아스인들의

지휘관으로 그들과 함께 갈 것입니다. 그렇지 않으면 전쟁에서 싸우다 죽을 것입니다.

해설 아를란사 강은 부르고스와 팔렌시아를 거쳐 흐르는 피수에그라 강의 지류이다. 왕 앞에서 무기를 들고 있거나, 가려 있던 무기가 돌출되는 상황은 왕을 위협하는 행위로 엄격하게 법으로 다스렸다. 당시 지참금이 없어서 결혼하지 못하는 여자, 또는 작품에서 말하는 그러한 경우의 여자들이나, 이런저런 이유로 결혼이 어려운 여자들은 수녀가 되었다. 물론 수녀원에 들어갈 때 일정액의 돈을 내야 했고, 신분이나 내는 금액에 따라 수녀들의 등급도 매겨졌다.

작품 45 베르나르도와 왕과의 면담

왕은 서신과 사신을 엘 카르피오로 보냈지요.

베르나르도는 신중한 자로서 음모가 있지 않나 걱정했지요.

서신을 바닥에 던지고 사신에게 말했답니다.

— 사신, 그대는 아무 잘못이 없소, 없고 말고.

그러나 이곳으로 그대를 보낸 왕에게 이 말을 전하시오.

나는 그를 믿지 않으며 그와 함께하는 그 모든 이들도 믿지 않는다고.

하지만 내게 바라는 게 무엇인지를 알기 위해 내가 그곳으로 가겠노라고.

그러면서 자기 사람들을 모으라고 명하고 이렇게 그들에게 말했지요.

— 내 사람들이여, 그대들은 내 빵을 먹는 자들로 4백 명에 이르오.

1백 명이 엘 카르피오로 갈 것이오, 그곳을 지키기 위해서 말이오.

1백 명은 길을 지켜 아무도 통과하지 못하게 하시오.

2백 명은 나와 함께 왕을 뵈러 갈 것이오.

내게 나쁜 소리를 한다면 난 더 나쁜 말로 왕에게 갚을 것이오.

계획된 여정대로 왕궁에 도착하였으니,

— 훌륭한 왕이시여, 신이 당신을 지켜주시기를, 그리고 당신과 함께하는 이들도 모두.

— 베르나르도, 감히 여기로 오다니, 나쁜 아비의 자식, 배반자가,

난 네게 보유하라고 엘 카르피오를 줬는데, 넌 그것을 세습으로 받은 양 치는구먼.

— 왕이시여, 거짓말을 하시는군요. 거짓말을, 진실을 외면하시는군요.

제가 배신자라면 당신도 일정 부분 그럴 텐데요.

엔시날에서의 그 일을 기억해야 할 것입니다.

그곳에서 외지인들이 전하를 너무나 함부로 대했지요.

전하의 말을 죽이고 전하까지 죽이려 했지요.

당신 말대로라면 배신자 베르나르도는 그들에게서 전하를 구하고자 갔지요.

거기서 전하는 엘 카르피오를 제게 주셨죠. 세습 소유권으로 저와 저의 후손들에게 말이지요.

제 아버지를 제게 약속하셨지요, 진실을 지키지 않으셨어요.

— 내 기사들이여, 이자를 체포하라, 나와 맞서고 있으니.

— 여기, 나의 빵을 먹는 그대들, 여기 2백 명의 나의 기사들이여,

우리가 명예를 얻을 날인 오늘이 왔소.

그러한 모습을 본 왕은 이런 식으로 말을 했지요.

— 그렇게 화를 내다니 도대체 왜 그러는 건가, 베르나르도?

사람이 농담으로 한 말을 진짜로 받아들이겠다는 건가?

내가 엘 카르피오를 네게 주지, 베르나르도, 세습 소유권을 준다는 말일세.

— 당신이 한 농담은, 왕이시여, 장난으로 한 농담이 아니지요.

나를 배신자라 하셨죠, 나쁜 아비의 자식, 배신자라 말이지요.

난 엘 카르피오를 원하지 않소이다, 당신이나 그곳을 잘 지키시오.

내가 원할 때면 언제든 내 것으로 할 줄 아니 말이오.

작품 46 페르난 곤살레스의 양육

카스티야에는 왕이 없었지요, 황제는 언감생심이지요.

그저 어린 아기, 별 가치 없는 아기만 있었지요.

아라곤의 기사들이 그를 납치하고자 했지요.

숯을 만드는 사람 중 한 숯장수가 그를 납치했답니다.

나무를 자르는 일은 보여주지도, 숯 만드는 일은 더군다나 보여주지 않았어요.

죽창으로 찌르는 일이나 기마 창싸움이나 보여주고

주사위 놀이나 체커* 놀이를 훨씬 더 잘 보여줬답니다.

— 자 우리 갑시다, 나의 양육자여, 아라곤의 나의 땅으로,

사람들이 말하기를, 나는 왕으로, 당신은 통치자로 세울 것이라 합니다.

해설 페르난 곤살레스는 레온왕 돈 산초 오르도녜스에게서 카스티야를 독립시킨 인물(910-970)이다. 부인은 나바라의 가르시아 산체스 1세의 누이인 산차이다. 레온왕 라미로 2세는 944년에 그를 투옥시켰다. 그에 대한 서사시《페르난 곤살레스의 시》는 13세기 산 페드로 데 아르란사 수도원 소속 수사의 작품이다. 이 시는 페르난 곤살레스의 젊은 시절을 단순하게

* 서양 실내 놀이의 하나로 흑색 칸과 백색 칸이 가로세로 여덟 개씩 번갈아 놓인 판에 양편 각각 12개의 말을 써서 상대편의 말을 넘어서 잡거나 움직일 수 없도록 만들어 승부를 겨룬다.

다루고 있는데, 그는 어릴 때 납치되어 숯장수 밑에서 자유롭고도 야성적으로 자랐다고 하고, 자신의 출생을 알고 카스티야를 해방할 뜻을 품었다고 한다. 당시 민속적으로 숯장수는 기사와 대조되는 인물로 다루어졌다. 13세기 발간된 역사서에는 페르난 곤살레스의 젊은 시절에 관한 이야기가 없다.

작품 47 카스티야인들과 레온인들…

카스티야인들과 레온인들이 거대한 땅을 쪼개 가지려 하고 있다오.
페르난 곤살레스 백작과 멋진 왕 돈 산초 오르도녜스가 말이요.
땅을 배분하는 데 험악한 말들이 오가지요.
서로를 두고 배신자 아비들의 자식이라고, 후레자식이라 합니다.
손에 칼을 들기도 하고 화려한 어깨걸이를 던져버리기도 합니다.
궁정에 있는 사람들은 그들의 언쟁을 중지시키지를 못하지요.
그 축복받은 사제들인 두 명의 형제가 중재를 맡는데,
휴전 기한은 보름이지요, 더는 안 되고 말고요.
카리온이라는 목초지로 가는 거예요.
왕이 새벽에 일찍 일어난다면 백작은 아예 잠을 자지 않지요,
백작은 부르고스에서 출발했고 왕은 레온에서 출발했지요.
카리온의 여울에서 서로 만나게 되었지요.
강을 건너는 데 한 가지 문제가 생겼지요.
강을 건너려는 왕의 사람들, 그러지 않으려는 백작의 사람들로 말이죠.
왕은 호쾌한 자로서 자신이 타고 온 노새를 되돌렸지요.
백작은 용감하게 자신의 말을 갑자기 몰았지요.
그는 물과 모래를 왕에게 튀겼답니다.
그러자 아주 못마땅한 얼굴로 왕이 말했지요.
— 페르난 곤살레스 백작이여, 무례하기가 그지없구만.

사제들이 중재한 휴전만 아니라면
벌써 그대의 어깨 위 머리를 제거하고 말았을 게다.
그대에게서 빼낸 피로 이 여울을 물들였을 게다.
무모한 자로서 백작은 이렇게 대답했지요.
— 당신의 그 말은 잘못된 거 같소이다, 왕이시여.
그대는 살찐 노새를 타고 오지만 난 날쌘 말을 타고 오지요.
그대는 비단옷을 입고 오지만 난 짧은 갑옷을 입고 오지요.
그대는 황금 언월도를 갖고 있지만 내 손엔 창이 들려 있지요.
그대는 왕장王杖을 가지고 왔지만 난 강철 투창을 갖고 있지요.
그대는 향기로운 장갑을, 난 번쩍이는 철 장갑을,
그대는 축제용 모자를, 난 정련된 투구를,
그대는 노새 백 마리를 데리고 오지만 난 말 3백 마리를.*
이들이 이런 상황에 있을 때 사제들이 도착했지요.
— 그만, 그만 기사들이여! 그만, 그만, 이달고들이여!
우리에게 요구했던 휴전을 어찌 그리도 잘 지킨단 말이오!
그때 왕은 말하기를, — 난 기꺼이 휴전을 지키오.
하지만 백작은 답하기를, — 난 전쟁터에 서 있소.
왕이 그 모습을 보자 여울을 건너기를 원하지 않았지요.
무진장 화가 나서 왕은 자기 땅으로 돌아가지요.
화가 난 몸짓을 해대면서 독하게 맹세하며 가지요.

* 한쪽은 축제를 위한 치장이고 다른 한쪽은 전투를 위한 무장이다.

백작을 죽이고 그의 백작령을 쳐부수겠다고요.

의회를 소집할 것을 명하여 대귀족들을 불러 모으라 했지요.

모두가 왔으나 백작만 오지 않았어요.

자기의 명령을 따르라고 사절을 보내지요.

갔던 사절이 이런 식으로 백작에게 말했답니다.

작품 48 훌륭한 백작 페르난 곤살레스

— 훌륭한 백작 페르난 곤살레스여, 왕이 당신께

레온에서 열리는 의회에 가라 저를 보내셨습니다.

거기로 가시면, 백작이시여, 당신에게 멋진 선물을 줄 것입니다.

팔렌수엘라와 대 팔렌시아를 줄 것이고

아홉 개의 마을과 그것과 함께 카리온을 줄 것이고

모르모혼의 탑, 토르케마다를 줄 것입니다.

훌륭한 백작이시여, 만일 그곳에 가지 않으신다면 당신을 배신자라 할 것입니다.

그러자 백작이 대답했으니, 이러하였더라.

— 사신이여, 자네는 잘못이 없네, 없고 말고.

나는 왕이 두렵지 않고 그와 함께하는 누구도 두렵지 않네.

난 마을과 성들을 갖고 있고 모두가 내 지배하에 있다네.

그것들은 나의 부친께서 내게 물려주신 것이거나 내가 얻은 것이라네.

내 부친이 물려주신 것에는 귀족들이 살도록 했고

내가 얻은 것들에는 농민들이 거주하도록 했네.

소 한 마리밖에 없는 자에게는 한 마리를 더 주어 두 마리로 했고

딸을 시집보낼 사람에겐 아주 푸짐한 선물을 한다네.

해가 뜰 때마다 그들은 나를 위해 기도하지.

왕을 위해서가 아니지, 그럴 자격이 없고 말고,

그는 그들에게 많은 세금을 내게 했네. 내가 그것을 빼앗을 것일세.

해설 앞선 시에 이어지는 내용이다. 로페 데 베가는 이 에피소드를 이용해 《페르난 곤살레스 백작》 극을 탄생시켰다.

작품 49 아, 신이시여, 얼마나 훌륭한 기사…!

아, 신이시여, 돈 로드리고 데 라라는 얼마나 훌륭한 기사였던가요.

3백 명의 기사로 5천 명의 무어인을 죽였으니 말이오!

만일 이자가 그때 죽었더라면 얼마나 큰 명성을 누렸겠는가!

라라의 일곱 왕자들인 자기의 조카들도 죽이지 않았을 것이고

그들의 머리를, 그 머리를 가져온 무어인에게 팔지도 않았을 텐데 말입니다.

이제 아름다운 도냐 람브라와 그의 결혼식이 이루어집니다.

결혼식은 부르고스에서, 다음 날 피로연은 살라스에서 행해지죠.

결혼식과 다음 날 파티가 일곱 주나 계속됐답니다.

결혼식은 아주 멋졌으나 다음 날 파티들은 엉망이었어요.

카스티야와 나바라로 초청장을 보내니

사람들이 무진장 많이 와 머물 곳이 부족했답니다.

아직도 올 사람이 있으니 라라의 일곱 왕자들이지요.

여기, 여기 저 평탄한 광야로 그들이 오네요.

그들을 영접하러 그들의 어머니 도냐 산차가 나가네요.

— 어서들 오너라, 내 새끼들아, 환영한다.

— 평안하신지요, 우리들의 어머니 도냐 산차.

그들은 그녀의 손에 입을 맞추고, 그녀는 아들들의 얼굴에.

— 너희들을 한 명도 빠짐없이 모두 볼 수 있어서 기쁘구나.

특히 너, 곤살로 내 새끼, 막내인 너를 특히 사랑하거든.
자 애들아 다시 말을 타렴, 그리고 너희 무기들을 챙기렴.
너희들 숙소는 칸타라나의 지역이니, 거기로 가야지.
내 새끼들아, 제발 부탁하니 숙소에서 나오지들 말거라.
이런 종류의 축제에선 창에 찔리는 일이 꽤 일어나거든.
이제 왕자들은 말을 타고 자신들의 숙소로 갑니다.
어울리는 음식으로 차려진 식탁을 만났답니다.

해설 스페인 서사시이자 무용 찬가 중에서 현재까지 전해지는 작품은《엘 시드의 노래》와《페르난 곤살레스 시》, 그리고《라라의 일곱 왕자들》이다.《라라의 일곱 왕자들》은 앞선 두 작품과 달리 독립된 게 아니다. 990년경에 불린 무용 찬가가 카스티야의 산초 4세(1258-1295) 왕정 기간 작성된《스페인 역사》속에 산치나 버전으로 수집된 것이다. 스페인 서사시의 가장 오래된 표본이다. 스페인을 대표하는 문학사가인 메넨데스 피달이 역사서에 수집된 내용을《라라 왕자들의 전설》로 재탄생시켰다.

《라라의 일곱 왕자들》은 곤살로 구스티오스와 도냐 산차라 불리는 산차 벨라스케스의 아들들이다. 이들은 삼촌, 즉 도냐 산차의 오빠인 로드리고 벨라스케스 데 라라, 일명 루이 벨라스케스와 이 자의 아내인 도냐 람브라 복수의 희생양이다. 복수극은 도냐 람브라의 사촌 알바르 산체스가 라라의 일곱 왕자들 중 막내인 곤살로 곤살레스의 손에 죽임을 당하고, 도냐 람브라에게 성적인 도발을 함으로써 시작된다. 도냐 람브라가 복수로 자신의 하인을 시켜 곤살로 곤살레스를 우롱하고, 그 우롱에 대한 복수로 곤살로 곤살레스는 그 하인을 살해한다. 이에 대한 복수로 남편 루이 벨라스케스와 공모해 라라의 일곱 왕자의 아버지 곤살로 구스티오스를 살해할 음모를 꾸민다. 당시 코르도바에 있던 무어인 군사지도자이자 정치가인 알만소르(938, 알헤시라스-1002, 메디나셀리)에게 보내는 편지를 곤살로 구스티오스에게 주어 사신으로 보내는데, 그 편지에는 그 편지를 전달하는 자를 죽이라고 되어 있었다. 아랍어로 적혀 있었기에 곤살로 구스티오스는 내용을 알 수 없었다. 하지만 알만소르는 그를 죽이는 대신 포로로 잡아두었고, 그를 위로하는 차원에서 자신의 누이를 소개한다. 이 둘 사이에서 무다라라는 아들이 탄생하는데, 이 내용은 역사와 관계없는 시적 창조물이다. 산차 벨라스케스, 즉 도냐 산차가 이 아들을 입양한다. 무다라의 이복형제인 라라의 형제들은 무어인들의 매복에 걸리는데, 이는 외삼촌인 루이 벨라스케스가 무어인들과 벌인 전쟁에서 이들을 전선에 배치했기 때문이었다. 무어인들의 매복에 걸린 형제들은 모두 머리가 잘리게 되고, 이 머리들은 코르도바에 포로로 있던 아버지인 곤살로 구스티오스에게 보내진다. 아버지는 통곡하고, 코르도바를 떠날 때 알만소르 누이의 임신 소식을 접하게 되며, 자기가 갖고 있던 반지의 반쪽을 태어날 아이에게 주어 나중에 자신의 자식임을 알아볼 수 있는 징표로 남긴다. 이복동생 무다라가 그들의 복수를 하게 된다. 사신의 죽임이나 포로에 대한 사랑은 민속적인 요소이고, 개인적 차원의 잔인한 복수는 게르만 서사시에서 유래한 것이다.

본 로만세는 도냐 람브라와 돈 로드리고의 결혼식 내용이다. 이어지는 로만세는 무기 시합과 관련된 내용이고, 다음 로만세는 도냐 람브라의 불평이다. 이어지는 나머지 두 편은 아버지의 통곡과 무다라의 복수이다.

작품 50 도냐 람브라의 환상

도냐 람브라가 상상으로 대단한 무기 시합장을 준비합니다.

거기에는 코르도바 평원으로부터 온 기사 중 한 명이 등장합니다.

말을 탄 기사인데 손에는 막대기 하나가 들려 있습니다.

말을 갑자기 몰아 시합장에 막대기를 던지며 이런 말을 하지요.

— 여인네들이여, 사랑받는 만큼 각자 사랑하시오.

평원 코르도바의 기사 한 명이 더 가치가 있고

라라의 정예 기사 네다섯 명보다 더 가치가 있지요.

그 말을 도냐 람브라가 듣는다면 그 소리에 무척이나 좋아하며 이러겠지요.

— 그대에게 몸을 주지 않는 여인네들은 오, 제발 저주받을지어다!

내가 결혼한 몸이 아니라면 그대에게 주려만.

그러자 도냐 산차가 말하기를, 이렇게 했을 겁니다.

— 입조심해요, 람브라, 입을 다물어요, 그런 말은 하지 말아요.

내 아이들이 그런 사실을 알게 되면 큰 싸움이 있게 될 거예요.

— 그대에게 해당되는 말이군요, 그대 입 다물어요. 왜 입을 다물어야 하는지 알 것이니.

그대는 진창에 빠진 암퇘지마냥 일곱 새끼를 낳았잖아요.

일곱 왕자의 양육을 맡은 기사가 그 말을 들었지요.

그는 크나큰 고통과 고뇌로 눈물을 흘리며

아이들이 있는 궁으로 갔지요.

몇 명은 주사위 놀이를, 다른 몇 명은 체커 놀이를 하고 있었지요.

곤살로만이 가까이 있었습니다.

기사가 우는 것을 본 그는 물었지요.

[…][*], 그는 기사에게 묻기 시작했지요.

— 무슨 일이에요? 누가 당신을 화나게 하나요?

당신을 화나게 한 자는 몸조심해야 할 거예요.

그 두 사람은 방으로 들어갔고, 무슨 일인지 밝혀졌지요.

자기 말에 안장을 놓을 것을 명하고 무장을 하기 시작합니다.

무장을 마치자 말을 타러 급하게 갔습니다.

궁에서 나와 광장으로 갑니다.

시합장에 다다르자 막대기 하나를 청했지요.

말을 몰아 시합장에 그것을 던졌지요.

이렇게 말하면서 말이죠.— 고운 귀부인들이여, 사랑받는 만큼 각자 사랑하시오.

라라의 정예의 기사 중 한 명의 기사가

평원 코르도바의 기사 스무 명, 아니 서른 명보다 더 가치가 있다오.

* 원본에서 누락된 부분.

작품 51 도냐 람브라의 불평

— 나는 내 소유지인 바르바디요에 있었지.

나를 지켜야 할 사람들이 카스티야에서는 별로 나를 좋아하지 않아서 말이지.

도냐 산차의 아들들이 날 협박했지 뭐야.

내 치마를 부끄러운 부분으로 자르겠다는 둥.

그리고 내 비둘기장에서 자기네들 매를 기르겠다는 둥.

그리고 결혼했거나 결혼할 내 시녀들을 내게 강요하겠다는 둥 말이지.

내 옆은 치마 밑으로 숨어든 내 요리사를 죽였지.

이런 일을 내가 복수하지 않는다면 난 무어 여자가 될 테야.

그때 돈 로드리고가 말했으니, 여러분 그가 하는 말을 잘 들어보시오.

— 부인, 입 다물어요, 당신은 그런 말 말아요.

살라스의 왕자들에게 내가 당신 복수를 할 생각이라오.

그들에게 덫을 놓아 복수를 꾀하고 있소.

태어난 사람들과 태어날 사람들이 그 일을 얘기해야 할 게요.

작품 52 무어인 알리칸테가 출발하다…

성 세브리앙 전야에 무어인 알리칸테가 출발합니다.
여덟 개의 머리를 가지고 말이죠, 모두가 고귀한 혈통의 사내들의 것이죠.
알만소르 왕은 그러한 사실을 알고 그를 영접하러 나갑니다.
비록 무어인들을 많이 잃었으나 이 정도면 꽤 수확이 좋다고 생각하지요.
그 머리들을 제대로 보려고 탁자를 준비하라 합니다.
포로로 있던 한 기독교인을 데려오라 명했네요.
왕 앞에 그를 데려오자 왕은 그에게 말하기 시작했지요.
그에게 말하기를, — 곤살로 구스토스, 아는 사람이 있는지 보시오.
알메나르 전투에서 내게 맞섰던 이들이요.
여덟 개의 머리를 얻었지요, 모두가 대단한 가문의 사람들의 것이라오.
곤살로 구스토스는 대답했지요. — 곧 사실을 말씀드리지요.
피를 닦아내자 너무나 당황해 합니다.
심하게 울면서 말을 했지요. — 불행하게도 저는 이들을 압니다!
하나는 제 친구의 것이고 나머지는 저를 더욱 아프게 하는군요!
저의 자식들인 라라의 왕자들입니다.
그러면서 그들이 살아 있는 양 그는 그들과 말을 하기 시작합니다.
— 나의 충실한 친구, 나의 대부, 신이 자네를 지켜주시기를!
내가 자네에게 맡기기를 원했던 내 자식들은 어디에 있단 말인가?
훌륭한 남자, 믿을 사람인데 자네가 죽어 있다니.

다른 머리를 드니 장남의 것이었습니다.

— 신이 너를 보호하시기를, 디에고 곤살레스야, 넌 너무나 착한 사람이었지.

페르난 곤살레스 백작의 가장 중요한 기수였지.

내가 너를 무척이나 사랑했기에 나의 뒤를 이어야 했는데.

눈물로 머리를 씻으며 제자리에 돌려놓고는

마르틴 고메스라고 불리던 둘째의 머리를 잡았습니다.

— 신이 너를 용서하시기를, 내 아들, 내가 많이도 아꼈던 아들아.

스페인 전역에서 너보다 훌륭하게 장기를 잘 두는 자는 없었지.

절도 있는 기사에 공개 석상에서는 훌륭한 달변가였지.

그러고는 울며 그 머리를 놔두고 셋째의 머리를 잡으니,

— 내 아들 수에로 구스토스야, 온 세상 사람이 너를 사랑했지.

왕이 너를 가까이 둔 건 단지 왕이 사냥을 하기 위해서였지.

용감한 위대한 기사, 아주 훌륭한 실리를 거두는 조력자였어.

너희들의 삼촌 루이 고메스가 이러한 결혼을 하였다니!

그리고 넷째의 머리를 잡으며 넌지시 바라보다 말합니다.

— 아, 내 아들 페르난 곤살레스, 스페인의 가장 훌륭한 자의 이름,

네게 세례를 준 자, 카스티야의 위대한 백작의 이름,

멧돼지 사냥군, 위대한 동행의 친구!

별 가치가 없는 사람과는 절대로 동맹을 맺지 않을 사람으로 보는 자.

루이 고메스의 머리를 잡더니 마음을 다해 부둥켜안았습니다.

— 내 아들아, 내 아들아! 너 같은 자가 누가 또 있을까?

사람들은 네 거짓말을 결코 듣지 못했지, 금으로도 은으로도.

용감하고 훌륭한 전사, 칼의 명수.

네가 온전히 찔렀던 사람들은 마비가 되거나 죽었지.

막내의 머리를 잡자 그의 고통은 배가 되는 듯합니다.

— 내 아들 곤살로 곤살레스여! 도냐 산차의 눈에 넣어도 아프지 않을 아들아!

다른 애들보다 특히 너를 사랑하는 그녀에게 어떻게 소식이 간단 말인가!

용모가 출중하고 몸가짐이 바른 자요, 부인네들 사이에서는 기품 있는 언변의 아이,

재산을 나눠 주고 창을 다루는 데 뛰어난 자.

이토록 슬픈 여정을 보내느니 차라리 내가 죽는 게 낫겠구나!

늙은이가 내뱉는 비통함에 코르도바 전체가 눈물바다라.

배려심 깊은 알만소르 왕은 손수 그를 데리고 가

한 무어 여인에게 그를 정성껏 돌봐드리라고 명했습니다.

무어 여인은 그를 감옥으로 돌려보내고 열심히 그를 돌보았습니다.

왕의 누이였어요, 젊고 발랄한 여인이지요.

곤살로 구스토스는 이 여인과 함께 분노를 잃게 되었답니다.

그녀에게서 아들이 태어났으니 자기 형제들의 복수를 할 겁니다.

작품 53 무다라의 복수

돈 로드리고가 사냥하러 갑니다. 돈 로드리고 데 라라가 말이죠.
너무나 더워 너도밤나무 아래로 갑니다.
배교자의 자식인 무다라에게 저주를 퍼부으면서 말이죠.
자기 수중에 있다면 그의 영혼을 빼내버리겠다고 말이죠.
이러고 있을 때 무다라가 나타났네요.
— 푸른 너도밤나무 아래 있는 기사여, 신이 그대를 보호하시길.
— 시종이여, 그대에게도. 환영하오.
— 기사여, 그대 이름이 무엇인지 말해주시오.
— 사람들이 나를 돈 로드리고라 하오, 돈 로드리고 데 라라라고.
도냐 산차의 동생이자 곤살로 구스토스의 처남이죠.
살라스의 일곱 왕자들이 내 조카였지요.
난 여기서 배교자의 아들 무다라 놈을 기다리오.
그가 내 앞에 있다면 그의 영혼을 빼내고 말게요.
— 사람들이 댁을 돈 로드리고라, 더 나아가 돈 로드리고 데 라라라 한다면
나는 그 배교자의 아들 무다라 곤살레스라 하오.
곤살로 구스토스의 아들이자 도냐 산차의 의붓아들이죠.
살라스의 일곱 왕자들이 내 형제들이었소.
배신자, 당신이 아라비아나 계곡에서 그들을 팔아먹었지.
하지만 신이 나를 돕는다면 이 자리에서 넌 네 영혼을 버려야 할 것이다.

— 기다리라, 돈 곤살로, 내가 내 무기를 가지러 가야 하니.

— 너는 그 '기다리란' 말을 라라의 왕자들에게 했었지.

배신자, 도냐 산차의 적 넌 여기서 죽을 것이다.

작품 54 엘 시드 루이 디아스의 로만세

디에고 라이네스*가 왕의 손에 입을 맞추러 탈것에 타고 가고 있었지요.

그는 3백 명의 이달고들을 동행하고 있었지요.

그들 중에 카스티야의 득의양양한 인물인 로드리고**가 있었지요.

모두가 노새를 타고 있었지만, 로드리고만 말을 타고 가고 있었지요.

모두가 황금과 비단으로 옷을 입었지만, 로드리고는 완전무장하고 있었지요.

모두가 칼을 차고 있었지만, 로드리고는 금으로 된 단도를 차고 있었지요.

모두가 각자 막대기 하나를 들고 있었으나, 로드리고는 창을 들고 있었지요.

모두가 향기로운 장갑을 꼈으나, 로드리고는 쇠 그물 장갑을 끼고 있었지요.

모두가 아주 값비싼 모자를 쓰고 있었으나, 로드리고는 뾰족한 투구를 쓰고 있었지요.

그리고 그 투구 위에 붉은 테 없는 모자를 얹고 있었지요.

서로 이야기를 하고 가다

부르고스에 도착합니다. 그리고 왕과 만납니다.

왕을 동행한 자들이 끼리끼리들 이야기를 나누며 오지요.

---

* 로드리고의 아버지.

** 엘 시드.

누구는 작은 소리로, 또 누구는 질문하면서 말이죠.

— 이 사람 중에 로사노 백작*을 죽인 자가 온다는구먼.

로드리고가 그 말을 들었는지, 그들을 찬찬히 응시합니다.

그러더니 득의에 찬 큰 목소리로 이렇게 말합니다.

— 그대들 중에 그 사람의 친척이거나 그에게 빚진 자가 있는지. 그래서

그의 죽음이 고통스럽다면 당장 앞으로 나와 내게 빚을 청구하게,

내가 서서 싸우든, 말을 타고 싸우든 요구에 응해 줄 터이니.

모두가 이구동성으로 답하지요. — 그의 죄가 청구되기를.

모두가 함께 말에서 내려 왕의 손에 입을 맞추고자 갑니다.

로드리고만 혼자 자신의 말 위에 남아 있지요.

그러자 그의 아버지가 말을 하니, 그 말하는 바를 잘들 들어보시기를.

— 아들아, 말에서 내리렴. 왕의 손에 입을 맞춰야지.

그건 왕이 너의 주인이시고, 너는 그분의 신하이기 때문이다.

로드리고가 이 말을 듣자 아주 심히 모욕감을 느낍니다.

답하는 바가 무척이나 화가 난 사람의 것이네요.

— 만일 다른 자가 그런 말을 했더라면 벌써 그 말에 대한 대가를 치렀을 것입니다.

하지만 아버지, 당신이 명령하신 것이니 기꺼이 그렇게 하오리다.

로드리고가 이제야 말에서 내립니다. 왕의 손에 입을 맞추고자 말이죠.

무릎을 꿇자 단도가 삐져나옵니다.

---

* 히메나 고메스의 아버지.

이 상황에 왕이 놀라 당황하며 말합니다.
— 로드리고 저리 비켜, 악마야, 내게서 멀찍이 떨어지라고.
인간의 얼굴을 하고 있으나 하는 행동은 노한 사자 같구먼.
이 말을 듣자 로드리고는 급히 말을 청하고
흥분한 목소리로 왕에 대들며 이렇게 말하지요.
— 나는 왕의 손에 입을 맞추는 것으로 나를 명예롭게 여기지 않소이다.
내 아버지가 입을 맞춘 것으로 나는 모욕을 당한 것이외다.
이렇게 말을 던지며 그는 궁에서 나가버렸습니다.
그와 함께 3백 명의 이달고들도 돌아갑니다.
올 때는 옷을 차려입고 왔다면 돌아갈 때는 멋진 무장을 하고 갔지요.
노새를 타고 왔다면 모두가 말을 타고 돌아가지요.

해설 엘 시드의 본명은 로드리고 디아스 데 비바르로 스페인 국토회복전쟁 당시의 실제 영웅으로 이후 전설화된 인물이다. 1040년에 비바르에서 이달고 집안에서 출생하여 페르난도 1세의 아들 산초 왕자와 함께 교육을 받았다. 1065년에 페르난도 왕이 죽으면서 자식들에게 왕국들을 나눠 주는데, 산초에게는 카스티야를 준다. 산초는 로드리고 디아스를 자신의 부관으로 임명한다. 이후 산초가 동생들인 레온왕 알폰소, 갈리시아-포르투갈 왕 가르시아, 사모라의 주인 우라카와 싸우는 일에 협조한다.

이러한 인물이 1120년경에 구두로 불리고, 1140년과 1160년 사이에 다양한 면에서 개작이 이뤄진 서사시 《엘 시드의 노래》의 주인공이다. 본 로만세에 나오는 내용은《로드리고의 젊은 시절》에서 갖고 온 것이다. 이 작품은 카스티야 후반기에 불린 무용 찬가로 작가는 알 수 없으며 작성 연도는 1360년경으로 알려져 있다. 전설이 된 로드리고의 젊은 시절 무훈과 그의 탄생을 이야기하고 있다. 1164 시구만 남아 전해지고 있다. 작품은 카스티야의 역사적 파노라마와 영웅의 가문에 관한 이야기로 시작하여 엘 시드가 아버지의 적이자 히메나의 아버지인 돈 고메스 백작을 죽이는 이야기로 전개된다. 페르난도 왕은 엘 시드를 히메나와 결혼시키는 것으로 그의 잘못을 만회하려 하지만, 영웅은 다섯 번의 전투를 승리로 이끌 때까지라는 조건을 내걸며 거부한다. 이 전투는 페르난도 왕과 힘을 합친 엘 시드가 사보야 백작과 프랑스 왕과 신성로마제국 황제와 교황이 함께한 연합군에 승리를 거두는 것으로 결말이 난다. 승리 뒤 항복을 받아내고자 협상하는 중간에서 내용은 끝난다. 이 외 엘 시드 관련 이야기는 로만세로 다양하게 전해진다. 본 로만세는 이어지는《히메나 고메스 로만세》의 후반부에 속해 있었는데, 16세기 들면 대중의 기호가 단편성에 쏠리면서 이렇게 두 작품이 되었다. 자기가 모시던 산초 왕이 사모라 공략 때 죽임을 당하고, 그로 인해 동생 알폰소가 카스티야의 왕으로 등극할 때 형의 죽음에 간여하지 않았음을 선서하게 만든 장본인 역시 엘 시드다. 이로 인해 알폰소 왕의 미움을 받아,《엘 시드의 노래》에서는 밝혀 놓지 않았으나, 엘 시드가 유배당한 게 아닌가 하는 또 다른 해석을 열어 놓고 있다. 이어지는 로만세에서 엘 시드 삶을 확인할 수 있다.

작품 55 히메나 고메스의 로만세

주현절이었지요, 그 유명한 날이었지요.

시녀와 처자들이 왕에게 선물을 청하는 날이요.

하지만 로사노 백작의 딸인 히메나 고메스는

왕 앞에 서서 이렇게 말을 했지요.

— 전하, 저는 더럽혀진 명예로 살고 있습니다. 저의 어머니도 그러하십니다.

저는 해가 뜰 때마다 저의 아버지를 죽인 자를 봅니다.

말을 탄 기사로 그의 손에는 새매가 들려 있지요.

어떤 때는 사냥을 하러 매를 가지고 옵니다.

그리곤 제 화를 돋울 심사로 제 비둘기 집에서 먹이를 줍니다.

제 비둘기의 피로 제 치마를 물들였지요.

그에게 그러지 말라 말을 보내면 저를 위협하는 말을 보내왔습니다.

제 치맛자락을 수치스러운 부분으로 잘라버리겠다고 말이죠.

결혼한 시녀든 할 시녀든, 제 시녀들을 가만두지 않겠노라 하고

제 치마 아래 숨은 제 어린 시동을 죽이겠노라고 말이죠.

정의를 행하지 않는 왕은 다스려서는 아니 되옵니다.

말을 타셔서도, 황금의 박차를 신으셔도 아니 되옵니다.

식탁에서 식사도 왕비님과 즐기시지도 마셔야 합니다.

성당에서 미사를 드리지도 마셔야 합니다. 그럴 자격이 없기 때문입니다.

왕은 이 말을 듣자 말하기 시작합니다.

— 오, 하늘의 신이시여 저를 보호하소서! 신이시여 제게 조언을 주시옵소서!

엘 시드를 체포하거나 죽인다면 반란이 일어날 것이오,

정의를 행하지 않으면 내 영혼이 그 짐을 지게 될 것이라오.

— 전하, 전하는 왕위를 보전하소서, 누구도 전하께 반란을 일으키지 않을 것입니다.

제 아버지를 죽인 엘 시드를 제게 남편으로 주시면 말입니다.

제게 그토록 악을 행한 자 제게 선을 베풀 거라 생각합니다.

그러자 왕이 말을 하니 말하는 바를 잘들 들어보시기를.

— 늘 그렇게 말하는 걸 들었는데, 지금 보니 그 말이 참말이었구나.

여자들의 뇌란 정상이 아니야.

지금까지 정의를 요구하더니 이제는 그자와 결혼하기를 원하니 말이야.

나 기꺼이 그렇게 하마, 그렇게 하고 말지.

그에게 서신을 보내어 오라고 하지.

말이 끝나기가 무섭게 편지가 갑니다.

그 편지를 가지고 간 사신이 엘 시드의 아버지에게 그 편지를 줍니다.

— 아버지 그 편지를 제가 볼 수 없게 하시는 건 잘못된 것입니다.

왕이 보낸 그 편지를 제게 보여주지 않으려 하시니 말입니다.

— 아무 일도 아니야, 아들아, 너보고 거기로 오라는 것이야.

아들아, 넌 여기 있어, 내가 너 대신 갈 테니.

— 하느님은 결코 그러길 원하지 않으시고, 성모 마리아도 그렇게 하도록 명하지 않으실 것입니다.

아버님이 가시는 곳이라면 어디든 제가 앞장서 가기를 원하실 것입니다.

작품 56 에스타카스의 계곡으로

에스타카스의 계곡으로 엘 시드가 정오에 지나갑니다.

자신의 말 바비에카를 타고요. 오, 얼마나 멋져 보이는지요!

그 사실을 안 무어 왕이 그를 영접하러 나오지요.

왕이 말합니다. — 엘 시드여, 어서 오십시오. 환영합니다.

돈을 원하신다면 넉넉히 드리겠소.

아니면 아내를 원하신다면 당신에게 내 누이를 주겠소.

— 당신이 주는 급료를 원하지 않소, 아니 그 누구의 것도 싫소.

아내를 구하기 위해 온 것도 아니오. 내 아내는 살아 있소.

댁이 카스티야에 바쳐야 할 조공을 내도록 하고자 왔소이다.

— 난 당신께 바치지 않을 것이오. 훌륭한 시드여, 시드여, 난 당신께 그것을 주지 않을 것이오.

만일 내 아버지가 바쳤다면 의무가 아닌 데 한 일이오.

— 좋게 말할 때 내게 주지 않겠다면 난 억지로라도 받아야 하오.

— 그러지 않을 거라는 걸 아오, 훌륭한 시드여, 내 창은 훌륭하오.

— 그렇다면, 무어 왕이여, 당신이 할 일은 아무것도 없어 보이오.

그대의 창이 멋지다면 내 창도 훌륭하오.

그러나 무어 왕은 카스티야의 왕, 그 훌륭한 왕에게 조공을 바치는 법이오.

— 그대가 왕의 사절로 왔으니, 기꺼이 그리하리다.

해설 622년 마호메트가 이끄는 이슬람 세력은 무어인들이 이베리아반도 아래 아프리카 북부 해안까지 영토를 넓혀 나가도록 했다. 확장 일로에 있던 이들에게 남은 일은 바로 위의 스페인으로 올라오는 것이었고 그런 일은 식은 죽 먹기처럼 쉬웠다. 스페인 내 서고트족의 마지막 왕 로드리고는 세우타의 부왕이었던 돈 훌리안 백작의 반란을 막아내지 못했는데, 그들 간의 내분이야말로 무어인들에게 서고트 왕국이 얼마나 허약한지를 보여주는 일이었다. 이베리아반도로 들어온 무어인들은 스페인의 코르도바를 중심으로 새로운 왕국을 세움으로써 초기 다마스커스의 칼리프 지배하의 정치적 종속관계를 깨고 독립적인 왕국을 세웠다. 그 이름이 알-안달루스로 유럽대륙 최고의 문화국가를 구축했다. 압데라만 3세 때 가장 번성기를 누렸던 알-안달루스는 알만소르가 1031년 죽음으로써 정치적인 구심점을 잃고 주요 도시로 분할되어 주 도시마다 군주들이 난립하는 '군웅할거' 시대인 타이파스 왕국 시대로 넘어간다. 23개에 이르는 왕국들은 단지 아랍인만이 아닌 북아프리카의 베르베르족도 가세한 독립 소왕국들로, 이들은 스스로 기독교도들의 팽창에 맞설 힘이 부족하여 1085년 자신들 지배하에 있던 톨레도가 기독교도들의 수중에 들어가자 아프리카에 있는 부족의 힘을 빌리기 위해 알모라비데스에게도 도움을 청했다. 이후 다시 북부 아프리카 종족인 알모아데스 왕조를 이베리아반도 내부로 끌어들였으나 오히려 그들의 지배를 받다가 결국 이슬람 최후의 왕국 그라나다(1238-1492)가 기독교도들에게 함락당하면서 찬란했던 알-안달루스의 영화는 끝을 맺게 된다. 기독교도들은 자기네 땅을 찾겠다고 8세기에 걸친 국토회복전쟁을 벌이고, 그 세월 동안 앞서 보았듯이 기독교도들과 이슬람교도들은 누구의 국경이라고 말할 수 없는 경계를 마주하고 때로는 싸우기도 하고 화해도 하고 침략을 막아주기도 하고, 조공을 바치며 군사의 힘을 빌리기도 했다. 이러한 역사적 배경하에 엘 시드의 이야기가 펼쳐진다. 엘 시드란 명칭은 '나의 군주'라는 뜻으로 무어인들이 그에게 부여한 것이다. 본 로만세는 세비야의 무어 왕에게서 세금을 징수하는 엘 시드의 모습을 떠올리게 한다. 16세기에 발간된 《총 로만세 노래집Romancero general》에 담긴 고문서 텍스트인데, 작가의 자유로운 영감의 산물로 보고 있다.

작품 57 돈 페르난도 1세 왕의 로만세

왕이 고통스러워합니다. 그 훌륭한 돈 페르난도 왕이 말이지요.

발은 동쪽으로 뻗어 있고 손에는 촛대가 들려 있습니다.

그의 머리맡에는 대주교와 수도원장을,

그의 오른편으로는 네 자식 모두를 두고 있습니다.

그중 세 명은 왕비의 자식이고 나머지 하나는 서자입니다.

서자인 그 자식은 가장 잘 나간 자로,

톨레도의 대주교, 산티아고 기사단장이며.

사라고사에서는 수도원장, 스페인 모든 왕국들에서 가장 중요한 종교직 사람이었죠.

— 내가 만일 죽지 않는다면, 아들아, 네가 교황이 될 터인데.

하지만 네게 남은 지대地代로 충분히 그렇게 될 수 있을 것이다.

이러고 있을 때 우라카 페르난도가 들어옵니다.

아버지를 향해 몸을 돌리더니 이렇게 말합니다.

해설 《1550년 로만세 노래집Cancionero de 1550》에는 본 로만세와 이어지는 두 개의 로만세가 하나로 되어 있다. 페르난도 엘 마그노, 즉, 위대한 왕 페르난도(1016-1065)라고 불리는 페르난도 1세는 나바라의 산초 3세와 카스티야 백작 산초 가르시아의 딸인 산차 가르시아의 아들로서 1029년에 어머니로부터 카스티야 백작령을 물려받았다. 카스티야의 첫 번째 왕으로 국토회복전쟁에서 훌륭한 업적을 거두었고 타이파 왕국들이 레온-카스티야 왕국에 조공을 바치도록 했다.

작품 58 도냐 우라카의 로만세

영면에 드시려는 아버지, 성자 미카엘이 당신의 영혼을 다스리시기를.

아버지는 아버지 영토를 당신 마음에 드는 사람에게 나눠주라 하셨지요.

돈 산초에게는 카스티야를, 그 유명한 카스티야를.

돈 알론소에게는 레온을, 그리고 돈 가르시아에게는 비스카야를.

그런데 저는 여자라 아무것도 물려주시지 않으셨습니다.

전 어긋난 여인이 하듯 그 영토들을 돌아다니며

이 몸뚱이를 원하는 사람에게 줄 것입니다.

무어인들에게는 돈을 받고, 기독교인들에게는 은사恩賜로 말이지요.

제가 벌 돈으로 아버지의 영혼을 위해 쓸 것입니다.

그러자 왕이 묻습니다. — 이렇게 말하는 여자가 누구인가?

대주교가 대답합니다. — 전하의 딸 도냐 우라카입니다.

— 딸아, 입 다물어라, 입 다물어. 그런 말은 해서는 안 되느니라.

그런 말을 하는 여자는 불에 태워져야 하느니라.

구 카스티야 저기 어느 구석을 내가 잊고 있었구나.

사모라라 하는 곳인데, 튼튼한 성벽의 사모라이다.

한쪽으로는 두에로강이 가까이 흐르고, 다른 편으로는 깎아지른 암산이 있다.

또 다른 편으로는 정말 훌륭한 무어인들의 영토가 있다.

네게서 그 땅을 취하는 자에게는 내 저주가 내려질 것이다.

모든 사람이 아멘, 아멘이라고 하지만 돈 산초만이 아무 말도 하지 않지요.
그 훌륭한 왕은 죽었습니다. 사모라가 포위를 당합니다.
한쪽으로는 왕이, 다른 쪽으로는 엘 시드가 말이지요.
왕이 포위한 쪽에서는 얻는 게 전혀 없지만
엘 시드가 포위한 쪽에서는 벌써 사모라가 함락당합니다.
도냐 우라카가 얼굴을 내밉니다. 창문으로 넘어다 봅니다.
끝부분이 뭉툭한 탑 부근에서 이렇게 말을 합니다.

작품 59 엘 시드 루이 디아스의 로만세

꺼져, 꺼지라고 로드리고, 오만한 카스티야인이여.

그대는 이미 지난 과거를 기억해야만 했소.

산티아고의 제단에서 기사가 되었을 때를.

부친께서 그대의 대부가 되고 그대를 양자로 삼았던 때를.

내 부친께서 그대에게 무기를 하사했고, 내 모친께서 그대에게 말을 하사했지요.

내가 그대에게 박차를 신겼지요. 그대를 더 명예롭게 하고자 말이지요.

그대랑 결혼할 생각이 있었으나 내가 지은 죄가 있어 그러지 못했지요.

그대는 히메나 고메스와 결혼했지요. 로사노 백작의 딸과 말이지요.

그녀와는 돈을 얻었죠, 나와 했으면 신분을 얻었을 텐데.

로드리고, 그대는 결혼을 잘 했지만, 훨씬 더 잘 결혼할 수도 있었지요.

왕의 신하의 여식을 취하고자 왕의 딸을 버렸으니.

— 여인이여, 원하신다면 결혼을 물릴 수 있답니다.

그렇게 한다면 내 영혼은 고통스럽겠지요.

내 사람들이여, 서 있는 사람들이나 말을 타고 있는 사람들이여 비키시오, 비켜요.

저 뭉툭한 탑에서 내게 화살을 쏘았다오.

쇠가 아닌 그 화살*이 내 심장을 관통했다오.

---

* 큐피드의 화살.

이제 어떠한 대책도 없어 보이는군요. 더 고통스러워하며 사는 것 이외에는 말입니다.

해설 본 로만세 내용은 완전 허구이다. 특히 마지막 여섯 개의 행은 훗날 궁정 시의 영향으로 더해진 것이다. 로만세가 민중의 노래라면 궁정 시는 궁정 문화를 중심으로 한 식자층의 노래이다. 프로방스 시 영향과 스페인 전통이 합작하여 만들어진 것으로, 주로 사랑을 노래하는데, 불륜이다. 사랑하는 남자는 목숨 다해 여인을 섬기며 그에 상응하는 보상을 원하는데, 프로방스 시에서는 그 보상이 이루어진다. 반면 스페인 시에서는 여성 측에서 거부하거나 남자가 스스로 체념한다. 섬기지만 이룰 수 없는 욕망으로 인한 고통 그 자체에 의미를 둔다.

작품 60 돈 산초 데 카스티야 왕의 로만세

돈 산초 왕, 돈 산초 왕, 카스티야를 다스렸을 때
턱수염이 나기 시작했지. 수염을 누린 시간이 얼마나 짧았던가!
프랑스인들에도 불구하고 아스파의 국경을 넘었지.
이레 낮 밤을 들판에서 그들을 기다렸지.
그들이 오지 않자 카스티야로 돌아왔지.
니에블라 백작을 죽이고 그의 백작령을 빼앗고
동생 돈 알론소를 감옥에 가뒀지.
그런 뒤 포고령을 내리라 했지.
그를 옹호하는 자 반역자로 처단할 것이라고.
돈 알론소를 위해 간하는 자, 기사고 귀부인이고 아무도 없었지. 없고 말고.
단지 그의 누이만이 왕에게 청했지.
— 돈 산초 왕이여, 돈 산초 왕이여, 나의 오빠이자 나의 군주시여,
내가 어렸을 때 내게 선물을 하나 준다고 약속했지요.
성장한 지금, 그 선물을 제게 주시지요.
— 나의 누이여, 그것이 무엇인지 말해 보거라. 단 한 가지 조건이 있다.
부르고스나 레온은 내게 요구하지 말라.
풍요로운 바야돌리드도, 아라곤의 발렌시아도.
그 밖의 것이면 무엇이든 거부하지 않으마, 않고 말고.
— 제가 원하는 건 부르고스도, 레온도 아닙니다.

풍요로운 바야돌리드도 아라곤의 발렌시아도 아닙니다.
제 동생을 원합니다. 전하가 가두고 계신.
— 누이여, 그러고 말고. 내일 내가 네게 넘겨주마.
— 산 채로 주셔야 합니다, 산 채로, 산 채로, 죽은 채로가 아니고요.
— 누이여, 무슨 그런 고약한 말을. 네게 그렇게 하라 한 자
내일 오전에 네게 죽은 채로 그를 주마.

해설 본 로만세는 페르난도 1세의 아들 산초 2세에 관한 이야기이다. 이 왕은 사모라를 공략한 지 얼마 되지 않아 사모라 성벽에서 살해를 당한다. 동생 알론소가 그의 뒤를 이어 알폰소 6세가 된다.

작품 61 두 명의 사모라 기사들의 도발

두에로 상류 강가로 두 명의 사모라 인이 말을 타고 옵니다.
그들의 무기는 하얗고 말들은 검은 얼룩의 회색입니다.
칼과 황금색 단도를 동여매고서 말이죠.
가슴에는 방패와 손에는 창을 들고
완벽한 위장을 위해 멋진 비옷을 걸치고 갑니다.
가파른 비탈길 위쪽으로 말들이 돌격합니다.
사람들 말에 의하면 두 사람은 아버지와 아들이랍니다.
그들은 아주 오만하게 말을 나누며 갑니다.
셋이 와도 싸울 것이오, 넷이 와도 그렇게 할 거라지요.
다섯 명이 나와도 도망가지 않을 거랍니다.
사촌이나 형제가 아니라는 조건에서 말입니다.
엘 시드 집안의 사람이나 그의 측근들이 아닌 조건에서 말입니다.
왕 진영의 사람이거나 왕의 충성스러운 신하들이 아닌 조건에서 말입니다.
그 밖의 사람들이라면 그들 중 제일 용맹한 자도 무방하답니다.
3명의 백작이 그 말을 들었지요. 3명은 처남 매부 사이였습니다.
— 기다리시오, 기사들이여, 우리가 무기를 갖출 때까지 말이오.
백작들이 무장하는 사이 아버지가 아들에게 말을 합니다.
— 내 아들아, 저 높은 단들을 잘 보고 있으리라 본다.
거기에서 귀부인과 처자들이 우리를 보고 있다.

네가 선행을 하면 그녀들의 존경을 받을 것이요
네가 악행을 하면 그녀들의 욕을 먹을 것이다.
불명예스럽게 사느니 명예롭게 죽는 게 훨씬 나으니라.
태어났으면 누구나 죽는 법이다.
이런 말을 하고 있을 때 백작들이 가까이 왔지요.
첫 결투에서 늙은이가 한 사람을 떨어뜨렸지요.
늙은이가 머리를 돌리자 아들이 곤경에 처해 있는 것을 보게 되지요.
그곳으로 돌격하여 또 다른 백작을 쓰러뜨리지요.
이것을 본 나머지 백작은 말의 고삐를 돌리지요.
두 사람은 그를 추격하지요. 결국 사모라로 그를 몰아넣었지요.

해설 본 작품과 다음 작품은 사모라 포위와 관련된 에피소드이다.

작품 62 오르투뇨의 결투 로만세

사모라 성벽 가까이 꼿꼿하게 몸을 세운 한 기사가
완벽하게 무장하고 검붉은 말을 타고
큰 소리로 말하며 오고 있네요. — 성을 잘 지켜라,
성을 지키는 자, 내 큰 소리로 그를 도와줄 것이고
잠자는 자 산 채로 위에서 던져버릴 것이다.
그건 난 사모라의 명성을 위해 부름을 받아 온 몸이기 때문이다.
기사가 있다면 나와 무기를 겨루러 나오기를 바란다.
단 엘 시드와 그의 조카 베르무도는 제외다.
훌륭한 엘 시드가 이 말을 들었지요.
— 그런 결투를 청하는 기사는 누구신가?
— 난 오르투뇨라 하오, 엘 시드. 오르투뇨가 내 성이오.
— 오르투뇨, 그대는 강을 건널 때 일어난 일을 기억해야 할 것이오.
내가 무어인들을 이겼을 때 말이오. 바비에카가 나와 함께하고 있었지.
그때만 해도 자네는 이렇게 무모하지 않았는데.
이 말을 들은 오르투뇨가 이런 식으로 대답합니다.
— 그때는 내가 풋내기였소이다. 지금은 훨씬 성숙해졌소.
그리고 훌륭한 시드여, 무기를 다루면서 난 모험을 하게 됐소.
하지만 난 당신에게 결투를 신청하는 게 아니오. 당신의 조카인 베르무도에게도 아니오.

난 그대들을 주인으로 여기고, 그대들은 나를 친구로 여기고 있기 때문이오.

다른 기사가 있다면 나와 무기를 겨루러 나오기를 바라오.

여기 이 들판에서 내 무기와 말을 갖고 그를 기다리겠소.

작품 63 돈 산초 왕의 로만세

조심하세요, 조심해요, 돈 산초 왕이여, 당신에게 경고하지 않았다고 하지 마세요.

사모라에서 한 배신자가 나갔습니다.

이름은 베이도 돌포스로, 돌포스 베이도의 아들입니다.

그는 네 번 반역을 저질렀고, 이번으로 다섯 번째가 됩니다.

아버지가 대단한 반역자였다면 아들은 더 엄청난 반역자입니다.

왕궁에서 사람들이 소리를 지릅니다. — 돈 산초가 치명적인 상처를 입었다!

베이도 돌포스가 그를 죽였다. 그는 엄청난 반역을 저질렀다!

그를 죽인 후 그는 한 쪽문으로 나갔습니다.

사모라 거리마다 소리를 지르며 외치고 갑니다.

— 도냐 우라카, 약속한 바를 지킬 때다.

해설 귀족 아리아스 곤살로가 산초 왕에게 반역이 일어날지 모르니 예방 조치하라고 경고를 했다. 본 로만세의 앞부분은 '사모라 포위 노래'의 일부이다. 나머지 부분은 시를 마무리하기 위해 더해진 것인데, '쪽문'이라든가 '도냐 우라카와의 살해 협정'은 전설로 내려오는 내용이다.

작품 64 사모라인들에게 하는 도전 로만세

디에고 오르도녜스가 이미 말을 타고 궁정에서 나갑니다.
검붉은 말을 타고 두 배로 무장을 하고 갑니다.
자기 사촌을 죽인 사모라 인들에게 도전하러 갑니다.
돌포스 베이도의 아들 베이도 돌포스가 죽였지요.
— 사모라인들이여, 내가 불충한 배반자들인 너희들에게 도전한다.
모든 죽은 자들에게, 그리고 그들과 산 자들에게 도전한다.
태어날, 그리고 태어난 남자와 여자들에게 도전한다.
위대한 자나 그렇지 못한 자나 모두에게 도전한다.
고기와 생선과 강의 물에게 도전한다.
그러자 아리아스 곤살로가 말을 했으니 그가 한 말을 잘 들어보시기를.
— 늙은이가 무슨 잘못이 있소? 어린아이들은 무슨 잘못이 있소?
여자들이 왜 그 일을 당해야 하오? 그리고 태어나지 않은 자들은?
죽은 자들과 목축들과 강에게 도전하는 이유는 뭐요?
디에고 오르도녜스, 그대는 잘 알고 있소. 아주 잘 알고 있고 말고.
도시 전체에 도전하는 자는 다섯 명과 겨루어야 하오.
오르도녜스가 답합니다. — 너희들 모두가 반역자다.

작품 65 페르난 다리아스의 로만세

한 번도 닫힌 적이 없는 그 오래된 쪽문으로

말 삼백 마리와 함께 붉은 깃발이 오는 걸 난 보았지요.

삼백 마리 한가운데에 무장된 건조물이 오고

그 건조물 안에 나무로 된 관이 오지요.

그 관 안에는 죽은 육체가 오고 있었지요.

이름이 페르난 다리아스로 아리아스 곤살로의 아들이지요.

1백 명의 여인들이 그의 죽음을 울었지요. 이들과 함께 1백 명의 이달고들도.

모든 여인이 그와 삼촌, 사촌지간으로 친척들이었지요.

누구는 그를 사촌이라 하고, 누구는 그를 오빠, 동생이라고 하지요.

또 누구는 삼촌이라 하고 또 누구는 그를 형부라고 하지요.

우라카 에르난도는 어떤 여성들보다 더 많이 그의 죽음을 울었지요.

늙은 아리아스 곤살로가 얼마나 훌륭하게 그녀를 위로하는지요!

— 나의 시녀들이여, 너희들이 우는 이유가 무엇이냐? 왜 그리도 슬피 우는가?

그렇게 울지 말아라. 울 일이 아니다.

내 자식 한 명을 죽였지만, 여기 네 명의 자식이 남아 있다.

술집에서 죽은 게 아니잖은가. 도박하다 죽은 것도 아니잖은가.

그대들의 명예를 지키고자 사모라를 위해 죽은 게 아닌가.

자기의 무기로 기사로서 싸우다 죽은 게 아닌가.

해설 아리아스 곤살로의 아들들은 사모라의 명예를 위해 디에고 오르도녜스와 싸웠다. 전설에 의하면 이 아들들은 한 명 한 명 죽어 나갔는데, 첫 번째로 죽은 자가 페르난도이다. 본 로만세는 이 아들의 죽음 앞에 선 아버지의 의연함을 노래하고 있다.

작품 66 엘 시드가 돈 알론소 왕에게 받은 선서

이달고들이 선서를 하는 부르고스의 산타 가데아에서
형의 죽음에 간여하지 않았음을 알폰소에게 맹세하도록 합니다.
그 맹세를 훌륭한 엘 시드가, 그 훌륭한 카스티야 사람 엘 시드가 시킵니다.
쇠로 된 걸쇠와 나무로 된 큰 화살 위에
성경을 두고 손에는 십자가를 쥐고서 말이지요.
엘 시드의 말이 너무나 강력해 훌륭한 왕을 경악하게 합니다.
— 알론소, 서민들이 그대를 죽이게 할 것이오, 이달고가 아닌 서민들이,
카스티야인들이 아닌 아스투리아스 데 오비에도의 서민들이.
창이나 투창이 아니라 농기구로 말이오.
황금 단도가 아니라 가죽 손잡이가 있는 칼로 말이오.
끈이 있는 구두가 아니라 샌들을 신게 할 것이오.
면이나 비단으로 된 망토가 아니라 비옷을 가져오게 할 것이오.
홀랜드산이나 수 놓인 옷이 아니라 올이 툭툭한 천의 옷을 입도록 할 것이오.
기사들은 노새나 말이 아니라 암컷 당나귀를 타고 오도록 할 것이오.
벼린 가죽이 아닌 끈으로 된 재갈을 가져오라 할 것이오.
마을이나 인가가 아니라 밭에서 당신을 죽이도록 할 것이오.
왼쪽 옆구리로 당신의 심장을 꺼내도록 할 것이오.
내가 당신께 질문하는 것에 대해 진실을 말하지 않는다면 말이오.

당신 형의 죽음에 당신이 동의했는지, 아니면 주동자였는지 묻고 있소.
너무나 강력한지라 왕이 진실을 말하겠다는 맹세를 하지 못합니다.
그러자 왕이 가장 아끼는 총신인 한 기사가 말을 합니다.
— 훌륭한 왕이시여, 맹세하소서, 그런 일은 걱정 마소서.
배반자가 된 왕 절대 없고, 파문당한 교황도 절대 없습니다.
그런 적이 절대로 없다고 왕이 선서합니다.
하지만 왕은 화가 나 저주를 퍼붓습니다.
— 시드, 내게 아주 고약하게 선서를 시키는구먼, 시드, 내게 아주 고약하게 선서를 시켰어.
오늘은 내게 맹세를 받았지만, 내일은 내 손에 입을 맞추게 될 것이다.
— 난 왕의 손에 입을 맞추는 일을 명예롭게 여기지 않소.
나의 아버지가 손에 입을 맞추었는데, 난 그 일을 모욕으로 여기오.
— 고약한 기사 시드, 내 땅에서 나가라.
앞으로 내 영지로 오지 마라. 오늘부터 일 년 안에는.
— 그러고 말고요, 훌륭한 시드가 말합니다. 기꺼이 그렇게 하겠습니다, 시드가 말했습니다.
당신이 다스리는 곳에서 명하시는 첫 일이니 말이오.
당신은 나를 일 년간 추방하지만 난 사 년을 있겠소.
그 훌륭한 시드가 떠납니다. 왕의 손에 입을 맞추지 않고 말입니다.
삼백 명의 기사들과 함께 가는데, 모두가 이달고들입니다.
모두가 젊은이들로 머리가 흰 자는 하나도 없습니다.

모두가 창을 손에 쥐고 갑니다. 쇠에서는 광이 납니다.
각각 붉은 빛의 술 장식이 달린 방패를 들고 갑니다.
훌륭한 시드에게 야영할 장소가 없지 않았습니다.

해설 카스티야의 산초 왕이 사모라를 포위하다 살해당하자 레온왕이자 그의 동생인 알론소가 카스티야의 왕위를 계승하게 된다. 이때 알론소가 형의 죽음과 무관함을 엘 시드가 맹세하도록 하는 로만세이다. 당시 귀족과 서민들의 복장 및 선서 양식 등이 흥미롭다. 내용에서 아이러니한 면은 왕의 총신 입에서 나온 말인데, 선서의 엄함과 대조를 이룬다. 이 선서 관련 이야기는 13세기 현왕의 지휘하에 이루어진 첫 번째 《총 역사서》에 나와 있다. 본 작품은 대중들의 입으로 전해진 노래를 개작한 것으로, 당연히 검증될 수 없는 흥미로운 이야기들이 더해졌을 것이다.

작품 67 토로의 탑에서…

토로의 탑, 그곳에 한 처자가 있었지요.

별처럼 빛나는 검은 천을 입고 말이지요.

돈 알론소 왕이 지나다 그녀를 사랑하게 됩니다.

그래서 말합니다. — 왕의 여식이라면 난 그녀와 결혼할 것이다.

공작의 여식이라면 정부로 할 것이다.

그러자 그 훌륭한 시드가 이렇게 말을 합니다.

— 전하, 당신의 누이요. 전하의 누이가 저 여인이오.

— 나의 누이라면, 왕이 말했죠, 유황불에나 떨어져 버려라!

내 궁수들을 오라 하라. 그녀에게 각자의 활을 쏘게 하라.

빗나가는 자, 그의 머리를 날려버리도록 하라.

그러자 그 훌륭한 시드가 대답하니 이런 식입니다.

— 그녀를 맞추는 자에게도 같은 벌을 내리시오.

— 내 막사에서 나가라, 시드여, 네가 이곳에 있는 게 난 싫다.

— 기꺼이 그리하겠나이다, 그 훌륭한 시드가 답합니다, 이 막사는 낡아 새롭지가 않습니다.

제 막사로 가겠습니다. 금 가죽과 비단으로 되어 있지요.

난 그것을 술집에서 술이나 마시며 놀며 얻은 게 아니지요.

전투에서 나의 창과 나의 깃발로 얻었습니다.

해설 알론소가 왕이 되어 알폰소 6세가 되기에 작품에 알론소, 알폰소 이름이 동시에 나온다. 본 로만세는 알폰소와 그의 누이 우라카 간의 근친 사랑을 은근히 내비치고 있다. 이 사랑 관련 이야기는 대중의 말거리였다.

작품 68 발렌시아를 잃은 무어 왕의 로만세

여기요, 여기 엷은 노란색을 띤
말을, 다리를 붙여 무릎을 수직으로 세워 타고
모로코의 장화와 황금 박차를 차고
가슴팍에는 방패와 손에는 투창을 든
한 무어인이 포석이 깔린 길로 오고 있답니다.
발렌시아를 바라보고 있었지요. 얼마나 가까이에 있었는지.
— 오, 발렌시아, 오 발렌시아여, 유황불에 타버렸으면 좋겠구나!
넌 먼저 기독교인들에게서 얻은 무어인들의 것이었지.
창이 나를 속이지 않는다면 넌 무어인의 것으로 되돌아올 것이다.
그 개 같은 시드 놈을 수염으로 붙잡아 버리고 말 것이다.
그놈의 아내 도냐 히메나는 내 포로가 될 것이고
그놈의 딸, 우라카 페르난도는 내 여인이 될 것이다.
여인으로서 지겨워지면 내 동료에게 줘버릴 것이다.
멀리 있지 않았던 그 훌륭한 시드는 이 말을 모두 듣고 있었습니다.
— 내 딸아, 내 딸 도냐 우라카야, 여기로 오렴.
일상복은 벗어버리고 연회 때 입는 옷으로 갈아입거라.
저 무어 개자식에게 말을 걸어 붙잡아 두거라.
내가 바비에카에 안장을 올리고 칼을 찰 동안 말이다.
아주 아름다운 처자는 창문에 섰습니다.

그녀를 본 무어인은 이런 식으로 말을 합니다.

— 알라가 그대를 지켜주시기를, 나의 귀부인 도냐 우라카여.

— 그대에게도 같은 축복이, 당신의 방문을 환영합니다.

7년이 됐답니다, 왕이시여, 제가 당신을 연모한 지가.

— 귀부인이시여, 내 영혼에 당신을 간직해 온 시간도 그 정도랍니다.

이들이 이러고 있을 때 그 훌륭한 엘 시드가 모습을 드러냈지요.

— 잘 있으시오, 잘 있으시오 나의 여인이여, 나의 아름다운 여인이여.

바비에카 말발굽 소리가 들리는군요.

암말이 발을 놓는 곳에 바비에카는 다리를 놓습니다.

거기서 말이 말을 하는 듯하니, 말하는 바를 잘 들어보시기를.

— 자기 자식을 기다리지 않는 엄마는 경주에서 혹사로 병에 걸려버려라!

투창으로 사용되는 단단한 막대기 주위를 이 말은 일곱 번 돕니다.

암말은 가벼워 아주 앞서 달려

강에 도착했고, 그곳에는 배가 있었습니다.

배를 본 무어인은 무척 기뻐하며

뱃사공에게 자기 쪽으로 가까이 대라 소리칩니다.

뱃사공은 민첩하게 배를 갖다 대지요.

무어인은 아주 잽싸게 배에 올랐지요. 전혀 머뭇거릴 일이 아니었습니다.

무어인이 배에 올라 있을 때 그 훌륭한 시드는 강에 도착했지요.

엘 시드는 무어인이 위험에서 벗어난 것을 보자 슬픔으로 폭발하기 직전이었습니다.

화가 나 그에게 창을 날렸지요.
그리고 말했지요. — 나의 사위여, 내 이 창을 주워라.
아마도 그대에게 멋지게 청구될 날이 올 것이니.

해설 엘 시드는 실제 알폰소 왕에게 쫓겨나 이후 자신의 무훈으로 발렌시아의 영주가 된다. 산초 왕과 형제처럼 자라나고 그 밑에서 봉사한 엘 시드가 알폰소 왕에게 좋은 감정을 가질 수는 없을 것이다. 그러나 스페인 최초의 서사시 《엘 시드의 노래》(1140)는 추방당하지만 결국 발렌시아를 정복하고 왕과 화해한 후 딸들의 결혼과 코르페스에서 딸들에게 가해진 사위들의 만행과 이후 왕을 통한 엘 시드의 명예회복 내용을 담고 있다. 이 로만세는 서사시 《엘 시드의 노래》를 기본으로 하는데, 이 이야기는 13세기 《첫 번째 총 연대기》에서 광범위하게 개작되었다. 개작된 무용 찬가에서 테마와 동기를 취했거나, 후글라르들이 기억과 전해 내려오는 이야기에 의존하여 작품 한 것일 수 있다. 12행 우라카 페르난도는 앞선 작품에서는 페르난도 1세 딸의 이름이었다. 지금은 엘 시드의 딸 이름으로 언급되는데, 《엘 시드의 노래》에서 딸들 이름은 엘비라와 솔이다. 30행, 무어인의 암말이 엘 시드 말인 바비에카의 엄마로 이야기하고 있다. 서로 간의 약탈로 빚어진 결과라 할 수 있다.

작품 69 구아달키비르 강을 거슬러…

구아달키비르 강을 거슬러 길손들이 말을 타고 갑니다.
사람들 말에 의하면 그들은 훌륭한 자들이랍니다.
짧은 소매의 멋진 외투 위로 두건이 달린 망토를 입고
농부 방식의 비옷을 걸치고 있답니다.
낮에는 보리를 주고 밤에는 길을 갔지요.
무어인들이 두려워서가 아니라 너무나 더운 날씨 때문이지요.
그들은 계획된 일정에 따라 궁전에 도착하지요.
왕이 자신의 고관대작들과 함께 그들을 영접하러 나옵니다.
— 연로해 오시는구려, 엘 시드, 연로하나 현란하게 오시는구려.
— 여인네들과 노닥거리다 온 게 아니라 당신에게 봉사하러 돌아다니고,
엄청난 영지를 가진 왕인 부카르 왕의
영토를, 그의 마을과 성을 얻고자 싸워서 그러하오.
왕이시여, 난 그에게 갔던 의석도 찾았소이다.

해설 16세기 낱장으로 소개된 로만세로 순전히 창작물이다.

작품 70 왕이 세 곳의 의회를 소집하다,를 말하는 로만세

왕이 세 군데에 의회를 소집하라고, 동시에 세 군데에 의회를 명합니다.
하나는 부르고스, 다른 곳은 레온,
또 다른 곳은 톨레도에 말이지요. 그곳에서 이달고들은
고관대작에 맞서 약자의 정의를 행사하려 합니다.
기한으로 30일을 줍니다. 더도 말고 딱 30일입니다.
기한이 지나고 온 자는 반역자가 됩니다.
스무아흐레가 지났습니다. 백작들은 도착했습니다.
30일이 지났으나, 그 훌륭한 시드는 오지 않습니다. 오지 않네요.
그러자 백작들이 말하지요. — 전하 그자를 반역자로 하시지요.
왕이 그들에게 대답합니다. — 그러지 않을 것이다. 않고 말고.
그 훌륭한 엘 시드는 전투를 승리로 이끈 기사이다.
내 궁전 어디에도 그자보다 나은 이는 없을 것이다.
이러고 있을 때 그 훌륭한 엘 시드가 모습을 드러냅니다.
3백 명의 기사와 함께 말이죠. 그들은 모두 이달고입니다.
모두가 한 종류의 천과 한 가지 색깔의 옷을 입고 있었지요.
두건 달린 망토를 입은 그 훌륭한 엘 시드만 제하고 말이지요.
— 왕이시여, 하느님이 그대를 지켜주시기를, 그리고 이달고, 그대들은 하느님이 도와주시기를.
난 백작들과는 말을 섞지 않으오, 나의 적들이니.

해설 《엘 시드의 노래》에서 나온 내용을 개작한 데에서 유래한 것 같다. 이 작품에서 엘 시드의 두 딸이 사위들인 카리온의 백작들에게 모욕을 당하고 코르페스 떡갈나무 숲속에 버려진다. 카리온 백작들은 엘 시드 궁정에 있을 때 울에서 도망나온 사자 건으로 자신들이 놀림감이 되었다는 생각에 엘 시드의 딸들에게 복수한 것이다. 딸들로 인해 명예가 실추된 엘 시드는 명예회복을 위해 왕에게 의회 소집을 요구하고, 왕은 이에 응한다. 카리온 백작들과 엘 시드 두 딸의 결혼이 왕의 개입으로 성사된 것이니, 매듭 또한 왕이 풀어야 하기 때문이다. 카리온 백작들 및 사람들과 엘 시드 쪽 이달고들과의 법정 논쟁과 결투로 엘 시드의 명예가 회복되고, 그의 두 딸은 아라곤과 나바라 왕자들과 결혼한다.

창작
로만세

기사도 로만세

서사시나 역사만큼 로만세를 풍요롭고 아름답게 한 또 다른 소재는 기사도 이야기이다. 브르타뉴 전설에 근거하여 프랑스에서 12세기에 운문으로 작성된 것이 기사도 이야기의 시초이다. 아서왕 시대에 있었으리라 상상되는 영웅들의 사랑과 모험을 운문으로 그린 것이다. 아서왕은 용기와 충정의 표본인 열두 명의 원탁의 기사를 거느리고 있었다. 크레티엥 드 트루아가 창조해 낸 트리스탄, 랜슬럿, 파르지팔 등이 그들인데, 이들에 관한 이야기는 유럽 전역을 매혹했다. 13세기에 들면 산문으로 작성되면서, 이전의 정치적, 전사적 이념을 반영한 영웅 서사시와는 다른, 거칠고 투박한 세계가 아닌 우아한 궁정 세계를 배경으로 한 사랑의 이야기가 펼쳐진다. 기사도 이야기가 유럽 전역으로 퍼지면서 나라마다 다양한 모습을 갖게 되는데, 프랑스에서는 운명적이며 격렬한 사랑의 시가 되어 트리스탄의 가슴을 독 묻은 투창으로 상처 입힌다. 독일에서는 볼프람 폰 에셴바흐의 시가 되어 파르지팔이 영혼의 정화를 위한 격렬한 내적 투쟁을 벌인다. 끝내 그는 신비로운 성배의 도시를 얻게 된다. 스페인에서는 익명의 작가가 프랑스 이야기를 순화하여, 아마디스라는 바다의 청년과 오리아나 공주의 첫사랑이자 끝 사랑의 풋풋한 이야기를 탄생시킨다. 두 연인에게 줄기차게 따라붙는 유혹과 끝이 없는 고통에도 불구하고 열두 살 때부터 죽음에 이르는 순간까지 '아무리 그러해도 결코 단 한 시간도 사랑을 그만두지 않는' 영원한 사랑을 들려준다. 아마디스는 여인의 이름을 듣는 것만으로도 정신을 잃어 말에서 떨어지고, 차마 얼굴조차 바라볼 수 없을 정도로 소심하지만 죽음의 위협 앞에서는 용맹한 기사이다.

14세기 초 아마디스 기사 이야기가 있었음에도, 스페인에서 기사도 이야기는 유럽의 다른 나라에 비해 아주 늦게 꽃을 피웠다. 메디나 델 캄포의 집정관인 가르시 오르도녜스 데 몬탈보(1450-1510)가 13, 14세기경 포르투갈어로 작성된 기존의《아마디스》를 보완 개작하여 사라고사에서 1508년에 세상에 소개했다. 이 말은 중세 동안 스페인판 기사도 이야기는 거의 생산되지 않았다고 볼 수 있다. 프랑스에서는 기사도 이야기가 완전히 잊힌 시점에 스페인은 성숙기에 들어간 셈이다. 르네상스기인 16세기에 아마디스의 후속편들이 그 뒤를 이으면서 기사도 이야기는 이베리아반도에서 다시 유럽으로 퍼져나간다. 아마디스의 아들들과 손자들인 에스플란디안, 리수아르테, 프로리셀과 팔메린 시리즈들과 프리말레온 이야기들은 16세기 이탈리아의 피에트로 벰보와 프랑스의 피에르 드 롱사르, 영국의 필립 시드니 등의 영혼을 사로잡았다. 마지막으로 성공을 거둔 스페인 기사도 이야기는 1562년의 디에고 오르투녜스 데 칼라오라Diego Ortúñez de Calahorra의《페보의 기사》이다.

스페인 내 기사도 이야기는 기본적으로 프랑스의 영향으로 탄생되었으며, 프랑스의 것을 스페인 정신에 적용한 것이라고 볼 수 있다. 하지만 당시 스페인의 역사적 상황이나 국민성으로 보아 기사도적 이상과 모험은 스페인인들의 정신이자 특징이기도 하다. 그래서 스페인에서 기사도 이야기는 첫 탄생부터 16세기 중순까지 모든 계층의 사람들을 매료시켰고 로만세 탄생에 많은 영향력을 행사했다. 그 예가 앞으로 보게 될 작품들이다.

작품 71 돈 트리스탄의 로만세

돈 트리스탄이 치명적으로 창에 찔려 있어요.
그를 질투한 삼촌인 왕이 그렇게 했어요.
창끝 쇠는 몸 안에 박혀 있고 창대가 몸 밖에서 떨고 있네요.
이세오 왕비가 그를 보러 가네요. 지독한 불행이지요.
미사가 드려지고 있는 시간만큼이나 서로가 입을 맞춥니다.
이 사람이 울고 저 사람이 울고 침대를 물로 목욕을 시키네요.
그곳에서 한 떨기 꽃이 피어나니 백합이라 불렸지요.
그 꽃을 먹은 여자는 누구든 곧 태기를 느낀답니다.
더 큰 불행이고자 왕비 이세오가 그걸 먹네요,

해설 콘월의 민속 속의 영웅이자 원탁의 기사 중의 한 사람인 트리스탄과 아일랜드 공주 이졸데(스페인어로 이세오. 일명 '금발의 여인', '아름다운 여인'이라고 불리는 이 이졸데와 '흰 손'이라는 별명으로 불리는 이졸데와는 다른 인물이다)와의 도덕과 모든 규범을 넘어서는 사랑을 다룬 전설은 많은 이야기를 만들어 냈다. 더블린 왕국이 존재하던, 다시 말해 바이킹이 아일랜드 섬을 지배하던 10세기로 거슬러 올라가 전통적으로 내려오던 전설에 뿌리를 둔 것이다. 12세기 프로방스 음유시인들이 작품화한 것들은 온전한 상태로 남겨진 것이 없었다. 이후 앵글로 노르만 시인 토마스 데 브레타뉴가 쓴 전설이 기존의 이야기에 더해지고, 13세기 고도프레도가 이 작품을 이용하여 자신의 작품을 창조했다. 켈트족의 신화와 그 지역의 민속적 요소들이 구두로 전해져 오다가 여기에 극적인 요소가 글로써 더해진 것으로 보고 있다. 고도프레도 작품은 문학적으로 뛰어난 가치를 가지며, 신비주의적이자 인간적 사랑에 대한 찬양이 비중 있게 다루어진다. 스페인에서는 가톨릭 양왕이 집정하던 15세기에 로만세로 대중화되었다. 20세기에 들어 스페인 중세 문헌 학자인 라몬 메넨데스 피달이《옛 로만세들의 새로운 사화집Flor nueva de romances viejos》에 수집해 놓았다. 전설은 상상과 과장으로 다양한 판본으로 존재하지만, 이야기의 골자는 유지되고 있다. 영국의 콘월의 왕 마르코 왕이 자신의 부인이 될 여자인 '금발'의 이졸데를 데리고 올 임무를 조카인 트리스탄에게 맡기는데, 트리스탄과 이 이졸데의 인연은 이미 전부터 이어져 있었다. 그러니 이졸데는 트리스탄이 자신에게 냉정하고 마르코 왕에게 자신을 인도하려는 데 대해 배신감과 수치심을 느낀다. 그런데 이졸데의 어머니가 조제한 사랑의 미약을 두 사람이 마시게 되고 이로써 더 큰 사랑에 빠졌다는 버전과 아일랜드에서 출발한 배가 콘월에 도착하기 전에 같이 죽고자 독약을 마시지만, 이 약은 두 사람의 사랑의 감정을 더욱 불타오르게 하는 마법의 약이었다는 버전이 있다. 여하튼 결국 이 둘의 관계를 의심한 왕이 그들의 사랑을 알게 되자 두 사람은 함께 도망가다 이졸데는 붙잡히고 트리스탄은 코르누아유로 떠난다. 그곳에서 '흰 손'의 이졸데와 결혼한 트리스탄은 전투 중에 또다시 독이 발린 무기에 심하게 다치자 '금발'의 이졸데가 예전에 자신을 치료했듯이 다시 자신을 치료해달라는 전갈을 보낸다. 이전처럼 '금발'의 이졸데는 트리스탄을 정신적으로나 육체적으로 치료해 줄 수 있는 유일한 여인이었다. '금발'의 이졸데는 전갈을 받자 곧장 찾아오지만 '흰 손'의 이졸데의 질투로 흰 돛이 검은 돛으로 보고되고, 그 거짓말을 믿은 트리스탄은 크나큰 상심으로 그 자리에서 숨을 거둔다. 배에서 내린 '금발'의 이졸데 역시 사랑하는 연인의 죽음 앞에서 슬픔을 이기지 못하고 그를 부둥켜안은 채 생을 마감한다. 마르코 왕은 이 두 사람을 사랑했기에 함께 묻어주었다. 이후 트리스탄의 무덤에서 나무딸기가 자라기 시작하더니 이졸데의 무덤으로 뚫고 들어갔다. 이렇게 그 둘의 사랑은 죽음을 통해 다시 새롭게 태어났다. 음유시인들은 이러한 노래를 들려주며 사람들이 사랑의 기쁨과 희망을 되찾기를 바랐고, 무엇보다 사랑으로 인해 번민하는 자가 있다면 이 이야기에서 위로를 얻기를 바랐다고 전해진다. 본 로만세와 이어지는 두 편의 로만세는 프랑스《트리스탄》을 12세기 혹은 14세기에 스페인어로 번역한 데서 유래된 것이다. 본 로만세 마지막 부분은 전설로 전해지던 '독초'에서 기인한 것으로 추정된다.

작품 72 란사로테와 사슴

왕은 세 명의 아들을 두었대요, 딱 세 명이요.

이 아들들에 화가 난 왕은 이들을 저주했어요.

그래서 한 명은 사슴이 되었고, 다른 한 명은 개가 되었고

나머지 한 명은 무어인이 되어 바다를 건너갔지요.

란사로테가 부인네들 사이에서 한가하게 지내고 있었어요.

한 부인이 그에게 크게 소리쳤어요. — 잠시만요, 기사여,

내 숙명이라면 나의 운명이 이루어지길.

내가 당신과 결혼하고, 당신은 기꺼이 나와 결혼하여

내게 착수금으로 저 발이 하얀 사슴을 주면 좋겠어요.

— 부인, 마음을 다해 기꺼이 그렇게 하오리다.

그 사슴이 자라난 곳을 안다면 말이지요.

벌써 란사로테는 말에 올라타고 간다오, 벌써 말을 타고 자기의 길을 간다오.

개들을 목줄 매어 앞세워 데리고 말이죠.

한 작은 예배당에 도착했는데, 그곳에는 한 은자가 있었어요.

— 하느님이 그대를 보호하시기를, 착한 자여. — 어서 오세요.

개를 데리고 다니시는 걸 보니 사냥꾼인가 봅니다.

— 은자여, 성스러운 삶을 영위하는 그대, 내게 말해주시오.

발이 하얀 사슴이 어디에 사는지 말이요.

— 낮이 될 때까지 여기에 머무시지요.

내가 보았고 내가 알고 있는 것 모두를 당신께 들려드릴 테니.

그러니까 오늘 밤 이곳으로 지나갔소. 두 시간 전에 말이지요.

일곱 사자와 출산한 지 얼마 안 된 암사자 한 마리와 함께요.

그놈은 백작 일곱 명과 많은 기병대를 죽게 했다오.

늘 하느님이 그대를 지키시기를, 당신이 어디를 가든지 말입니다.

당신을 여기로 보낸 자 당신의 목숨을 노리고 있는 것 같으니 말이지요.

— 아, 킨타뇨네스 여인이여, 지옥불에 타 죽기를!

그토록 훌륭한 기사가 너로 인해 목숨을 잃었다.

해설 아서 왕의 원탁의 기사 중 가장 강하고 충성심에서도 추종을 불허하는 기사도 정신의 소유자는 랜슬럿이다. 란사로테는 스페인어 표기이다. 아서 왕의 부인 귀네비어 여왕과의 사랑 에피소드와 성배를 찾는 에피소드로 유명하다. 그가 처음 주인공으로 등장한 작품은 12세기에 작성된 《랜슬럿, 수레의 기사》이다. 그의 삶과 모험 관련 이야기들은 중세 말까지 많은 로만세로 소개되었다. 아론다이트라는 명검을 갖고 가웨인의 두 동생을 살해했지만 이후 가웨인과 한편이 되어 아서 왕을 도운 기사로도 소개되었다. 본 로만세는 프랑스《랜슬럿》의 스페인 번역판《연못의 란사로테》에서 탄생된 란사로테 관련 작품으로, 기사라면 으레 여인의 부탁을 들어줘야 하기에 모험에 나선 란사로테 이야기이다. 그 여인은 란사로테를 죽게 하고자 모험을 하도록 했다. 14세기에 처음 등장한 이래로 다양한 버전이 존재한다.

작품 73 란사로테와 오만한 자

브르타뉴를 떠나온 뒤 란사로테만큼
귀부인들의 시중을 받은 기사 결코 없으리라.
시녀들은 그를 돌봐주었고 규수들은 그의 말을 보살폈네.
그 시녀 킨타뇨나, 그 여자가 그에게 술을 따라주었고
아름다운 왕비 히네브라*는 그와 잠자리를 같이했더라.
좋은 기분에 취해 잠을 이루지 못하고 있는데,
완전히 혼란해져 있던 왕비가 한 가지 소송으로 그의 마음을 동요시켰으니.
— 란사로테, 란사로테, 좀 더 일찍 왔더라면
그 오만한 자가 내뱉은 말을 하지 않았을 텐데.
당신이 있는데도 불구하고, 나와 잠자리를 하겠다고 했거든요.
란사로테는 크나큰 고통으로 벌써 무장을 합니다.
자기의 여인에게 작별을 고하고 어디로 갔는지 길을 묻습니다.
푸른 소나무 아래에서 그 오만한 자와 만났습니다.
창으로 싸우다 도끼로 싸웁니다.
그 오만한 자는 기절하여 땅에 떨어져 뻗습니다.
머리를 쪼개지 않고 그의 목을 잘라 버립니다.
자신의 여인이 있는 데로 돌아옵니다. 아주 환영을 받았죠.

* 귀네비어 여왕의 스페인어 표기.

해설 이 작품 역시 스페인 란사로테에서 유래된 것으로 첫 두 행은 세르반테스가《돈키호테》에 인용함으로써 유명하다. 로만세는《돈키호테》탄생에 큰 영향력을 행사했다. 1592년에 작성되었다는 '로만세의 막간극'은《돈키호테》주인공 탄생 배경과 행동 및 모험, 그리고 그 이후의 상황 전개에 막대한 영향을 미쳤다. 우선 막간극의 소재가 로만세인 이유가 당시 로만세 인기가 대단하여 그 위세를 꺾기 위한 것이라고 하는데, 이는 세르반테스가 당시 기사소설이 갖는 인기가 대단하여 그 권위를 무너트리기 위해《돈키호테》를 썼다는 집필 의도와도 유사하다. 그리고 막간극의 주인공 바르톨로가 읊조리는《만투아 후작 로만세》,《모리스코인들의 로만세》등이 똑같은 상황에서《돈키호테》에서도 반복된다. 이후 로만세는《돈키호테》를 빛내는 자극제로나 영감으로 약 일흔 번 정도 작품에 언급되는데, 로만세에 등장하는 인물들을 모델로 하여 주인공이나 등장인물의 행위 지침이나 표준으로 사용된 경우는,《란사로테 로만세》,《만투아 후작 로만세》,《가이페로스 로만세》,《칼라이노스 로만세》,《지조志操의 로만세》,《몬테시노스 로만세》, 등이고, 이야기 전개에 맛을 더하기 위해서, 그리고 구조로 사용된 경우는《두란다르테 로만세》,《도냐 우라카 로만세》,《도냐 히메나 로만세》,《타르페야의 네로를 보라 로만세》,《엘 시드 로만세》,《그라나다 포위 로만세》,《신부神父의 로만세》,《그리말도 백작의 로만세》,《무사Muza의 로만세》,《돈 로드리고 로만세》,《도냐 람브라 로만세》,《무어인 레두안 로만세》등이다.《돈키호테》작품 마지막 역시《그라나다 포위 로만세》로 마무리된다. 이렇게 '구 로만세'는 세르반테스가 기사라는 환상의 세계를 기사소설의 틀에서 꺼내 일상의 세계로 가져오도록 그의 상상력을 자극하고, 기존 로만세를 능가하는 독창적인 창조물을 만들어 내도록 한 원천이었다. 기사소설이 《돈키호테》를 탄생할 수 있도록 한 텍스트였다면, '로만세'는 《돈키호테》 탄생과 작품 이해를 위한 코드이자 작품의 축을 이루는 요소인 셈이다. 이렇듯 세르반테스는 늘 스페인 민족의 본능에 충실하여 작품의 소재를 가장 대중적이자 서민적인 것에서 구했다.

작품 74 디를로스 백작

돈 벨트랑의 조카 디를로스 백작이
자신의 영지에서 사냥을 즐기며 있었지요.
그때 통치자 샤를로부터 전갈이 왔지요.
전갈은 반가웠으나 말은 고통스러운 것으로
내용이 그에게 무척 마음에 들지 않았지요.
— 조카여, 훌륭한 프랑스 태생의 네게 청하고자 한다.
너의 빵을 먹는 너의 기사들을 모아
그들에게 주던 봉급의 두 배와
두 배의 무기와 말을 주거라, 무척 필요할 테니.
그들이 획득할 모든 것 중에서 프랑크족 땅도 주거라.
넌 무어 왕 알리아르데의 왕 영토로 떠나거라.
나와 열두 용사들을 놔두고
모두가 떠나가는 것이니 나에겐 무척이나 큰 손실이 될 것이다.
프랑스에서 보낼 수 있는 기사가 너보다 훌륭한 자가 없구나.
싸움에 있어 용감한 자, 디를로스 백작이여.
이 말을 들은 백작은 슬프고 고통스러웠지요.
무어인들이 두렵거나 싸우는 게 겁이 나서가 아니라
아름다운 아내와 어린 자식을 두고 가야 해서 말이지요.
그는 그녀와 결혼하기 위해 3년을 무장하고 다녔지요.

결혼한 지 일 년도 안 되어 그녀와 떨어지라는 명령인 게지요.
이 일을 생각하니 너무나 고통스러웠지요.
슬픔에 젖고 생각에 잠기니 한숨이 끊이지 않았지요.
매사냥꾼과 몰이꾼들에게 삯을 주라 명합니다.
자기와 함께 했던 모든 이들과 작별합니다.
부인과 즐기곤 했던 장난도 할 수 없습니다.
아주 슬프고 생각에 잠긴 그를 하루도 빠짐없이 보게 됩니다.
이 모습을 본 백작 부인이 울며 말하기 시작하지요.
— 백작님, 슬픔에 빠져 있네요! 슬퍼하시네요. 제게는
너무나 불행한 이 서글픈 출발로 번민으로 가득 차서 말이지요!
백작님, 무어 왕 알리아르데의 땅으로 가시면
전 저를 동반할 누구도 없이 혼자 남의 땅에 내버려 두시는 게지요.
훌륭한 백작이시여, 몇 년이나 걸릴 거 같은가요?
전 제 아버지 땅으로 돌아가
상복을 입고 지낼 겁니다.
저의 아름다움을 저주하고 저의 젊음을 저주하고
당신과 결혼하기를 원했던 그 날을 슬프게 저주할 거예요.
하지만 전 당신만 원한다면, 백작님, 저 당신과 함께할 것입니다.
당신 없이 사느니 목숨을 잃는 게 나아요.
이 말을 들은 백작은 그녀를 바라보기 시작했지요.
사랑스러운 목소리로 즉각 다음과 같은 답을 주었지요.

— 부인, 울지 마시오. 내가 떠난다고 아파하지 마시오.

남의 땅에 남겨지는 것이 아니오. 당신의 명령하에 있는 당신의 땅에 있는 것이오.

내가 출발하기 전 당신에게 모든 땅을 주고 싶소.

당신은 어떤 마을이든 팔 수 있고, 어떤 도시든 저당잡힐 수가 있소.

당신이 제일 상속인으로 당신에게서 어느 것도 뺏을 수 없소.

내 삼촌 돈 벨트랑에게 당신의 보호를 의뢰하겠소.

그리고 내 사촌인, 위대한 파리의 주인인 가이페로스에게도요.

올리베로스와 롤단에게도 부탁하겠소.

황제와 그리고 그분과 한 식탁에서 빵을 먹는 열두 용사에게도요.

무어 왕 알리아르데의 땅은 우리 바다 건너 저 멀리에 있기 때문이라오.

성스러운 집*은 가까운데 말이오.

7년 만, 모두 해서 7년 만 나를 기다리시오.

8년째가 되어도 내가 돌아오지 않으면 9년째가 되는 해에 결혼하시오.

당신 나이 스물일곱 살이 될 테니, 가장 좋은 나이요.

당신과 결혼하는 자, 부인이여, 내 땅들을 갖게 될 것이오.

아름답고 부자에 훌륭한 가문의 아내를 즐기게 될 것이오.

정말 난, 부인, 당신을 데리고 가고 싶소.

하지만 난 전쟁을 하러 가는 것이오. 쉬러 가는 게 절대 아니란 말이지요.

---

* 예루살렘으로 보아야 할 것 같다. 무어 왕의 땅은 페르시아이므로 프랑스에서 본다면 예루살렘이 가깝다.

무장하고 가는 기사는 여인을 생각해서는 아니 되오.
당신을 사랑하는 마음이 커 명예를 잊어서는 아니 되기 때문이오.
자, 채비를 서두르시오, 준비하라 명하시오.
나와 함께 궁으로 갈 것이오, 그 도시 파리로 말이오.
나의 트럼펫을 불어라, 나의 트럼펫을 불어 즉각 말에 오르도록 하라.
이제 그 훌륭한 백작은 출발합니다. 백작 부인도요.
머뭇거리지 않고 속히 파리로 가지요. 그 도시, 파리로는 하루 여정이지요.
소식을 들은 황제는 그를 영접하러 나오지요.
그와 함께 올리베로스, 그와 함께 돈 롤단이,
아르데린 데 아르데냐와 엄청난 힘의 우르헬과
해군 대장 구아리노스 왕자와
용감한 자 레이날도스 데 몬탈반이 나오지요.
왕자 가이페로스와 그 훌륭한 백작 돈 벨트랑은 제하고요.
이들은 사흘 여정으로 나가고 없었지요. 나머지 모두는 앞다퉈 나왔지요.
황제는 그들이 숙박하기를 원하지 않았어요.
자기 왕궁에 머물라 명하지요.
곧장 그의 출발을 준비합니다. 머뭇거리지 않고 즉각 말이죠.
그에게 프랑스에서 가장 훌륭한 1만 명의 기사를 줍니다.
그리고 다른 많은 사람과 위대한 왕궁의 군대를 줍니다.
봉급을 7년 그 이상어치를 한꺼번에 줍니다.
이제 훌륭한 무기와 그 정도의 말이 갖춰지자

출발할 채비를 합니다. 말에 오르기 시작합니다.

그때 그 훌륭한 백작은 황제에게 간청합니다.

황제와 열두 기사가 한자리에 있게 해달라고 말이지요.

모두 함께 왕실의 큰 홀에 있게 되자

백작과 백작 부인이 입장하여 손을 맞잡고 걸어들어 오지요.

그들 중앙에 있게 되었을 때 백작이 말하기 시작합니다.

— 훌륭한 노인이신 저의 삼촌 돈 벨트랑,

그리고 나의 멋진 사촌 가이페로스 왕자에게

모두가 보는 앞에서 간절히 간청하고자 합니다.

그리고 지존의 황제에게 나의 뜻을 알아주시기를 간청합니다.

마을이며 성이며 도시며 땅들을

제 부인에게 남기고자 합니다. 아무도 그것들을 빼앗을 수 없습니다.

그러나 주된 상속자로서는 그것을 통치할 수 있고

마을을 팔 수도, 도시를 저당잡힐 수도 있으며,

그것으로 원하는 바를 마음 편히 할 수 있습니다.

만일 제가 제때 오지 못하여 그녀를 결혼시키기를 원한다면

그녀를 취할 남편은 제 땅을 취할 수 있습니다.

삼촌, 제 아내의 남편과 아버지가 되어 주세요.

그리고 나의 사촌 가이페로스, 나 대신 그녀를 명예롭게 해주기를 바랍니다.

그리고 올리베로에게 아내를 위임하고 롤단에게,

열두 용사들과 통치자 샤를에게 아내를 위임합니다.
사람들은 모두 백작의 말이 무척 마음에 들었습니다.
그 훌륭한 백작은 이제 그 도시 파리를 떠납니다.
그가 떠나는 것을 본 아내는 죽어도 보내고 싶지가 않습니다.
배에 올라야 하는 해안에 닿을 때까지 말이지요.
그녀와 함께 돈 가이페로스가 갑니다. 그녀와 함께 돈 벨트랑이 갑니다.
그녀와 함께 용감한 자 레이날도스 데 몬탈반이 갑니다.
프랑스에서 가장 빛나는 다른 많은 기사들은 없이 말이지요.
서로 참으로 슬픈 이별을 합니다.
백작이 슬프면 백작 부인은 훨씬 더 슬픕니다.
듣기에 가슴 아픈 말들을 주고받습니다.
서로가 주는 위안이란 울음을 그치지 않는 것이었지요.
백작은 너무나 큰 고통으로 배를 출항시키라 명합니다.
바다로 멀어져 백작 부인이 보이지 않게 되자
너무나 큰 고통으로 분노가 차올라
무슨 일이 있어도 자기를 그녀로부터 떼어놓는 일은 다시 없을 거라고 하며
기도서에 손을 얹고 맹세를 합니다.
다시는 프랑스로 돌아가지 않을 것이며 그곳에서 빵도 먹지 않을 것이며
자기에 대해 모르도록 소식을 전하지 않을 거라고 말이지요.
슬픔에 빠져 상심에 젖어 그런 엄청난 생각을 하며

격랑이 이는 바다를 며칠에 걸쳐 항해하다
무어 왕 알리아르데의 땅에 도착합니다.
막강한 힘을 지닌 이 페르시아의 위대한 술탄은
이미 해안가에서 그를 기다리고 있었지요.
뭍이 가까이 보이자 백작은 배를 대라고 명합니다.
힘을 다해 그들의 용기를 북돋워 줍니다.
— 오, 용감한 기사들이여!, 오, 나의 충실한 동반자여!
여러분들에게 우리의 땅 프랑스를 맡긴다고 기억하라!
우리는 겁쟁이가 되려는 게 아니라 단지 명예를 얻기 위하여
아내와 자식과 부모를 그곳에 내버려뒀다.
그러니 힘을 내라, 기사들이여, 싸움에 전력을 다하라.
내가 앞장설 테니, 나를 버려둘 생각일랑 말아라.
무어인들의 수는 엄청나 이들에게 뭍을 내주지 않습니다.
백작은 용감하고 싸움에 있어서 신중하여
야전 포병들에게 모두 배에 있으라 명하지요.
기발하게 머리를 써 포를 쏘기 시작합니다.
포는 너무나 강력해 강제로 배 닿을 자리를 확보하지요.
여러분은 그들이 말을 꺼내어 재빨리 말을 달리는 것을 봅니다.
무어인들에게 한 공격이 너무나 막강하여 그들은 뭍을 내줄 수밖에 없습니다.
그 훌륭한 백작은 3년을 싸우는 데 전력했지요.

무어 왕 알리아르데의 땅을 얻었습니다.

자기 기사들과 똑같이 나눠 가집니다.

낮은 자에게나 높은 자에게나 동등하게 분배합니다.

[…][*]

냉병기[**]로 무장하고 기도를 드릴 생각을 합니다.

그리고 삶이 너무나 슬퍼 말로 할 수가 없습니다.

술탄은 그와 바다 건너 왕에게 조공을 바칩니다.

그가 받은 세금은 모두에게 나눠줍니다.

모두에게 명령하고 우두머리들에게는 맹세를 시킵니다.

프랑스로 감히 사람을 보낼 생각은 말라고 말이지요.

프랑스에 소식을 전하는 즉시 죽음을 면치 못할 거라면서요.

백작은 15년을 바다 저 멀리에 있었지요.

백작 부인에게는 물론 자신의 삼촌 돈 벨트랑에게도 소식을 보내지 않았지요.

열두 기사들에게도, 물론 통치자에게도요.

누구는 그가 죽었다고, 누구는 바다 멀리에 있어서 그렇다고 믿게 하려 했지요.

백작은 수염이고 머리고 한 번도 자르려 하지 않았지요.

허리까지 오도록, 아니 그보다 더 자라도록 내버려뒀지요.

---

* 원본에서 누락된 부분.

** 예리한 날이나 뾰족한 창으로 베거나 찔러 상처를 입히는 무기.

얼굴은 태양과 바람에 시커멓게 탔고요,
사납고 경악할 정도로 용모가 바뀌었지요.
15년이 지나 16년째 되려고 할 때
쉬고자 자신의 침대에 누웠지요.
자신의 슬픈 삶을 생각하고
백작 부인이 개최하던 시합과 경주로
보낸 축제의 나날들을 생각하며 있었지요.
생각으로 잠이 들어 안식을 취하려 했을 때
너무나 고통스러운 슬픈 꿈을 꾸지요.
백작 부인이 어느 왕자의 품에 있는 걸 본 거예요.
심각하다고 생각하며 침대에서 뛰어내려
큰 소리로 외치며 쉬지 않고 말하지요.
— 불어라, 불어라 내 트럼펫을. 내 사람들이 오도록 말이다.
무어인이 왔나 생각하며 다들 모였지요.
다들 모이자 울먹이며 말하기 시작합니다.
— 오, 용감한 기사들이여!, 오, 나의 충실한 동반자여!
사람들이 하는 진실의 말을 나는 알고 있다.
태어난 사람이라면 모두, 뼈와 살을 가진 인간은 모두
자기의 고향에서 쉬고 싶은 게 최고의 소망이라는 말 말이다.
우리가 이곳에 외로이 있은 지
벌써 15년이 지나 16년째로 접어들고 있다.

아름다운 아내를 가진 자는 늙은 아내를 보게 될 것이고
어린 자식을 두고 온 자는 장성한 사내를 보게 될 것이다.
아버지가 아들을 알아보지 못하고 아들은 아버지를 더 알아보지 못할 것이다.
나의 기사들이여, 프랑스로 쉬러 갈 때가 되었다.
우리는 넘칠 정도의 명예와 훨씬 더 많은 돈을 가지고 있으니 말이다.
당장 배들을 오게 하고 배에 만반의 준비를 하도록 하라.
지금의 땅을 지킬 대장들을 정합시다.
이제 모든 것이 준비되어 항해를 시작합니다.
모두가 해안에 도착했을 때
백작은 눈에서 눈물을 흘리며 그들에게 말하기 시작합니다.
— 오, 용감한 기사들이여!, 오, 나의 충실한 동반자여!
그대들에게 한 가지 부탁을 하고자 하오. 거부하지 말아 주오.
내 비밀을 지켜주는 자에게 후한 상을 내리겠소.
모두가 기도서에 손을 얹고 맹세하기를 바라오.
어디에 있든 내 이름을 발설하지 않겠다고 말이오.
내 용모로 봐서 아무도 나를 알아보지 못할 것이나,
이 많은 사람을 거느리고 왕실 군대를 대동하니
내가 누군지를 그대들에게 물을 수도 있으니, 사실을 밝히지 말기를 바라오.
나를 샤를마뉴 통치자에게 보내진 사절단과 함께

저 바다 건너온 사신이라 하시오.
그건 그분께 좋지 못한 일이 생긴 것 같아 진상을 알기를 바라기 때문이오.
그들은 프랑스로 돌아간다는 즐거운 마음으로
그의 비밀을 지켜줄 것이라고 모두 맹세를 합니다.
아주 즐거운 마음으로 배에 오릅니다. 항해가 시작됩니다.
바람은 아주 선선해 보는 것만으로도 즐겁습니다.
그들의 고향 프랑스에 도착했지요.
벌써 백작은 출발해서 가기 시작합니다.
샤를마뉴 통치자가 계신 궁으로 가지 않고
자기가 주인으로 있었던 영토로 갑니다.
도착하자 그 영지들을 돌아보기 시작합니다.
걷다 거주지역을 보고
누군가와 말을 나누려 가까이 다가갑니다.
눈을 높이 들어 그 마을의 문을 바라보다
눈에서 눈물을 흘리며 말하기 시작합니다.
— 오, 용감한 기사들이여, 나의 고통을 아파해 주오.
나의 부친이 놓아두신 무기들이 제자리에 없소!
백작 부인이 결혼한 게 아니면 내 영지에 무슨 불상사가 있는 게지요.
분노와 고통에 차서 문에 다가가
문 사이로 무장하고 있는 사람들을 보았지요.
그들 중 옛날부터 있어 가장 나이 든 한 사람을 부릅니다.

그의 손을 잡고 그에게 말하기 시작합니다.

— 문지기여, 제발 나에게 진실을 말해주오.

이 영지는 누구의 것이오? 누가 이 영지를 다스렸소?

— 기꺼이 그렇게 하리다,라고 문지기 말했지요. 당신께 사실을 말해주리다.

그 영지들은 디를로스 백작의 것이지요, 이 장소의 주인이신.

그런데 지금은 왕자 셀리노스, 셀리노스의 소유지요.

이 말을 들은 백작은 피가 머리로 솟구치는 것 같았지요.

떨리는 목소리로 다시 그에게 말합니다.

— 형제여, 간청하니 화내지 마시오.

내게 지금 말해주는 데 대해 언젠가 당신께 보상해 줄 것이오.

셀리노스가 그 땅을 물려받았는지, 아니면 그가 매입한 것인지.

아니면 주사위 놀이에서 그 땅을 그가 딴 것인지

아니면 강제로 빼앗아 돌려주려 하지 않는 것인지 말이오.

이 말을 들은 문지기는 곧장 대답했지요.

— 그 땅은 그 가문의 영지가 아니니 물려받은 게 아니지요.

비록 사이가 좋지는 않지만, 백작은 형제들이 있는데죠, 나으리.

그리고 그 땅을 물려줄 조카들도 많지요.

땅을 매입했다니, 그건 더더욱 아닙니다요. 지불할 돈이 충분하지 않거든요.

이를로스는 아주 큰 도시인 걸요. 많은 마을과 소읍들이 있지요.

백작이 죽었다는 가짜 서신을 띄웠어요.

부유하고 좋은 가문의 백작 부인과 결혼시키려고 말이에요.

백작 부인은 결혼하고 싶지 않았는데도 말이지요.

올리베로스가 억지를 쓰고 롤단이 고집을 부리고

프랑스의 통치자 샤를마뉴가 셀리노스를

장가 잘 들여 좋은 자리에 올리고자 부탁해서 말이지요.

하지만 결혼에는 한 가지 조건이 있었지요.

그녀에게 접근해서는 안 된다는 거예요. 그녀에게 다가가서는 안 된다는 게지요.

그 용사 롤단이 약혼식을 주관했지요.

그 도시 이를로스에서 화려한 잔치가 벌어졌답니다.

지출과 연회와 열두 용사들의 기마전들이요.

이 말을 들은 백작의 피가 거꾸로 뒤집혔습니다.

아무리 감추려 해도 한숨이 쉬지 않고 나왔습니다.

이렇게 그 문지기에게 말하지요. — 내 물음에 기분 나빠하지 말고 말해 주시오.

그 약혼식에 참석한 자들은 누구며, 그렇게 하지 않은 자는 누구요?

— 나으리, 참석한 자는 올리베로스와 황제와 롤단,

벨라르도스와 몬테시노스, 그리고 대백작 돈 그리말드,

그리고 열두 용사 중 많은 이가 있었지요.

가이페로스와 돈 벨트랑은 많이 괴로워했지요.

돈 갈반과 강한 자 메리앙은 더더욱 힘들어 했어요.
이제 약혼식이 끝나고 그들에게 미사를 드리려 하고 있었죠.
그때 한 매사냥꾼이 통치자 샤를마뉴에게 도착했어요.
저 바다 건너 저 땅으로부터 온 자였지요.
백작은 살아 있고 그것에 대한 증표를 가져왔노라 말했지요.
백작 부인은 무척 기뻐하지만, 왕자는 무척 괴로워했지요.
엄청난 축제가 엄청나게 파탄났으니까요.
저 통치자의 궁에서는 엄청난 소송이 일어납니다.
그것에 의하면 프랑스와 열두 용사 모두가 뒤집힐 일입니다.
백작 부인은 말하기를, 저 바다 건너 사신들을 많이 보내려 하니
결혼 전 일 년의 기한을 요구한다고 하지요.
백작이 죽었다면 결혼은 진행될 것이고
살아 있다면, 잘 알다시피, 그녀를 결혼시킬 수 없다는 게지요.
그녀 대신 가이페로스, 가이페로스와 돈 벨트랑이 대답합니다.
셀리노스 편으로는 올리베로스, 올리베로스와 롤단이지요.
우리는 판결이 내려졌다고 믿으오, 아니면 그렇게 될 것이라 믿으오.
어제 우리는 통치자 샤를마뉴로부터 소식을 들었으니 말이오.
그 무기들을 치우고 우리 본래의 것을 듭시다.
그리고 돈 벨트랑을 중심으로 영지를 지킵시다.
셀리노스의 편은 쥐새끼 한 마리도 그 땅에 들어오지 못하도록 말이오.
이 모든 상황을 알게 된 백작은 크나큰 슬픔으로

말의 고삐를 돌리지요. 그 자리에 들어가고 싶지가 않았지요.

저 너머 푸른 초원에서 자기 사람들을 오라 명합니다.

아주 겸허한 목소리로 그들에게 말하기 시작합니다.

— 오, 용감한 기사들이여! 오, 나의 충실한 동반자여!

그대들에게 조언을 구하니 바람직한 의견을 주기 바라오.

내가 통치자의 궁에 가서 셀리노스를,

셀리노스 왕자를 죽이기를 바라는가?

우리가 안전하게 있을 수 있는 저 먼 곳으로 돌아가는 게 좋겠는가?

이 말을 들은 기사들은 즉각 답을 주니, 이렇지요.

— 백작, 무슨 말씀을 그리하시오! 그런 말씀은 하지 마시오, 백작!

당신의 안위를 보지 마시고 돈 벨트랑을 살피시오.

그리고 당신을 그토록 명예롭게 하는 그 훌륭한 기사들을 살피시오.

당신이 셀리노스를 죽인다면 당신을 비겁자라 할 것이오.

통치자 샤를의 궁으로 가시오.

당신은 당신을 사랑하는 자가 누구인지, 싫어하는 자가 누구인지 알게 될 것이오.

셀리노스가 훌륭한 가문의 사람이라면 당신 또한 그렇소이다.

그리고 당신은 많은 영지와 쓸 돈이 많소이다.

우리는 당신께 충성한다 맹세했소이다.

우리는 1만 명이나 되는 기사이고, 다 프랑스 출신입니다.

우리는 당신을 위해 목숨을 바칠 수도, 가진 것 모두를 쓸 수도 있습니다.

황제도 그 다른 위대한 자를 제거하는 일에 말이죠.

이 말을 들은 백작은 아무런 답도 주지 않고

말에게 박차를 가해 앞서 길을 갑니다.

파리로 돌아갑니다. 그곳을 잘 아는 자로서 말이지요.

통치자의 궁에 도착하기 전

그는 다시 한 번 자기 사람들에게 말하기 시작합니다.

— 용감한 기사들이여! 그대들에게 한 가지 부탁할 게 있소.

난 늘 그대들의 조언을 받아들였으니 그대들도 내 부탁을 들어주리라 믿으오.

내가 왕실의 부대와 함께 파리로 들어가면

황제는 자기의 측근들 모두와 함께 나를 영접하러 나올 것이오.

나를 눈으로 봐서 알아보지 못하면 내 말투로 나를 알아볼 것이오.

그러할 경우 난 내게 좋은 자는 누구이고 나쁜 자는 누구인지 확실하게 알 수가 없을 것이오.

돈 없는 자 쓸 돈을 내가 줄 것이오.

몇 명은 사냥하러 돌아가시고, 또 몇 명은 앞서 가시고,

또 몇 명은 주변 마을이나 장소에서 휴식을 취하시오.

난 1백 명의 기사만 데리고 도시로 들어갈 것이오.

아무도 나를 알아보지 못하도록 밤에 어두울 때 말이오.

그대들은 여덟 날에 걸쳐 조금씩 들어오시오.

내 삼촌 돈 벨트랑 궁에서 나를 만나게 될 것이오.

그대들의 숙소와 쓸 돈을 준비해 둘 것이오.
모두가 아주 만족하니 백작도 기뻤지요.
밤 열 시가 더 된 시간인지라 어두웠지요.
디를로스 백작이 그 도시 파리로 들어갔을 때가 말이지요.
곧장 자기 삼촌 돈 벨트랑의 궁으로 갑니다.
도시를 가로질러 갔지요.
막강하게 무장한 사람들과 많은 수의 횃불들이 모습을 드러내는 것을 보았지요.
그가 지나갔던 길로, 그들이 지나가야 할 길로 말이지요.
그것을 본 백작은 자기 사람들에게 떨어지라 명합니다.
모두가 지나가자 마지막 사람을 불러 세우지요.
— 시종이여, 부탁하건대 사실을 말해주기 바라오.
지금 파리로 가는 이 무장한 사람들은 누구인가요?
이 말을 들은 시종은 이런 대답을 백작에게 주지요.
— 나으리, 디를로스 백작 부인으로 왕궁에서 오는 길입니다.
올리베로스와 롤단이 걸린 소송 건을 가지고 말이지요.
그녀를 호위한 자들은 레이날도스와 돈 벨트랑이지요.
환하게 불을 밝히고 후위로 가는 자들은
가이페로스 왕자와 강한 자 메리앙이지요.
이 말을 들은 백작은 그 도시에서 떨어져,
성벽 어둠 아래에서 자기 사람들에게

말합니다. — 들어갈 때가 아니다.
그들은 말에서 내린 뒤 다시 말에 오를 것이다.
나를 알아보지 못할 때 난 들어가고자 한다.
그들은 그곳에서 무기와 위대한 사건들에 관한 이야기를 나누며
자정이 될 때까지 있었지요. 닭이 울기 시작하자
말의 고삐를 돌려 도시로 들어갑니다.
다시 선한 백작 돈 벨트랑의 궁으로 돌아갑니다.
두 구획 더 되는 그곳에 닿기 전에
그들이 지나갈 수 없도록 사슬들이 숱하게 쳐져 있지요.
그들의 가슴에 창을 겨누며 말합니다.
— 돌아가시오, 돌아가시오, 기사들이여, 여기로는 길이 없소!
여기는 훌륭한 백작 돈 벨트랑의 궁이 있는 곳이오.
올리베로스의 적, 롤단의 적,
벨라르도스의 적, 그리고 셀리노스 왕자의 적이지요.
이 말을 들은 백작은 즉각 답을 하니,
— 기사여, 내 말을 들어주기를 부탁하오.
그대의 주인이신 돈 벨트랑에게 가서 아뢰시오.
여기 저 바다 건너온 사신이 있다고 말이오.
내가 그분의 혈육인 조카 디를로스의 전갈을 갖고 왔소.
기사는 기꺼이 말을 몰아
선한 백작 돈 벨트랑에게 그 소식을 전합니다.

그는 이미 자신의 방 침실에 들어 있었지요.

그 소식을 받자 다시 옷을 입고 신을 신었지요.

3백 명의 기사들을 호위대로 거느리고

환한 수많은 횃불을 경내로 내리도록 했지요.

사신만을 들여보내라 명합니다.

훤하게 밝힌 경내에서

그를 바라보고 또 바라보고 있었지요. 그자가 얼마나 야생마처럼 보이던지.

무척이나 놀라 감히 그에게 다가갈 엄두를 못 내지요.

몸을 숙인 백작이 그에게 여러 가지 증표를 내보이며 말을 합니다.

돈 벨트랑은 그때야 말투에서 그를 알아보지요.

그는 양팔을 벌려 조카를 안고자 달려갑니다.

그에게 말을 합니다. — 조카야!, 한숨을 멈추지 않습니다.

백작은 아무도 조카를 모르게 해야 한다고 합니다.

급히 시장으로, 정육점으로 사람들을 보내

저녁상을 준비하라 명합니다.

조카의 기사들을 모두 들여보내라 하지요.

사람들에게 이들의 말을 데리고 가라 하지요. 이들이 누굴까 생각에 잠기게 하지요.

큰 방을 열어 그들을 쉬게 하라 하지요.

거기로 백작과 백작의 사람들이 들어오고 다른 누구도 들어오지 못하게 하지요.

백작을 알아봐 그에 대해 알까봐 말이지요.
자 여러분들은 궁에 모인 모두를 봅니다. 서로 이야기를 나누고 있네요.
이 자가 디를로스 백작인지 아니면 저 사람인지
돈 벨트랑이 영접하는 것을 보면서 말이지요.
그들이 낸 큰 소리를 백작 부인이 들었지요.
자신의 시녀들을 들라 합니다. 그러고 말을 하기 시작하지요.
— 얘들아, 이 무슨 일인가? 아무 일 아니라고 하지 말라.
오늘 밤 궁에 이 사람들이 웬일인 게냐?
내게 말해달라. 내 삼촌 돈 벨트랑이 어디에 계시는지를?
혹시 내 땅에서 롤단이 무슨 고약한 짓을 했단 말인가?
그 말을 들은 시녀들은 이렇게 대답하지요.
— 마님, 마님이 느끼신 바는 괴로운 소식이 아니옵니다.
딱 봐도 야생마로 보이는 한 기사가 왔습니다.
그와 함께 기사들이 많이 왔는데, 그분을 얼마나 존경하는지 몰라요!
그 훌륭한 백작 돈 벨트랑이 멋진 저녁을 준비시킨다니까요!
누구는 저 바다 건너온 사신이라 하고
누구는 우리의 원래 주인이신 디를로스 백작이라고 하지요.
문이 닫혀 있어서 아무도 못 들어가요.
마구를 본 사람들에 따르면, 사실이라고 다들 믿지요.
이 말을 들은 백작 부인은 침대에서 뛰어내립니다.
급히 옷을 요구하고 신을 것을 가져오라 하지요.

불을 환하게 밝히며 시녀들을 대동하고 재촉합니다.
방문에 서서 크게 문을 두드리라 명하지요.
안으로 들어가게 해달라고 돈 벨트랑을 부르니
디를로스 백작은 그녀가 들어오는 것을 원하지 않습니다.
돈 벨트랑이 문으로 나가 쉬지 않고 말하지요.
— 이게 무슨 일이냐?, 왜 그리 성급한 거냐?
아직 사신이 내게 가져온 전갈이 무엇인지 모른다.
타지에서 온 것이라 그곳 언어를 제대로 이해하지 못하고 있다.
그러나 이 말에도 백작 부인은 막무가내 들어가려 하지요.
자기 남편의 사신이라 그를 명예롭게 하고자 해서 말이지요.
백작 돈 벨트랑이 그녀의 손을 잡고 들어갑니다.
안에 있게 되자 그 사신을 바라보기 시작하지요.
백작은 그녀를 감히 바라보지 못하고 한숨만 연거푸 쉽니다.
머리를 흔들어 머리카락이 얼굴을 가리도록 합니다.
백작 부인은 모두에게 조용히 말을 하지 말라고 한 뒤에
아주 겸허한 목소리로 말을 하니 잘 들어보시기를.
— 나의 삼촌이시여, 제발 간구하고 간구하오니,
그 먼 곳에서 왔다는 이 사신이
돈이 없어 쓸 게 없는지,
부족한 것은 없는지, 요구하는 일을 멈추지 말라!라고 해주세요.
그분의 일행 비용은 우리가 댈 것이며 쓸 돈도 우리가 줄 것입니다.

내 주인님을 대신해 온 것이니 그분에게나

그분 일행들에게 부족한 게 없도록 해야지요. 아무리 일행이 많다 하더라도 말이지요.

이러한 말을 하며 백작 부인은 울음을 멈추지 못했지요.

그녀의 남편은 아내에 대한 크나큰 사랑으로 마음이 아파

그녀를 위로하고자 그녀를 품에 넣고자

양팔을 벌려 그녀를 안으려 했지요.

놀란 백작 부인은 돈 벨트랑의 뒤로 물러섰지요.

백작은 큰 한숨을 쉬며 그녀에게 말하기 시작했지요.

— 부인이여, 도망가지 마시오! 놀라지도 마시오!

나 그대 남편 디를로스 백작이니 말이오.

이 팔은 당신이 즐겨 안기던 그 팔이라오.

자신의 양손으로 얼굴을 가렸던 머리카락을 치웠지요.

그러자 백작 부인은 그의 말투에서 그를 알아보았지요.

남편의 품 안으로 몸을 날립니다. 울음을 그치지 않은 채로 말이지요.

— 대체 이 무슨 일이랍니까, 나의 주인이시여? 누가 당신을 야인으로 만들었나요?

이 모습은 당신의 예전 모습이 아니란 말입니다!

그 무장은 버리고 곧 당신께 줄 무기들로 무장하세요.

당신이 입었던 의복을 가져오도록 할게요.

이제 식사가 차려져 저녁을 먹게 되었지요.

그때 백작 부인은 말하기 시작했지요.
— 백작이 이제 자신의 땅과 자신의 영지에 있는데
그의 명예를 지키려 했던 자들이 이 자리에 없다는 건
우리가 아주 잘못하고 있는 것 같습니다, 여보.
가이페로스에 대해서는 아직 입도 못 여네요. 그의 형제인 메리앙도,
누구보다 용감한 자 레날도스 데 몬탈반은
삼촌도 잘 아시다시피, 롤단 용사에 맞서
늘 우리와 함께하기를 얼마나 원했는지!
즉각 가장 중요한 이들 중에서 두 명의 기사를 부릅니다.
한 사람은 가이페로스에게 보내고 다른 한 사람은 레날도스 데 몬탈반에게.
가이페로스는 지체하지 않고 당장 달려옵니다.
백작 부인이 그 야만인의 팔에 안겨 있는 것을 보자
그들에게 다가가 말하려 합니다.
이 모습을 본 백작은 일어나 그를 포옹합니다.
서로를 알아본 뒤 서로 존경의 예를 차립니다.
이미 식탁은 차려졌고 저녁이 준비됐습니다.
백작 부인이 늘 앞장서 시중을 듭니다.
그때 돈 레날도스, 레날도스 데 몬탈반이 도착하고
백작은 그를 보자 너무나 기뻐하지요.
레날도스는 사랑이 가득한 목소리로 말하기 시작합니다.

— 오, 용감한 디를로스 백작이여, 당신이 돌아와 무척 기쁘오!
비록 지금 소송이 잘 해결될 것이지만
나를 믿었다면 그대가 도착하기 전에 마무리됐을 게요.
내가 살든, 아니면 용자 롤단이 살든 말이지요.
이 말을 들은 백작은 이렇게 말하며 그에게
대단한 감사를 표합니다. — 기도서에 대고 맹세를 했습니다.
단연코 무기를 벗지 않고 부인과도 즐기지 않겠노라고요.
뜻이 완전히 이루어질 때까지 말입니다.
그들은 더 바람직하고 자연스러운 방법에 합의를 보았지요.
다음 날 통치자가 점심을 들 때
백작이 궁에 가서 그의 손에 입을 맞추는 것으로 말입니다.
그들은 쉬면서 대화를 나누며 온 밤을 보냈습니다.
다음 날이 와 점심때가 되자
백작 디를로스는 아주 제대로 무장을 하고
그 위에 금목걸이와 화려한 옷을 걸치고 말을 달렸지요.
단 1백 명의 기사만을 대동하고서요. 이상은 원하지 않았지요.
왼편으로는 가이페로스를, 오른편으로는 돈 벨트랑을 두고 말이죠.
통치자 샤를의 궁으로 가는 거예요.
그곳에 있던 고관대작들이 모두 돈 가이페로스에게
경의를 표합니다. 도시가 그의 것이었으니까요.
큰 홀, 그곳에서 통치자를 발견합니다.

점심이 차려진 식탁에 앉아 있었습니다.

그와 함께 올리베로스가, 그와 함께 돈 롤단이

그와 함께 발도비노스와 왕자 셀리노스,

그와 함께 프랑스 출신의 위대한 인물들이 많이 있습니다.

홀 안으로 걸어 들어가며 경의를 표합니다.

디를로스 일행 세 명이 동시에 통치자에게 인사합니다.

돈 롤단이 그들을 보자 즉각 자리에서 일어났지요.

급하게 셀리노스에게 쉬지 않고 말을 하며 요구합니다.

— 빨리 말을 타게, 셀리노스, 이 도시에 더 머물지 말게.

내가 목숨을 걸겠네. 잘 살펴보면

야생마처럼 오는 저자가 디를로스 백작이 아닐 수도 있으나,

저자들이 요구하고 있는 바에 따라 사촌, 너 대신 내가 대응하려고 하니 말이야.

이미 셀리노스는 말에 올라 그 도시를 빠져나갑니다.

그를 지킬 무장한 큰 무리의 사람들과 함께 말이죠.

백작과 돈 가이페로스는 통치자에게 도착합니다.

통치자의 손에 입을 맞추려 하지만 통치자는 손을 주려 하지 않습니다.

하지만 아주 놀라 말합니다. — 어떻게 여기에?

그 모습을 본 백작은 그에게 말하기 시작합니다.

— 전하, 놀라지 마시옵소서. 놀랄 일이 아니옵니다.

제가 죽었다고 말한 자 진실이 아닌 거짓을 아뢴 것입니다.

전하, 제가 디들로스 백작이옵니다, 전하의 충실한 신하이지요.
하지만 사악한 기사들은 늘 악을 행할 생각만 하지요.
모든 사람이 그가 말하는 투로 백작인 걸 알아봤지요.
황제는 일어나 그를 포옹합니다.
모두를 나가라, 하고 문을 단단히 닫으라고 명하지요.
단지 올리베로스와 용사 롤단,
디를로스 백작과 가이페로스 그리고 훌륭한 노인 돈 벨트랑만 남았지요.
황제가 앉으며 다들 앉으라 명합니다.
그러고는 겸허한 목소리로 그들에게 말하기 시작하지요.
— 용감한 디를로스 백작, 그대가 돌아와 기쁘오.
비록 그대가 화를 내지만, 그건 고통스러운 차원의 것이 아니오.
어떠한 의무도, 그에 따른 어떠한 수치도 없으니 말이오.
백작 부인의 약혼은 그녀의 뜻에 반한 것으로
나의 고집과 돈 롤단의 간청과
말하기엔 긴 여러 가지 조건들로 인한 것이었소.
그녀는 그대를 무척이나 사랑하고 있음을 어디서든 보여주었소.
셀리노스가 그대가 죽었다고 거짓을 고한 일은
그가 아직 나이가 어려 저지른 실수요.
그대가 죽었다고 백작 부인을 접촉하게 내버려 두는 일은 절대로 없었소.
약혼식에서조차 그를 그 자리에 세우지 않고
이 용사 롤단을 그 대신 내세웠소.

하지만 백작, 잘못은 그대에게도 있소. 그대에게 잘못을 돌려야 하오.
그대는 참으로 신중하고 용감하며 좋은 가문의 사람인데,
아름다운 부인을 젊은 나이에 내버려 두지 않았는가 말이오.
직접 와서 보지는 않더라도 편지로는 안부를 전해야 했던 게요.
그대가 떠날 때 그토록 가슴 아파했다는 사실을 내가 알았더라면
백작, 난 그대를 보내지 않고 다른 사람을 보냈을 수도 있었소.
하지만 그대가 훌륭한 기사인지라 오직 그대만을 보내고자 했던 것이오.
이 말을 들은 백작은 이렇게 대답하지요.

— 전하, 그만하시지요, 더 말씀하지 마시지요! 훌륭한 주인이시여, 그런 말은 마시지요!

셀리노스의 잘못된 바를 어린 나이로 돌리지 마시지요.
그러한 기사들의 명예를 지키는 일에 전 익숙하지 않습니다.
하지만 여기 그 대신 올리베로스가, 그 대신 돈 롤단이 있습니다.
훌륭한 기사들이고 저도 그렇게 생각합니다.
그들은 그런 거짓을 용인했고 그 큰 악행을 승낙했습니다!
저를 하찮게 여겼거나 아니면 저를 겁쟁이로 본 게지요.
제가 살아 있다는 것을 알면서 감히 어떻게 그럴 수 있단 말입니까!
하여, 전하께 그들과 결투로 붙을 수 있게 해주시기를 간청합니다.
소송 건으로도 결투를 받아들일 수 있으니 말입니다.
일대일로든 그 두 명이 동시에 하든 상관없습니다.
제 가문에는 이들보다 더 많은 자들이 충분히 있으나

제 사람들에게 피해를 주고 싶지 않고, 그들은 조심하는 것으로 충분합니다.

친척이 아니라도 제겐 친구들이 충분하다는 걸 알아주시기 바랍니다.

용감한 자 레날도스 데 몬탈반을 내세웁니다.

이 말을 들은 돈 롤단은 엄청난 고뇌와 분노가 일었지요.

백작이 말한 것 때문이 아니라, 그의 말에 틀린 점이 하나도 없었으니까요,

자기에게 레날도스를 명한 것으로 피가 거꾸로 솟는 것 같았지요.

그건 자기를 사랑하지 않는 자들은 기회가 되면 자기를 고통스럽게 할 것인지라

그들은 곧장 레날도스 데 몬탈반의 화를 돋웁니다.

무척이나 화가 난 돈 롤단이 즉각 말을 했지요.

— 좋소, 디를로스 백작, 내 이 장갑을 받으시오.

그리고 그대가 더 늦지 않고 빨리 돌아온 것에 감사하시오.

괴로운 사람이 있을지라도 난 그들을 결혼시키려 했으니 말이오.

통치자의 조카인 돈 가이페로스를 지명합니다.

— 입 다무시오, 가이페로스가 말합니다. 롤단 그런 말 마시오.

당신은 오만하고 무례하여 열두 용사들은 당신을 좋아하지 않소이다.

다른 선한 자들은 다른 편을 옹호합니다.

나, 그들의 편에 서서 일이 그렇게 진행되도록 내버려 두지 않을 것이오.

셀리노스가 어머니 자매의 아들로 내 외사촌이라 할지라도

잘 알다시피 디를로스 백작은 아버지 형제의 아들이오.

아버지 형제이니 난 그에게 등을 질 수 없소.

다른 용사들보다 유리한 입장에 서려는 당신의 뜻대로 일이 되지 않을 것이기에도 그렇소.

디를로스 백작은 장갑을 쥐고 홀에서 나갑니다.

그 뒤로 가이페로스가, 그리고 그 뒤로 돈 벨트랑이 갑니다.

황제는 통곡하며 슬퍼합니다.

프랑스와 열두 용사 모두가 혼란에 빠진 것을 보니 말이지요.

레날도스가 그 사실을 알자 아주 기뻐했지요.

백작에게 자기의 뜻을 내보이며 말을 합니다.

— 디를로스 백작, 힘을 내오, 그대가 한 행동이 나를 기쁘게 하오.

올리베로스와 롤단과의 결투는 훨씬 더 기쁘오.

한 가지 그대에게 부탁하고자 하는 것이 있으니 거절하지 않기를 바라오.

올리베로스는 주된 인물이 아니고 돈 롤단은 더더욱 그렇소.

명예를 훼손하지 않으면서 그대는 누구와도 결투할 수 있소.

그대가 올리베로스를 취하고 내게 돈 롤단을 주시오.

— 그러지요, 백작이 말했지요. 레날도스, 당신 뜻대로 하시오.

고관대작들은 디를로스 백작이 돌아왔고

이미 도시에 있다는 사실을 알고부터

친척들과 친구들이 그에게 멋진 잔치를 벌여주는 것을 여러분들은 봅니다.

롤단을 좋아하지 않는 자들이 디를로스 백작 편이 됩니다.

결국 프랑스 전체가 무장을 하는 상황을 여러분은 봅니다.

그러나 열두 용사들이 원하기만 한다면 진정될 수 있을 겁니다.

그러나 누구도 평화를 원하지 않고 모두가 파벌을 조성합니다.

오직 프랑스의 추기경, 튀르팽 대주교,

황제의 조카가 힘을 써

평화의 편에 선다면 그들을 진정시킬 수 있을 것입니다.

그러나 그들은 그의 말을 들으려고 하지 않습니다. 다들 마음이 상해 있었지요.

귀부인들과 아가씨들이 이편저편으로 부탁하러 다니는 것을 여러분은 볼 겁니다.

그렇게 간청하고 무슨 일로도 그들을 진정시킬 수가 없습니다.

특히 용감한 메리앙이 격분합니다.

그는 디를로스 백작과 형제이자 두란다르테와 형제이지요.

비록 서로 성격이 달라서 말을 나누는 법이 드물긴 하여,

왕궁에서 한 말을 알고 있다는 것에 대해서도 말을 하지 않았지요.

그 말은 백작이 더 늦어지면 그들과 돈 벨트랑의 반대에도

불구하고 결혼식은 이루어질 거라는 거였지요.

이 때문에 고통스러운 말을 담은 편지를 보냈지요.

그가 한 말을 믿기에는 부족했지요.

비록 백작이 오지 않을지라도 결혼식 무효를 청구할 자는 있다는 말을 말입니다.

이러한 상황을 안 황제는 통곡합니다.

프랑스를 잃고 기독교 세계를 잃는 일이라고 하면서 말이죠.

편으로 갈라진 사람 중 몇몇은 무어인과 함께하겠노라 합니다.

황제는 슬픔과 생각에 잠겨 쉬지 않고 한숨을 쉬며 갑니다.

그러나 훌륭한 조언자들이 이 곤궁을 해결합니다.

황제에게 취할 방법을 조언합니다.

트럼펫을 불게 하여 모두를 모이도록 하라고 하지요.

그리고 곧장 오지 않는 자는 배신자로 알고

영토를 뺏고 유배를 보내라고 하지요.

그러나 모두가 아주 충성된 자들인지라 모두가 모였지요.

그들 중앙에 선 황제는 눈물을 흘리며 말하기 시작합니다.

— 용감한 기사들이여, 그리고 나의 혈육인 사촌들이여!

그대들 간에는 차이가 없소. 그대들은 차이를 찾으려 하지만.

모두가 용감하고 모두가 사촌 간이고 명문가의 사람들이오.

죽을 때를 생각하고 하느님을 괴롭게 할 일을 생각해 보기 바라오.

그대들만 잃는 게 아니라 기독교 세계 전체를 상실하는 일이니 말이오.

그대들에게 한 가지 부탁이 있으니 화내지 말고 들어주시오.

프랑스의 내 법이 없이는 결투란 있을 수 없소.

그런 결투는 내가 싫소. 분명 싫소.

그렇게 해야 할 이유가 보이지 않기 때문이오.

누구도 수치나 모욕을 받지 않았소.

올리베로스도 롤단도 백작을 화내게 하지 않았소.
백작은 물론이요. 서로 죽일 게 아니라
자기 친구를 도와줘야 하는 게 관례요.
셀리노스가 젊은 혈기에 무절제와 사랑으로 실수를 했지만
백작 부인을 건드리지 않았고 죽음이 마땅할 정도의
잘못도 하지 않았으니 그를 죽여서는 아니 되오.
이미 우리가 알다시피 디를로스 백작은 용감하며 명문가의 자손이자
프랑스에서 녹을 먹는 위대한 영주의 한 사람이오.
그러니 그를 화내게 한 자에게 화를 내는 것으로 충분하오.
세상에서 가장 훌륭한 기사라 할지라도 말이오.
그러나 가문이 있는 다른 사람들에게 교훈이 되어야 하기에,
누구도 감히 그러지 못하고 그렇게 할 수 없도록,
자기의 명예를 생각한다면 감히 이런 일은 꿈도 꾸지 못하도록
셀리노스를 가문의 사람이 아닌 천민으로 내리고
열두 용사에서 제할 것이며
백작이 궁에 있을 시 셀리노스는 그곳에 있으면 아니 되고
백작 부인이 있는 곳에 그는 거주할 수 없도록 합시다.
그리고 이러한 명예를, 디를로스 백작이여, 그대에게 영원히 부여할 것이오.
이 말을 들은 롤단이 잽싸게 대답합니다.
— 그것을 용인하느니 목숨을 버리겠소이다.

그 말을 들은 디를로스 백작이 급히 일어섭니다.
그러고는 아주 언성을 높여 말하기 시작합니다.
— 그렇다면, 돈 롤단, 나와 몬탈반의 이름으로 그대에게 요구하오.
오늘로부터 3일 내로 결투에 응하시오.
그렇지 않을 시 그대와 올리베로스를 겁쟁이라 할 것이오.
— 좋소, 롤단이 말했지요. — 그 전이라도 좋소.
여러분은 궁에서 일어나는 한탄이 하늘에 닿을 정도가 됨을 볼 겁니다.
시녀들과 영주들의 아내들과 결혼한 여인이나 결혼할 여인들이
남편과 아들의 발치에 무릎 꿇는 모습을 볼 겁니다.
먼저 가이페로스는 어머니가,
돈 벨트랑은 그의 혈육인 누이가,
돈 롤단은 슬프게 울부짖는 아내가.
그러자 모든 여인이 몸을 날려 무릎을 꿇습니다.
이들은 목소리 높여 쉬지 않고 말하지요.
— 훌륭한 기사들이여, 그대들을 우리가 진정시키는 게 더 낫겠소.
모든 걸 버려야 할 정도의 의무는 아무것도 없으니 말이오.
그러자 그 말에 마음이 동한 롤단이 말했지요.
그 조건으로, 그리고 자기가 앞으로 말할 내용은 판단에 맡기겠다면서요.
셀리노스는 열다섯 살밖에 안 되는 소년이니
무기를 들 나이가 아니며, 싸울 나이도 아니다.
스무 살이 될 때까지는, 그 나이에 들 때까지는

열두 용사의 수에 넣어서는 안 되며
원탁에서 식사도 하지 말아야 하고
백작과 백작 부인이 가는 곳에 셀리노스는 있을 수 없다고요.
스무 살이 되고 나서, 또는 좀 더 나은 나이 때가 되어
자신의 명예를 고려한다면 그것을 요구할 수 있으며
그렇게 되면 무기를 요구하여 자기편을 방어하도록 하자는 것이죠.
셀리노스가 미성년자였다고 말하지 못하도록 말이죠.
모두가 아주 만족했지요. 양쪽 다 마음에 들었지요.
그러자 황제는 모두에게 안아주라 합니다.
모두가 아주 흡족하고 모두가 아주 동등합니다.
다음 날 황제는 왕실을 내어
귀부인들과 기사들을 점심에 초대하지요.
백작은 면도하고 머리카락도 그렇게 정리합니다.
백작 부인은 행사에 아주 당당하고 화려하게 등장합니다.
통치자 측 봉사자들은
돈 롤단과 레날도스 데 몬탈반입니다.
그들이 말할 기회를 더 주고자 말이지요.
모두 식사를 마치고 춤을 추기 전에
디를로스 백작이 모든 고관대작 앞에 일어서
황제에게 무어 왕 알리아르데에게서
얻은 것과 마을과 땅의 열쇠들을 건넵니다.

황제는 그것의 큰 몫을 그에게 줍니다.
그리고 백작은 자신의 기사들에게 극진한 감사를 드립니다.
열두 용사들은 백작이 가져온 위대한 승리를 높이 평가합니다.
그로써 대단한 명예와 최고의 번영을 누리게 되었지요.

해설 본 로만세는 1510년 낱장으로 유포되던 것이다. 15세기 말 후글라르가 만든 로만세로 16세기 대단한 인기를 누리며 몇 차례에 걸쳐 복간되었다. 로만세 중 가장 긴 683행으로 되어 있다. 보통 흐름이 빠른 로만세에 비해 진행이 느려 따분한 감이 없지 않다. 시적인 면에서도 다소 미흡하지만 한 편의 기사소설을 읽고 있는 듯한 재미를 준다.

작품 75 백작 그리말토스와 그의 아들의 로만세

난 옛사람들이 하는 말을 수없이 많이 들었지요.
누구도 부를 자랑해서는 안 되며
가난을 멸시해서도 안 된다는 말을요.
선한 자들이 본보기로 삼는 예를 보여드릴 테니 잘들 아시기를.
프랑스에서 그리말토스라고 부르는 백작이 어떻게
작고 어린 나이에 궁정에 들어갔는지를요.
곧 그는 가장 은밀한 자리인 왕의 시동이 되었지요.
그가 아주 신중해서 왕의 신임을 얻었기 때문이지요.
얼마간의 시간이 지나 그가 좀 더 나이가 들자
그를 시종으로 그리고 왕의 비서를 시켰지요.
그러고 난 후 그에게 백작령을 내려 최고로 명예롭게 했지요.
그리고 더욱 그를 명예롭게 하고, 비할 데 없이 프랑스에서 신분을 높이고자
그를 왕국을 다스릴 수 있는 통치자로 임명했지요.
비할 데 없는 그의 노력과 덕성과 귀족적인 품위로
왕은 그를 아들로 받아들여 자신의 딸과 맺어주려고 했지요.
고통 없는 즐거움으로 축제는 거행되었지요.
명예로운 의식과 즐거움이 있은 지 며칠 뒤
왕은 백작에게 통치하러 가라고 명했지요.

그리고 그에게 위임될 땅으로 세금을 징수하러 가라고요.
백작은 말하기를, 그러하겠나이다. 당연히 그러해야지요.
출발하라는 명령이 내려지고 왕이 채비를 하라 명하지요.
그의 기사들과 부인네들이 그를 수행하도록 말이지요.
그 훌륭한 백작은 이제 부인과 함께 출발합니다.
기사들과 부인네들도 그를 혼자 가게 하지 않습니다.
백작은 참으로 덕스러워서 그들은 그와 떨어질 수가 없습니다.
파리에서 레온까지 그를 동행하는 거였지요.
즐거운 여행 뒤 그들은 파리로 돌아와
왕에게 소식을 전합니다. 왕은 편하게 그 보고를 듣지요.
어떻게 그가 레온을 다스리고 명령하는지,
전하의 자리를 얼마나 존경하게 하는지를 말이지요.
그러한 소식에 왕은 아주 기뻐하지요.
왕에 관한 이야기는 이것으로 마치고, 그분은 계신 대로 내버려 두고
어떻게 통치하기 시작하는지 돈 그리말토스 이야기로 돌아가 봅시다.
정의를 거부하지 않으며, 고관들의 사랑을 받고
모두를 그렇게 다루니 누구도 고통스러워하지 않지요.
5년을 그렇게 있었지요. 훌륭한 왕에게 보고하러 가지 않고 말이지요.
백작에 대한 불평이나 소송도 왕에게 올려진 게 없었지요.
그러나 운명이란 가만히 있지 못하고 늘 움직이는 놈인지라,
백작의 직위를 뺏을 정도로 그에게 어긋나고자 마음을 먹었지요.

돈 토미야스가 그를 반역자로 몰기로 한 거예요.
왕이 사위에게 최대한 분개할 일을 찾다 왕에게
사위가 반란을 일으키려 한다고 말한 게지요.
그래서 마을마다 도시마다 무기를 준비시키고
자기를 절대적인 주인으로 칭하라 명한다고요.
도시고 마을이고 곳곳마다 수비대를 비치하고자 한다고요.
왕은 이 말을 듣자 엄청난 고뇌에 빠졌지요.
자신이 백작에게 베푼 은혜를 생각하니 더더욱 그랬지요.
단지 훌륭하게 봉사하라고 그러한 자리에 올렸건만
선물을 받고 나니 그런 배반을 저지를 생각을 하다니!
왕은 그를 처단하기로 결정합니다.
궁정의 일은 그만두고 백작에게로 돌아갑시다.
백작은 어느 날 밤 부인과 휴식을 취하다
잠이 들었지요. 그런데 놀라 깹니다.
그는 고통과 번민의 말을 합니다.
— 사악한 운명아, 내가 네게 무슨 일을 했니? 왜 변덕을 부리려는 거니?
왕이 나를 앉혀준 그 자리를 왜 치우려고 하는 거니?
배신자들의 거짓말로 내게 그토록 나쁜 일을 불러일으키려 하다니!
내가 믿고 생각하는 바에 의하면 다른 일로는 그럴 수가 없다.
백작의 소리에 부인이 잠에서 깨어나지요.
하지 않던 일을 하고 그런 식으로 말하며

기분이 바뀐 백작을 보자 너무나 놀라 깼지요.

— 여보, 무슨 일이에요? 무슨 생각을 하신 거예요?

— 다른 게 아니라, 여보, 괴로운 일을 생각하고 있었소.

슬프고도 흉악한 꿈이 나를 어지럽히고 있었소.

비록 꿈은 믿을 게 못 되지만 어떻게 해야 할지 난 모르겠소.

너무나 확실해 보여서 말이오. 독수리 한 마리가 나는 것을 보았소.

그 뒤로 일곱 마리의 매가 불평을 늘어놓으며 가더군요.

독수리가 그들로부터 몸을 지키고자 내가 있는 마을로 숨어들어,

높은 탑 위로 앉으려고 했지요.

부리로는 불을 내뿜고 양 날개로는 타르를 쏟으면서 말이오.

그 불은 마을을 태우고

내 수염을 태우고 당신의 드레스를 태웠다오.

이건 흉몽인 게 틀림없소!

내가 불평하고 있다고 당신이 느낀 이유가 바로 이것이라오.

— 당연히 그러실 만했네요, 여보. 그 꿈으로 그런 괴로움을 느끼셨다면 말이죠.

그런데, 여보 궁정에서 당신을 보지 못한 지가 5년이 되었네요.

누군가 거기서 당신을 해코지하려는 게 분명해요.

가만히 있지 못하는 배반자 토미야스의 짓일 거예요.

해악을 끼칠 일을 모의하리라고 믿고 싶지는 않지만,

여보, 저를 믿으신다면 내일 점심 전에

마을 전체에 포고를 내리라고 명하세요.
당신 지휘하에 있는 기사들을 오라고 말입니다.
그리고 당신의 모든 지역에도 알려 기사들을 오라고 하세요.
일정 기한 내로 모두 모이라고 말이지요.
다들 모이면 사실을 알리세요.
왕을 뵈러 파리로 간다고 말이죠.
당신의 명예를 위한 일이라고 모두가 알아듣도록 말이지요.
그들은 당신을 사랑하니 다들 같이 갈 겁니다.
그들과 함께 그 도시, 파리로 가세요.
늘 하듯이 왕의 손에 입을 맞추세요.
그러면 왕이 무엇을 원하시는지 알게 되실 거예요.
당신한테 화가 나셨다면 즉각 그 화를 드러낼 것입니다.
그리고 당신이 방문할 걸 보고 그 화를 풀 수도 있을 겁니다.
— 그거 좋은 생각이오, 여보,라고 말했지요. 당신의 충고대로 하겠소.
그리말토스 백작은 파리, 그 도시로 출발합니다.
자기의 모든 기사와 자신이 모을 수 있었던 다른 자들과 함께 말이지요.
파리에 근접하여 약 15마일 정도 떨어져 있게 되었을 때
자기 사람들에게 멈추기를 명하고 천막을 치라 합니다.
자기 사람들을 각자의 자리에 숙박하도록 합니다.
왕은 곧장 그의 서신을 받았으나, 답을 하기가 싫었지요.
백작은 이러한 상황을 알고 파리로 들어갑니다.

왕이 머무는 궁전으로 갑니다.

고관대작 모두에게 인사를 하고 왕의 손에 입을 맞추러 갑니다.

분노에 찬 왕은 손을 주려 하지 않습니다.

오히려 백작의 행동을 도가 넘는 무엄함이라 생각하고 협박하지요.

그런 반역을 저지르고 어찌 감히 파리에 들어올 생각을 했는지, 하고 말이지요.

앞에 있는 걸 보면서도 어찌 목을 치도록 하지 않는지,

목숨이 붙어 있는 걸 놀라워해야 한다고 맹세하면서 말이죠.

딸의 명예를 생각하지 않았더라면

해가 지기 전에 그를 처단하라 했을 거라고 하지요.

하지만 벌은 그에게만 주고 다른 사람들에게는 교훈이 되도록

그를 왕국에서 나가라 명하지요. 거기에 있을 수 없다고 말입니다.

왕국을 떠날 기한으로 3일을 줍니다.

추방은 이렇습니다. 사람을 데리고 갈 수 없다.

기사, 하인 누구도 그와 함께 갈 수 없다.

탈것인 말이나 노새도 데려갈 수 없다.

금화나 은화는 물론이요, 금속 돈도 소지해서는 안 된다.

백작이 이 말을 들었을 때, 어땠을까 상상해 보세요!

엄청난 고통의 포로가 되어 절망하며

크고도 엄한 목소리로 다음과 같이 답했지요.

— 전하께서 저를 추방하신다면 저의 추방을 승낙합니다.

하지만 제가 반역을 저질렀다고 말한 자는 진실이 아닌 거짓을 아뢴 것입니다.

전 결코 그런 적이 없습니다. 그런 고약한 일은 생각으로조차 하지 않았습니다.

하느님께서 제게 삶을 허락하신다면 진실을 아시도록 할 것입니다.

이제 그는 아픔을 안고 궁에서 나가지요.

올리베로스의 집으로 갑니다. 거기에는 돈 롤단이 있습니다.

백작은 왕과의 일을 그들에게 말했지요.

그들과 작별을 하고 있습니다. 그들에게 진상을 알렸거든요.

다시는 프랑스에서 자기를 볼 수 없을 거라고 합니다.

일을 이렇게 만든 자가 벌을 받지 않는 한 말이지요.

이제 그들과 작별합니다. 파리로 걸어가기 시작합니다.

자기와 이야기를 나누었던 모든 이들과 작별합니다.

발도비노스와 로마인 핀칸과 작별합니다.

가스통 앙헬레로스와 늙은 돈 벨트랑과

돈 에스돌포 공작과 또 다른 공작 말헤시와

무적의 그 레이날도스 데 몬탈반과 작별을 합니다.

길을 떠나고자 모든 사람과 작별합니다.

백작 부인이 이 사실을 알고 파리로 급히 들어갔습니다.

백작과 상의 없이 곧장 왕에게로 갑니다.

왕을 이해할 수 없다고 말하면서 말이죠.

어떻게 그 훌륭한 백작 그리말토스를 그런 식으로 다루는지를 말입니다.
그가 한 행동들은 어느 하나 그런 벌을 받을 일이 아니었다고 말이지요.
그러면서 왕에게 제대로 살펴보시기를 간청합니다.
그리고 만일 백작에게 잘못이 없다면 배반자가 대가를 치러야 한다고요.
만일 사실이 판명되면, 백작이 치를 일을 그가 마땅히 받아야 한다고요.
일을 이렇게 만든 자가 벌을 받게 될 거라고요.
이 말을 들은 왕은 딸에게 입을 다물라 명합니다.
더 입을 열었다간 백작과 똑같이 벌을 줄 것이라고 말하면서요.
그리고 백작을 위해 간청하는 일이 자기에겐 변명으로밖에 들리지 않으니
배신자를 변호하는 자 역시 배신자가 될 것이라고 말입니다.
이 말을 들은 백작 부인은 비통하게 울며
백작을 찾으러 가고자 궁에서 내려왔지요.
백작을 보자 다가가 그를 껴안습니다.
두 사람이 나누는 대화를 듣자니 눈물이 납니다.
— 이게 저에게 주시겠다고 하신 안식인가요, 여보?
저의 즐거움이 이토록 짧게 끝이 날 거라고는 생각하지 못했답니다!
하지만 기쁨 대신 우리에게 이유 없이 고통을 주는 것을 보면서
당신이 떠날 때 그러한 사실이 무엇을 의미하는지 아시기를 바랍니다.
제가 당신께 한 가지 선물을 요구합니다. 거부하지 말아 주세요.
우리가 결혼했을 때 제게 넘치도록 준다고 하셨기 때문입니다.
한 번도 받은 적이 없고 아직도 얻고 있지 못하니

지금 그것을 요구해야 할 때라고 봅니다, 여보.
— 여보, 지금 그것을 요구해도 소용없소이다.
당신 요구 이외는 가진 것이 없기 때문이오.
요구라면 맹세코 허락하리다.
— 그럼, 여보, 당신이 가는 곳에 저도 데려가 주세요.
— 당신에게 맹세했으니 거절할 수가 없군요.
하지만 내가 느끼는 고통 중에 이 고통이 제일 크다오.
나 하나 잘못되는 거, 이 잘못은 회복될 수 있으나
당신이 잘못되는 건 회복할 수 없는 것이라오, 여보.
하지만 당신이 그러기를 원하니 지체하지 맙시다.
부인, 아직 어리고 임신한 몸이라
걸을 수가 없으니 위험에 처할까 너무나 고통스럽소!
하지만 운명이 그러기를 원하니 고통 없이 감내하기를 바라오.
강인한 심장은 그런 경우 보여주는 것이니 말이오.
그들은 서로 손을 잡고 도시에서 나옵니다.
그들과 함께 올리베로스와 전사 롤단
또한 다르딘 다르데냐와 로마인 핀칸,
그리고 가스코뉴 사람 앙헬레로와 강한 자 메리단이 함께 나가지요.
돈 레이날도스와 미남 발도비노스,
돈 에스톨포 공작과 또 다른 공작 말헤시도 그들과 함께 나가지요.
아가씨들과 미망인들도 그들과 함께 가지요.

파리에서 5마일 이르는데 이르자 그들의 동행은 끝나지요.

백작과 백작 부인만이 서글프게 남겨지지요.

떠나야 할 때가 되자 서로 말조차 할 수가 없습니다.

백작과 백작 부인이 울지만, 이들을 위로해 줄 사람 하나 없지요.

큰 인물이든, 작은 인물이든 울지 않는 사람이 하나도 없으니 말이지요.

그곳에 도착한 귀부인들과 아가씨들이

너무나 이상하게 울부짖으니 그 울부짖음을 감히 이야기해 줄 수가 없네요.

그것을 생각하는 한 결코 난 즐거울 수가 없을 것 같다고요!

그러나 백작과 백작 부인은 아무 말없이 갑니다.

사람들은 고통에 못 이겨 바닥에 쓰러집니다.

어찌나 슬픈 모습으로 가는지 울음소리가 점점 더 커집니다.

파리로 돌아가려는 기사들은 그만두고

난 백작과 백작 부인 이야기로 돌아갑니다. 참으로 외롭게 걸어가고 있네요.

인적이 드문 거친 황무지로 말이지요.

사흘째 되는 날 거친 숲에 이르자

백작 부인은 지쳐 애석하게도 더 걸을 수가 없네요.

그녀의 고운 신발은 닳아 버려 이제 신을 게 없네요.

거친 산세로 발을 올릴 수가 없네요.

디딘 곳마다 발자국이 선명하게 남네요.

그 모습을 본 백작은 그녀를 위로하고자

아주 사랑스러운 몸짓으로 그녀에게 말을 하기 시작합니다.
— 부인, 쓰러지지 마시오, 힘을 좀 내보시오, 내 사랑.
이곳에 맑은 샘이 있고 물이 참으로 시원하오.
좀 쉽시다, 부인. 다시 기운을 차릴 수 있을 게요.
이 말을 들은 백작 부인은 좀 더 힘을 내
샘에 다다르자 무릎을 꿇지요.
그런 장소로 자기를 인도해 주신 하느님께 감사들 드리며,
— 이 물은 참 멋져요, 빵이 있는 자에게는 말이지요!,라고 합니다.
이러고 있을 때 산통이 와
그곳에서 아들을 낳으니, 그 모습을 보자니 가슴이 아픕니다.
가진 게 아무것도 없는 그들은 손쓸 방도가 없지요.
아들을 보자 백작은 할 수 있는 한 최선을 다하기 시작하지요.
입고 온 겉옷을 벗어 갓난쟁이를 감쌉니다.
산모의 몸을 보호하고자 망토도 벗습니다.
백작 부인은 아기를 안고 젖을 물립니다.
백작은 해결 방편을 찾을 궁리를 합니다.
빵도 포도주도, 버틸 게 아무것도 없으니 말이지요.
출산한 몸이라 백작 부인은 일어날 수가 없습니다.
백작은 아내와 아이를 팔에 안고
높은 산에 올라 멀리 바라봅니다.
깊고도 험난한 황무지에서 연기가 피어오르는 것을 보게 되지요.

아내와 자식을 안고 그곳으로 데려갑니다.
무성한 숲으로 들어가자 곧장 한 덕스럽고
아주 존경할 만한 은자가 그를 맞이하러 나옵니다.
그들을 본 은자가 말을 하기 시작하지요.
— 오, 하늘의 신이시여 이럴 수가! 누가 그대를 이곳으로 보낸 건가요?
인적이 끊긴 이 외진 곳에 말이오.
저야 회개의 삶을 살고자 이 계곡에 있지만 말입니다.
백작은 고뇌와 고통으로 대답을 하지요.
— 은자시여, 제발 부탁이니 자비를 베풀어 주소서.
어떻게 해서 제가 오게 됐는지는 차차 말씀드리겠습니다.
먼저 이 불쌍한 여인에게 먹을 것을 좀 주십시오.
빵 한 조각 입에 대지 못한 지가 삼 일 낮, 삼 일 밤이 됩니다.
저 차가운 샘에서 아이를 낳았습니다.
은자는 이 말을 듣자 너무나 불쌍하여
자기가 기거하는 암자로 그들을 데려갔지요.
자기가 갖고 있던 빵과 물을 그들에게 주었지요. 포도주는 없으니.
너무나 약해 있던 백작 부인이 약간의 기운을 차리자,
백작은 은자에게 아이의 세례를 부탁합니다.
— 기꺼이 그리하리다,라고 말했습니다. — 그런데 이름은 뭐라고 할 건가요?
— 원하시는 대로 부르시지요, 은둔자님.

— 그럼 거친 산에서 태어났으니, 몬테시노스*라 합시다.
모두가 성스러운 생활을 하는 중 세월은 흘렀지요.
백작이 그곳을 떠나지 않은 지 족히 15년이 됐습니다.
그 훌륭한 백작은 아이를 가르치는 데 엄청 공을 들였지요.
아들 몬테시노스에게 군사 관련 모든 기술을 말입니다.
기사로서 어떠한 삶을 살아야 하는지도요.
무기는 어떻게 다루고, 어떠한 명예를 얻어야 하는지,
아버지가 겪었던 분노에 대한 복수는 어떻게 해야 하는지를요.
읽고 쓰는 것을 보여주지요. 아들에게 가르칠 수 있는 것들이죠.
장기 두는 법과 매를 키우는 법을 보여줍니다.
산 후안 날인 6월 24일에
아버지와 아들은 암자를 나와 산책을 합니다.
이치를 따지고자 높은 산 위로 올라갑니다.
높은 곳에 있게 되자 백작은 파리, 그 도시를 보게 되지요.
아들의 손을 잡고 말하기 시작합니다.
쉬지 않는 한숨과 눈물과 흐느낌 속에서 말이지요.

해설 프랑스《샹송 다이올Chanson d'Aiol》에서 유래한 후글라르 로만세로, 그 작품에서 동기를 취했다. 원래 이어지는 로만세와 한 몸이었는데, 마지막 부분이 멋대로 잘렸다. 다음 작품을 이어 읽으면 된다.

* 스페인어로 산이 몬테이다.

작품 76 몬테시노스여, 프랑스를 보라…

몬테시노스여, 프랑스를 보라, 그 도시 파리를 보라.
두에로의 강물을 보라, 바다로 흘러가는 강물을.
왕의 궁정들을 바라보고, 돈 벨트랑의 궁정들을 보라,
그리고 더 높이 눈을 들어 더 훌륭한 자리에 보이는 저것을 보라.
그것은 내 불구대천의 원수, 토미야스의 집이다.
그놈의 더러운 혀 때문에, 왕이 나를 추방하도록 명했다.
그로 인해 난 엄청난 갈증과 더위와 배고픔을 견뎌내야 했다.
맨발을 끌고, 손톱에는 피를 흘리면서 말이다.
네 가여운 엄마가, 그 일의 증인이란다.
너를 어느 샘에서 낳았는데, 너를 감쌀 천 조각 하나 없었다.
서글펐던 난 내 겉옷을 벗어, 너를 덮어줘야 했다.
네가 그토록 처참했기에, 네 엄마는 울면서 내게 말했다.
— 백작님, 이 아이를 데려가, 세례를 주세요.
이름은 몬테시노스라 지으시고, 몬테시노스라 부르세요.
몬테시노스가 이 말을 듣자, 눈을 자기 아버지에게로 돌렸지요.
바닥에 무릎을 꿇고, 아버지께 간청하기 시작했지요.
파리로 가기를 원하니, 허락해 달라고 말이지요.
그리고 왕에게 봉사한 대가로 경제적 이익을 취하게 되면, 물론 왕이 허락하신다는 조건으로.

아버지의 불구대천의 원수, 토미야스에게 복수를 하겠다고 말이지요.
왕으로부터 돈을 받으면, 만사는 해결된다고 말이지요.
이별할 때가 되자, 자기 아버지에게로 갔지요.
불쌍한 어머니를 위로해 드리라 부탁하려고 말이지요.
그리고 대신 말을 전해달라고 말이지요, 자기가 토미야스를 찾으러 간다고 말이지요.

해설 본 로만세는 프랑스 샤를마뉴 대제 시리즈에 기원을 둔 14세기 무용 찬가《샹송 다이올》의 후반 버전에서 출발한 작품이다. 프랑스 왕의 사위인 그리말토스 백작이 돈 토미야스에게 배반당해 스페인으로 유배당했고, 스페인에서 몬테시노스 아들을 낳았으며, 이 아들이 아버지 복수를 하고 명예를 되찾아 드리기 위해 프랑스로 돌아간다는 내용이다. 15세기 낱장으로 인쇄 유포된 후 여러 노래집에 수록되었다. 본 로만세 이야기는 먼저 아버지가 아들에게 하는 말에 이어 어머니의 말이 있고, 화자가 등장하여 아들이 아버지에게 한 말을 전하는 식으로 전개된다.

작품 77 무어인 칼라이노스의 로만세

올리브 나무 아래 그늘로 이제 칼라이노스가 말을 타고 옵니다.
발을 등자에 올려 늠름하게 말을 타고 옵니다.
산수에냐*를 바라보고 있었지요, 그 마을과 주변을요.
혹시라도 무어인이 보이면 물어보려고 말이지요.
궁정으로 아름다운 공주 세비야가 오고 있었지요.
그녀를 지키는 한 늙은 무어인이 있는 걸 보았지요.
그를 본 칼라이노스는 거기로 갔답니다.
그러고는 그에게 예의를 갖춰 다정스럽게 이렇게 말했지요.
— 무어인이시여, 알라가 그대를 보호하시기를.
제 목숨이 살고 계신 궁이 어느 것인지요.
전 그분의 포로가 되어 슬프고 고통스럽게 지내고 있답니다.
그분에 대한 사랑으로 제가 죽을 것 같답니다.
하지만 그녀 때문에 목숨을 잃는다면, 그건 죽은 목숨이라 하지 않을 것이지요.
그러한 부인 때문에 목숨을 잃는 건, 죽음으로 사는 일이니까요.
내가 어느 분에 대해 알고 싶은지 알고 싶다면, 무어인이여,
무어인 거주지에서 가장 아름다운 여인이지요.
사람들이 그분을 위대한 공주 세비야라고 하지요.

---

* 현 사라고사.

이들이 하는 말을 세비야는 듣고 있었지요.

놀라울 정도로 아름다운 그녀는 가장 훌륭한 것으로

화려하게 치장하고 창가에 서 있었거든요.

그녀는 너무나 아름다워 그녀에 견줄 자 아무도 없었답니다.

칼라이노스는 그녀를 보자 이렇게 말했지요.

— 여인이시여, 제가 모시는 주인님께서 보내신 서신을 갖고 왔답니다.

보아하니 알만소르 왕*이신 아가씨 아버님의 것이라오.

창가에서 내려오셔서 무슨 기별인지 알아보소서.

세비야는 그 말을 듣고 급히 내려왔지요.

칼라이노스는 말에서 내려 그녀에게 최대한 경의를 표했답니다.

그러는 그를 보고 공주는 이렇게 물어보았지요.

— 제 아버지께서 여기로 보내신 그대는 누구신가요?

— 전 칼라이노스라 합니다, 공주님. 아라비아의 기사 칼라이노스.

몬테스 클라로스 산과 평야 콘스탄티나의 영주이지요.

튀르키예 땅의 영주이기도 하여 많은 공물을 거둬들이지요.

그리고 프레스테 후안 데 라스 인디아스**는, 늘 제게 세금을 보내오지요.

그리고 바빌론 술탄은 언제나 제 명령을 기다리고 있지요.

무어 왕들과 왕자들은 늘 저를 주인님이라 부르지요.

댁의 아버님에게만 명령을 받는답니다.

---

* 사라고사의 왕.

** 중세 가공의 인물로 아비시아나 왕이라고 한다.

받드는 이유는 그분이 필요해서가 아니라, 제가 들은 이야기 때문이지요.
그분에게 따님이 한 분 있는데, 세비야라 하더군요.
수많은 무어 여인 중에 가장 아름답다고 하더이다.
당신 때문에 아버님을 섬긴 지가 5년이 되었지요, 봉사에 대한 대가는 일절 없었습니다.
그분이 제게 주지 않았을 뿐만 아니라 제가 요구하지도 않았습니다.
세비야여, 전 당신 때문에 소금의 바다를 건넜습니다.
제가 죽을 것 같았거든요, 아니면 당신이 나의 연인이 되어야 했습니다.
세비야가 이런 말을 듣자 이런 답을 주었지요.
— 칼라이노, 칼라이노여, 난 그런 거 전혀 몰라요.
일곱 명의 유모가 절 키웠죠. 여섯 명의 무어인과 한 명의 기독교인이요.
무어인들은 제게 젖을 주었고, 다른 이는 제게 충고를 했죠.
제게 충고한 바에 따르면 훌륭한 기독교인이 되어야 한답니다.
제겐 훌륭한 조언이었지요. 제가 마음을 먹도록 해줬지요.
누구와도 절대로 사랑을 하지 않겠다고요.
먼저 훌륭한 지참금과 약혼 선물을 가지기 전에는 말이죠.
이 말을 들은 칼라이노스는 이렇게 답했지요.
— 여인이여, 거부하지 않을 테니 무엇이든 요구하시지요.
성채를 원하시든, 평지에 있는 도시를 원하시든,
아니면 은이나 금을 원하시든, 아니면 많은 돈을 원하시든.
세비야는 그런 선물은 달갑지 않았기에

이렇게 대답했지요. — 자기를 연인으로 가지고 싶다면,

프랑스 중심부에 있는 파리로 가

자기가 요구하는 세 명의 머리를 가져다 달라고요.

그 일을 완수하면 그자의 여인이 되겠노라고요.

그녀가 요구한 바를 칼라이노스가 듣자

아주 기쁘게 대답했지요. 비록 그녀에게 주려고 한

마을과 성이나 약혼 선물들을 버리고

전혀 비용이 들지 않을 세 개의 머리를 원하는 것에 놀라기는 했지만 말이죠.

그래서 물었지요. 그 세 개의 머리가 누구의 것인지를요.

세비야 공주는 이름을 대기 시작했지요.

하나는 올리베로스의 것이고, 다른 하나는 돈 롤단의 것이며

나머지 하나는 용감한 자, 레이날도스 데 몬탈반의 것이에요.

자기가 찾아가야 할, 사람들이 밝혀지자

칼라이노스는 이별을 고하며, 아주 정중하게 말했지요.

— 공주님, 당신의 손에 입을 맞추고자 하니 손을 주시지요.

그리고 요구하신 머리들을 가지고 왔을 때

저랑 결혼하시겠다는 약속과 믿음을요.

— 기꺼이 그러지요, 흔쾌히 하고 말고요,라고 말했죠.

거기서 그들은 서로 손을 잡고 서로 다짐을 했지요.

선한 칼라이노스가 돌아오기 전에는

누구도 결혼할 수 없다고요.

그리고 만일 무슨 일이 일어나면 알려주기를요.

이제 칼라이노스는 출발하죠, 이미 출발하여 이미 갑니다.

자신의 군기 모두에 수를 놓도록 합니다. 자신의 문장을 말이지요.

멋지고 피로 물든 달로 덮인 군기들이 갑니다.

칼라이노스가 프랑스인들을 찾아 길을 나선 겁니다.

몇 날 몇 밤을 걸어 파리에 도착했습니다.

파리를 지키는 초소에 산 후안 데 레트랑 대성당이 있지요.

그곳에 자신을 표식하고 말하기 시작합니다.

— 말을 탈 자에게 알리듯 곧장 나팔을 불어 알리시오.

파리 저 안에 있는 열두 용사가 나를 유감스러워하도록 말이오.

대제는 그날 사냥을 하러 나갔지요.

올리베로스와 돈 롤단을

용감한 자 레이날도스 데 몬탈반을 대동하고 말이죠.

그리고 다르딘 다르데냐와 선한 늙은이 돈 벨트랑도요.

그 가스콘과 클라로스와 로마인 피날도요.

또한 발도비노스와 힘에서는 비할 자 없는 우르헬도요.

또한 해군 제독 구아리노스도요.

이들 사이에 있던 대제는 말했습니다.

— 나의 기사들이여, 자 말을 타라고 알릴 소리에 귀를 기울여 들어들 보게나.

그들이 귀를 기울이고 있을 때 한 무어인이 지나가는 것을 보았지요.
모리스코*식으로 무장을 한 그를 그들은 부르기 시작했지요.
그 무어인은 대제가 있는 곳으로 왔지요.
그를 본 대제는 물어보기 시작합니다.
— 무어인이여, 어디로 가시는가?, 어찌 감히 프랑스에 들어올 생각을 했는가?
참으로 무엄하도다, 감히 파리까지 올 생각을 했다니!
이 말을 듣자 무어인은 이렇게 답을 했지요.
— 전 프랑스 태생의 대제를 찾으러 가는 길이요.
그분께 제 우두머리의 전갈을 가지고 가는 중이요.
전 그분의 나팔수요, 그분은 저의 대장이랍니다.
이 말을 들은 대제는 즉각 요구했지요.
원하는 게 뭔지, 왜 대제를 찾으려 하는지를 말하라고 말이죠.
자기가 프랑스 태생의 그 대제 샤를마뉴라 하면서 말이죠.
그 사실을 안 무어인은 그에게 말하기 시작했습니다.
— 대제시여, 그리고 대제국의 왕관이시여, 아소서.
무어인 칼라이노스가 여기로 저를 보냈습니다.
대제님과 열두 용사에게 도전하고자 말이죠.
창으로 겨루고자 나오시기를 바랍니다.
대제님, 그분의 표식이 보이시죠. 그곳에서 기다리고 계십니다.

* 기독교로 개종하고 스페인에 남은 무어인.

그분께 답을 드리러 저는 가보겠습니다. 대제님.
무어인이 떠나자, 대제는 말하기 시작했지요.
— 내가 젊었을 때에는 무기를 가지고 다녔지.
무어인이 감히 프랑스 어디에도 발을 들여놓지 못했다.
그런데 내가 늙고 보니 파리에서 그들을 다 보게 되는구나!
나 혼자만의 불명예가 아니니, 내가 싸울 수도 없지만
올리베로스에게도 명예롭지 못하고 롤단에게도 마찬가지지.
열두 용사 모두, 여기 있는 모두의 불명예인 게야.
롤단을 불러주게, 싸우러 가도록 말일세.
경비초소에 있는 그 무어인을 거기서 쫓아내도록 말일세.
그자를 죽이든 포로로 하든 데리고 오게, 내게 도전하려
감히 파리로 올 생각을 했으니 말일세.
이 말을 들은 돈 롤단은 그에게 말하기 시작했지요.
— 전하, 저를 싸우러 보내지 말아 주시지요.
전하께선 싸우러 보내실 수 있는 기사들이 있습니다.
여인네들 사이에 있을 땐 엄청 자신들을 자랑하여
이천 명의 무어인이 와도 한 명으로 족하다고 하지요.
막상 전투에 임했을 때는 꽁무니를 빼는데 말이지요.
열두 용사 모두는 입을 다물었지요, 가장 나이 어린 자만 제하고요.
그자 이름은 가장 혈기가 왕성한, 발도비노스라 하지요.
그가 하는 말이 심하니 들어보지요.

— 돈 롤단 씨, 당신 말씀에 무척 놀랐습니다.
당신이 명예롭게 해야 할 자인 그 열두 용사를 불명예스럽게 내모니 말이지요.
당신이 제 삼촌이 아니라면 당신을 죽여버릴지도 모릅니다.
그건 열두 용사 중 입으로 뱉은 말을
진실로 행할 줄 모르는 자 아무도 없기 때문입니다.
그러자 용사 롤단이 화가 나 벌떡 일어섰지요.
이것을 본 발도비노스도 일어섰습니다.
대제가 그들의 화를 가라앉히려 합니다.
이런 상태에서 발도비노스가
자기가 데려온 젊은이들을 부릅니다. 무기를 가져오라고 말이지요
이를 본 대제는 그에게 부탁하기 시작합니다.
싸우지 않고 좋은 방향으로 해결할 방법을 말이지요.
그 무어인이 용감무쌍하니 그에게 손해를 입힐 수 있을 거라면서요.
— 그대 용기는 백배하나 힘이 달릴 수 있네.
무어인은 무기를 다루는 데 능숙하네, 싸움에 단련되어 있지.
이 말을 들은 발도비노스는 엇나가기 시작합니다.
대제에게 허락해 달라고 합니다.
허락하시지 않는다면 자기가 알아서 하겠다고 합니다.
대제가 달리 변명할 말을 찾지 못하고 있을 때
무기가 왔고 대제 자신이 그의 무장을 돕습니다.

그러고는 무어인과 싸우러 가도록 허락합니다.
발도비노스가 이미 출발하지요, 이미 출발하여, 이미 갑니다.
경비초소에 도착했지요, 칼라이노스가 있는 곳에 말이죠.
그를 본 칼라이노스느 이렇게 말하기 시작합니다.
— 프랑스가 고향인 이 어린 프랑스인이여 잘 오셨소.
나랑 같이 살기를 원한다면 내가 그대를 몸종으로 데려가고 싶소.
내 땅으로 데려가면 그대는 그곳에서 즐겁게 살 것이오.
이 말을 들은 발도비노스는 이런 답을 줍니다.
— 칼라이노스, 칼라이노스여, 그런 말은 하지 말아야지요.
나를 여기서 데려가기 전에, 나를 몸종으로 취하기 전에
이곳에서 그대가 먼저 죽을 것을 내가 보여주겠소.
무어인이 그 말을 듣자 이렇게 말하기 시작했지요.
— 프랑스 꼬마야, 프랑스 도시 파리로 돌아가,
고집부리다간 비싼 대가를 치르게 되고 말걸.
내 손에 들어오는 자, 결코 빠져나갈 수가 없거든.
이 말을 들은 젊은이는 무어인에게 다시 덤벼들고자
재빨리 무기를 갖추고 그를 죽이려 했지요.
무어인은 이러는 젊은이를 보자 이런 식으로 어깃장을 놓았지요.
— 기독교인이여, 네가 이곳에서 가버리기 전에 내 말이 사실이라는 걸
알게 될 테니, 빨리 이리 와 보시지 그래.
나랑은 싸우지 않는 게 네겐 최상일 텐데.

경악할 정도로 서로들 너무나 확고하게 서로 붙었지요.
첫 싸움에서 젊은이가 땅에 떨어졌지요.
이를 보자 무어인도 즉각 말에서 내렸지요.
그러고는 그를 죽이고자 휘황찬란한 언월도를 꺼내 들었지요.
그러나 그를 찌르기 전에 젊은이에게 물었지요.
누구인지, 이름이 무엇인지, 열두 용사 중의 하나인지를 말입니다.
이런 상황에서 젊은이는 즉시 사실대로 말했지요.
자기 이름은 발도비노스이고, 돈 롤단의 조카라고요.
이 말을 듣자 무어인은 말하기 시작합니다.
— 나이도 어린데 용감하기 그지없군.
난 너의 목숨을 살려주고자 한다, 너를 죽이고 싶지 않다.
너를 포로로 데려가 너를 찾으러 오도록 말이다.
너의 훌륭한 친척 올리베로스와 너의 삼촌 돈 롤단,
그리고 그 다른 대단히 용감한 자, 레이날도 데 몬탈반이 말이다.
내가 이곳에 온 이유가 이 세 사람과 싸우기 위한 거였다.
그곳에 있던 돈 롤단은 어린 발도비노스가
무어인에게 지는 것을 보면서 한숨만 쉬었지요.
이상 더 누구와도 이야기하지 않고, 곧장 돈 롤단이 출발합니다.
경비초소로 그 무어인을 죽이고자 갑니다.
무어인은 그를 보자 묻기 시작합니다.
누구인지, 이름이 무엇인지, 열두 용사 중의 하나인지를.

이 질문을 들은 돈 롤단은 고약하게 대답을 합니다.

— 개 같은 무어인이여, 그따위 질문은 내게 할 필요가 없지.

네가 붙잡고 있는 그 애를 네게서 내가 풀려나게 할 테니.

빨리 무장하라고, 무어인이여, 그리고 싸우자고.

서로 온 힘을 다해 밀고 밀립니다.

서로 너무나 올차게 몰아대다 무어인이 떨어집니다.

땅에 떨어진 무어인을 본 롤단은 곧장 말에서 내립니다.

— 말해봐, 이 배신자 무어인이여, 대답을 거부하지는 않겠지.

어찌 프랑스 전역에 머무를 생각을 한 거지?

선한 늙은 대제나 열두 용사에 도전할 것도 아니면서?

어떤 빌어먹을 것이 너를 파리 근교까지 오도록 수작을 부렸단 말인가?

이 말을 들은 무어인은 이렇게 답을 했지요.

— 내게 아주 위대한 가문의 가련한 한 무어 여인이 있소.

그 여인의 사랑을 내가 요구하자 내게 명령한 게 있소.

프랑스의 도시 파리로부터 세 개의 머리를 가져다 달라는 게요.

내가 이 세 개의 머리를 가져가면 나랑 결혼한다고 했소.

하나는 올리베로스의 머리이고, 다른 하나는 돈 롤단의 것이고

또 다른 것은 용감한 자 레이날도 데 몬탈반의 것이오.

이 말을 들은 돈 롤단은 이렇게 그에게 말했지요.

— 그러한 것을 네게 요구한 여인은 분명 너를 사랑하는 게 아니다.

그 머리들은 네가 자를 수 있는 게 아니기 때문이다!

그러나 너에게는 벌이 되고, 다른 사람이 열두 용사에게
도전하지 못하고 아예 그들을 찾으러 오지 않도록 하고자 한다.
이렇게 말하며 그는 무어인을 죽이고자 칼에 손을 뻗었지요.
곧장 어깨 위 머리를 자르러 갔지요.
그 머리를 대제에게 가져가 보여드렸지요.
이를 본 열두 용사는 그렇게 죽은 무어인을 보자
그가 불명예스럽게 된 것을 아주 기뻐했지요.
발도비노스도 데리고 왔지요. 바로 롤단이 풀어줬지요.
칼라이노스는 그렇게 프랑스에서 죽었답니다.
훌륭한 용사 롤단, 용감한 자의 손에 말이지요.

해설 샤를마뉴 시리즈 중에 가장 현대 버전에 속하며, 스페인 황금세기인 16, 17세기에 크게 인기를 누렸던 작품이다. 프로방스 버전으로 노래된 프랑스 시 《피에라브라스》와 관련이 있다. 주인공은 허구의 편력기사로 사라고사 왕 알만소르의 딸 세비야를 사랑했다.

작품 78 클라로스 데 몬탈반 백작*의 로만세

정각 밤 12시였어요. 닭들이 노래하고자 할 때,
클라로스 백작은 사랑으로 괴로워하고 있었지요.
사랑으로 깊은 한숨을 내쉬면서 말이지요.
클라라니냐에 대한 사랑으로 도저히 마음의 평안을 누릴 수가 없었지요.
아침이 오자 날이 밝아오고자 했지요.
그는 침대에서 벌떡 일어났으니, 새매 같아 보였어요.
궁으로 소리쳐 다니며 부르기 시작했지요.
— 몸종아, 일어나, 내게 입을 것과 신을 것을 다오.
몸종은 즉각 그것들을 드릴 준비를 했지요.
붉은 바지와 가죽 편상화를 드립니다.
얇은 비단 천 안감을 댄 비단 조끼를 드립니다.
값으로 따질 수 없을 정도로 화려한 망토를 드립니다.
3백 개의 보석이 빙 둘러 박힌 목걸이를.
조정에는 그에 견줄 만한 게 없을 정도의 멋진 말을 가져다 드립니다.
재갈과 함께 안장은 도시 하나 값어치가 될 겁니다.
말의 가슴걸이에는 3백 개의 방울이 있지요.
1백 개는 금으로 되어 있고, 1백 개는 금속으로

* 프랑스의 열두 용사 중 한 명인 레이날도스 데 몬탈반의 아들로 샤를 대제의 딸과 사랑하는 사이이다.

그리고 1백 개는 은으로 되어 있어 아주 조화로운 소리를 내지요.
그리고 궁정으로 갑니다, 왕궁으로 말이죠.
거기에서 클라라니냐 공주를 만나러 말이지요.
그녀는 3백 명의 몸종을 대동하고 있지요.
워낙 아름다운 클라라니냐인지라 사람들을 모두 고통스럽게 하지요.
그녀를 본 클라로스 백작은 즉각 말에서 내리지요.
바닥에 무릎을 꿇고 그녀에게 말하기 시작합니다.
— 신이 공주님을 보호하시기를. — 클라로스 백작이여, 어서 오시지요.
이어지는 말들은 사랑을 불러일으키기 위한 거지요.
— 클라로스 백작, 클라로스 백작, 몬탈반의 영주시여,
어찌 그리 멋진 몸으로 무어인들과 겨루시려는지요!
클라로스 백작은 답하지요, 이런 답을 주지요.
— 나의 육체는, 공주님, 여인네들과 쉬기 위한 겁니다.
만일 제가 그대를 오늘 밤에 취하여 제 뜻대로 할 수 있다면
다음 날 아침 1백 명의 무어인들과 싸울 수 있지요.
만일 그들 모두를 이길 수 없다면 저를 죽이라 하셔도 좋습니다.
— 그런 말 마세요, 백작이시여, 그런 말 마세요, 자만하려 들지 마세요.
여인을 얻기를 원하는 자 그렇게들 이야기하지요.
그러고는 전쟁에서는 발뺌하기에 명수지요.
— 제 말을 믿지 못하신다면, 공주님, 행동으로 알게 되실 겁니다.
제가 당신을 사랑한 지 7년이 됐습니다.

밤에는 잠을 이루지 못하고 낮에는 쉬지를 못합니다.
— 늘 그대는 여인네들을 우롱하는 일로 빼겼지요, 백작.
하지만 제가 목욕을 하러 가야 하니 목욕을 하도록 해주시지요.
제가 몸을 씻은 다음 당신의 뜻에 맡기겠습니다.
그 멋진 백작은 응답하니, 이런 답을 주었지요.
— 공주님, 잘 아시다시피 저는 왕실의 사냥꾼입니다.
제 손에 든 사냥감을 절대로 놓치지 않지요.
그녀의 손을 잡고 그들은 정원으로 갑니다.
삼나무 그늘, 장미 넝쿨 아래에서
허리 위로는 달콤하기 그지없는 입맞춤을,
허리 아래로는 남자와 여자로서의 그 일을.
그러나 운명은 역逆하기에 기쁨에는 고통을 주는 법.
그곳으로 한 사냥꾼이 지나갔지요. 지나가지 말았어야 했는데.
분노를 죽여야만 했던 사냥개 한 마리를 앞세워 말이죠.
그는 클라로스 백작이 공주와 그렇게 즐기고 있는 것을 보았죠.
그를 본 백작은 그 사람을 불러 말했지요.
— 사냥꾼 양반, 이리 와 보시게, 부디 하느님이 자네를 보살피시기를.
그대가 본 것들로 자네는 우리를 몹쓸 사람으로 여길 것일세.
내가 자네에게 금 1천 마르코를 줌세. 더 많이 원한다면 더 주겠네.
난 자네를 내 친 사촌인 아가씨랑 결혼하도록 할 걸세.
자네에게 약혼 선물과 지참금으로 몬탈반 마을을 주겠네.

한편 공주님은 자네에게 더 많은 것을 줄 수 있다네.

불행하게도 사냥꾼은 그들의 말을 듣고 싶지 않았지요.

훌륭한 왕이 있는 궁전으로 갑니다.

— 왕이시여, 하느님이 전하를, 그리고 전하의 왕위를 보전케 하시기를.

전하께 소식을, 고통스럽고 슬픈 소식을 가져왔습니다.

그렇다고 왕관을 가져오실 필요도, 말에 오르실 필요도 없습니다.

머리에 놓인 왕관은 전하께서 쉽게 벗으실 수 있으십니다.

만일 이 같은 불명예를 따르시겠다면 말이지요.

제가 공주님이 클라로스 데 몬탈반과 함께 계신 것을 목격했습니다.

전하의 왕실 정원에서 공주님을 품에 안고 입을 맞추며

허리 아래에선 남자와 여자가 하는 짓을 하고 있었습니다.

엄청 화가 난 왕은 그 사냥꾼을 죽이라고 명령했지요.

무엄하게도 감히 그러한 소식을 전해주었다고 말입니다.

왕은 자신의 집행관들을 부르라 명했지요. 틈을 주지 않고 급하게 말이지요.

5백 명에게 무장을 명했지요. 자기를 동반하도록 말이죠.

백작을 잡아 포로로 하도록 말입니다.

그리고 도시의 문들은 모두 닫으라고 했지요.

그들은 왕궁 문으로 그를 찾으러 갔습니다.

아주 확실하게 백작을 체포하지요.

발에는 46킬로나 나가는 족쇄를,

손에는 수갑을, 보는 것만으로 고통스럽습니다.
목에는 사슬을, 쇠로 된 목걸이였지요.
그를 더 치욕스럽게 하고자 노새에 태웁니다.
그를 아주 어두운 탑에 가두었습니다.
감방의 열쇠는 왕이 지니기를 원했습니다.
그의 허락 없인 누구도 그에게 말을 할 수 없도록 말이죠.
궁전에 있는 고관들은 모두 그를 위해 간청하지요.
올리베로스가 그를 위해 간청하고 롤단도 그를 위해 간청하고
프랑스 태생의 열두 용사들이 부탁합니다.
그리고 성녀 아나의 수녀들은 삼위일체 수도원의 수녀들과 함께
훌륭한 왕에게 간청하러 십자가 수난상을 들고 갑니다.
그녀들과 함께 대주교가 가고 수도원장과 추기경이 갑니다.
단단히 화가 난 왕은 누구의 말도 듣기를 거부합니다.
오히려 너무나 화가 나 자신의 고관들을 부르라 명합니다.
그들이 모였을 때 이렇게 말하기 시작합니다.
— 나의 친구들과 자식들이여, 내가 그대들을 오게 한 이유는
이미 그대들은, 몬탈반의 영주인 클라로스 백작을
그가 성인이 될 때까지 내가 어떻게 키웠고,
그의 아버지, 죽지 말았어야 했던 레이날도스 몬탈반이
그에게 물려준 땅을 내가 어떻게 지켰으며,
그가 더 위대해지도록 내 땅도 주려고 했던 것을 알고 있소.

그에게 내 땅을 통치하게 했소.
그런데 그자는 내게 선물은커녕 무슨 짓을 했는지 보시오.
내 친딸, 공주를 강제로 정복하고자 했소.
그런 짓을 저지르는 자에게 어떤 판결을 내려야 하겠소?
모두가 이구동성으로 말하지요. 그의 목을 베어야 한다고요.
이런 판결이 내려지자 그 훌륭한 왕은 그러한 안에 서명하려고 했지요.
이것을 본 대주교는 왕에게 말합니다.
자기에게 백작에게 내려진 판결을 알리도록
백작을 보러 갈 수 있도록 허락을 내려주시는 은혜를 베풀어 달라고요.
— 그러지요, 왕은 말합니다, 기꺼이 그러지요.
하지만 조건이 있소. 내가 확실히 믿을 수 있는
이 시종하고만 가야 하오.
대주교가 출발하지요, 감옥으로 갑니다.
그를 보자 경비들이 즉각 안으로 들여보내 줍니다.
그와 함께 그를 동반한 시종도 들어갑니다.
갇혀 고통에 찌든 백작을 보자
그에게 한 말은 듣기에도 고통스럽습니다.
— 백작이시여, 내 마음이 아프오. 이루 말할 수 없이 아프오.
사랑으로 저지른 잘못은 용서받을 수 있는 것이오.
그대를 위해 왕에게 간청했소만 왕은 들으려 하지 않았소.
오히려 그대의 목을 베라는 판결을 내렸소.

내가 말하지 않았는가, 조카여, 사랑을 그만두라고.

여인을 사랑하는 자에게는 응보가 주어질 거라고.

그녀들 때문에 죽고 감방에서 괴로워해야 한다고 말이지.

있는 힘을 다해 백작은 대답합니다.

— 삼촌, 제발 그런 말 마시지요. 제 분을 돋우지 마시지요.

여인을 사랑하지 않는 자 남자라 할 수 없습니다.

오히려 제 목숨 여인들을 위해 바치고 싶습니다.

시종이 답을 하니 이런 대답이 주어졌지요.

— 백작이시여, 사람들은 당신을 행운아라 부를 게 틀림없습니다.

당신이 맞이할 죽음은 너무나 명예롭기 때문입니다.

불명예나 고뇌를 느끼기보다 전 오히려 백작님이 부럽습니다.

당신을 죽이라 명령하신 왕보다, 백작이시여, 전 오히려 당신이 되고 싶습니다.

저의 죽음이 너무나 명예로울 것이기 때문입니다.

운을 즐길 줄 모르는 자 운이 없다고 하지요.

백작님, 단두대로 빨리 가셔야지요.

선고가 내려지지 않았다면 백작님이 서명해야 할 것입니다.

이 말을 듣자 백작은 다음과 같이 답을 했지요.

— 몸종이여, 자비의 사랑으로 네게 간청하니

공주님께 가서 나 대신 전하라.

내가 죽는 순간 그녀를 볼 수 있도록,

나를 보러 나와 달라고 내가 그분의 고귀한 신분에 간청한다고 말이다.
내 눈이 그녀를 본다면 나의 영혼이 괴로워하지 않을 거라서 말이다.
이제 몸종이 나섭니다, 이미 출발하여 이제 갑니다.
봇물 터지듯 눈물을 흘리며 갑니다.
공주와 만났습니다. 자 말하는 바 잘 들어보시기를.
— 공주님, 지금이 일을 해결해야 할 때입니다.
공주님이 사랑하시는 백작님의 목을 베러 데려갑니다.
이 말을 들은 공주는 바닥에 죽어 나자빠집니다.
시종, 몸종, 하녀 누구도 그녀를 살릴 수 없습니다.
결국 그녀를 키운 유모가 옵니다.
— 공주님, 이 무슨 일인데요? 대체 웬 일인데요?
— 아, 불쌍한 나여, 어떻게 해야 할지 모르겠어!
백작을 죽이면 난 절망하고 말 거야!
— 나가셔야죠, 그러지 못하도록 나가셔야죠.
이제 공주가 나섭니다, 이미 출발하여 이제 갑니다.
백작을 데려다 세울 시장으로 갑니다.
그의 목을 자를 단두대를 봅니다.
시종, 몸종, 하녀 그를 보러 나옵니다.
무장한 사람들이 죽이러 그를 데려오는 걸 봅니다.
그의 죄를 공표하는 사람들이 앞서 오는 걸 봅니다.
무장한 사람들에 막혀 공주는 지나갈 수가 없습니다.

— 비켜요, 내가 지나가게 좀 해줘요.
그렇게 하지 않으면… 왕에게 부탁하여 모두를 죽이도록 할 거예요!
그녀를 알아본 사람들이 자리를 내줍니다.
백작이 오자 그에게 말합니다.
— 용기를 잃지 마세요, 백작님, 용기를. 기절하지 마세요.
제 목숨을 잃는 한이 있어도 당신 목숨은 살아남을 거예요.
이 말은 들은 집행관이 길을 나섭니다.
왕이 있는 궁으로 갑니다.
— 전하, 말을 타시지요. 꾸물거리지 마시고 빨리 타시지요.
공주님이 나오셔서 백작을 우리에게서 빼가려 합니다.
누구는 죽이라 하고 누구는 기운을 북돋워 줍니다.
전하께서 도와주지 않으시면 제가 해결할 도리가 없습니다.
이 말을 들은 왕은 길을 나섭니다.
백작이 있는 시장으로 갑니다.
— 공주, 이게 무슨 짓인가? 이 무엄한 일이?
내가 내린 판결을 네가 뒤집으려 하는 건가?
난 나의 왕관, 나의 왕실에 대고 맹세한다.
내게 계승자가 있다면, 나를 물려받을 자가 있다면
너와 클라로스 백작을 산 채로 불에 태우라 할 것이다.
— 아버님, 저를 죽이시와요, 능히 저를 죽이라 하실 수 있으십니다.
그러나 간청컨대, 아버님의 왕위를 드높이기 위하여

전투에서 죽은 레이날도스 데 몬탈반의
지난 봉사들을 기억해 주시기 바랍니다.
아버지의 희생은 자식에게 상으로 되돌려야 할 일입니다.
아무리 배신자라 미워도 그분을 죽여서는 아니 되옵니다.
그의 죽음은 저를 불명예스럽게 할 원인이 될 것입니다.
그러나 전하께 간청컨대, 한 마디만 더 하게 하소서.
왕은 분노로 판결을 내리면 아니 되는 법입니다.
백작은 가장 중요한 왕국 가문의 자손입니다.
그 가문은 아버님의 식탁에서 빵을 먹는 열두 용사였습니다.
그 가문의 친구들과 친척들 모두 아버님을 증오하여
전쟁을 선포하면 아버님은 왕국들을 잃게 되실 겁니다.
이 말은 들은 왕은 명령하기 시작합니다.
— 내 사람들이여, 조언을 구하오, 내게 충고해 주기를 바라오.
즉각 모두가 따로 떨어져 조언할 바를 정합니다.
왕에게 드린 조언은 백작을 용서해야 한다는 겁니다.
불행과 언쟁을 막고 공주님을 유명하게 하려면 말이지요.
모두가 용서에 서명합니다. 왕도 서명하려 합니다.
또 왕에게 다른 충고도 하려 합니다.
공주가 백작을 사랑한다면 그와 결혼을 시켜야 한다고 말이지요.
이제 백작은 감옥에서 풀려납니다. 감옥에서 풀어주라 명합니다.
노새에서 내리자 대주교가 결혼 주례를 봅니다.

그는 그들의 손을 잡고 합칩니다.

분노와 고뇌가 즐거움으로 바뀌었습니다.

해설 샤를 대제 시리즈 중의 하나이다.

작품 79 가이페로스의 첫 번째 로만세

백작 부인이 자신의 응접실에 앉아 있어요.

손에는 작은 황금 가위를 들고 아들의 머리를 잘라주고 있지요.

아들에게 이야기를 들려줍니다. 아주 심각한 말입니다.

아이를 울게 만드는 정도의 말입니다.

— 하느님이 너의 얼굴에는 수염이, 너의 몸에는 강한 힘을 주시기를 바란다.

하느님이 전투에서는 용사 롤단에게 주신 행운을 주시기를 바란다.

내 아들아, 너의 아버지 죽음을 복수해야 하니 말이다.

네 엄마랑 결혼하고자 아버지를 죽이는 배반을 저질렀단다.

내게 성대한 결혼식을 열어줬지. 하느님은 그 자리에 없으셨다.

나에 대한 말들이 많았지. 여왕은 그런 일이 없단다.

아기는 어린데도 불구하고 그 말을 잘 이해했지요.

그때 가이페로스가 말을 하니 자, 잘 들어보시지요.

— 하늘에 계신 하느님과 그의 어머니 성모 마리아님께 그렇게 되기를 간합니다.

궁에 있던 백작이 이 말을 들었지요.

— 입 다무시오, 입 다물어요, 백작 부인. 진실을 말하지 않는 고약한 입이라니.

난 백작을 죽이지 않았고 죽이도록 하지도 않았소.

그런데 그런 말을 하니 아이가 그 말에 대한 대가를 치르게 될 게요.
시종들을 오라 했지요. 자기 아버지의 하인들이지요.
애를 데려가 죽여버리라고 말이죠.
그들에게 명하는 죽음은 듣기에도 고통스러운 것이지요.
— 애의 왼쪽 발과 오른쪽 손을 잘라버려라.
일을 확실하게 하도록 애의 양 눈을 빼버려라.
애를 처치했다는 표식으로 손가락과 심장을 내게 가져오도록 하라.
이제 가이페로스를 데려갑니다, 벌써 그를 죽이러 데려갑니다.
시종들은 그 명예스럽지 못한 일을 두고 말을 합니다.
— 오, 하늘에 계신 신이시여, 그리고 그의 어머니 성모 마리아시여!
이 어린아이를 죽여 우리가 무슨 상을 받을까요?
시종들이 어떻게 해야 할지 모르고 있었을 때,
강아지 한 마리가 오는 것을 보았지요. 엄마 개의 새끼였습니다.
그러자 시종 중 한 명이 말을 하니, 잘들 들어보시도록.
— 우리가 살려면 이 강아지를 죽이자.
강아지의 심장을 꺼내 갈반한테 가져다주자.
더 확실히 하도록 아이의 새끼손가락 하나를 잘라 가자.
이제 그들은 가이페로스의 손가락을 자르고자 그를 잡습니다.
— 여기로 와봐요, 가이페로스여, 우리 말 좀 들어보아요.
당신은 이 땅에서 사라져야 해요. 절대로 이곳에 나타나서는 안 돼요.
이제 그들은 그에게 가야 할 길을 신호로 알려줍니다.

길을 떠나 삼촌이 계신 땅으로 가라고 합니다.
가이페로스는 절망하며 산으로 갑니다.
시종들은 갈반이 있는 곳으로 돌아왔지요.
그에게 손가락과 심장을 주며 그를 죽였노라 말하지요.
이 말을 들은 백작 부인은 절망적으로 울부짖기 시작합니다.
눈에서 흐르는 눈물로 폭발할 것 같습니다.
통곡하고 있는 백작 부인은 내버려 두고
길을 떠난 가이페로스에 대해 이야기합시다.
낮이고 밤이고 걸었습니다.
삼촌이 계신 곳에 드디어 도착했지요.
그는 삼촌에게 이렇게 말하기 시작합니다.
— 나의 삼촌이시여, 하느님이 삼촌을 지켜주시기를. — 나의 조카여, 어서 오렴.
무슨 일로 이런 걸음을 한 것인가? 나에게 연유를 말해주겠는가?
— 제가 온 이유는 슬프고도 고통스런 것입니다.
갈반이 엄청 화가 나 저를 죽이라고 했지요.
그런데, 제가 삼촌에 바라는 건, 제가 삼촌에게 간구하는 건
훌륭한 백작이었던 저의 아버지의 죽음을 복수하자는 겁니다.
제 어머니랑 결혼하고자 아버지를 배신하여 죽였으니까요.
— 진정하렴, 조카여, 제발 진정해.
내 형제의 죽음을 우리는 반드시 복수할 것이야.

그들은 이러면서 2년을, 아니 그 이상을 있었지요.
드디어 가이페로스가 입을 열어 말하기 시작했지요.

해설 백작이 자신의 형의 아내, 즉 형수와 결혼하고자 형을 죽인 사실을 백작 부인이 된 형수가 자신의 아들 가이페로스에게 알리고 그 말을 들은 백작은 자신의 조카인 가이페로스를 죽이라 명한다. 샤를 대제 시리즈물이라고는 하지만, 민간에서 전승되어 오던 이야기이다. 가이페로스는 샤를 대제의 딸 멜리센드라와 결혼한다.

작품 80 가이페로스의 두 번째 로만세

— 삼촌, 파리, 그 도시로 갑시다요.
갈반이 우리를 알아보지 못하도록 순례자 복장을 하고요.
갈반이 우리를 알아본다면 우리를 죽이라고 할 테니 말입니다.
비단으로 된 옷 위에 툭툭한 천의 옷을 입읍시다.
우리를 지키기 위해 우리 칼도 가져갑시다.
확실하게 보이도록 각자 지팡이도 가져갑시다.
순례자들이 이제 길을 떠납니다. 이제 길을 나서 가지요.
밤에는 길로 낮에는 시스투스 밭으로.
몇 날을 걸어 파리에 도착했지요.
문이 다 닫혀 있어 들어갈 곳이 없었지요.
들어갈 곳을 찾고자 일곱 번을 돌았지요.
드디어 여덟 번째만에 쪽문을 발견합니다.
안으로 들어가 있게 되자 물어보기 시작합니다.
객줏집에 관해 묻는 것도 병원에 관해 묻는 건 더욱 아니지요.
궁전에 관해 묻습니다. 백작 부인이 있는 곳 말이지요.
궁의 문 앞에 있게 되자 거기서 그 질문을 하고
그곳에 있던 시종들이 그들에게 말해줍니다.
백작 부인이 있는 것을 보자 말하기 시작합니다.
— 부인이시여, 신이 그대를 보호하시길, — 순례자들이여, 어서들 오시

지요.

— 자비를 베푸사 저희에게 적선을 좀 하시지요.

— 순례자들이여, 잘들 가시오. 난 당신들에게 줄 게 아무것도 없답니다.

백작이 순례자들을 받아들이지 말라 했소이다.

— 저희에게 적선 좀 하시지요, 부인. 백작은 적선한 걸 모를 겁니다.

그러면 그걸 가이페로스가 있는 곳에서 가이페로스에게 주라 하겠습니다.

가이페로스라는 말을 듣자 백작 부인은 한숨을 쉬었지요.

그러고는 그들에게 마실 것과 먹을 것을 주라고 명했지요.

이들이 이러고 있을 때 백작이 왔습니다.

— 부인, 이게 무슨 일이오? 이 무슨 일이란 말이오?

내가 순례자들을 받아들이지 말라 명령하지 않았소?

그러더니 손을 들어 그녀에게 주먹을 날렸습니다.

그녀의 자그마한 이빨이 땅으로 쏟아집니다.

그러자 순례자들이 말을 하였으니, 이렇게 말하기 시작합니다.

— 백작 부인의 행실은 선한 일로 그런 폭력은 당치 않소!

— 순례자 양반들, 입들 다무시오. 댁들이 개입할 일이 아니오.

가이페로스가 자신의 칼을 높이 들어 그에게 내리치자

그의 어깨 위 머리가 땅으로 굴러떨어집니다.

그러자 백작 부인이 비통하게 울며 말을 했지요.

— 순례자들, 당신들은 누구신데, 이런 일을 저지르는 건가요?

그러자 순례자가 답하지요. 답이란 이런 겁니다.

전 가이페로스입니다. 어머니의 아들 말이지요.
— 아니 그럴 수가 없다. 거짓말이다.
손가락과 심장을 내가 증표로 갖고 있으니.
— 어머니가 가지고 계신 심장은 사람의 것이 아닙니다.
손가락은 제 손을 보시면 잘 아시게 될 겁니다.
백작 부인은 이 말을 듣고 그를 부둥켜안았지요.
그녀의 슬픔이 기쁨으로 바뀌었지요.

작품 81 가이페로스의 도주 로만세

정각 밤 열두 시, 닭들이 울기 시작했을 때
가이페로스 왕자는 포로로 잡혀 있던 곳에서 나왔지요.
감방 간수와 그 간수와 같이 있던 사람들을 모두 죽이고
길 아래로 걸어갑니다. 평범한 사람처럼 말이죠.
아랍어로 말하면서요, 그 말을 아주 잘 아는 사람처럼 말이죠.
문으로 갑니다. 그 마을의 성문으로 말이지요.
문들이 다 닫혀 있는 걸 알게 되지요. 나갈 문이 보이지 않네요.
죽었구나, 생각하며 부르기 시작합니다.
— 무어인이여, 내게 문을 열어주시오. 그러면 알라가 그대를 악에서 보호해 주실 것이요.
난 왕의 사신이오. 전달할 편지를 가지고 가오.
그러자 무어인이 말합니다. 잘들 들어보시기를.
— 친구 양반, 그대가 사신이고 전할 편지가 있다면
날이 밝기를 기다려 다른 사람들과 함께 나가면 되잖소.
이 말을 듣자 가이페로스가 말을 하니, 잘들 들어보시기를.
— 무어인이여, 내게 문을 열어주시오, 그러면 알라가 그대를 악에서 보호해주실 것이요.
내가 그대에게 금화 세 개를 주겠소. 더는 갖고 있지 않아서 그러오.
그 말을 높은 탑에 있던 한 무어 계집애가 듣고

이렇게 말을 합니다. 무어인에게 하는 말이지요.

— 무어인이여, 그 돈을 받으세요. 댁에게 필요할 거예요.

젊은 아내가 있고 먹여 살릴 어린 자식이 있잖아요.

이 말을 듣자 무어인은 늠름하게 일어납니다.

닫혀 있던 문을 활짝 열어줍니다.

가이페로스는 자기가 갖고 있던 칼을 기억해 냈습니다.

무어인의 어깨 위 머리를 댕강 잘라 버렸습니다.

무어인이 죽어 넘어집니다. 바닥에 죽어 넘어진 게지요.

이 광경을 보고 무어 계집애가 소리를 지르기 시작합니다.

어찌나 큰지 그 소리가 하늘에 닿을 정도랍니다.

— 아브라스몬테, 아브라스몬테, 이 마을의 영주여!

사람들이 가이페로스를 생각해 냈을 땐 그는 이미 기독교인 지역에 있었습니다.

해설 샤를 대제 시리즈 로만세로 분류하기는 하지만, 주인공 이름 외엔 연관성이 없다.

작품 82 라 팔마 사람이 메리다를 떠나다…

메리다에서 라 팔마 사람이 떠나요, 그 메리다라는 도시에서 말이죠.
맨발에 손톱에서는 피가 흐르고 있었지요.
찢어진 가죽 망토를 둘렀는데, 한 푼도 안 될 정도예요.
그 아래로 도시 하나 값이 나갈 다른 가죽 망토를 입고 있지요.
왕도 황제도 그런 옷은 걸치지 못했을 겁니다.
파리로, 그 도시로 곧장 갑니다.
객줏집은 물론이고 병원도 물어보지 않아요.
오직 샤를 왕이 계신 궁전만 물어봅니다.
문지기가 문에 서 있네요. 그에게 말을 하네요.
— 문지기 양반, 샤를 왕이 어디에 계시는지 말해주게.
문지기는 그를 보자 무척이나 놀랍니다.
어찌 그 초라하기 그지없는 순례자가 왕을 묻는가 하고 말이죠.
— 말해준다고 잘못되지 않으니 말해주시오, 양반.
— 라 팔마인이여, 그분은 지금 저 산 후안 데 레트란에서 미사 중에 계십니다.
대주교가 행하고 추기경이 집전하는 미사지요.
그 말을 들은 라 팔마 사람은 산 후안으로 갑니다.
문으로 들어가며 그가 행하는 바를 잘들 들어보시기를.
하늘에 계신 신과 그의 어머니 성모 마리아에게 머리를 숙입니다.

대주교에게 머리를 숙입니다. 추기경에게 머리를 숙입니다.
미사를 드리고 있으니 예를 더 드릴 수 없어서입니다.
대제와 그의 왕관에 머리를 숙입니다.
같은 식탁에서 식사하는 열두 용사들에게도 머리를 숙입니다.
올리베로스와 돈 롤단에게는 아닙니다.
그건 그들의 조카가 무어인의 수중에 있기 때문입니다.
조카를 구할 수 있는데도 구하려고 하지 않기 때문입니다.
올리베로스가 이것을 보고, 롤단이 이 일을 보고
칼을 꺼내 들고 라 팔마 사람에게 갑니다.
라 팔마 사람은 자기의 긴 지팡이로 자기의 몸을 보호합니다.
그때 훌륭한 왕이 말을 하니 잘들 들어보시기를.
— 그만, 그만, 올리베로스, 그만, 그만, 돈 롤단.
이 라 팔마 사람은 미쳤거나 아니면 왕실의 혈통을 가진 자요.
그러면서 그의 손을 잡고 말하기 시작합니다.
— 라 팔마 사람이여, 말해보오, 내게 진실을 숨길 생각이랑 마시오.
몇 년 몇 월에 바다를 건넜소?
— 5월입니다, 전하. 제가 바다를 건넌 지가 말입니다.
어느 날 해안가 아버지 정원에서
노닐고 있었습니다.
무어인들이 나를 포로로 잡아 바다 저 너머로 저를 데리고 갔습니다.
그러곤 저를 산수에냐의 공주에게 소개하러 데리고 갔습니다.

저를 본 공주는 저를 사랑하게 되었지요.

제가 어떤 삶을 살았는지, 전하, 들려드리겠습니다.

저는 그분의 식탁에서 밥을 먹었고 그분의 침대에 나를 들이려 했지요.

그러자 그 훌륭한 왕이 말을 하니 잘들 들어보기를.

— 그런 포로 생활이라면 원하는 자 누구나 하겠구먼.

말해보게, 라 팔마인이여, 내가 그 도시를 정복하러 가도 되겠는가.

— 가지 마소서, 훌륭한 왕이시여, 훌륭한 왕이시여, 가지 마소서.

메리다는 아주 튼튼하여 전하를 잘 막아낼 것입니다.

성이 3백 개나 되는데 모두가 볼 만할 것들입니다.

성들 중 가장 작은 것조차 전하를 너끈히 물리칠 수 있습니다.

그러자 올리베로스가 말을 했습니다. 돈 롤단도 거기서 말을 했습니다.

— 전하, 이 자가 거짓말을 하고 있습니다. 진실을 숨기고 거짓말을 합니다.

메리다에 백 개의 성이라니, 제가 보기엔 고작해야 구십 개도 안 됩니다.

그리고 메리다의 그 성들에는 성을 방어하는 자가 없습니다.

성주는 물론 성을 지키는 자도 없습니다.

이 말을 들은 라 팔마 사람은 너무나 고통스러워

자신의 오른손을 들어 롤단의 뺨을 한 차례 때렸습니다.

그러자 왕이 고통과 분노에 차서 말을 합니다.

— 이자를 잡아 데려가 교수형에 처하라.

형집행관이 그를 붙들어 그를 심판하러 갑니다.

교수대 발치에 서서조차 라 팔마 사람은 말합니다.

— 샤를 왕이시여, 오 당신은 잘못하고 계십니다. 신이 당신에게 잘못을 저지르도록 합니다.

당신의 유일한 아들, 그자를 당신은 교수형에 처하라 하십니다.

왕비가 그 말을 들었습니다. 그러고는 그를 찬찬히 바라봅니다.

— 형집행관이여, 그를 풀어줘라. 그에게 해를 입히지 말라.

그자가 내 자식이라면 한쪽에

큰 점 하나가 있는 걸 보게 될 것이다.

이제 그를 왕비에게 데리고 갑니다. 이제 왕비에게 그를 데려간다고요.

그 싸구려 가죽 망토를 벗깁니다.

이제 도시 하나 값이 나가는 다른 가죽 망토를 벗깁니다.

왕자에게서 그 표시를 찾아냅니다. 그에게서 찾아냈습니다.

기쁨으로 바뀌었습니다, 이루 말할 수 없을 정도로 기뻤습니다.

해설 라 팔마는 대서양에 있는 카나리아 제도 중 하나이고, 메리다는 스페인 이베리아반도 내 현 엑스트레마두라 자치지역에 있는 도시이다. 산수에냐는 사라고사의 옛 이름이다. 사라고사는 이베리아반도 내 현 아라곤 지역에 있는 도시이다. 이베리아반도 내 아랍제국인 알 안달루스가 1035년 막을 내리고 아랍 소왕국들로 분할되었는데, 그중 하나가 산수에냐이다. 샤를마뉴 시리즈물이기는 하나 프랑스 작품과 전혀 관계없는 내용이다.

작품 83 복수하는 왕자의 로만세

여기 봐요, 여기 좀 봐요. 복수하러 왕자가 오네요.
양다리를 붙여 무릎 높이로 올리고 말을 타고 달려오네요.
그의 망토는 팔에 감겨 있고 얼굴색은 바꾼 채
오른손에는 날카로운 날이 달린 투창을 갖고 있네요.
너무나 날이 서고 가늘어 피부 아래의 기생충을 빼낼 정도예요.
일곱 번 용의 피에 담금질되었고
일곱 번 날을 세운 거예요. 잘 자를 수 있도록 말이죠.
쇠는 프랑스에서 만들어졌고, 창대는 아라곤에서 만든 게지요.
그의 매 양 날개로 옆모습을 보이며 가고 있었어요.
돈 쿠아도르스를 찾아가는 거예요. 배신자 돈 쿠아드로스를 말입니다.
저기 대제 옆에 있는 그자를 찾았지요.
손에는 최고의 정의인 투창이 들려 있지요.
그것을 그에게 던질까 말까 일곱 번을 생각했습니다.
드디어 여덟 번째 그것을 그에게 던졌습니다.
그런데 그 돈 쿠아드로스에게 던진 창이 대제에게로 갔네요.
그분의 망토를 뚫고 무지개색 겉옷을 통과합니다.
그러고는 포장된 길에 한 뼘 더 되게 박힙니다.
그러자 왕이 말을 하니 다들 잘 들어보시기를.
— 왕자여, 왜 내게 그것을 던졌는가? 왜 내게 던지는 거지?, 불충하게.

— 전하 용서하소서. 전하께 던진 게 아닙니다. 아닙니다.

배반자 쿠아드로스에게 던진 겁니다. 그 거짓부렁이 사기꾼요.

그는 일곱 명의 형제가 있었는데, 저만 제하고 한 명도 남겨 놓지 않았습니다.

그래서 전하 앞에서 그자와 결투를 하고자 합니다, 훌륭한 왕이시여.

모두가 돈 쿠아드로스를 신뢰합니다. 왕자 편은 아무도 없습니다.

대제의 딸인 공주는 아닙니다.

대제는 그들의 손을 잡고 결투장에 넣습니다.

처음 몇 차례 충돌에서 쿠아드로스가 땅에 떨어집니다.

왕자는 말에서 내려 그의 머리를 잘라 버립니다.

그의 머리를 창에 꿰어 훌륭한 왕에게 보여줍니다.

이것을 본 왕은 왕자를 자기의 딸과 결혼시켰습니다.

해설 본 로만세 역시 샤를 대제 시리즈에 등장하는 인물 이름만 같을 뿐 내용과는 전혀 상관없다.

작품 84 롬바르도 백작의 로만세

몬카요의 산맥에 있는 그 회갈색의 암산에서
왕은 그리포스 롬바르도 백작을 체포하라 명했지요.
산티아고 가는 길에 한 처자에게 완력을 행사했기 때문입니다.
그 처자는 공작의 딸이자, 성부의 조카였어요.
그녀는 완력으로 인한 것이라 항의했고, 백작은 그녀의 뜻이었다고 항의했지요.
소송으로 가게 되어 샤를 대제 앞에 서게 됩니다.
소송이 진행되는 동안 백작은 감옥에 가두어 놓았지요.
발에는 족쇄를, 손에는 수갑을,
목에는 커다란 사슬을 두 겹으로 씌워서 말이죠.
그 사슬은 워낙 길어 궁정 전체를 두를 정도였지요.
샤를 왕의 거실에서 사슬이 열리고 닫혔지요.
일곱 백작이 그 사슬을 지키고 있었습니다. 다들 맹세했지요.
만일 백작이 풀려나면 모두가 그를 죽일 거라고 말이죠.
이들이 이러고 있을 때 편지가 도착했습니다.
공주를 갇힌 백작과 결혼시키라고 말입니다.

해설 샤를 대제 시리즈 로만세와 베르나르도 델 카르피오 시리즈 로만세가 한 작품 안에 엇갈려 있다. 샤를 대제를 언급하고 있으나 내용은 베르나르도 시리즈에 속한다. 그래서 처음에는 '한 처자'로, 나중에는 '공주'로 언급된다.

작품 85 누뇨 베로

— 누뇨 베로, 누뇨 베로, 검증된 훌륭한 기사여!
창은 땅에다 꽂으시고 말의 고삐는 묶어두세요.
내가 프랑스인 발도비노스에 대한 소식을 묻고자 하니 말이지요.
— 그분의 소식이라면 부인, 기꺼이 말씀드리지요.
오늘 밤 자정에 우리는 기마대를 형성하여
약탈하러 갔으나 많은 수에 비해 적은 숫자라 지고 말았습니다.
발도비노스는 아주 치명적으로 창에 맞아 부상이 깊습니다.
창의 날이 몸 밖으로 삐져나와 떨고 있었습니다.
대제인 그의 삼촌이 그에게 고해하라고 했습니다.
오늘 밤 아니면 내일 이른 새벽에 죽을 겁니다.
그러니 세비야여, 그대에게 간청하니 그대가 나의 여인이 되어
나를 사랑해 준다면 그대는 잃을 게 하나도 없을 겁니다.
— 누뇨 베로, 누뇨 베로, 검증된 나쁜 기사여!
난 그대에게 좋은 소식을 듣고자 물었는데, 그 반대를 전하는군요.
지난밤 그 프랑코인은 나와 함께 밤을 보냈고
그는 내게 반지를 주었어요. 난 정성껏 수 놓은 깃발을 드렸습니다.

해설 12세기 장 보델의 무용 찬가《색슨족의 노래Chanson des saisnes》가 스페인에 번역되어 알려졌고 거기서 본 로만세가 탄생되었다. 이어지는 로만세

도 이 작품에서 기원을 찾는다. 본 로만세에서는 프랑스 용사 발도비노스의 여인 이름이 세비야인데, 이어지는 로만세에서는 세비야가 도시 이름으로 등장하고 발도비노스의 여인은 이름이 없다.

작품 86 발도비노스의 로만세

카르모나 배수관을 통해 세비야로 물이 흘러가지요.

그곳으로 발도비노스와 그의 아름다운 여인이 가고 있었습니다.

발은 물에 젖고 손은 갑옷에 놓고 있었지요.

자기를 첩자로 볼 무어인이 있지는 않을까 하면서요.

그 두 사람은 서로 입을 맞추었지요. 그것을 방해할 사람은 아무도 없었지요.

발도비노스가 고뇌에 차, 한숨을 날립니다.

— 나의 심장이자 생명인 그대, 왜 한숨을 쉬시나요?

무어인이 두려우신가요, 아니면 프랑스에 여인이 있으신가요?

— 난 무어인이 두렵지 않으며, 프랑스에 여인도 없소이다.

그대가 무어인이고 난 기독교인인지라, 우리의 삶이 참으로 걱정되어서 그렇소.

금요일에 우리는 고기를 먹습니다. 내 법이 허락하지 않는 일이죠.

7년이나 됐어요. 7년이나. 미사를 드리지 않은 지가 말이죠.

대제가 이 일을 아신다면 내 목숨이 부지되지 못할 겁니다.

— 발도비노스, 당신에 대한 사랑으로 제가 기독교도가 될 게요.

— 아니오, 당신에 대한 나의 사랑으로 제가 무어 지역의 무어인이 될 게요.

작품 87 저런, 저런 개들이라니…

저런, 저런 개들이라니! 염병에 걸려 죽을 것들!
목요일에는 돼지를 잡고 금요일에는 고기를 먹으니.
아, 오늘로 이 계곡을 헤맨 지가 7년이 되는구나.
맨발에 손톱에서는 피가 흐르는구나.
고기는 날것으로 먹고 붉은 피를 마시니 말이야.
슬픔에 찌들어, 대제의 따님 훌리아네사를 찾아다니느라 말이지.
산후안의 청명한 아침, 자기 아버지의 정원에서
장미와 꽃을 따고 있던 그녀를 무어인들이 잡아갔기에.
이 말을 훌리아네사가 들었지요. 무어인의 품에서 말이지요.
그녀의 두 눈에서 흘러내리는 눈물이 무어인의 얼굴로 떨어집니다.

작품 88 베날메니케 백작의 로만세

여러분께 바빌로니아 술탄에 관한 이야기를 들려드릴까 합니다.
하느님이 그에게 불행을 내려주시고 사후 유황불에 떨어지도록 하시기를.
그는 6만 척이 넘는 배와 갤리선을 무장했지요.
이교도 지역인 나르본으로 싸우러 가고자 말입니다.
그곳 산 힐 항구에 닻을 내리려 합니다.
백작, 베날메니케 백작을 포로로 잡습니다.
그를 탑에서 내려 여위고 작은 말에 태웁니다.
고삐는 말의 꼬리입니다. 그를 더 불명예스러운 방법으로 가게 하려는 것이죠.
백작에게 1백 대의 매를 가합니다. 말에게도 그 정도의 매를 가합니다.
말은 걸어가라고, 백작은 녹초가 되라고 말이죠.
그 사실을 알게 된 백작 부인은 그를 보고자 나옵니다.
— 당신 때문에 제 가슴이 아픕니다, 이런 당신을 보자니 말이지요.
당신을 위해 7만 도블라를 내겠습니다.
그걸로 그들이 충분하다고 생각하지 않는다면, 이교도 지역인 나르본을,
이것으로 충분하지가 않다면, 제가 낳은 세 딸을,
낳은 이는 저이지만, 갖게 한 이는 당신이니까요.
그것으로도 충분하지 않다면, 여보, 여기 제가 있습니다.
— 너무나 큰 후의요, 부인, 당신 입장에서 그럴 수 있소.

하지만 나를 위해 단 1 마라베디도 쓰지 마시오.
내 상처는 치명적이라 회복할 수가 없소.
잘 있으오, 잘 있으오, 부인, 벌써 나를 여기서 가라 명하고 있소.
— 안녕히 가세요, 여보. 성자 힐의 은총과 함께,
하느님이 그 용사 롤단을 당신에게 보내주시는 행운이 있기를.

해설 프로방스 시 《나르본 포위Aimeri》가 본 로만세 내용과 유사하다.

작품 89 보발리아스 왕자의 로만세

왕 알만소르가 아주 달콤한 잠에 빠져 있지요.
일곱 무어 왕들은 감히 그를 깨울 생각을 하지 못하지요.
보발리아스가, 왕자 보발리아스가 그를 깨웠습니다.
— 삼촌, 주무신다면, 잠들어 계신다면 일어나소서.
제게 저의 아버지, 선왕의 영지를 주시지요.
일곱 마리의 노새를 주시지요. 데려가야 하니 말이지요.
일곱 명의 무어인을 주시지요, 무장을 시켜야 하니 말이지요.
전 백작 부인의 사랑을 잊을 수가 없습니다.
— 조카야, 넌 좋지 못한 술책을 부리는구나, 그 맘을 버리지를 못하니.
나의 이 달콤한 잠을 이렇게 깨워 버리다니.
이제 선왕, 그의 아버지의 영지를 그에게 줍니다.
이제 데리고 갈 일곱 명의 노새를 그에게 줍니다.
이제 무장시킬 일곱 명의 무어인을 그에게 줍니다.
백작 부인의 담을 무너뜨리고자 그리로 갑니다.
그곳 탑 발치에서 사람들은 위로 올라갑니다.
알메니케 백작의 팔에 안긴 백작 부인을 찾으러 갑니다.
왕자는 그녀를 취하고선 그녀와 함께 모두 떠납니다.

해설 앞선 로만세와 관계 있다.

작품 90 이교도 보발리아스의 로만세

몬카요 산으로 한 배교자가 오는 것을 제가 보았지요.
이름이 보발리아스로, 이교도 보발리아스이지요.
일곱 번 무어인이었다가 또 그 정도로 나쁜 기독교인이었지요.
여덟 번째 그의 죄가 결국 그를 속였지요.
그리스도의 믿음을 포기하고 마호메트의 믿음을 취했지요.
이자가 바다를 건넌 가장 훌륭한 무어인인지도 모릅니다.
세비야가 평지에 있다는 소식을 접하고
선박과 갤리선을 무장합니다. 보병과 기마병을 준비합니다.
구아달키비르 강으로 입항합니다. 그는 군기를 높이 들고 갑니다.
타블라다 지역*에다 자신의 진영을 정합니다.
비단과 금과 은으로 섞어 짠 비단 천으로 된 막사가 3백 동입니다.
이 막사들 정 중앙에 배교자의 막사가 있습니다.
막사 위 첨탑에는 아주 멋진 루비 하나가 있습니다.
밤인데도 맑은 날의 태양처럼 번쩍번쩍 빛이 납니다.

해설 본 로만세의 보발리아스는 앞선 로만세에서 언급된 알메니케 백작 로만세의 보발리아스와 아무런 관계가 없다. 프랑스 이야기들이 스페인에 들어와 스페인인들의 자유로운 영감으로 다양하게 재탄생되는데, 이

* 세비야의 남쪽 지역.

작품도 그중 하나이다.

작품 91 사순절 일요일이었지요…

사순절 일요일이었어요, 그러니까 부활절이요.

그때 무어인과 기독교인들이 모두 전투에 임하고 있었지요.

프랑스인들은 이제 지쳐 벌써 도망치기 시작합니다.

오, 용사 롤단이 얼마나 훌륭하게 프랑스인들의 용기를 북돋웠는지!

— 돌아와요, 돌아와, 프랑스인들이여, 전투에 진력하시오,

불명예스럽게 사느니 훌륭한 자로 죽는 게 훨씬 나은 법이오.

마음을 다해 전투에 임하려 이제 프랑스인들이 돌아옵니다.

결투 초반에 6만 명을 죽였습니다.

알타미라 산으로 마르신 왕이 도망갑니다.

부족한 여위고 마른 말이 아니라 얼룩말을 타고 갑니다.

그가 흘린 피가 풀을 물들입니다.

그가 외치는 소리는 하늘에 닿을 듯합니다.

— 마호메트여, 난 당신을 버릴게요, 당신에게 했던 모든 것들을 버리오!

난 은으로 당신의 몸을 만들었고 발과 손은 상아로 했소.

당신 메카에 집을 지어드렸소, 사람들이 당신을 경배하라고 말이오.

그리고 당신을 더 명예롭게 하고자 머리는 황금으로 했소.

6만 명의 기사를 당신께 주었소.

내 아내, 무어 여왕은 당신께 3만 명을 바쳤소.

해설 스페인 서사시 《론세스바예스》에서 유래된 로만세로, '마르신 왕의 도주' 에피소드는 유명하다.

작품 92 구아리노스 백작의 로만세

프랑스인들이여, 론세스바예스 전투에서 곤욕을 치렀구먼!
돈 카를로스*의 명예가 땅에 곤두박질쳤지요. 열두 용사가 죽었고,
해군 대장 구아리노스를 포로로 잡아갔지요.
7명의 무어 왕들이 그를 잡았답니다.
일곱 번 뽑기를 했지요. 그들 중 누가 그를 데려갈지 말이죠.
그 일곱 번 모두가 마르로테스 왕자에게 당첨됐네요.
마를로테스는 아라비아와 그 도시보다 그를 더 높이 평가했지요.
이런 식으로 그에게 말하고자 입을 열기 시작했지요.
— 알라의 이름으로 그대에게 바라노니, 무어인으로 개종하시오.
이 세상 모든 부를 넘치도록 주겠소.
내 두 딸을 그대에게 주겠소.
한 명은 그대의 의복 시중과 신발 시중을 위해서고
다른 한 명은 그대의 아내로, 정실로 주겠소.
그대에게 약혼 선물과 지참금으로 아라비아와 그 도시를 주겠소.
더 원한다면, 구아리노스, 훨씬 더 많은 것을 주겠소.
그러자 구아리노스가 말을 하니 잘들 들어보시지요.
— 하늘에 계신 신이 허락하지 않소이다, 그의 어머니 성모 마리아 역시!
마호메트를 취하고자 그리스도의 믿음을 저버리는 일을 말이오.

* 샤를 대제.

난 프랑스에 아내 될 이가 있소이다. 그녀와 결혼할 것이오!
마를로테스는 크게 화를 내며 그를 감옥에 가두라고 명하지요.
손에는 수갑을 채웠지요, 싸우지 못하도록 말이지요.
허리까지 물을 채웠지요, 말을 타지 못하도록 말이지요.
어깨부터 발뒤꿈치까지 7백 킬로 무게의 추를 달았지요.
매년 3번의 축제 때마다 그를 벌하라 했지요.
한 번은 오월 부활절 때, 또 한 번은 크리스마스 축제 때,
또 한 번은 총 축제인 꽃들의 부활절에 말이죠.
하루, 이틀, 이렇게 날이 흘러 산후안 날이 왔지요.
그리스도인들과 무어인들이 성대하게 기르는 날이지요.
그리스도인들은 사초莎草를 던지고, 무어인들은 도금양을 던지고
유대인들은 큰 부들을 던지죠. 그 축제를 더욱 기리기 위해서 말이죠.
마를로테스는 즐거워 단을 세우도록 명령했습니다.
딱 하늘에 닿을 정도로, 더 크지도 더 작지도 않게 말이죠.
무어인들은 즐겁게 그 단을 쓰러뜨리기 시작합니다.
이자, 저자 시도해 보지만 반도 자빠뜨리지 못합니다.
마를로테스는 분해서 사람들에게 알리라 명령합니다.
어린 것은 젖을 빨지 말고 어른들은 빵을 먹지 말라고 말이지요.
그 단이 땅에 완전히 드러누울 때까지 말입니다.
감옥에 있던 구아리노스가 이 소란을 들었지요.
— 오, 하늘의 신이시여, 그의 어머니 성모 마리아시여!

왕의 딸을 결혼시키는가, 아니면 약혼을 시키는가,
아니면 나를 처형할 날이 온 건가.
그 가까이 있던 간수가 그 말을 들었지요.
— 왕이 딸을 결혼시키는 것도, 그녀를 약혼시키는 것도
그대를 매질하던 부활절이 온 것도 아니오.
산후안 날이 온 게요.
마음에 흡족한 이들이 즐거이 빵을 먹는 날 말이오.
아주 기뻐하던 마를로테스가 단을 세우라 명령했지요.
그 높이가 하늘에 닿을 듯하지요.
무어인들이 그 단을 쓰러뜨리려 했지만 무너뜨릴 수가 없었소.
화가 난 마를로테스가 공표하라 했지요.
그 단을 무너뜨릴 때까지 누구도 먹어서는 안 된다고 말입니다.
그 말에 구아리노스가 응답했으니, 말하는 바를 잘들 들어보시지요.
— 만일 내가 타곤 했던 말을 내게 준다면,
내가 무장하곤 했던 무기들을 내게 준다면,
내가 가지고 다니곤 했던 창을 내게 준다면,
그 높이 쌓은 단을 내가 무너뜨릴 수 있을 텐데.
이 말을 들은 간수는 그에게 말했지요.
— 그대가 이 감방에 갇혀 있은 지 7년이요, 7년이란 말이오.
1년 만 있어도 세상 사람이 아닌데,
그대는 더군다나 단을 쓰러뜨릴 힘이 있다 하니 놀랍군!

기다려 보시오, 구아리노스, 당신의 말을 내가 전해보겠소.
마를로테스 왕자가 내게 무슨 말을 할지 좀 보자구요.
그러면서 이제 간수가 떠나지요, 이제 출발해서 이제 갑니다.
단 근처로 가 마를로테스에게 말합니다.
— 소식을 갖고 왔는데, 들어보소서.
그 감방에 있는 죄수가 제게 이런 말을 했습니다.
자기에게 자기가 타던 말을 준다면,
그리고 자기가 무장하던 무기를 준다면
저 높은 단을 무너뜨릴 수 있다 합니다.
마를로테스는 이 말을 듣자 그자를 감옥에서 꺼내오라 합니다.
그자가 말을 탈 수 있는지 보고자 말이지요.
그의 말을 찾아 그에게 주라 명합니다.
7년이 지났으니 관절은 석회가 끼였지요.
그의 무기들로 그를 무장시킵니다. 엄청 녹이 슬어 있었지요.
마를로테스는 이 모습을 보자 비웃고 우롱했지요.
그러면서 단으로 가 그것을 무너뜨려 보라 합니다.
구아리노스는 단단히 화가 나 한 번 부딪힘으로
단을 반 이상 바닥에 눕혀버렸지요.
이것을 본 무어인들은 모두 그를 죽여버리고자 합니다.
용감한 자 구아리노스는 싸우기 시작합니다.
태양을 제거하고자 하는 그 많은 무어인들과 말이죠.

어찌나 잘 싸웠는지 그는 풀려났답니다.
자기의 고향 프랑스로 갔지요.
사람들은 그가 오는 것을 보자 그를 열렬히 찬양했답니다.

해설 프랑스 무용 찬가에서 영감을 받아 후글라르들이 자유롭게 창작한 로만세이다. 이와 유사한 노래가 러시아에서도 불리고 있다. 낭만주의 작가 니콜라이 카람신Nikolay Karamzin이 로만세를 번역하였고, 이 노래가 전통적으로 불린 것으로 추정된다.

작품 93 알벤토사 들판에서

알벤토사 들판에서 돈 벨트랑을 죽였지요.

항구를 지날 때까지 아무도 그가 없는 걸 몰랐지요.

일곱 번 추첨으로 결정합니다. 누가 그를 찾으러 가는지를 말이죠.

이 일곱 번 모두 다 그의 늙은 아버지로 결정됩니다.

3번은 악의로 4번은 악으로.

말의 고삐를 돌립니다. 그를 찾으러 돌아갑니다.

밤에는 길로 가고 낮에는 밭으로 갑니다.

도륙이 이루어진 곳으로 늙은이가 갑니다. 도륙이 있었던 장소로 들어갑니다.

죽은 자들로 둘러싸인 채 지친 팔을 이끌고 갑니다.

그가 찾는 자가 보이지 않습니다. 그의 표식조차 없습니다.

프랑스인들은 모두 다 봤는데, 돈 벨트랑만 보이지를 않습니다.

술을 저주하며, 빵을 저주하며 가고 있었습니다.

기독교 세계가 먹은 것이 아니라 무어인들이 먹은 것을요.

들에서 홀로 태어나는 나무를 저주하며 가고 있었습니다.

하늘의 모든 새가 그곳에 앉으러 가니 말이지요.

나뭇가지며 잎들을 즐기기를 멈추지 않으니 말이지요.

종자가 없이 말을 타고 가고 있는 기사를 저주하며 가고 있었습니다.

창이 떨어져도 그것을 주워줄 자가 없으니 말이죠.

박차가 벗겨져도 그것을 끼워줄 자가 없으니 말이죠.
오직 한 명의 자식만을 낳은 여인을 저주하고 가고 있었습니다.
적들이 그를 죽이면 복수할 자가 없으니 말이죠.
모래밭에서 나와 항구 입구에서
성벽을 지키고 있던 한 무어인을 봅니다.
아랍어로 그에게 말을 겁니다. 아랍어를 아주 잘 알고 있는 자처럼요.
— 무어인이어, 제발 내게 사실을 말해주기를 바라오.
혹시 하얀 갑옷을 입은 자가 이곳을 지나갔는지.
혹시 그대가 그를 포로로 하고 있다면 충분히 보답하겠소.
만일 그의 사체를 갖고 있다면 묻어주게 내게 주시구려.
영혼 없는 육신은 일 푼 가치도 없으니 말이오.
— 당신이 말하는 그 기사 말이오, 어떤 표식을 하고 있는지 말해주시오.
— 그의 갑옷은 희고, 말은 밤색이라오.
그의 얼굴 오른쪽에 표식이 있소.
어린아이였을 때 매가 만든 상처라오.
— 그 기사 말이오, 저 벌판에 죽어 있소이다.
다리는 물에 잠기고 몸통은 모래밭에 있다오.
어깨부터 발바닥 뒤쪽까지 창에 찔린 상처가 일곱 군데요.
그 사람의 말 역시 배에서 가슴까지 그 정도 찔렸소.
— 말을 탓하지 마시오, 그러면 안 돼요.
일곱 번이나 그를 상처 없이, 흉터 없이 구했소.

그리고 일곱 번이나 싸우고자 그를 싸움으로 되돌렸소.

해설 1행 알벤토사는 스페인 아라곤 자치지역 테루엘 지방에 있는 지명이다. 본 로만세는 중세 서사시《론세스바예스의 노래》의 개작판(14세기 또는 15세기)에서 영향을 받은 것으로 보인다. 원본은 스페인 나바라 지역의 언어로 1225년에서 1250년 사이에 작성된 것으로 추정되는데, 총 5,500 시행 중 100행만 보전되어 있다. 내용은 샤를 대제가 무어인들의 진출을 막고자 스페인 북서쪽에 스페인 변경 영토를 확보하고자 했으나, 사라고사 지역은 불가능했다. 프랑스로 돌아가는 길에 가넬롱의 의붓아들 롤단에게 후위를 맡겼는데, 가넬롱이 배반하여 무어왕 마르신과 짜고 매복하고 있다가 론세스바예스에서 프랑스 후위대를 덮쳐 전투가 벌어진다. 레이날도스, 발도비노스, 롤단, 올리베로스와 돈 벨트랑이 그 전투에서 죽는다. 실제로 일어난 역사적인 사건에서 영감을 받은 것으로, 역사는 프랑스인과 스페인 북쪽 바스크인과의 전투였다. 이 사건은 11세기 프랑스에서는《롤랑의 노래》로 작품 되었다. 이 서사시에는 영웅 롤단 이외 위에 언급된 나머지 영웅들은 등장하지 않는다. 16세기 아주 대중적인 인기를 누린 로만세이다.

작품 94 도냐 알다의 로만세

돈 롤단의 아내 도냐 알다가 파리에 있지요.

3백 명의 귀부인들이 그녀를 수행하고 있지요.

모두가 같은 옷을 입고 같은 신발을 신었지요.

모두가 같은 식탁에서 식사하고 모두가 같은 음식을 먹지요.

하지만 도냐 알다는 그녀들 중 제일 주요한 인물이지요.

1백 명이 금실을 짜고 1백 명이 비단 천을 짜지요.

1백 명이 악기를 연주하지요, 다 도냐 알다를 즐겁게 해주기 위해서지요.

악기 소리에 도냐 알다가 잠이 듭니다.

꿈을 꾸지요, 아주 고통스러운 꿈을 꾸지요.

엄청난 공포에 질려 놀라 잠에서 깹니다.

어찌나 큰 비명을 지르는지, 밖에서도 들릴 정도였지요.

그때 시녀들이 말을 합니다. 잘들 들어보시기를.

— 마님, 무슨 일이래요? 누가 마님을 그렇게 했대요?

— 내가 꿈을 꾸었단다. 너무나 비통한 것이었어.

내가 어느 황량한 장소에 있는 한 산에 있었지.

아주 높은 산 아래로 매 한 마리가 나는 걸 보았지.

그 매 뒤로 독수리 한 마리가 오더니. 그 매를 못살게 몰아세우더구나.

그 매는 너무나 괴로워하며 내 치맛자락 밑으로 숨더구나.

독수리는 화가 무진장 나서 거기서 매를 꺼내려 하더니
발톱으로 매 배의 털을 뽑고 부리로 매를 해체해 버리더구나.
그 말을 듣자 시녀가 말을 하니 잘들 들어보시게요.
— 마님, 제가 보기에 그 꿈은 바로 딱 이겁니다요.
매는 저 너머 바다 건너오시는 마님의 부군이시네요.
독수리는 마님으로 그분은 마님과 결혼하실 거예요.
그리고 그 산은 두 분을 지킬 교회이구요.
— 그게 사실이라면, 얘야, 네게 후한 상을 내리마.
다른 날 아침, 외부에서 온 편지를 그녀에게 가져다줍니다.
안에는 잉크로, 바깥은 피로 적혀 있었지요.
그녀의 롤단이 론세스바예스 전투에서 죽었다고요.

해설 《론세스바예스의 노래》에서 파생된 로만세이다. 롤단의 죽음 이후 도냐 알다는 그의 무덤 옆에서 죽는다. 이렇게 충실하고 죽음 이후에도 연인을 못 잊는 고통으로 사는 낭만적이자 이상적인 연인들 이야기를 스페인 바로크 시인 공고라는 우스갯감으로 만든다. 공고라가 구 로만세 《오, 벨레르마》와 본 로만세 《도냐 알다의 로만세》 내용을 함께 엮어 패러디한 시를 보자. "벨레르마는 10년을 살았죠./입술 위에 솜털이 나기 시작한 프랑스인이/유언으로 그녀에게 남겨준/죽은 심장을 가지고 말이죠.// 그것에 만족하여 살았죠./비록 누군가가 내게 말하기는 했지만요./그녀는 연금 30만을 가지고는 더 만족스럽게 살 거라고요.// 로둘포 백작*의 미망인인/도냐 알다가 그녀를 보러 왔죠./백작은 예수그리스도가 좋아했던/노르망디의 백작이었죠.//이미 두 눈이 넵튠의/요강이 되어/상중의 비통한 단상 위에서/매우 슬퍼하고 있는 그녀를 보고는,//더러운 천으로 싸인/죽은 심장 위에서/우는 적절치 못한 그녀의 통곡을/아주 천천히 비웃으며,//그녀에게 말하죠. '친구 벨레르마여,/그 바보 같은 홍수 좀 멈추지 그래요./당신의 세월을 수몰시키고/당신의 즐거움을 질식시킬 거예요.//두란다르테는 운명이 점지한 곳,/그곳에 있기를 바라요./그의 영혼이 훌륭한 우물**을,/두레박 없는 우물을 갖기를.//그가 살아서 당신을 무척 사랑했다면,/역시 당신도 그를 많이 사랑했지요./그리고 그가 가슴이 열렸다면,/그의 방패에다 고통을 호소하기를 바라요.//당신이 그 사람 매장에/무슨 잘못이 있어요?/용감한 자로 죽은 자/용감한 자로 매장하는 게 당연한데 말예요.//그가 여기 파리에서 죽는다면/그의 묘지는 이곳이 되겠죠./저쪽이니 그의 선조들이/그곳에 자리를 만들어 줄 거예요.//당신에게 가지고 온 그 심장은/곧장 몬테시노스에게 돌려줘요./그리고 물어보라고 해요./당신을 새매로 생각했는지를 말이죠.//풀어헤쳐 벗어 버려요./거친 린넨의 얼굴 가리개와/양모 천의 수녀복,/그리고 조잡하고 털 많은 망토를.//가장 연로하고/노쇠한 나이의 과부들이나/1월엔 머리 가리개,/7월엔 수녀복이지요.//하물며 서른 살이 되기에도/몇 날이 부족한/젊은 처녀에겐 말해서 뭣해요./이 불쌍한 내가 바로 그 서른 살이지

---

* 롤단을 말함.

** 안식.

요.// 내 기억이 맞다면, 엿새 전이/산티뉴플로 축제날이었네요./ (…) // 난 무척 즐겼죠./2천 번을 훔치면서 말이죠./비둘기의 입맞춤과/멧비둘기의 사랑의 속삭임을요.// 결말이 유감이지만, 더 유감스러운 건/배가 무지근하지도 못하고/결실도 보지 못하고 죽으면 어떡하나이지요./난 뭔가를 갈망했거든요.// (…) 벨레르마, 나에게서 배워요./우리 같이 즐겨요./바다가 슬퍼함을,/연기가 탄식함을 가져가게 해요.// 이 어두운 방에서/슬픈 기억들을 자아내지 말아요./누에처럼/고치 속에서 죽고 말 거예요.// 자기의 마지막에 유일무이한 새가/하는 일을 해봐요./과거와 미래에서 자신의 재로/우리에게 말하고 있어요.// 그의 죽음을 울어요./하지만 쓸모 있는 눈물이 되어야 해요./과거의 나쁜 것에서/가장 확실한 미래가 탄생하도록 말이죠.// 우리 똑같이 써봐요. 풀리지 않도록/가장자리를 공그르기로 박은 얼굴 가리개를,/아치형 눈썹과 하얀 손/두 마리의 복슬개.// 우리는 둘 다 녹색의 담쟁이에요./균열과 역경이/죽음과 사랑의/담을 없애 놓은 사람들에게요.// 어디로 덩굴을 뻗을지 우리 찾아요./두꺼운 담과 단단한 줄기가/프랑스에 반드시 있을 거예요.// 성 디오니스 교회에는/많은 참사회원이 있어요./마른 사람, 매부리코,/둥근 얼굴, 등이 넓은 사람.// 우리 배를 고르듯 긴 망토를 걸친/두 명의 젖 뗀 자를 골라요./노새를 타고 가며/건장한 뭔가를 가진 그들 중에서 말이에요.// 아니면 우리의 방패*로 주는 것을/싫어하지 않을,/우리가 그들의 방패에 줄 것을 마다하지 않을/이 알렉산더 대왕들 중에서 말이죠.// (…) // 친구여, 강한 가

* 남성의 성기.

슴 보호대와 훌륭한 투구가/우리에게 무슨 소용이 되겠어요?/우리는 무장한 남자들을 원해요./무장하되 그러나 벌거벗은 남자요.//댁의 식탁에는/프랑스 용사들이 있어요./그곳에서 당신은 먹지 않은 채 앉았다가/더 굶은 채 일어나죠.//난 네 모퉁이의 식탁을 사랑해요./행운이 나를 네 개의/주둥이를 가진, 모두가/네 개의 뾰족지붕*이 있는 집에다 둔 거죠.//그곳에선 사순절에는/아주 맛 좋은 도미를,/사순절이 아닌 기간에는/소스와 즙에 든 고환을 주지요.'//도냐 알다는 더 말하려고 했으나,/나머지 것은 묶어 두었죠./돈 몬테시노스의/왼손잡이 시종이 들어왔기 때문이었죠.//" 34개 행으로 된 그의 로만세에서 28개 행으로 도냐 알다는 기사 두란다르테의 여인 벨레르마에게 은밀하게 조언한다. 사랑하는 자의 심장을 보며 아파하는 여인에게 그렇게 은둔해서 상중에 사는 건 아무런 소용이 없는 일이라고 한다. 도냐 알다의 말에 귀 기울이는 벨레르마는 알다의 말을 호의적으로 받아들이고 있어 보인다. 물론 답은 없다. "너무나 울어 그녀의 눈이 넵튠의 요강이 되었다"란 내용에서 보듯, 공고라는 유머와 대조와 패러디로 본 로만세를 지배하는 궁정 사랑의 개념을 전복한다. 두란다르테의 심장, 원탁의 열두 기사, 카를 대제 시리즈에 나오는 인물들까지 노골적으로 희화화된다. 도냐 알다는 벨레르마에게 망각의 필요성을 역설한다. 과거는 잊으라는 것이다. 그러면서 젊음을 즐기고 육체적 즐거움을 누리라고 한다. 성적 욕망도 만족시키라고 한다. "나한테서 배워요. 우리 함께 즐겨요." "눈물은 바다가, 한숨은 연기가 가져가게 하라"고 한다.

* 사각모자로, 당시 사제가 썼던 것.

상징적으로 덩굴손처럼 새로운 담을 타고 오르라 한다. 프랑스의 열두 용사들의 용기와 전사적인 정신은 연인으로서 교회의 여유로운 사제들에는 비교될 바가 아니라 한다. 벨레르마는 프랑스의 열두 용사가 앉아 있던 식탁에서 먹지도 못하고, 즉 욕망을 충족시키지도 못하고 일어섰다. 그래서 이 용사들이 아니라 성적 욕망을 자극하는 성직자들을 제안한다. 사제가 쓰던 테 없는 사각모자를 사제 대신 언급한다. 이들은 사순절이나 카니발, 어느 때나 풍요롭고 부유하단다. 공고라는 단 몇 줄로, 그러나 격렬하게 도냐 알다가 보여주는 가장 성스러운 사랑의 코드를 무너뜨린다. 기사의 전사적, 귀족적 가치가 사제가 제공할 가치에 밀리고 있다. 이렇게 공고라에 들면 그때까지 가장 이상적인 인물로 노래 되던 영웅들이 우스꽝스러운 존재로 강등되어 버린다. 이들과 함께 그러한 인물들을 정의했던 가치들인, 영웅주의, 이상적인 사랑, 죽음 이후까지 연인에 대한 충실한 사랑 등 역시 무너져 내린다.

구 로만세《오, 벨레르마》의 내용은 이렇다. "'오, 벨레르마, 오, 벨레르마!/나의 불운으로 탄생된 자여,/난 그대에게 7년을 봉사했지만/그대로부터 취한 건 아무것도 없소./이제야 그대가 나를 사랑하는데/이 싸움에서 난 죽는다오./비록 나의 죽음이 이르기는 하나,/난 내 죽음이 아픈 게 아니라오./그대를 보지 못하고 그대를/섬기지 못하고 가는 게 고통스럽다오./오, 나의 사촌 몬테시노스여!/나의 사후를 그대에게 부탁하오./내가 죽거든,/나의 영혼이 빠져나간 뒤/나의 심장을 벨레르마가 있는/곳에 가져다주기를 간청하오./그리고 나를 대신하여 그녀를 살펴주기를 바라오./내가 그대에게 바라는 대로 말이요./몬테시노스, 몬테시노스여!/내 상처가 깊어 피가 많이 흐르오./사지가 차가워지고/심장이 멈춰가오./내 눈은 보이지 않고/내 혀는 굳어 가오./우리가 가는 것을 보았던 눈들은/이제 더는 우리를 프랑스에서 보지 못할 것이오./나를 안아주오, 몬테시노스여,/영혼이 내게서 빠져나가오.'/두란다르테는 죽었습니다./푸른 너도밤나무 아래에서 말이죠./몬테시노스는 울었지요./그가 죽는 걸 보았으니 말이죠./작은 검으로 그의 묘를 만들고 있었지요./그의 갑옷을 벗기고/가슴 보호대를 헤쳤습니다./왼쪽 옆구리로/벨레르마에게 가져갈/심장을 꺼냈지요./비단 천에 그것을 보관했지요./얼굴을 죽은 자의 얼굴에 대고/눈물로 그의 얼굴을 적셨습니다./'두란다르테여, 두란다르테여/하느님이 그대의 영혼을 용서해 주시기를!/내 영혼이 남아 있으나/곧 자네 영혼은 동반자를 가지게 될 것일세!'//"

서사시《론세스바예스의 노래》에 두란다르테가 자신의 사촌인 몬테시노스에게 자기가 죽으면 자기의 가슴을 열어 심장을 꺼내어 자기의 여인 벨레르마에게 가져다주라고 부탁한다. 이 간단한 내용을 스페인 민중은 보다시피 로만세로 감칠맛을 더했다.

창작
로만세

소설적인 로만세

로만세 중 가장 많은 수의 로만세가 소설적 로만세에 속한다. 동기는 고대 그리스 로마문화에서 유럽 발라드, 여러 나라의 민속적 요소, 성경에 이르기까지 아주 다양하다. 서정성이 농후하고 감상적인 경향이 강하다. 많은 수가 사랑을 노래하는데, 불륜과 그에 따른 복수다. 성적인 문란을 다룬 이야기는 유럽의 영향이 크고, 스페인의 것은 도덕적으로 엄격하다. 인간을 이해할 수 있는 흥미로운 이야기들이 허구로 지어졌다. 소설적 로만세는 문학적 로만세와 모험 로만세로 나뉘기도 한다. 전자에는 성경을 주제로 한 종교적 유형과 고대 그리스 로마문화를 재창조한 유형이 포함되고, 후자에는 지역에 대한 구체적인 정보가 없이 스페인 고유의 테마를 다룬 유형과 보편적인 테마로 인간적 관점에서 그린 흥미로운 이야기 유형이 속한다. 낭만주의 문예 사조에 많은 영향을 끼쳤다.

작품 95 타르퀴니우스와 루크레티아의 로만세

타르퀴니우스라 불리는 로마인들의 왕이
정결하고 귀족적인 로마 여인 루크레티아를 사랑했지요.
그녀와 잠자리를 하고자 엄청난 몹쓸 짓을 생각했지요.
루크레티아가 있는 곳으로 아무도 모르게 갔지요.
루크레티아는 왕이 자기 집에 있게 되자 왕이기에 그를 숙박시켰지요.
자정이 되자 타르퀴니우스는 일어났어요.
루크레티아가 있는 방으로 가
그러한 몹쓸 짓이 일어날 줄 모르고 잠을 자고 있던 루크레티아를 보았지요.
그녀 가까이 다가가서는 자기 칼을 꺼냈지요.
그녀의 가슴에 그 칼을 대고 이렇게 말합니다.
— 난 이름도 당당한 로마의 왕 타르퀴니우스이다.
네게 대한 나의 사랑이 내 오장육부를 관통하고 있다.
내 말대로 한다면 넌 부자가 되고 대접받을 것이다.
그렇지 않다면 난 너를 이 칼로 잔인하게 죽일 것이다.
— 전 그렇게 하지 못하겠습니다, 왕이시여, 제 목숨을 앗는 일이 있어도 말입니다.
불명예스럽게 사느니 목숨을 잃는 게 더 낫습니다.
타르퀴니우스 왕은 죽음으로도 부족하다는 것을 알자

다른 고약한 일을 생각해 내고는 그녀를 협박했지요.

— 네가 내 간청하는 바를 허락하지 않는다면

네 집에 있는 흑인 한 명과 함께 너를 죽여버릴 것이다.

그런 다음 네 침대에다 그를 눕혀 놓을 것이다.

그리고 로마 방방곡곡에다 너희들이 함께했었노라고 알릴 거다.

그 말을 들은 루크레티아는 무척이나 엄청난 배신이라 여겨

왕의 뜻을 따랐지요. 그렇게까지 불명예스러운 존재가 되지 않고자 말이죠.

타르퀴니우스는 자기가 그토록 원하던 바를 이루자

아주 기쁘고 만족해 하며 로마로 돌아갔지요.

불명예스럽게 남겨진 자신을 보자 루크레티아는 너무나 슬펐지요.

아주 급히 자신의 집에 있던 하인을 시켜

저 먼 로마에 있던 남편을 오시라 보내지요.

남편이 자기 앞에 있게 되었을 때 그녀는 이런 식으로 말합니다.

— 오, 나의 사랑하는 콜라티누스여, 나의 명예는 이미 실추되었습니다.

다른 사내의 발길이 당신의 침실을 짓밟았으니 말입니다.

오만한 왕 타르퀴니우스가 어젯밤에 당신의 거처로 왔습니다.

왕이시기에 그를 영접했으나 그는 나를 더러운 몸으로 남겨 놓았습니다.

난 사악한 간음을 하였기에 난 나를 벌할 것입니다.

어떤 부인네도 나를 본보기로 삼아 잘못되기를 바라지 않기 때문입니다.

이렇게 말하면서 자신의 치맛자락 밑에
아주 비밀리에 가져온 칼을 쥐고
자신의 가슴팍에다 꽂으니, 그녀를 본다는 게 비참했지요.
곧 거기 그 순간에 로마 여인은 죽습니다.
그녀를 본 남편은 비통하게 울었지요.
그녀의 몸에서 피로 물든 칼을 꺼냈지요.
그러고는 한 손에 그 칼을 쥐고 자신의 신들에게 맹세했지요.
타르퀴니우스 왕을 죽이고 그의 집을 불사르겠노라고 말이죠.
아내의 시신을 장례 물품으로 싸 로마로 가져왔지요.
그러고는 그 시신을 대광장 가운데에 드러내놓고
눈으로는 울면서 입으로 이렇게 말했지요.
— 오, 로마인들이여!, 오, 로마인들이여!, 나의 불쌍한 평판을 아파해 주시오.
오만한 타르퀴니우스 왕이 이 로마 여인을 억지로 굴복시켰고
그로 인해 명예가 더럽혀진 그녀는 스스로 목숨을 끊었다오.
그토록 불행한 그녀의 죽음을 내가 복수하려 하니 도와주시오.
이러한 사실을 안 시민들은 모두 하나같이 무장하고
타르퀴니우스 왕이 있는 궁으로 가
치명적인 상처를 입히고 그의 집을 태워 버렸지요.

해설 루크레티아는 서기전 509년에 겁탈당한 뒤 스스로 목숨을 끊은 로마

의 여인이다. 이 여인의 죽음으로 1년 후 왕권 통치가 막을 내리고 로마 공화정이 들어서게 되었다. 로마의 폭군 왕, 타르퀴니우스 에트루리아의 아들인 타르퀴니우스 섹스투스와 사촌인 타르퀴니우스 콜라티투스는 장난으로 내기를 했다. 당시 로마는 성적으로 아주 문란했기에 이 둘은 각자 아내의 정숙함을 시험하기로 한 것이다. 콜라티투스는 아주 아름답고 덕망 높은 아내를 두고 있었다. 이 아내를 타르퀴니우스 섹스투스가 협박하여 겁탈했고, 능욕을 당한 콜라티누스의 아내 루크레티아는 이러한 사실을 아버지와 남편과 남편의 친구이자 지도자인 브루투스에게 알렸다. 그 결과 타르퀴니우스 섹스투스는 처형당하고, 전제 왕정이 무너지고, 공화정이 서면서 여성의 정절을 의무로 정하는 법이 만들어졌다. 이 이야기는 셰익스피어의 '루크레티아의 능욕'과 16, 17세기를 대표하는 화가들의 작품에 많은 영감을 제공했다. 로만세 노래집에는 고대 로마 시대 이야기를 소재로 한 것들도 수록되었는데, 본 로만세가 그 한 예이다.

작품 96 비르길리우스의 로만세

왕은 비르길리우스를 체포하여 아주 엄중히 감시하라 하였으니
이는 그가 궁정에서 저지른 반역 때문이었더라.
도냐 이사벨이라는 한 처녀를 강제 추행했기 때문이었죠.
그런데 왕이 그를 잊은 탓에 7년이나 수감생활 중이었더라.
어느 한 일요일 미사를 드리던 중 그가 생각 난 왕은 물었더라.
— 내 기사들이여, 비르길리우스가 어떻게 되었는가?
그러자 비르길리우스를 무척이나 아끼는 한 기사가 대답했더라.
— 전하께서 그를 가두라 하셔서 전하의 감옥에 있사옵니다.
— 자, 점심 식사하러 갑시다, 기사들이여, 점심 먹으러 가자고요.
점심을 먹은 후 비르길리우스를 보러 갑시다.
그러자 왕비가 말하기를, — 난 그가 없는 식사는 하지 않을 겁니다.
사람들은 비르길리우스가 있는 감옥으로 갔더라.
— 비르길리우스여, 여기서 어떻게 지내시는가?, 비르길리우스여, 여기서 뭣하시오?
— 전하, 제 머리털을, 그리고 제 수염 역시 빗질합니다.
수염은 이곳에서 났고, 여기서 백발이 되었습니다.
전하께서 저를 체포하라 하신 지 오늘로 7년이 됩니다.
— 입 다물어, 입 다물어, 비르길리우스, 10년이 되기엔 3년이 부족하다.
— 전하, 전하께서 명하시면 제 평생 있을 겁니다.

— 비르길리우스여, 그대의 인내심이 대단하니 나와 함께 점심을 먹으러 가지.

— 제 의복은 찢어져 남 앞에 모습을 보일 형편이 아닙니다.

— 내가 그대에게 옷을 주지, 비르길리우스, 내가 그대에게 주도록 명할 거네.

기사들과 여인네들은 기뻤더라.

누구보다도 도냐 이사벨이라는 시녀가 가장 기뻤더라.

대주교를 불러 그녀를 그와 혼인을 올리게 하더라.

그녀의 손을 잡고 그녀를 정원으로 데려갈 것이더라.

해설 기원전 70년에서 기원전 19년까지 살았던 로마 시인 푸블리우스 비르길리우스 마로Publius Vergilius Maro가 주인공이다. 《에네이다》, 《목가》, 《농경찬가》의 작가로 중세에는 전설적 인물로 존재했다. 로마 시대 이름에는 두 번째 이름이 씨족을 보여주는 것인데, 비르길리우스로 원래는 베르길리우스였다. 4세기에 들면 이 이름이 비르길리우스로 바뀌게 되는데, 그 이유는 그가 가졌던 면면 때문이라 한다. 수줍음이 많아 '처녀'라는 의미의 '비르고'라 했는데, 동시에 그를 마법사로 평가한 것 때문에 '요술 막대'란 의미의 '비르고'가 되었다. 본 로만세는 마법사로서의 비르길리우스가 아니라 사랑에 빠진 비르길리우스를 노래하고 있다. 여인을 유혹하는 기사를 테마로 하는 작품들은 표현 방식에 있어 아주 다양하다.

작품 97 포로의 로만세

오월이에요, 날씨가 더워지고
종달새가 노래하면 나이팅게일이 대답하고
연인들이 사랑하려 할 때죠.
하지만 나만 이 감옥에서 사느라 고뇌로 슬프다오.
동틀 녘에 내게 노래해 주던 새가 아니고선
언제가 낮이고 언제가 밤인지 모른다오.
한 궁수가 그 새를 죽여버렸어요, 신이시여, 그에게 나쁜 상을 주세요!
내 머리의 털은 다리 관절에 이르고
내 수염은 내가 테이블보로 쓰고
내 손의 손톱들은 자르는 칼이 되고요,
선한 왕이 포로로 했다면 주인으로서 하시는 일이고
간수가 그렇게 한다면 반역자로서 하는 게지요.
하지만 지금 내게 종달새든 개똥지빠귀든 나이팅게일이든
여인네들 사이에서 자라나고 경험이 풍부하고 말이 많은 새 한 마리를 줘서,
내 아내 레오노르에게 내 소식을 전해줄 수 있다면.
내게 송어나 연어를 사이에 넣은 빵이 아니라
소리 나지 않는 줄과 돌 깎을 망치가 든 빵을 보내달라 할 텐데.
쇠를 갈 줄과 탑을 깰 망치를.

왕이 그 소리를 듣자 그를 감옥에서 풀어주라 명했다네.

해설 16세기에는 노래로 부르게 되자 시가 짧아진다. 반면 시적인 면에서는 힘을 얻는다. 다음에 계속되는 로만세로 확인해볼 수 있다. 새로이 발견되는 또 다른 시에는 앞부분에 새로운 구절이 들어가 있다. 첫 행에 '오월'이 반복되고 두 번째 행에 '밀에 물이 오르고, 들은 꽃들로 만발하다'는 내용이 첨가되어 훨씬 시적으로 풍요로워졌다. 이렇게 아름다운 오월에 대비되어 감방에 갇힌 자의 고독과 소외가 두드러지는데, 중세의 안정적인 기반과 영웅의 시대가 막을 내리는 근대에 들어오면 소외된 인간, 고독하고 실수하는 인간의 모습이 로만세 주제로 많이 등장한다.

작품 97a 포로의 로만세

오월이에요, 날씨가 더워지고
종달새가 노래하면 나이팅게일이 대답하고
연인들이 사랑하려 할 때죠.
하지만 나만 이 감옥에서 사느라 고뇌로 슬프다오.
동틀 녘에 내게 노래해 주던 작은 새 한 마리가 아니고선
언제가 낮이고 언제가 밤인지 모른다오.
한 궁수가 그 새를 죽여버렸어요, 신이시여, 그에게 나쁜 상을 주세요!

해설 익명의 구두 전통 로만세와 달리 스페인 궁정을 중심으로 지식층들의 엄청난 분량의 시 작품이 15세기와 16세기에 가곡집으로 묶여 출간되었다. 이 시들은 대중 문학이 아니라 궁정 문학으로서 시 작업을 하나의 장식이나 세련되고 어려운 놀이로 간주하여 자신들의 삶을 세련되게 해주는 하나의 수단으로 여겼다. 이러한 궁정 문학이 대중 시를 끌어들여 그 중앙에 앉혔다. 이렇게 대중 시를 존중하는 일은 로만세로 절정에 달한다. 예로서 본 로만세를 주해용 텍스트로 사용한 가르시 산체스 데 바다호스(1480-?)의 시를 소개한다. 그는 트라스타마라 가문의 총애를 받던 가문의 일원이자 궁신이었다.

만일 사랑에서 자유롭다면

이렇게 답답함을 느끼지 않을 터,
그리고 그대를 볼 수 있는 곳이라면
나의 열정은 영광이 될 터인데.
하지만 나를 끝없는 절망으로 내몰아
나의 고통은 끝을 몰라
이제는 기절할 정도가 되나니,
오월, 오월이에요,
날씨가 더워지는 때.

고통으로 가슴
아픈 자는
적당한 때에
더 많은 즐거움을 위해
더 절망적으로 살죠.
내가 바로 사랑의 열정으로 그러하여
도롱뇽처럼 살고 있다오,
종달새가 노래하고
나이팅게일이 대답할 때.

이렇게 모든 일에
구속되어 포로로 사는 나를 보니,

내가 받는 고통보다
못한 내 의지로
살고 있구려.
그러니 슬픔과 고통으로
보낸 날들을 내가 본다오,
연인들이
사랑하려 할 때.

꽃들이 기묘하고
아름다운 색들로
부드러운 들판을 덮고
새들이 야산에서 벌써
노래하기 시작하며,
모두가 고통 없이 살며,
모두가 근심 없이 사는 때에,
나만 이 감옥에서 사느라
고뇌로 슬프다오.

이곳에는 빛을 보지 못하니
여인이여, 그대를 보지 못하고
그대를 보지 못하니

빛이 있는지 알지 못하며,
밤에는 단 한 시간도
원하는 잠을 자지 못한다오.
그런 상황에 내가 있으니, 여인이여,
언제가 낮이고
언제가 밤인지 모른다오.

죽음이 나를 구해주지 않는다면
난 내가 나를 어떻게 해야 할지 모르오.
육체는 이 탑 안에
영혼은 그대의 수중에 있는
포로를 누가 가질 수 있겠소?
이 같은 고통 중 아무리 적은 것이라도
견디기가 불가능할지니,
동틀 녘에 내게 노래해 주던
작은 새 한 마리가 아니고선.

여인이여, 이 새가 내가
그대에게 기대했던 작은 희망이라,
이미 나의 불행으로 인해
그대는 나를 잊었고

나는 그대의 기억 속에서 죽은 몸.
이제는 석방을 원하지 않으니,
그 새의 죽음으로 절망하나니,
그건 한 궁수가 그 새를 죽여 버렸기 때문.
신이시여, 그에게 나쁜 상을 주세요!

이처럼 이 작품의 행의 내용이 연마다 맞아떨어지도록 하여 그 의미를 순차적으로 확장시켜 놓았다.

작품 98 산 시몬의 암자

사람들이 산 시몬이라고 일컫는 한 암자가 세비야에 있지요.
그곳으로 부인들이 모두 기도를 드리러 가곤 하지요.
그곳으로 여인네 중에서 가장 멋진 제 마나님도 가시지요.
치마 위에 치마를 입고 무지갯빛 숄을 걸치고
아주 아름다운 입에는 감미로움이 감돌고
아주 하얀 얼굴에는 분홍빛 화장을 하고
그녀의 서글서글한 푸른 두 눈에는 약간의 아이섀도를 하고
태양처럼 번쩍대며 암자 입구에 서니,
미사를 집전하던 신부는 그녀에게 말을 할 수가 없고, 없고 말고,
그를 돕는 복사들은 뭔 대답을 해야 할지 몰라, 모르고 말고,
아멘, 아멘 한다는 게, 아모르,* 아모르라고 하더군요.

해설 스페인에서 암자라 하면 사람들이 거의 살지 않는 외진 곳에 정기적으로 예배를 드리지 않는 작은 예배당을 말한다. 본 로만세는 카탈루냐 로만세《아라곤의 부인》에서 비롯된 것이고, 이《아라곤의 부인》로만세는 그리스나 이탈리아 노래에서 시작된 것으로 추측되고 있다.

---

* 사랑. 원어로 amor.

작품 99 폰테프리다의 로만세

폰테프리다, 폰테프리다, 사랑의 폰테프리다,
거기로 새들이 모두 위안을 얻으러 가지요.
미망인에 아픔이 있는 멧비둘기만이 가지를 않지요.
그곳으로 배신자 나이팅게일이 지나가면서
배신으로 가득한 말을 했지요.
— 부인, 당신이 원하기만 한다면 전 댁의 노예가 될 수 있을 텐데요.
— 거기서 꺼져버려요, 몹쓸 이여, 악하고, 거짓부렁이에, 속이는 자여.
난 푸른 가지에 몸을 쉬지 않고, 꽃이 만발한 초원에도 앉지 않아요.
맑은 물을 찾은 줄 알았는데, 흐린 물을 마시곤 했거든요.
난 남편을 원하지 않아요, 자식들이 없도록 말이죠, 없고 말고요.
자식들과의 즐거움이나 물론 위로도 원치 않아요.
사악하고 거짓부렁이에 배신자인 서글픈 적이여, 나를 내버려 둬요.
난 댁의 여인이 되기 싫고 댁과의 결혼도 원치 않아요, 않고 말고요.

해설 '폰테프리다'는 '차가운 샘'이라는 뜻을 가짐과 동시에 고유명사이다. 삶을 영위하고 성적인 만족을 줄 수 있는 곳이라는 상징적 의미가 있다. 본 로만세는 비유로 인해 소설적이라기보다 서정적이고, 서민적이라기보다 궁전 문화 분위기가 강하다. 여기서 '멧비둘기는' 미망인을, '나이팅게일'은 기사를 말한다. 남편 사후에도 남편에 대한 사랑을 지키며, 자신을 향한 기사의 사랑을 부정적으로 보고 있다.

작품 100 제가 일어났더니, 어머니…

제가 성 요한 아침에 일어나
한 아가씨가 바닷가에 있는 걸 봤어요.
혼자 빨래를 하고 혼자 짜더니 장미원에다 혼자 널지요.
그렇게 천들이 깨끗해지는 동안 그 소녀는 이렇게 노래를 하네요.
— 어디로, 어디로 내 사랑을 찾으러 갈까나?
아래 바다로, 윗 바다로. — 이렇게 노래를 하면서 가다
손에 든 황금 빗으로 머리를 빗네요.
— 수부여, 신이 악으로부터 당신을 보호해 주시길,
내게 말해주세요, 제 사랑을 보았는지요, 저쪽으로 지나가는 것을 보았는지요.

해설 소녀의 독백 부분에서 스페인 초기 대중 서정시인 하르차와 가예고-포르투갈 시 냄새가 강하게 풍긴다. 천진난만한 소녀가 자신의 사랑을 노래하는데, 감정을 토로하는 상대가 초기 서정시에서는 자연, 또는 어머니나 자매였던 데 반해 본 로만세에서는 뱃사람이다.

작품 101 로사프레스카의 로만세

로사프레스카, 로사프레스카, 너무나 아름답고 사랑을 아는 여인이여,

내가 그대를 내 품에 안았을 당시, 그때는 그대를 잘 섬길 줄을 몰랐지요, 모르고 말고요.

그대를 섬기고자 하는 지금, 그대를 가질 수가 없네요, 없고 말고요.

— 친구여, 그건 그대의 잘못이에요, 그대의 잘못이지 제 잘못은 아니에요.

제게 당신의 종을 시켜 편지 한 장을 보내셨지요.

그자는 간청해서 얻으려고 하는 대신 다른 이야기를 하더군요.

당신은 저 레온 땅에서 결혼한 몸이라고요.

아름다운 아내와 꽃 같은 자식들이 있다고요.

— 여인이여, 당신에게 그런 말을 한 자는 진실을 말한 게 아닙니다, 아니고 말고요.

난 카스티야에 간 적도 저 레온 땅에 들어간 적도 없답니다.

사랑을 알지 못했던 어렸을 때를 제하고선 말이지요.

해설 16세기 음악가들에게 엄청 인기를 얻은 로만세이다.

작품 102 착한 딸의 로만세

훌륭한 백작이 번민에 싸여 거닐고 있었지요.
기도할 때 늘 쓰던 검은 묵주를 손에 들고 말이지요.
슬픈 말을 하는데, 눈물을 자아내는 말이지요.
— 딸아, 네가 결혼할 나이가 될 정도로 자랐구나.
나의 가장 큰 고통은 네게 줄 것이 없다는 것이다.
— 아버지, 그런 말 마세요, 그런 말 마세요. 그 일로 고통받지 마세요.
착한 딸을 가진 자 부자라고 해야지요.
악한 딸을 가진 자 딸을 생매장할 수 있지요.
기울지 말아야 할 가세를 기울게 하니 말이지요.
전 결혼하지 않으면 수녀원에 들어갈 거예요.

해설 결혼할 때 줄 지참금이 없어서 결혼하지 못하는 착한 딸과 아버지 백작과의 대화를 통해 당시 문화를 엿볼 수 있다. 돈이 없어 결혼하지 못하는 여자들은 낮은 직급의 하녀가 되어 수녀원에 들어가 살았다. 같은 소재로 이름 있는 시인들의 다양한 버전들이 존재한다. 특히 스페인에서 쫓겨난 유대인들인 세파르디 로만세에는 훨씬 긴 내용으로 담겨 있다.

작품 103 리코 프랑코의 로만세

왕의 사냥꾼들이 사냥하러 갑니다, 사냥을.
사냥감이 없어 가져올 게 없네요.
매를 잃었으니, 왕의 협박이 보통이 아니군요!
그들은 마이네스라는 이름의 성으로 갑니다.
그 성에는 아주 아름답고 예의 바른 한 아가씨가 있었지요.
백작 일곱 명이, 왕 세 명이 그녀를 요구했지요.
그런데 아라곤 사람 리코 프랑코가, 리코 프랑코가 그녀를 훔쳤지요.
그 처자는 울면서 갔어요. 그 예의 바른 두 눈으로 말이죠.
아라곤 사람 리코 프랑코가, 리코 프랑코가 그녀에게 말합니다.
— 아빠나 엄마 때문에 운다면 앞으로 절대로 넌 그들을 못 볼 거야.
네 형제들 때문에 운다면 내가 그 세 명 모두를 죽였거든.
— 난 아빠도 엄마도 울지 않아요. 내 세 명의 형제 때문도 아니에요.
내 운명이 어떻게 될까 우는 거예요.
리코 프랑코, 내게 당신의 그 루카* 칼을 빌려주세요.
망토에 붙은 이 금속 장식을 제거하려고 그래요. 가져갈 게 아니라서요.
제거하라고 리코 프랑코가 칼날을 쥐고 손잡이로 건네줍니다.
꾀가 많은 그 아가씨는 그 칼을 그의 가슴팍으로 찔러 넣었지요.

---

* 이탈리아의 도시. 지역의 대표적 산물로 지역 이름을 대신함. 수사학적으로 제유법이라 함.

이렇게 자기 아버지와 어머니, 그리고 자신의 세 명의 형제 모두의 복수를 했답니다.

해설 유럽 전역에서 불리던 노래에서 나온 로만세이다. 동요로도 불린다.

작품 104 마르키요스의 로만세

마르키요스, 넌 이루 말할 수 없는 배신자구나! 진정 지독한 배신자라니!
네가 원하는 여인과 잠자리를 하려고 네 주인을 죽였구나.
넌 주인을 죽이고 나서 그의 두건을 벗겨서는
성으로 갔지. 그 블랑카 플로르가 있는 곳으로 말이지.
— 아름다운 부인, 내게 문을 열어주시오. 당신 남편이 여기 왔소이다.
믿기 어려우시다면 여기 남편임을 보일 두건이 있소.
블랑카 플로르는 그것을 보자 즉시 문을 열어 주었지요.
그는 그녀의 목을 두 팔로 감고 곧장 그녀의 입을 맞추었지요.
그녀를 포옹하고 입을 맞추면서 궁으로 그녀를 밀어넣었지요.
— 마르키요스, 제발 제게 한 가지 은총을 베풀어 주세요.
그건 해가 뜰 때까지 저와 잠자리를 하지 않는 거예요.
마르키요스는 이달고인지라 그 청을 받아들였지요.
너무 피곤해 있었던지라 도착하자마자 잠에 빠져들었지요.
아름다운 블랑카 플로르는 아주 가볍게 일어나
손에 칼을 들고 마르키요스의 목을 잘라 버렸답니다.

해설 여성 복수 로만세의 가장 완벽한 유형이다.

작품 105 알레만 백작의 로만세

태양이 정오에 있듯 달이 중천에 떠오르고 있었지요.
그때 그 유명한 알레만 백작이 왕비와 잠자리를 하고 있었지요.
궁에 있던 사람들은 아무도 그런 사실을 모르고 있었지요.
공주만 빼고요. 왕비의 딸인 공주만 제하고요.
그녀의 어머니가 이런 식으로 딸에게 말합니다.
— 딸아, 네가 본 것들은 모두, 무엇이든 간에 다 모른 척하거라.
알레만 백작이 네게 순금 망토를 줄 것이다.
— 어머니, 순금 망토는 지옥 불에나 태우라고 해요!
제 아버지가 살아계시는데, 생존하는 계부를 갖다니!
딸은 울며 나갔고, 그 모습을 왕인 아버지가 보았지요.
— 공주야, 무슨 연유로 우는 게야? 누가 너를 울게 한 게야?
— 제가 여기서 식사를 하고 있었어요. 포도주에 든 수프를요.
그때 알레만 백작이 들어왔어요. 제 옷에 그 수프를 쏟아버렸지요.
— 내 딸아, 그 일로 울다니 그러지 말아라, 그러지 마.
백작은 아직 젊고 어려 장난으로 그렇게 했을 것이다.
— 아버지, 어찌나 웃고 우롱하던지, 유황불에 태워 죽일 인간이라니까요!
그때 저를 자기 품에 안아 즐기려 했다고요.
— 걔가 너를 자기 품에 안고 즐기려 했다면
해가 뜨기 전에 그를 죽이라 명할 것이다.

해설 어머니를 고발하지 않고 아버지의 명예를 지키기 위한 딸의 책략에 관한 이야기로, 포르투갈에서는 구두 전통의 현대 로만세로 많은 인기를 누리고 있다.

작품 106 알라르코스 백작과 솔리사 공주의 로만세

공주는 늘 하듯이 방에 박혀 있었습니다.

자신의 삶을 아주 불만스러워 하며 살고 있었지요.

자기 인생의 꽃 같은 시간이 이미 다 지나간 것을 보면서 말이죠.

그리고 왕이 자기를 결혼시키지 않고 그럴 걱정도 하지 않는 것을 보면서 말이지요.

자기 마음을 누구한테 털어놓을까 내심 생각하고 있다가

몇 번 그래왔던 것처럼 왕을 부를 생각에 닿았지요.

자기의 비밀과 자기의 뜻을 왕에게 전하고자 말이죠.

딸의 부름에 왕은 지체하지 않고 왔지요.

딸이 혼자 아무런 동행도 없이 떨어져 있는 것을 보았지요.

공주는 여느 때보다 더 슬픈 모습을 예쁜 몸짓으로 드러내 보였지요.

왕은 즉각 딸의 분노를 알아챘지요.

— 공주야, 무슨 일이니? 내 딸아, 무슨 일이 있는 거니?

왜 화가 나 있는지 말해 다오. 우울하게 있지 말고.

이유를 알면 해결되지 않을 일이 무엇이 있겠는가.

— 훌륭한 왕이시여, 제 삶을 해결해야 할 필요가 있는 것 같습니다.

어머니가 아버지께 위임한 제 삶을 말이지요.

훌륭한 왕이시여, 제게 남편을 주시옵소서.

제 욕망이 아니라 수치심을 갖고 아버지께 남편을 청합니다.

그러한 걱정거리는 아버지께서 해결해야 할 것들입니다.

딸의 요구를 듣자 그 훌륭한 왕이 대답했지요.

— 공주야, 그건 내 잘못이 아니라 네 잘못이지 않은가.

벌써 헝가리 왕자와 결혼할 수 있었잖은가.

네게 온 사절의 말을 들으려고 하지 않았잖은가.

딸아, 이곳, 우리 궁정에서는 신경 쓸 것도 없었는데 말이다.

내 왕국 어디에도 네게 어울리는 사람이 없으니 말이다.

단지 알라르코스 백작이 있는데, 그 사람은 자식과 아내가 있지.

— 왕이시여, 어느 한 날 알라르코스 백작을 초대하소서.

그리고 식사를 마친 후 제 말을 그에게 전해 주소서.

제가 그에게 가졌던 믿음을 기억하라 말씀해 주소서.

그 믿음은 제가 그에게 요구한 것이 아니라 그가 제게 약속한 것입니다.

그가 언제나 저의 남편이 되고 저는 그의 아내가 될 것이라는 믿음이었습니다.

저는 그 말에 아주 만족했었고, 후회한 적도 없답니다.

그런데 그자는 백작 부인과 결혼했으니 무슨 일을 저질렀는지 제대로 알기를 바랍니다.

저는 그 사람 때문에 헝가리 왕자와 결혼하지 않았던 겁니다.

백작 부인과 결혼한 건 그 사람 잘못이지 제 잘못이 아닙니다.

이 말을 들은 왕은 정신이 혼미해졌습니다.

하지만 제정신으로 돌아오자 화를 내며 답합니다.

— 네 어머니는 너를 이렇게 가르치지 않았다!
공주, 내 명예가 어떻게 될지 아예 생각지도 않았구나!
그 말이 모두 사실이라면 네 명예도 이미 잃은 것이다.
백작 부인이 살아 있는 한 넌 결혼할 수가 없다.
이성적으로 생각하거나 정의라는 차원에서 결혼을 생각한다면
사람들은 너를 나쁜 여자라 할 것이다.
딸아, 내 생각만으로는 부족할 거 같으니, 네 의견을 다오.
내가 조언을 구하던 네 엄마는 이미 죽고 없으니 말이다.
— 훌륭한 왕이시여, 제가 드리겠나이다. 제 좁은 소견으로 말이지요.
백작이 부인을 죽이도록 하소서. 아무도 그 일을 모르게 말이지요.
그러고는 그녀가 앓고 있던 지병으로 죽었다고 세상에 알리도록 하소서.
그리고 결혼은 무효로 하소서.
훌륭한 왕이시여, 이렇게 하면 제 명예는 지켜질 것입니다.
그 자리에서 왕이 나가니, 전혀 평소처럼 즐거운 모습이 아니었지요.
알게 된 사실로 생각에 푹 빠져 갑니다.
사람들 사이에서 말하고 있는 알라르코스 백작을 보았습니다.
— 여인을 사랑하고 섬긴다는 게 무슨 이득이 있나요?
확고함이 없다면 소용없는 봉사니 말이지요.
제가 한 말이 제게는 적용이 안 되지요.
한때 제가 섬긴 적이 있는 여성을 전 무척이나 사랑했거든요.
그 당시에 사랑했다면 지금은 더 많이 사랑하지요.

제 말은 진정 사랑하는 자 잊기가 어렵다는 겁니다.
이런 말을 하고 있을 때 그 훌륭한 왕이 오는 것을 보았습니다.
사람들에게서 빠져나와 왕과 말을 나누지요.
그 훌륭한 왕은 백작과 정중하게 말을 나누다 이렇게 말합니다.
— 백작, 자네가 나와 식사하기를
원하는 날, 오전 중에 그대를 초대하고자 하오.
— 전하의 말씀대로 기꺼이 그렇게 하겠나이다.
제가 예를 다하고자 전하의 손등에 입을 맞추겠나이다.
떠나려 했는데, 내일까지 머물겠나이다.
아내가 보낸 편지로 보아, 저를 기다리고 있어서 말입니다.
이튿날 아침, 왕은 미사를 마치고 나왔습니다.
식사하고자 식탁에 앉았습니다. 물론 먹고 싶어서가 아니었지요.
백작에게 하고 싶었던 말을 하고자 해서 그랬습니다.
왕의 식사 자리니 서비스가 아주 좋았지요.
식사를 마치고, 모든 사람이 나간 뒤에
왕은 식사한 테이블에 백작과 남았습니다.
딸이 전해주라 한 바를 왕은 말하기 시작합니다.
— 백작, 내가 전혀 달갑지 않게 생각하는 소식이 있네.
그 소식에 따라 자네의 무례함을 내가 항의해야겠네.
자네는 공주가 자네에게 요구하지 않은 바를 공주에게 약속했네.
내 여식의 낭군이 된다는 거였네. 그녀도 그 약속이 좋았네.

자네가 다른 일들을 겪었다면, 그 문제로 언쟁하지 않겠네.
내가 자네에게 하는 말은 자네를 더 고통스럽게 할 일일세, 백작.
아내를 죽여 내 명예를 지켜주게.
아내가 갖고 있던 지병으로 죽었다고 세상에 알리게.
그리고 결혼을 무효로 하게.
내가 극진히 사랑하는 내 딸의 명예를 보존하기 위해서이네.
이러한 말을 들은 그 훌륭한 백작은 대답했습니다.
— 공주님이 하신 말씀은, 전하, 제가 부인할 수 없습니다.
제게 원하는 바 모두 당연히 그리해야 한다고 봅니다.
전하, 전 전하가 두려워 마땅히 결혼해야 할 자와 혼인을 하지 못했습니다.
전하께서 그런 일에 동의하실 거라고는 생각지 못했습니다.
공주님과 결혼하라시면, 전하, 그렇게 하겠습니다.
하지만 아내를 죽이라는 말씀은, 전하, 그렇게 하지 않을 것입니다.
제 아내가 죽어야 할 이유가 없어서입니다.
— 훌륭한 백작이여, 죽어야 하네. 내 명예를 살리려면 말일세.
당연히 챙겨야 할 일을 먼저 생각하지 않는구먼.
자네 처가 죽지 않는다면 자네의 목숨을 내놓아야 할 걸세.
왕의 명예를 지키고자 많은 이들이 잘못도 없이 죽었네.
그러니 자네 처가 죽는다고 대단한 일도 아닐세.
— 훌륭한 왕이시여, 그렇게 하겠습니다. 하지만 저의 죄는 아닙니다.
전하의 생애 마지막 날 하느님과 화해하시기를 바랍니다.

기사의 명예를 걸고 전하께
죄 없는 아내를 죽이겠노라 약속드립니다.
약속한 바를 수행치 않을 시 사람들이 저를 반역자로 몰아도 좋습니다.
훌륭한 왕이시여, 허락하신다면 곧 떠나겠습니다.
— 훌륭한 백작이여, 잘 가시게. 출발을 준비하시게.
백작은 울면서 떠나지요. 비통해 하면서 말입니다.
자기보다 더 많이 사랑하는 백작 부인 때문에 울면서 말입니다.
자기의 세 자식 때문에도 웁니다.
한 놈은 아직 젖먹이라 아내가 양육하고 있었지요.
유모가 셋이지만 누구의 젖도 빨려고 하지 않았지요.
오직 자기가 너무나 잘 아는 엄마의 젖만을 원했어요.
다른 두 명도 어려서 아무것도 모를 때이랍니다.
백작은 도착하기 전에 이런 말을 하고 있었습니다.
부인이여, 당신 삶의 마지막인 줄도 모르고 나를 맞이하러 나올 때
그 기쁜 얼굴을 어떻게 볼 수 있단 말인가요!
내가 죄인이오, 이 모든 잘못이 나로 인해 벌어진 것이오.
이런 말을 하고 있을 때 백작 부인이 벌써 나오고 있었지요.
하인이 백작이 벌써 오고 계신다 알렸지요.
부인이 남편의 슬픈 얼굴을 보았지요.
돌아오는 길 내내 자기가 누리고 있던 행복을 잃을 생각에
울어서 퉁퉁 부은 눈을 보았지요.

백작 부인이 백작에게 말합니다. — 어서 오세요, 내 목숨이시여!

알라르코스 백작이시여, 무슨 일이 있으신가요? 왜 우시는 건가요, 내 사랑?

그렇게 얼굴이 변해 있으니 알아볼 수 없을 정도입니다.

당신의 평상시 모습도 몸짓도 아니 보입니다.

화내실 일이 있으시다면 제게 그 화를 푸십시오. 제게 기쁨을 주셨듯이.

빨리 무슨 일인지, 백작이시여, 말씀해 주세요. 제가 죽을 지경입니다!

— 말해주겠소, 부인. 때가 올 것이오.

— 정말 말해주지 않으신다면 제가 화를 낼 것입니다요, 백작님.

— 나를 재촉하지 마시오, 부인. 아직 때가 아니오.

당장 저녁을 먹읍시다, 부인. 집에 있는 것으로 말이오.

— 준비해뒀어요, 백작님. 늘 그러했듯이 말이지요.

백작은 식탁에 앉았습니다. 그러나 먹지 않았지요. 아니 먹을 수가 없었습니다.

그가 무척이나 사랑하는 자식 셋을 옆구리에 두고 말입니다.

어깨 위로 엎드려 자는 척했습니다.

그의 눈에서 흐르는 눈물이 식탁을 온통 적셨습니다.

그 모습을 본 백작 부인은 어리둥절했습니다.

남편에게 아무것도 묻지 않았습니다. 그럴 수도 감히 그러지도 못했습니다.

백작이 일어나더니 자고 싶다고 합니다.

백작 부인도 자기도 자고 싶다고 합니다.

그러나 그 두 사람, 진실이 밝혀지면 잠이란 건 글렀지요.

백작과 부인은 그들이 자던 곳으로 자러 갑니다.

애들은 안으로 들여놓기 싫어 백작은 그들을 방 밖에 놔둡니다.

부인이 키우던 막내만 데리고 들어갑니다.

백작이 문을 닫습니다. 하지 않았던 일입니다.

백작이 말하기 시작합니다. 고통과 상처로 얼룩져서 말이지요.

— 오, 불행한 그대여, 당신의 불행이 얼마나 큰지!

— 여보, 난 불행하지 않아요. 단지 당신의 아내가 되는 것으로

저를 행복하게 해주셨어요. 그게 저에겐 큰 행복이었어요.

— 그대가 사실을 안다면 그것은 당신의 불행이었소!

지난 한때 내가 섬기던 한 여인을 사랑했던 적이 있소.

그 여인은 공주였소. 당신과 나의 불행이고자

내가 그녀와 결혼한다고 약속했었소. 그녀도 그러기를 바랐소.

내게 가졌던 믿음으로, 지금 내게 자기의 남편이 되기를 요구하고 있소.

이유를 따지고 정의로 보면 당연히 그럴 수 있소.

그녀의 아버지이신 왕이 내게 그러한 과거의 일을 알렸소. 그녀로부터 알게 된 게요.

왕은 내게 내 영혼을 건드리는 일을 요구하고 있소.

당신을 죽이라 하시오. 그대 목숨의 마지막을 요구하시오.

당신이 살아 있으면 왕의 명예가 훼손되기 때문이라오.

백작 부인은 이 말을 듣자 기절해서 바닥에 쓰러집니다.

얼마 지나 제정신을 찾자 이런 말을 합니다.
— 제가 당신을 섬긴 것에 대한 대가가!
백작님, 저를 죽이지 마시고 제 조언을 따라 보소서.
제 아버지가 계신 제 고향으로 저를 보내주소서.
자식들은 들어올 여자보다 더 훌륭히 키울 것이니 제가 키우겠습니다.
늘 그랬듯이 전 당신께 정절을 지킬 것입니다.
— 부인, 당신은 날이 새기 전에 죽어야 하오.
— 알라르코스 백작이여, 전 이 생에서 혼자인 것 같습니다.
아버지는 연로하시고 어머니는 이미 돌아가셨으며
제 오빠인, 그 훌륭한 돈 가르시아 백작은 그가 두려운 왕이
그를 죽이라 했으니 말입니다!
전 저의 죽음이 아픈 게 아닙니다. 전 죽어야 하니까요.
그러나 제 자식들은 아픕니다. 저와 함께하지 못하기 때문이지요.
그들을 제게 오라 해주세요, 백작님. 그리고 저의 작별을 보도록 해주세요.
— 아이들은 더 못 볼 것이오, 부인. 당신이 살아 있는 한.
이 어린 것을 안으시오. 당신을 잃을 이 어린 것을.
나도 당신이 아프오, 부인. 내 고통이 얼마나 큰지 가늠하기 어렵소.
나는 당신을 지킬 수가 없소, 부인이여. 내겐 목숨 그 이상의 일이라오.
일을 이렇게 만드신 하느님께 당신을 맡기시오.
— 백작이시여, 제가 알고 있던 기도문을 외게 해주세요.

— 부인, 빨리 하시오. 날이 새기 전에 말이오.
— 빨리 할 겁니다. 아베마리아는 하지 않을 것입니다.
그녀는 땅에 무릎을 꿇고 앉아 이러한 기도를 올렸습니다.
"주님, 당신의 손에 제 영혼을 맡깁니다.
제가 지은 죄로 저를 판단하지 마옵시고
당신의 위대한 동정심과 당신의 무한한 은혜로 판단하소서."
— 이제 제가 알고 있던 기도를 끝냈습니다, 백작.
당신과 저 사이에서 난 자식들은 당신께 맡깁니다.
그리고 당신이 살아 있는 동안 저를 위해 기도해 주세요.
저는 죄 없이 죽으니 그 일은 당신의 의무입니다.
그 막내는 제게 주시지요. 작별의 의미로 젖이나 빨도록 하게요.
— 걔는 깨우지 마시오, 부인. 잠든 채 내버려 둬요.
당신께 용서를 구하오. 벌써 날이 밝아오니.
— 당신을 용서하지요, 백작. 당신을 사랑했기에.
하지만 왕과 그의 딸인 공주는 용서하지 않습니다.
오히려 하늘의 심판대에 소환해 놓으려 합니다.
그들은 30일 내로 하늘의 심판을 받을 것입니다.
이런 말을 하고 있을 때 백작은 준비하고 있었습니다.
갖고 있던 머릿수건으로 그녀의 목을 있는 힘껏 졸랐습니다.
죽을 때까지 목에서 힘을 풀지 않았습니다.
백작은 그녀가 죽은 걸 확인하자

그녀가 입고 있던 옷을 벗기고
그녀를 침대 위에 눕힌 뒤, 늘 하듯 이불을 덮었습니다.
그 옆에 백작은 옷을 벗고 누웠죠. 성모 마리아 송을 부를 시간만큼이었죠.
그러고는 자기 사람들에게 소리치며 일어났습니다.
— 하인들이여, 백작 부인이 죽어 간다, 도와주러 오라.
도와주러 간 자들은 부인의 죽음을 발견합니다.
그렇게 백작 부인은 이유도 정의도 없이 죽었습니다.
하지만 다른 사람들도 모두 30일 내로 죽었답니다.
공주는 열이틀이 지나 죽고,
왕은 스무닷새 만에 죽고, 백작은 삼십 날에 죽었습니다.
신의 심판을 받으러 저 하늘로 갔습니다.
신이시여, 이곳에는 당신의 은혜가, 그곳에는 영광이 이루어지기를.

해설 명예와 왕의 위력을 보여주는 전형적인 스페인 기원의 로만세이다. 17세기에는 스페인을 대표하는 극작가들의 작품에 줄거리를 제공했고, 18세기에는 낱장으로 계속 인쇄되었다. 시적 아름다움과 시인의 감성을 느낄 수 있다.

작품 107 사랑의 로만세
(기사여, 어디로 가시나요?)

제가 가장 즐겁고 유쾌했던 때
한 순례자를 만났지요. 그자는 내게 이렇게 말을 했답니다.
— 기사여, 어디로 가시나요? 어디로 가시나요, 불쌍한 자여?
댁의 고운 임이 죽었어요, 죽었다고요, 내가 봤지요.
그녀가 들려간 널빤지는 검은 천으로 덮여 있었지요.
공작이고 백작이고 당신이 불쌍하여 모두 그녀의 죽음을 울었답니다.
미망인이나 부인네나 아가씨들은 울면서 이렇게 말했지요.
— 오, 불쌍한 기사여, 여기서 그런 여인을 잃다니!

해설 이 작품의 주인공은 산초 4세 왕의 증손녀 이네스 데 카스트로이다. 그녀는 1320년경 갈리시아 지역에서 태어났다. 포르투갈 페드로 왕자가 결혼하기 직전, 그녀를 알게 된 왕자는 그녀를 사랑했다. 페드로는 콘스탄사 마누엘과 결혼하고 그녀는 아내를 동반해 다니는 부인으로 두어 자신의 곁에 있도록 했다. 그러면서 둘은 더욱 가까워졌다. 콘스탄사가 출산 중에 죽자 이네스와 페드로는 비밀리에 결혼하여 네 명의 자식을 두었다. 이 일이 페드로의 아버지인 알폰소 4세의 눈에 좋아 보일 리가 없었다. 왕국의 안위를 생각했던 왕은 신하들의 조언으로 페드로가 외유 중 이네스를 1355년 1월 7일 코임브라에서 목을 잘라 죽이라 명한다. 이 이야기는 죽게 된 여인의 죽음을 기사에게 알리는 본 로만세와《기사가 소리치며 가다》, 《라 팔마 사람의 로만세》로 탄생되었다. 역사 이야기를 이어가자면, 화가 난 페드로는 아버지에 대항해 반란을 일으켜 2년 뒤 포르투갈 왕위에 오른다. 그러나 그의 복수는 여기서 끝나지 않는다. 선왕인 아버지에게 조언한 신하들의 심장을 꺼내고, 이네스의 무덤을 파라고 명한다. 왕은 그녀를 여왕으로 올리며 장대한 장례식을 치르게 하고 자식들은 합법적인 왕위 계승자로 선포한다. 그녀의 유해는 자신이 묻힐 왕실 무덤에 안치하여 자신의 묘 옆이 아니라, 마주 보게 안장했다. 부활할 시 제일 먼저 그녀를 볼 수 있도록 하기 위해서였다. 이후 이러한 역사적 사건을 바탕으로 여러 이야기가 탄생했다. 예로, 이네스의 시체를 왕좌에 앉혀 왕관을 씌우고 신하들에게 그녀의 손에 입을 맞추게 했다거나, 그녀가 유령으로 나타나 왕에게 조언을 주는 등의 환상적 내용이 더해졌다.

이 작품은 19세기에 들면 1878년에 왕위에 오른 알폰소 12세의 로만세로 개작된다. 알폰소 12세의 아내인 메르세데스가 18세의 어린 나이로 독살당했기 때문이다. 이네스 사건은 이 외에도 참으로 많이 작품이 되어 식자층의 문학이나 극으로 활용되었다. 스페인뿐만 아니라 유럽에서는 '유령'이나 '불충한 아내', '프랑스의 베르날', '솔다디뇨' 등으로 노래되며《로미오와 줄리엣》,《에일로이즈와 아벨라르》에 견줄 신화의 수준으로 올랐다. 15세기에서 17세기까지 탄생된 작품이 총 11종류에 이른다. 15세기 말 노래집에 실린《라 팔마 사람의 로만세》의 내용은 다음과 같다.

"내가 프랑스를 떠나/바야돌리드로 가려고 할 때/아주 점잖은 순례자인/라 팔마 사람을 만났죠./— 아, 라 팔마인이여/너무나 멋진 순례자여, 내게 전해주오/내 님의 소식을/아신다면 말이지요./그는 아주 점잖게 내게 말해줬지요./내게 이렇게 말을 했답니다." 이렇게 시작된 로만세는 본 로만세와 같은 내용으로 그 뒤를 이어간다. 다만 그녀가 실린 관이 금과 상아로 되어 있고, 수의는 파리산 천이라는 등의 내용이 더 붙는다. 이 말을 들은 기사는 생각에 잠겨 말을 타고 가다 유령을 만나게 되고 그 유령이 그에게 말을 건다. "— 기사여, 두려워 마시오/저를 무서워하지 마세요."로 시작하여 자기는 죽었으나 기사는 살아서 이 세상을 위해 자기 대신 좋은 일을 해달라 하고, 다른 여자를 만나되 자기는 잊지 말아 달라고 부탁한다. 내용으로 보아 이 여인 역시 젊은 나이에 기사가 없는 상황에 억울하게 죽었고, 그래서 기사는 그녀의 무덤이 어디에 있는지를 알려달라고 하며 자기도 같이 묻히겠노라 한다. 1492년 스페인에서 쫓겨나 모로코에 정착한 스페인계 유대인들의 로만세에는 이런 내용이 더 추가되어 있다. "이미 오월의 꽃이 죽었지요./이미 사월의 꽃이 죽었지요/죽음 뒤에 여왕이 된/여인이 이미 죽었지요."

20세기 안달루시아에서는 이러한 버전으로 탄생한다. "— 훌륭한 기사여 어디로 가시나요?/어디로 가시나요?/— 내 아내를 찾으러 간다오/그녀를 못 본 지 오래되었다오./— 당신의 아내는 이미 죽었다고/죽었지요, 내가 봤지요,/그녀를 알리는 표식을/당신께 말해줄 수 있어요./" 이렇게 시작되는 시는 그녀가 어떤 옷을 입었고 어떤 복장이었는지에 대해 열거한다. 이어 유령이 되어 기사 앞에 나타난 그녀가 기사에게 다시 결혼하여 자식을 가지라 한다. 1894년 금을 찾아 캘리포니아에 몰려와 있던 미국과 영국 광부들은 멕시코인들이 매일 같은 노래를 가사만 달리하여 반복하여 부르는 것을 들었다. 그 노래는 깊은 계곡 광산 마을 동굴집에 늙은 아비와 예쁜 딸이 살았는데, 딸이 바다에 빠져 죽고 아버지만 남겨져, 요정 같은 딸의 모습과 덮개 없는 청어 상자로 만든 9인치 딸의 신발을 비탄에 잠겨 부르는 내용으로, 우리나라에서는 "넓고 넓은 바닷가에 오막살이 집 한 채…"로 시작하는 〈나의 사랑 클레멘타인〉이다. 이 로만세는 이어 존 포드의 〈황야의 결투〉(1946) 영화로, 코니 프란시스의 〈클레멘타인〉 노래로, 더 나아가 동요로 많은 인기를 누렸다. 이 로만세의 역사는 여기서 끝나지 않는다. 1998년 다리오 지의 프랑스 월드컵 노래에 멜로디를 주었는데, 〈파리의 카니발〉이다. 이 노래는 축구 팬들의 머리에서 쉽게 사라지지 않았을 것이다. 특히 유머 감각이 남다른 스페인 카디스 축구 클럽은 시합 전, 또는 중간에 가사는 달라졌으나 멜로디는 유지된 노래를 합창으로 부르고 있다. 이 노래는 스페인 축구 대표팀 시합에서도 울리고, '로스 이누마노스'라는 스페인의 록밴드는 앨범에 이 노래를 포함시키기도 했다. 만일 현재 술집이나 축구장에서 "알코올, 알코올, 알코올, 우리는 취하러 왔지요, 결과는 관계없어요"라는 노래를 듣게 된다면 페드로와 이네스의 불행했던 사랑을 기억하길 바란다. 14세기 포르투갈 왕이 주인공인 비극적인 로만세와 카디스 풋볼 클럽이 이렇게 이어진다. 로만세의 생명력을 보여주는 대표적인 한 예이다. 스페인 극작가 벨레스 데 게바라는 〈죽음 뒤에 통치하다〉라는 극에 본 로만세를 사용했고, '혼령'이라는 제목으로 현재 중남미에서도 노래되고 있다. 어린이용 로만세 노래집에는 '알폰소 12세여, 어디로 가시나요?'라는 제목으로 실려 있다.

작품 108 벗이여, 벗이여…

— 벗이여, 벗이여, 내 고운 임이 결혼을 했다오.
한 평민과 결혼을 했다오. 내가 가장 가슴 아파하는 부분이라오.
무어인이 되어 저 너머 멀리 무어인들이 거주하는 곳으로 가버릴까 합니다.
그래서 그곳을 지나갈 기독교인의 목숨을 앗아 버리려고요.
— 그러지 말아요, 벗이여, 제발 그러지 말아요.
내게 세 명의 누이가 있소. 가장 아름다운 누이를 당신께 주겠소.
아내로 원한다면 아내로, 애인으로 원한다면 애인으로.
— 난 아내로든, 애인으로든 여인을 원하지 않으오.
내가 가장 사랑했던 그 임도 즐기지를 못했으니.

해설 내용이 모호한 단편적인 로만세의 대표적인 경우이다. 아주 대중적인 문체를 보여주는 작품의 예이기도 하다. 우정과 가버린 사랑과 무어인과 기독교인 간의 대립을 보여주고 있다.

작품 109 여왕이 슬프게 있어요, 슬프게…

여왕이 슬프게 있어요, 슬프게, 슬프게 있어요, 웃지를 않아요.
자기 자리에 앉아 금으로 가장자리 끈 장식을 짜고 있어요.
손으로는 일하고 있는데, 마음은 생각하고 있지요.
가슴이 분노로 불안하게 뛰고 있어요.
눈에서는 눈물이 줄줄 흘러내리고 있어요.
입으로는 아주 동정할 만한 말을 하고 있어요.

해설 또 다른 단편적인 로만세이다. 역사 로만세의 도입 부분으로 추측된다.

작품 110 에스피넬로의 로만세

에스피넬로가 아주 아파 침대에 누워 있답니다.
긴 의자는 금으로 되어 있고 탁자는 순은으로 되어 있지요.
그가 누워 있는 요는 고급인 얇은 삼베로 되어 있고요,
그를 덮은 이불은 보기 힘든 물건이지요.
이불 씌우개에는 많은 진주가 뿌려져 있답니다.
그의 머리맡을 그의 애인 마타레오나가 지키고 있지요.
공작의 깃털로 그의 얼굴을 시원하게 해주고 있어요.
이렇게 휴식을 취하고 있을 때 그에게 이런 요구를 합니다.
— 에스피넬로, 에스피넬로, 어쩜 그렇게 좋은 날 나셨는지요!
당신이 태어난 날은 만월이었어요.
한 치도 어긋나지 않는 만월이요.
에스피넬로, 당신의 인생을 제게 들려줘요, 당신의 삶을 말이지요.
— 사랑과 예의를 다해 그렇게 할게요. 여인이여.
내 아버지는 프랑스 사람, 내 어머니는 롬바르디 사람이지요.
내 아버지는 힘으로 프랑스 전체를 통치하셨죠.
내 어머니는 그의 아내로서 한 가지 법을 입안하셨죠.
한 날 한 번의 출산으로 두 명을 낳는 여인은
배신자로 태워 죽이는 정의를 실현해야 한다는 법을요.
아니면 그녀를 바다에 던져야 한다고요. 서방질한 것이라서 말이지요.

신과 나의 운명은 나의 어머니가 두 명의 아들을
한 날, 한 번의 출산으로 낳기를 원했지요. 그건 불명예스러운 일이었죠.
어머니는 너무나 미친 상상으로 조언을 구하러 갔지요.
마법에 정통한, 포로로 잡혀 있던 한 무어 여인에게 말이지요.
— 무어 여인이여, 내 명예를 구하려면 어떻게 하면 좋겠는가?
그녀는 답했지요. — 부인, 제가 보기엔 말입니다,
당신 마음이 이끄는 대로 한 아들을 취하시어
값비싼 상자에 넣어 바다에 던지세요.
제대로 타르를 바르고 금과 보석을 잔뜩 넣어서 말이죠.
아이를 발견할 사람이 그를 기쁘게 키울 수 있도록 말입니다.
그 운이 내게 떨어져 난 망망대해에 놓였지요.
바다는 아주 용감하게 나를 낚아채
맹렬하게 나를 육지에 놓았지요.
에스피노*라고 부르는 나무 아래에다 말이지요.
그래서 나를 에스피넬로라 이름했지요.
뱃사람들이 항해하다 그때 나를 발견했지요.
나를 수리아의 위대한 술탄에게 데리고 갔지요.
술탄은 자식이 없었기에 나를 자신의 아들로 삼았죠.
그 술탄은 죽고 내가 그 대신 통치하고 있지요.

* 산사나무.

해설 로만세의 주제나 동기는 민간전승의 것으로 주인공의 이름이 14세기 이탈리아의 '지벨로Gibello'와 12세기 프랑스의 '프레이스네Fraisne'와 아주 닮았다. 둘 다 나무 이름이면서 인명이다.

작품 111 나는 무어 여인 모라이마예요…

나는 무어 여인 모라이마예요, 아름다운 무어 아가씨랍니다.

기독교인이 내 집 문 앞에 왔어요, 아마도 저를 속이려고 말이지요.

내게 아랍어로 말했는데, 정말 아랍어를 잘 아는 사람처럼 했어요.

— 무어 여인이여, 문을 여시오, 알라가 당신을 지켜주시기를.

— 당신이 누군지도 모르는 가여운 내가 어찌 당신께 문을 열겠어요?

— 나는 무어 사람 마소테요. 댁 어머니의 동생이오.

내가 한 기독교인을 죽였는데, 경찰이 나를 쫓고 있소.

내게 문을 열어주지 않는다면, 내 생명이여, 여기서 나를 죽이는 걸 보게 될 것이오.

난 이 말을 듣고 가여워 하며 일어나

고급 명주 드레스가 없어 작은 망토를 걸치고

문으로 갔지요. 그러고는 문을 활짝 열어줬지요.

해설 15세기 말 로만세이다. 사기꾼 기독교인과 아리따운 무어 여인 간의 이야기이다. 여인의 이름 '모라이마'에는 무어 여인을 뜻하는 '모라'와 '사랑'의 의미가 합쳐져 있다. 열린 결말로 우리의 상상을 자극한다. 스페인에서의 친무어 문화를 보여주는 예이다. 6행 마소테는 스페인어로 '큰 망치' 란 뜻의 '마소'에 경멸 어미이자 증대 어미인 '오테'가 붙은 이름으로, 아름답고 순수한 무어 여인과 대비되는 기독교 남성의 경멸적인 면모가 이름에 숨어 있다. 여기서 '문'은 관능적 의미를 담고 있다. 사랑의 속임수가 재치와 재미로 무겁지 않게 그려져 있다.

작품 112 갈리아르다의 로만세

— 갈리아르다, 갈리아르다, 오, 누가 당신과 즐기겠나,
다음 날 아침 1백 명의 무어인과 싸워야 하는데!
내가 그들을 모두 이기지 못하면 넌 당장 나를 죽이라 할 텐데.
그렇게 큰 은혜를 받으려면 엄청난 희생이 따르거든.
— 플로렌시오스, 그 잔다는 거 말이야, 네가 잔다면,
넌 애송이에 나이도 어리지, 하지만 곧 그 일로 만족하게 될 거야.
플로렌시오스는 하늘을 올려다보다 자기 칼을 꺼냈지요.
— 내가 그런 식으로 만족하니, 여인이여, 이 칼로 죽고 말지요.
플로렌시오스는 그날 밤 갈리아르다와 잤지요.
다음 날 아침 조정에서 자찬했지요.

해설 원문을 보면 스페인 전통 로만세 운율인 단운이 아니라 세 가지 운율로 작성되어 있다. 유럽 발라드를 모방하여 2행시로 시작된 시인데, 본 로만세는 그 일부이다. 나머지 부분은 다음 날 아침 조정에서 사람들에게 플로렌시오스가 자찬한 내용으로 이어진다. "— 오늘밤, 기사들이여 난 한 아가씨와 잤지요. 내 살아생전 그렇게 아름다운 경험을 한 적이 없어요. 모두가 이구동성으로 말했지요. — 맞아, 갈리아르다가 바로 그 아가씨야. 그 말을 그의 형이 들었지요. 그리고는 언쟁이 일어났지요. — 제발 네게 간구하니, 플로렌시오스여, 그 여자랑 결혼하렴. — 기사들이여, 하룻밤 같이

한 여인을 아내로 취할 그런 추한 일은 내 생전에 없을 게요. 플로렌시오스가 그 말을 마치기도 전에, 모두가 이구동성으로 즉각 말했지요. — 죽어라, 죽어! 가장 아름다운 갈리아르다의 명예를 짓밟은 자 죽어라! 그가 죽은 걸 안 갈리아르다는 얼마나 고통스러워 했던지요! — 기사들이여, 고통스러워요. 그토록 나쁜 짓을 행하시다니. 그 미친 자가 한 말은 믿을 게 못된답니다. 확실하게 알 때까지 그를 죽여서는 아니 되었어요.” 가족의 명예를 회복하기 위해 형은 동생에게 결혼으로 해결하기를 청하지만 젊은이는 자기와 관계를 맺은 젊은 여인을 경멸하는 것으로 응대했다. 갈리아르다의 간계가 보통이 아니다. 죽은 자의 말이 사실이 아니고 자기는 정숙한 여인임을 넌지시 밝히고 있으니 말이다.

작품 113 시간이에요, 기사님…

— 시간이에요, 기사님, 이곳에서 떠날 시간이에요.
난 걸을 수도 황제를 모실 수도 없어요.
내 배가 불러와 옷이 작아져요.
내게 입을 것을 주는 시녀들에게 부끄러워요.
그들은 서로를 바라보며 웃기만 해요.
내 앞에서 봉사 드는 기사들에게도 부끄러워요.
— 출산해요, 말했지요, 부인, 내 어머니가 나를 낳았듯이.
난 농부의 아들이고 내 어머니에게 빵을 팔았죠.
이 말을 듣자 공주는 악담을 퍼붓기 시작합니다.
— 그런 사내의 아이를 출산하려 한 처자에게 저주가!
— 그런 악담하지 말아요, 여인이여, 나쁘게 말하지 말아요.
난 프랑스 왕의 아들이고 내 어머니는 도냐 베아트리스로
프랑스에 1백 개의 성을 갖고 있죠, 당신의 안위를 돌보고자,
1백 명의 시녀가 성을 지키죠, 당신을 섬기고자.

해설 16세기 엄청난 인기를 누린 작품으로 다양한 해석이 있었고, 스페인 극작가 힐 비센테는《루베나 극Comedia Rubena》에 차용했다.

작품 114 여왕은 생각하고 또 생각했지요…

여왕은 자기가 참으로 훌륭한 딸을 갖고 있다고 생각하고 또 생각했지요.
돈 갈반 백작의 애를 세 번이나 출산했는데,
궁에 있는 사람 중에 그런 사실을 아는 사람이 아무도 없었으니까요.
딸 침실에서 자는 한 시녀를 제하곤 말이죠.
여왕의 화가 두려워 이러한 사실을 여왕께 알리지요.
여왕이 딸을 불러 자신의 침실에 딸을 넣고
이 일을 염려하여 말로 딸을 벌합니다.
— 아이고, 딸아, 네가 처녀의 몸으로 있다면 카스티야의 여왕이 될 것이다.
처녀의 몸이 아니라면 유황불에 타 죽을 것이다.
— 어머니, 저는 어머니가 저를 낳은 날 그 상태로 흠이 없는 처녀 몸이지요.
어머니, 제발 간청하오니 제게 남편을 주지 마소서.
제 몸이 아파 남편을 섬길 형편이 못 된답니다.

해설 단편적인 로만세로 이야기가 전개되지 못하고 끊겼다.

작품 115 출산한 공주의 로만세

애를 낳았어요, 공주가, 공주가 애를 낳았어요.

왕에게 의무를 다하고자 아프다고 했지요.

자기 거실로 오라 백작을 부르러 보냈지요.

백작은 부름을 받자 지체하지 않고 왔지요.

— 나의 목숨이여, 내게서 무엇을 원하나요?, 나의 영혼이여 내게서 무엇을 원하나요?

— 이 갓난아이를 받으세요. 그리고 유모에게 기르라 주세요.

그 훌륭한 백작은 아이를 받아 자신의 망토 끝자락에다 쌌지요.

그런데 거실에서 나가다 훌륭한 왕과 맞닥뜨렸지요.

— 훌륭한 백작이여, 그대의 망토 자락에 있는 게 무엇인가?

— 전하, 아몬드 열매 몇 알입니다, 전하. 임신한 여인을 위한 것이지요.

— 내게 그것 좀 주게, 백작, 내 딸 공주를 주려고 말일세.

— 전하, 용서하소서. 가져온 게 몇 개 되지 않습니다.

이들이 이러고 있을 때 갓난아이가 울기 시작했습니다.

— 백작, 자네는 나를 배신하고, 내 집을 배신했다.

— 전하 저는 배신자가 아닙니다. 저의 가문에 그런 자는 없습니다, 전하.

그라나다에서 최고로 훌륭한 형제와 사촌들을 갖고 있습니다.

왕은 백작 팔에 걸친 망토를 제치며 백작의 칼을 뽑아 듭니다.

백작은 어린아이 때문에 거실로 물러납니다.

왕이 말합니다. — 저자를 잡아라. 하지만 누구도 그를 체포할 엄두를 내지 못합니다.

곧 너무나 크고 거친 싸움 소리를 들은 공주는
자기의 시녀 중 한 명에게 무슨 일인지를 묻습니다.
— 전하께서 백작에게 배신자라 비방하십니다, 공주님.
그분의 망토 자락에 어린 아기를 싸서 궁에서 빼내려 했거든요.
백작이 공주님의 명예를 훼손한 건 아닌가 생각하시면서 말이지요.
공주가 아버지가 계신 곳으로 급히 나갑니다.
그리고는 아버지 손에 들린 칼을 잽싸게 뺏습니다.
— 제가 드릴 말씀을 들어보소서, 전하,라고 하면서요.
딸을 무척이나 사랑하는 왕은 말해보라 명합니다.
— 백작이 데리고 있던 그 갓난아이는, 전하, 제 아이입니다.
그리고 백작은 저의 남편입니다. 제가 그런 사실을 공표합니다.
이 말을 들은 왕은 슬프고도 경악합니다.
한편으로는 복수하고 싶고, 한편으로는 감히 그럴 수가 없습니다.
드디어 정신을 차린 왕은 가장 훌륭한 조언을 하기에 이릅니다.
크지만 애정 어린 목소리로 그들을 용서한다고 합니다.
그들에게 손을 잡으라 하고 그곳에 있던 추기경에게로 가라 합니다.
사람들 모두 즐거운 화려한 결혼식을 즐기라 합니다.
이렇게 고통은 지나고 커다란 기쁨을 누립니다.

작품 116 헤리넬도의 로만세

헤리넬도가 일어났어요, 잠든 왕을 내버려두고 말이죠.

성에 있는 공주에게로 갔지요.

— 공주님, 문을 열어주세요,라고 말했죠. — 아름다운 이여, 내게 문을 열어주세요.

— 누구신지요, 기사님은? 내 비밀 문에서 부르는 자가요?

— 헤리넬도예요, 당신이 너무나 사랑하는 사람이요.

그는 그녀의 손을 잡고 침대로 갑니다.

입을 맞추고 껴안고 하다 헤리넬도는 잠이 들었지요.

왕이 무서운 꿈을 꾸다 잠이 깹니다.

세 번이나 그를 불렀으나 대답하는 자 아무도 없네요.

— 헤리넬도, 헤리넬도, 내 착한 시종아,

나를 배신하는지 내게 적처럼 구는구나.

아니면 공주와 자리에 들었나, 아니면 내 성을 팔아먹었나.

왕은 칼을 들고 엄청 화가 나서 갑니다.

공주의 침대를 가니 그곳에 헤리넬도가 있네요.

왕은 그를 죽이고 싶었지만 어릴 때부터 키워온 티라 그러지를 못하지요.

곧장 칼을 꺼내 두 사람 사이에 꽂아둡니다.

깨어났을 때 왕이 얼마나 유감으로 느끼는지 알도록 말이지요.

공주가 깨어났지요. 칼을 보고 누구의 것인지 알게 되지요.

— 헤리넬도, 일어나봐요. 큰일났어요.
아버지의 칼이에요. 첫눈에 알아봤어요.

작품 117 프랑스에서 한 계집애가 출발했어요…

프랑스에서 한 계집애가 출발했어요. 멋지게 장식된 그 프랑스에서 말이죠.

아버지와 어머니가 있는 파리로 가려 했지요.

길을 잘못 들어 길을 잃었네요.

떡갈나무에 기대어 동행할 자를 기다리고 있었지요.

파리로 길을 가는 한 기사가 오는 걸 봅니다.

그자를 보자 계집애가 이런 식으로 말을 합니다.

— 기사여, 저를 데려가 주세요.

— 기꺼이 그러지요, 아가씨, 그러고 말고요,라고 말하지요.

그는 예의를 갖추고자 말에서 내려

말의 엉덩이에 그녀를 앉히고 자기는 안장에 올랐습니다.

길을 가는 도중 그는 그녀에게 사랑을 호소합니다.

그 말을 들은 계집아이는 대담하게 이렇게 말합니다.

— 조심해요, 조심하세요. 그런 비열한 일은 하지 말아요, 기사님.

전 문둥병 아버지와 문둥병 어머니의 자식이랍니다.

제게 가까이 오는 자 문둥병에 걸려요.

기사는 무서워 말을 하지 못했지요.

파리로 들어가게 되었을 때 계집아이가 웃었지요.

— 왜 웃으세요, 아가씨, 무슨 일로 웃으세요?

— 당신 때문에 웃어요, 그리고 당신의 그 대단한 비겁함을요.
야생의 들판에서 계집애와 있으면서 그녀에게 예의를 다하다니!
기사는 부끄러워 이런 말을 하지요.
— 돌아갑시다, 돌아가요, 아가씨, 내가 할 일을 한 가지 잊었네요.
신중한 계집아이는 말했지요. — 전 돌아가지 않아요.
돌아갈지라도 아무도 제 몸에 손을 대지 못할 거예요.
전 프랑스 왕과 콘스탄티나 왕비의 딸이에요.
제게 접근하는 자 엄청난 희생을 치러야 할 겁니다.

작품 118 어린 공주의 로만세

기사가 사냥합니다. 늘 하듯이 사냥을 말이죠.
개들은 지쳐 있고 매는 잃어버렸네요.
한 떡갈나무에 기대었는데, 놀랄 정도로 높았어요.
가장 높은 가지에 한 어린아이가 있는 걸 보았어요.
그녀의 머리카락이 떡갈나무를 모두 덮고 있었지요.
— 놀라지 마세요, 기사님, 무서워하지도 마세요.
전 훌륭한 왕과 카스티야 왕비의 딸이랍니다.
일곱 명의 요정이 제가 유모의 품에 있을 때 제게 마법을 걸었어요.
칠 년을 이 산에 혼자 있게 말입니다.
오늘로 칠 년이 돼요, 내일이면 바로 그 날이기도 하고요.
제발 부탁하니, 기사여, 저를 데려가 주세요.
원하신다면, 아내로, 아니면 친구로.
— 아가씨, 좀 기다려줘요. 내일, 그날까지요.
제 어머니에게 물어보고 올게요.
공주가 대답하니 이랬지요.
— 오, 어린아이를 혼자 내버려 두다니, 저런 고약한 일이!
그는 조언을 받으러 가고 그녀는 산에 남겨져 있었지요.
그의 어머니는 그녀를 친구로 하라 조언합니다.
기사가 돌아오자 그 아이는 산에 없었지요.

대단한 규모의 기마대가 와 그녀를 데리고 간 것을 알았지요.
그 사실을 알고 기사는 기절해 땅에 쓰러집니다.
제정신으로 돌아오자 이렇게 말하지요.
— 그런 기회를 놓친 기사는 아주 큰 고통을 받아 마땅하다.
내가 재판관이 되어 정의를 행할 것이다.
사람들이 그의 손과 발을 자르고 마을로 끌고 다니기를.

해설 로만세 작품에 마법 이야기는 아주 드물다. 이 작품은 특별히 그런 모습이 보인다. 마지막 두 행은 다른 로만세에서 온 것으로 보인다.

작품 119 도냐 히네브라의 로만세

도냐 히네브라가 말을 타고 가고 있었지요. 풍요로운 코르도바를 출발했지요.

3백 명의 기사들이 그녀를 동행하고 있답니다.

폭풍우에 하늘이 검어지고

먹구름에 덮여 온통 어두워져 일행을 모두 놓쳐버렸지요.

그녀의 고삐를 잡고 오던 조카만 제하고요.

아무도 보이지 않게 되자 그녀는 이렇게 그에게 말합니다.

— 네 황금 경적을 울리지 그러니, 나의 조카여.

산에 있을 사람들이 그 소리를 들을 수 있을 테니 말이야.

— 울릴 수 있으면, 울리지요.

그런데 날씨가 너무 추워 내 손이 얼어버릴 듯합니다.

그리고 그들은 너무나 멀리 있어서 전혀 소용이 없을 거예요.

— 조카여, 손을 내 치마 안으로 넣으렴.

— 그러지 않을 겁니다. 그건 예의에 어긋나는 일이니 말이지요.

내가 너무 추워 당신이 얼어버릴 테니까요.

— 그건 걱정하지마, 내가 감당할 수 있어.

네 손을 데울 수 있다면야 무슨 일인들 못 참을까.

그는 그녀가 준비되어 있는 걸 알고 자기 손을 속으로 넣었지요.

그녀의 허벅지를 꼬집자 그녀는 웃었지요.

그들은 그 근처에 있던 계곡에서 말을 내렸지요.
다른 사람 없이 그들만 있었지요.
그런 상황을 알고 그 둘은 엄청이나 즐겼답니다.

해설 아서왕 시리즈와의 연관성은 오직 귀네비어(스페인어 히네브라) 이름뿐이다.

작품 120 프랑스에서 결혼식이 있었어요…

프랑스, 그곳 중심부 파리에서 결혼식이 있었어요.

아, 그 도냐 베아트리스가 얼마나 멋지게 춤을 이끄는지요!

아, 멋진 돈 마르틴 백작이 어찌나 그녀를 바라보는지요!

— 훌륭한 백작이시여, 무엇을 바라보시나요? 백작, 여기서 무엇을 바라보시나요?

춤을 쳐다보시는지요, 아니면 저를 바라보시는지 말씀해 주세요.

— 난 춤을 보는 게 아니라오, 이미 춤이라면 많이 봤으니 말이요.

난 당신의 아름다움을 보고 있다오. 얼마나 아름다운지 내가 괴로울 지경이라오.

— 백작님, 제가 당신의 마음에 그토록 드신다면, 이곳에서 저를 꺼내주세요, 백작님.

제 남편은 늙어 제 뒤를 쫓아올 수 없답니다.

해설 세파르디 전통 로만세로 보전되어 오는 작품이다. 가벼운 분위기의 '잘못 결혼한 여자' 시리즈 로만세이다.

작품 121 하얀 소녀의 로만세

— 아가씨, 당신은 햇살보다 하얗습니다.

오늘 밤 무장 해제하고 아무런 두려움 없이 당신과 잘 수 있을까요?

무장을 풀지 못한 지가 7년이 되었습니다. 7년이.

제 몸은 숯검정보다 더 시커멓습니다.

— 두려워 말고 잠자리를 하시지요, 하시지요.

백작은 레온 산악지대로 사냥 가고 없답니다.

— 짐승이 그의 개들을 죽이고 독수리가 그의 매를 죽여버리면 좋겠네요.

그리고 산에서 집으로 오는 길에 바위가 무더기로 떨어져 그를 쓸어 가버렸으면.

그들이 이렇게 하고 있을 때, 남편이 도착했네요.

— 이게 무슨 일인가?, 하얀 여인이여, 배신자의 여식이여.

— 여보, 제 머리를 빗고 있지요. 너무나 가슴 아파하며 빗고 있지요.

당신은 산에 가시고 저를 홀로 내버려 두시니.

— 그 말은 배신이다.

저 아래에서 울부짖고 있는 저 말은 무엇인가?

— 여보, 제 아버지 거예요. 당신께 보낸 거예요.

— 복도에 있는 저 무기들은 무엇이지?

— 여보, 제 오빠의 것이에요. 오늘 당신께 보냈어요.

— 저기 보이는 저 창은 누구의 것인가?

— 당신이 가지세요. 당신이 가져요. 그것으로 저를 죽이세요.
제게 그런 죽음은 지극히 마땅해요.

해설 간통을 소재로 한 유명한 로만세이다. 스페인어권 나라에서 현재 구두로 불리며, 익살스러운 유럽 민간전승 주제를 담고 있다.

작품 122 란다리코의 로만세

왕이 사냥하러 가고자 아침 일찍 일어났지요.
왕비가 있는 방으로 노크도 없이 들어갔지요.
그녀와 장난 좀 치고자 그 생각만 하고 갔지요.
그녀는 벌써 일어나 세수를 하고
머리를 푼 채 거울을 보고 있었지요.
왕은 왕비의 뒤쪽으로 가서, 가는 회초리로 왕비를 건드렸지요.
그것을 느낀 왕비는 자기의 애인이라고 생각했지요.
— 그러지 마요, 란다리코,라며 아주 아양을 떨며 말했지요.
그 말을 들은 왕은 엄청 혼란스러워졌지요.
왕비를 고개를 돌렸지요. 피가 얼어붙었지요.
왕은 한 마디 말도 없이 나가
사냥하러 갔지요. 마음은 딴 일로 심란했지요.
왕비가 란다리코에게 무슨 일이 일어났는지 말합니다.
— 어떻게 해야 할지 잘 생각해 봐요. 오늘로 우리는 끝이니.
이 말을 들은 란다리코의 근심 걱정은 말이 아닙니다.
— 내 눈이 당신을 본 날에 저주가 있기를!
이렇게 비싸게 치일 줄 알았다면 결코 당신을 알지 말았어야 했는데!
당신도 나도 해결책이 없소.
그토록 비통해 하는 그를 보자 왕비가 말을 합니다.

— 말 말아요, 말 말아요, 란다리코, 심약한 인간이여, 말 말아요.
아주 천박한 신분의 자기 하인을 부릅니다.
그러고는 왕이 말에서 내릴 때 그를 죽이라고 합니다.
왕이 돌아올 때는 밤이 될 때라고 하면서요.
그자는 왕비에게 엄청난 약속을 하게 하죠. 그들은 합의를 봅니다.
그런 일을 전혀 모르는 왕은 돌아와 말에서 내립니다.
내리는 순간 왕을 창으로 찔러 죽입니다.
— 배신이다!,라고 왕이 말하고 숨을 거둡니다.
그러자 즉각 그 배신자들인 자신들이 크게 소리를 지르지요.
왕 조카의 하인들이 왕을 죽였다고요.
왕비는 무진장 슬퍼했고 엄청난 통곡을 했지요.
비록 그녀의 속마음은 그렇지 않았지만요.

해설 세파르디 로만세로 전해지고 있다.

작품 123 내가 한 여인을 사랑했지…

내가 한 여인을 사랑했지요, 내 마음속으로요.
이름이 카탈리나였어요. 그녀를 잊을 수가 없답니다. 없고 말고요.
그녀는 자기를 아라곤으로 데려가 달라 간청했지요.
— 카탈리나, 그대는 어려서 걸어갈 수가 없어요, 못 걷고 말고.
— 기사님, 저 걸을 수 있어요. 당신처럼 걸을 거예요.
돈 때문이라면 우리 두 사람 몫을 가져갈게요.
카스티야의 두카도, 아라곤의 플로린*을 말이지요.
그들이 이러고 있을 때 형집행관이 도착했어요.

해설 단편적인 로만세로 유럽 민간 전승의 소재이다.

* 화폐 단위들이다.

작품 124 베라의 세라나

저기 가르간타 라 오야, 라 베라 플라센시아에서
하얗고 금발에 갈색 눈의 한 여자 목동이 나를 덮쳤어요.
땋은 머리 위로 두건을 썼지요.
그리고 성가시지 않도록 짧은 치마를 입었지요.
이 산에서 저 산으로, 이 강가에서 저 강가로 다니지요.
손에는 새총을 들고, 어깨에는 화살을 메고요.
그녀는 내 손을 잡고 자기의 동굴로 데리고 갑니다.
가는 동안 참으로 많은 십자가를 봅니다.
저게 무슨 십자가들이냐며 그녀에게 감히 물어보았지요.
죽은 사람 게 아니겠냐고 내게 답합니다.
이렇게 답하면서 언뜻 생글거리는 표정으로 내게 말합니다.
— 슬픔에 빠진 자여, 내가 원할 때면 당신도 이렇게 만들어 버릴 겁니다.
내게 부싯깃과 부싯돌을 주며 불을 지피라 했지요.
내가 불을 피우는 동안 그녀는 멋진 저녁을 준비합니다.
그녀의 가득 찬 허리춤에서 꺼낸 메추리와 토끼들로 말이죠.
저녁을 마치자 내게 말합니다. — 문을 닫아요.
문을 닫는 척하며 반쯤 열어 놓았지요.
그녀는 옷을 벗고 저도 옷을 벗었지요. 자기 옆에 누우라고 합니다.
그녀는 쾌락에 지쳐 잠에 곯아떨어집니다.

난 그녀가 잠이 들었다고 느끼며 문밖으로 나오지요.
신발은 신지 않고 손에 들고
살금살금 나와 잽싸게 길을 걷습니다.
뒤를 돌아보지 않고 1레구아* 더 걸었지요.
그런데 그때 불길한 생각이 들어 뒤를 돌아보았답니다.
그녀가 짐승처럼 울부짖으며 오는 것을 보았지요.
바위에서 바위로, 모서리에서 모서리를 밟고 깡총깡총 뛰어서요.
— 기다려라, 기다려. 젊은이, 기다리라고.
내 고향에 전해줄 편지가 있어.
우리 아버지한테 전해줘, 나 잘 지낸다는 거야.
— 아가씨, 다른 인편으로 보내든가, 아니면 그대가 직접 전달하시지.

해설 산에서 가축을 치는 여자인 '세라나' 관련 노래이다. 여자 목동으로 번역하곤 한다. 산을 지나는 길손들을 자신의 거처로 데려다 욕망을 채우는 거친 여인도 있고, 길손을 사랑에 빠뜨릴 정도의 고운 여인도 있는데, 이들을 그린 일련의 노래를 '세라니야'라 한다.

* 옛 스페인의 거리 단위. 1레구아legua는 약 5,572미터.

작품 125 멋진 부인과 투박한 목동 로만세

우아한 부인네가 자신의 정원을 노닐고 있었지요.
맨발이었는데, 그러한 모습은 보는 사람의 경탄을 자아냈지요.
멀리서 나를 불렀지만 난 대답을 하고 싶지 않았어요.
난 화가 잔뜩 나 대답했지요. — 잘난 여인이여 뭘 원하는가?
사랑이 가득한 목소리로 대답하기 시작했지요.
— 여기로 와요, 목동이여, 즐기고 싶으면 말이죠.
한낮의 낮잠 시간에다, 이제 점심을 먹을 시간이니.
몸을 누일 곳이 필요하다면 당신 뜻대로 할 수 있어요.
— 부인, 내가 지체할 때가 아니오.
난 아내와 자식놈들에다 지켜야 할 집이 있소.
그리고 산에는 내 가축들이 있는데, 잃어버릴지도 모르오.
그러면 가축을 지켜주는 사람들은 먹을 걸 잃게 될 거요.
— 안녕히 가시오, 목동 씨, 도통 말을 알아듣지를 못하는군요.
내 아름다운 몸매를 보여주려 했는데 말이죠.
백지장처럼 하얗고 가느다란 허리,
장미원의 장미처럼 조화로운 피부색,
백로의 목과 매의 눈,
솟아오른 젖꼭지는 옷을 뚫어버릴 정도죠.
그러니 감추고 있는 부분을 본다는 건 놀라운 일이죠.

— 더한 걸 가졌다 하더라도, 부인, 난 지체할 수가 없소.

해설 16세기와 현대에 많이 유포된 것으로 마요르카(지중해상의 스페인 섬) 방언이 섞여 있다. 이 로만세에 기원을 둔 비얀시코나 옛 노래들이 있다. 분위기상 프랑스 목동들의 노래에서 영감을 받은 것 같다. 로만세들 중에는 주어진 기회를 놓치거나 소외되거나 불완전한 인간의 모습이 그려진 게 많다. 르네상스기로 들어오며 완벽한 중세 기사의 모습이 고독하고 불완전한 인간의 모습으로 변하기 때문이다.

작품 126 남편의 특징들

— 먼 땅에서 온 기사여 이곳에 와 멈춰보시오.

창은 바닥에 박아놓고 그대의 말은 매어두시오.

혹시 내 남편 소식에 대해 아는 게 있는지 그대에게 물어보고자 하오.

— 부인, 그대 남편의 특별한 점을 말씀해 주시겠소?

— 제 남편은 젊고 희며, 품위 있고 아주 정중하지요.

체커 게임에 명수요 장기 게임에서도 아주 훌륭하지요.

그의 칼 상자에는 한 후작의 무기와

금으로 섞어 짠, 안쪽이 진홍색인 비단옷을 넣고 다니지요.

창의 끝부분 쇠도 들어 있고요, 포르투갈 깃발도 넣고 다녀요.

무기 시합에서 용감한 프랑스인을 이기고 얻은 거지요.

— 그런 특징들로 보아하니, 부인, 당신의 남편은 죽었구려.

발렌시아에 있는 제노바인의 집에서 사람들이 그를 죽였다오.

체커 게임을 하다가 한 밀라노인이 그를 죽이려고 했을 때 말이지요.

귀부인들과 갑옷을 입은 기사들이 그의 죽음을 울었지요.

특히 그 제네바인의 딸이 그의 죽음을 슬퍼했답니다.

모두가 이구동성으로 그녀가 그의 애인이었다네요.

만일 그대가 사랑을 취하고자 한다면 다른 사람 때문에 나를 버리지 말아요.

— 그런 말 마세요, 기사님, 그런 말 마세요, 기사님.

그러기 전에 기사님, 수녀가 된 저를 보게 될 겁니다.
— 부인, 수녀가 되지 마세요. 그렇게 할 수가 없으니 말이죠.
그대가 사랑하는 그대의 남편이 그대 앞에 있으니.

해설 스페인 전역과 특히 중남미에서 인기 있었던 로만세이다. 그 기원은 유럽 민요에서 동기를 찾은 프랑스의 〈프랑스의 나긋한 남자들Gentils galans de France〉이라는 노래이다.

작품 127 포로의 로만세

나의 아버지는 론다, 나의 어머니는 안테케라 출신이지요.

무어인들이 평화와 전쟁 사이에 나를 포로로 했지요.

그리고는 나를 벨레스 데 라 고메라로 데려가 팔려고 했지요.

칠일 밤과 칠일 낮을 경매에 있었지요.

내게 돈을 쓰려는 무어인은 남자든 여자든 없었거든요.

1백 도블라를 내겠다는 한 개 같은 무어인을 제하고서는 말이죠.

나를 자기 집에 데리고 가 내게 사슬을 채우려고 말이죠.

너무나 고단한 삶, 두려운 삶을 내가 보내도록 했죠.

낮에는 아프리카 수염새 풀을 도리깨로 두드리도록 했고, 밤에는 곡식을 맷돌로 갈게 했어요.

입에는 재갈을 물렸는데, 그 곡식을 못 먹도록 말이지요.

내 머리털을 틀어잡고 다시 사슬에 묶었지요.

하지만 하늘의 신에 감사하게도, 안주인은 착했어요.

바깥양반이 사냥 가고 나면 나를 사슬에서 풀어 주었지요.

그러고 자기 무릎에 눕히고 머리에서 벼룩을 잡아 주었지요.

내가 그녀에게 한 가지 즐거움을 줬으니, 훨씬 더 큰 즐거움을 내게 줄지도 몰라요.

내게 1백 도블라*를 주어 내 고향으로 보내주는 거 말이죠.

---

* 중세 스페인 금화.

이렇게 하늘의 신에게 빈답니다. 내 목숨을 부지시켜 주시기를.

해설 무어인에게 포로가 된 기독교인의 고단한 삶을 그린 작품이다. 17세기에 많은 인기를 누렸던 포로 로만세나 죄수의 로만세 중에서 가장 오래된 작품으로, 서사시나 역사서 어디에서도 만날 수 없는 내용의 순수 창작물이다.

작품 128 아르날도스 백작

성 요한의 아침에 바닷물 위에서
아르날도스 백작이 가졌던 그러한 모험을 가질 자 누가 있을까!
손에 매를 들고 사냥 가려던 차에
뭍으로 다가오고 있던 배 한 척을 보았다네.
돛은 비단으로 되어 있었고 그 밖의 도구들은 고운 천으로 되어 있었다네.
배를 이끌던 수부는 노래를 부르며 오고 있다네.
그 노래에 바다는 잠잠해지고 바람은 잦아들며
바다 밑을 수영하던 물고기들은 물 위로 뛰어오르고
날고 있던 새들은 돛대 위로 내려앉는다네.
거기서 아르날도스 백작이 말을 하니, 그가 할 말을 잘 들어보시게나.
— 수부여, 당신께 간청하니 제발, 당신의 노래를 지금 가르쳐 주시구려.
그러자 수부는 그에게 답을 했으니, 그가 한 답은 이러하였다네.
— 난 이 노래를 나와 함께 갈 사람에게만 가르쳐 준답니다.

해설 6월 24일은 성 요한, 또는 세례 요한을 기리는 축제 날이다. 스페인에 살다가 추방당한 유대인들, 즉 세파르디 로만세에는 소설 같은 결말이 들어 있다. 수부는 어릴 때 납치된 백작을 찾아가고 있었다. 아르날도스 백작이 그 백작일 가능성을 열어놓고 있다.

Romance

part III

구전 전통의 현대 로만세

— 작품 번역과 해설 —

구전으로 불리다 필사된 구 로만세들은 시대를 거쳐 보존되어 오고 있으며, 필사되지 못했던 것들은 오늘날에도 계속 채록되고 있다. 물론 중세 기원의 이러한 작품들이 오늘날 모두 보존되어 왔다는 뜻은 아니며, 그렇다고 현재 불리고 낭송되는 로만세가 필사가 시작된 시점, 그러니까 15세기부터 16세기 로만세로에 모두 실려 있었던 것이라는 뜻도 아니다. 다시 말해 시대적 상황이 바뀌고 대중의 기호가 변화함에 따라 역사적인 사건을 다루는 작품들은 잊히고 소설 같은 창조적인 작품들이 기억에 남게 되는 경우가 있고, 작품들을 수집한 시인이나 편집자나 인쇄업자들의 선호도에 따라 작품들이 선별적으로 살아남거나 사라져 버리는 경우가 있었다는 뜻이다. 민속적인 요소는 영속되기 마련이지만 역사적 상황이나 취향이 바뀌면 작품도 그에 따라 바뀌지 않으면 잊히는 경우가 종종 있기 때문이다. 살아남은 작품들은, 그러니까 구두 전통의 현 로만세들은 과거의 용어를 잊고 현대의 용어로 대체되거나 하였다. 특히 15세기 이후 스페인 땅에서 쫓겨난 스페인계 유대인들인 세파르디들의 로만세 또는 중남미로 건너간 로만세의 영향을 받았다. 이들 중에는 특히 소설적 내용을 담은 로만세가 많은데, 구 로만세로에 실린 작품과 제목으로 비교해 보았을 때 대중성이 큰 60편 정도와 그렇지 못한 40

편 정도가 있다. 물론 제목마다 다양한 버전들이 존재하므로, 총 작품 수는 상당하여 현대에서도 로만세의 생명력이 실감 난다. 그리고 구두 전통의 현대 로만세는 구 로만세, 다시 말해 중세의 유물을 개작하거나 재창조하기도 하지만 전통적인 문체와 사건의 동기와 주제에서의 유사성은 유지하되 시간의 흔적으로 인한 차이를 보여주고 있다. 그 밖에 관점의 변화, 새로운 동기, 타 장르의 영향, 궁정 로만세 스타일의 영향 등으로 현대화되면서 성장하고 있음도 알 수 있다. 다음은 이러한 구전 전통의 현대 로만세 작품 열 편을 감상해 본다. 지금까지의 구 로만세 작품들과 비교해 보면 문장과 주제에 있어서 현대성을, 이야기 출처에서 다양성을, 메시지에서 극적인 미와 도덕·종교적 교훈 등을 읽어낼 수 있을 것이다. 이 로만세들은 스페인어권 세계를 보여주는 대표작이다. 중남미 작품 두 편, 스페인 작품 일곱 편, 그리고 세파르디 작품 한 편이다. 어린이용 버전과 종교적 버전, 그리고 구 로만세의 현대 버전과 6음절로 작성된 로만시요들로서 내용이 아름다워 가장 많이 알려진 작품들이다. 정리하면 구두 전통의 구 로만세와 구두 전통의 현대 로만세가 있는데, 15세기와 16세기 그리고 17세기 초반에 모이고 발간된 작품들은 '구 로만세로'에 수록되고, 19세기와 20세기에 모은 로만세들은 '구두 전통의 현대 로만세로'에 담긴다. 놓치고 있던 로만세를 모으고 발간하는 과정에서 중세 문헌 학자 메넨데스 피달의 업적은 지대하다. 그는 스페인 서사시가 프랑스 서사시보다 월등하다는 사실을 밝히고 엘 시드 관련 정보를 구하고자 잊고 있던 자료나 노래들을 찾기 시작했다. 그 덕분에 놓치고 있던 로만세를 다수 발견하고 채록할 수 있었다고 한다.

작품 1 숨겨진 죽음

돈 페드로가 사냥하러 갔습니다. 늘 하던 것처럼 사냥을 말이죠.

개들은 지쳤고 매는 잃어버렸답니다.

그는 죽을 거 같아 집으로 돌아왔습니다.

— 어머니, 내 사랑 도냐 알다에게는 아무 말 말아요.

아직 어리니 고통스러워 죽을지도 몰라요.

40일까지 내 죽음을 모르도록 하세요.

도냐 알다는 출산 중이었죠. 아들을 낳았습니다.

— 어머님, 말씀 좀 해주세요, 말씀 좀 해주세요, 어머님,

조종은 누구를 위해 울리는 거예요?

— 미사로 부르는 교회 종소리란다, 아가야.

— 죽은 사람을 위한 기도 소리가 들리는데, 묻히는 사람이 누구예요?

— 교회 성인으로 마을에 행렬 행사가 있단다.

부활절이 다가오니 도냐 알다는 봉헌을 드리러 가고자 했지요.

— 어머님, 어머님, 어떤 옷을 입을까요?

— 너는 피부가 희고 몸이 가느니 검은 옷이 어울리겠구나.

— 맞아요, 맞아요, 남편 돈 페드로가 가장 좋아했던 옷이지요!

하지만 상복을 입기에는 한참 남았는데!

하녀들이 상복을 입고 갑니다. 그녀는 가장 좋은 옷으로.

호루라기를 불던 목동을 만났습니다.

— 너무나 아름다운 어린 미망인이라니, 이토록 아름다운 젊은 미망인이라니!

어머님, 어머님, 저 목동이 하는 말이 뭐래요?

— 아가야, 빨리 가자, 미사에 늦겠다.

교회 입구에 있던 사람들이 모두 그녀를 바라봅니다.

— 왜, 사람들이 저를 보지요? 왜 사람들이 저를 쳐다보지요?

— 말해 주마, 아가야, 알아야 하니 말이다.

이곳에는 왕들이, 카스티야의 기사들이 묻히지.

여기에 돈 페드로도 묻혔단다. 네가 가장 좋아하던 선물 말이다.

— 아, 불쌍한 나여!, 어찌 이리도 몰랐던가!

상중의 여인으로서가 아니라 아름다운 산모로 오다니!

불행하기 그지없는 내 자식이여, 이런 때에 그를 낳았다니!

불행하게도 아버지 없는 자식이 되었구나.

해설 프랑스 노래 〈왕 르낭Le Roi Renaud〉의 스페인어 버전이다. 〈왕 르낭〉은 프랑스 브르타뉴와 스칸디나비아 발라드에서 유래했다.

작품 2 올리노스 백작

백작 리노가 아침 일찍 일어났어요. 성 요한의 아침에 말이죠.
자기 말에게 물을 먹이러 해안가로 갔지요.
말이 물을 먹는 동안 우리는 한 곡조 뽑아봅니다.
— 셔츠, 나의 셔츠여, 누가 너를 세탁할 거나.
너를 빨아 짜서 장미원에 펼칠 자는 누가 될 거나.
여왕이 자신의 궁에서 그 노래를 듣고 있었지요.
— 얘야, 내 딸아 바다의 세레나데가 정말 멋지구나.
— 어머니, 세레나데가 아니에요, 그런 세레나데가 아니에요.
리노 백작이에요, 제 사랑이 이제 오고 있는 거예요.
— 네 사랑이 오는 거라면 네 사랑을 죽이라고 명할 것이다.
— 어머니, 어머니가 사랑을 죽이면 저를 매장하는 거예요.
그녀는 11시에 죽었고, 그는 닭이 울 때 죽었어요.
사람들은 하루 간격으로 그들을 묻었지요.
그녀는 여왕의 딸이므로 제단 발치에 묻었고
그는 백작의 아들인지라 약간 뒤쪽에다 묻었지요.
그녀는 올리브가, 그는 올리브 나무가 되었지요.
그러한 사실을 알게 된 여왕은 당장 나무를 자를 것을 명했어요.
그 나무를 자르던 사내는 울음을 그치지 않았지요.
그녀는 다시 비둘기로 변했고 그는 공작새가 되었지요.

그러한 사실을 알게 된 여왕은 당장 그들을 죽일 것을 명했어요.
그들을 죽이던 사내는 울음을 그치지 않았지요.
그녀는 백로가 되었고 그는 새매가 되었지요.
백로는 가벼우니 한 번의 비행으로 바다를 건넜고
새매는 굼뜨기에 두 번의 비행으로 바다를 건넜지요.
그녀는 작은 예배당이 되었고 그는 자그마한 제단이 되었지요.
그런데 예배당 한가운데 영원의 샘이 생겼지요.
그곳으로 절름발이, 외팔이, 모든 이들이 치유를 위해 가지요.
그러한 사실을 알게 된 여왕은 곧장 그곳으로 갔지요.
— 딸아, 내 두 눈을 씻어다오, 지체하지 말고 씻어다오.
— 어머니, 한쪽만 가능해요, 다른 쪽 눈은 안 돼요.
제가 올리브가 되었을 땐 저를 자르라 명하시고
제가 비둘기가 되었을 땐 저를 죽이라 명하시더니
제가 성녀가 된 지금은 저를 방문하러 오시는군요.

해설 '니뇨 백작'으로도 알려진 유럽 발라드에 그 기원을 두고 있다. 민요로도 여러 나라에서 불렸다. 스페인에서 로만세로 노래된 것은 15세기이지만 19세기까지 필사도 수집도 되지 않았다. 현 구두 전통의 로만세 중 내외적 운율이 아름다워 어린이 놀이용으로 가장 많이 알려져 있다.

작품 3 블랑카플로르와 필로메나

도냐 안토니아가 산책을 합니다. 모래사장으로 산책을 합니다.

두 딸인 블랑카플로르와 필로메나를 팔에 안고서 말이죠.

용감한 투르키노가 도냐 안토니아를 위한 전투에서 승리를 거두었답니다.

그는 블랑카플로르와 결혼을 했으나 필로메나를 그리워합니다.

결혼한 후 자기의 땅으로 아내를 데리고 갑니다.

아홉 달이 되자 자신의 장모를 보러 돌아왔습니다.

— 어서 오시게, 투르키노, 잘 오셨네.

블랑카플로르는 어떤가? 자네 아내이자 내 딸 말일세.

— 잘 있습니다. 타지에서나마 열심히 살고 있지요.

그런데 자기 동생 필로메나를 저보고 데리고 오라고 합니다.

출산할 때 자기 머리 곁에 두고자 말이지요.

— 그건 과한 욕심이군, 투르키노, 내 하나 남은 딸 필로메나를 데려가겠다니.

내 수족이나 다름없고 내 집을 건사하는 애인데 말이야.

하지만 결국 걔를 데려가겠지. 자매로서 자네 일을 돕기 위해서 말이지.

마구간에 가서 가장 좋은 암말에다 안장을 얹게.

걔 몫인 가장 좋은 저 녹색 의자를 놓게.

저 황금색 안장 틀로는 의자가 움직이지 않도록 하게.

투르키노는 암말을 한 손으로 잡아 거리로 꺼냅니다.

그는 말에 오르고, 필로메나는 암말에 오릅니다.

길 도중에 그녀를 사랑으로 구슬리기 시작합니다.

— 투르키노, 넌 악마야, 너를 부추기는 악마.

처제와 형부, 또는 형제지간에 어찌 그런 엄청난 모욕을 신에게 행하는지.

— 그 말이 내 마음을 동하게 하는군. 악마가 너를 증오할 그 이상으로!

그녀를 우롱한 뒤 그 자리에서 그녀의 젖가슴을 잘라버렸죠.

그 자리에서 그녀의 두 눈을 빼내고 그녀의 혀를 잘라버렸죠.

혀는 그녀가 말을 하지 못하도록, 눈은 그녀가 보지 못하도록

젖가슴은 그녀가 낳을 수 있는 아이를 양육하지 못하도록.

그렇게 한 뒤 그는 그녀를 내버려 두고 떠나버렸지요.

자기의 가축을 운반하던 어린 한 목동이 그녀에게 다가갔지요.

그녀는 그에게 몸짓으로 종이와 잉크를 요구했지요.

— 아가씨, 종이는 제 마을에서는 사용되는 것이 아니라 드릴 수가 없네요,

제 주머니에 갖고 있던 펜과 잉크를 드릴게요.

그의 창 손잡이에 두 줄을 썼지요.

— 목동이여, 가시오, 이 소식을 내 자매에게 전해주시오.

투르키노는 길로, 소식은 가축이 다니는 소로로.

아무리 투르키노가 걸어도 소식은 달려가나니,

블랑카플로르가 전모를 안 후 아들을 낳았지요.

머리맡에 있던 하녀를 불러 이르기를,
— 이 어린 것을 가져다 냄비에 넣고 요리하라.
투르키노가 도착할 때쯤 저녁 식사가 준비되도록 말이다.
투르키노가 도착해 보니 이미 식사가 차려져 있었지요.
— 여보, 저녁을 먹으러 오시오, 당신은 왜 식사를 하지 않소?
— 당신이나 먹으러 가시오, 투르키노, 난 이미 먹었으니.
— 어쩜, 고기가 이렇게 달콤할 수가, 정말 기가 막히게 맛있구려!
— 내 동생 필로메나와의 사랑은 더 달콤하지요.
— 세상에, 블랑카플로르, 누가 당신한테 소식을 전해준 게요?
— 자기의 가축을 운반하는 한 어린 목동이 전해주었지.
그녀는 살기등등한 암사자처럼 침대에서 일어나
그가 사용한 같은 무기로 열 군데를 찔렀지요.
한 사내를 죽이는 여인은 왕관이 합당한지라
다음 날 사람들은 그녀를 여왕의 자리에 앉혔지요.

해설 그리스 신화에 나오는 테레오(트라시아의 영웅이자 필로멜라의 남편), 프로크네(아테네 왕의 딸이자 필로멜라의 동생), 필로멜라 이야기의 스페인 카나리아(대서양상의 스페인 섬) 지역 버전이다. 물론 그 신화는 오비디우스의 《변신》을 통해 알려졌는데, 그리스 전설과도 유사하다. 신화에 따르면 아들 이티스가 두 자매의 복수의 희생물로 요리되어 테레오에게 바쳐진다. 신은 세 사람의 잔인한 행위를 벌하기 위해 테레오는 오디새로, 필로멜라는 나이팅게일로, 프로크네는 제비로 변하도록 했다. 이야기가 잔혹하다 보니 오히려 대중적으로 빠르게 유포되었고, '유아 살해'를 테마로 한 대중시와 섞이기도 하였다.

작품 4 델가디나

그러니까 이자는 왕으로 세 명의 딸을 두었어요.
그중 가장 어린 딸 이름이 델가디나였어요.
그녀의 어머니가 미사를 가고 나면 그녀의 아버지가 그녀를 사랑했답니다.
그녀가 원하지 않자 그녀를 방에다 가두어 버렸어요.
아주 어두운 방으로 그곳에는 무어인들이 노래하고 있었지요.
어느 일요일 오후 델가디나는 창가에 서서
자기 어머니와 형제자매들이 장기판 놀이를 하는 걸 보았지요.
— 어머니, 나의 어머니이시니 제게 물 좀 주세요.
배가 고프고 목이 말라 죽을 지경이랍니다.
— 당장 그 창문에서 떨어져, 델가디나, 그 창문에서 떨어져.
네 아버지가 너를 보게 되면 너를 칼로 찔러버릴 게야.
델가디나는 슬픔과 절망에 절어 창에서 물러났지요.
눈에서 흘러내린 눈물로 그 방을 범람시킬 정도였지요.
하루가 지난 후 다시 그녀는 창가에 서서
형제자매들이 장기판 놀이를 하는 걸 보았지요.
— 형제자매들이여, 형제자매들이니 내게 물 좀 줘.
배가 고프고 목이 말라 죽을 지경이야.
— 저리 꺼져, 개 같은 년, 그 창문에서 떨어져.
델가디나는 창문에서 떨어져 통곡으로 목욕할 정도였지요.

그녀가 흘린 눈물로 방이 범람할 정도였지요.
일요일 오후 델가디나는 죽었습니다.
하늘에서 천사들이 내려와 종을 울렸지요.
로사리오 성모가 그녀의 머리맡에 있었지요.

해설 푸에르토리코 버전으로 안달루시아 버전과도 아주 유사하다. 딸을 아내로 원하는 아버지의 요구에 맞선 딸의 비극적 죽음을 노래한 것이다. 스페인어권 나라에서, 특히 멕시코에서 대중화된 로만세로, 내용이 잔인한데도 불구하고 어린이용으로 제작되기도 한다. 동화나 민담 또는 설화 중에는 잔혹한 내용이 많다. 이렇듯 잔혹 동화가 제작되는 이유는 어두운 면으로 충격을 주어 밝은 면을 얻도록 하려는 목적이라고 한다. 겁을 주어 그러한 행동을 막기 위한 예방적인 효과를 얻거나 교훈을 주기 위한 것이라고 한다. 《내 슬픈 창녀들의 추억》에서 마르케스는 본 로만세의 콜롬비아 버전을 화자인 90세 먹은 노인의 입으로 어린 매춘부에게 들려주고 있다.

작품 5 나쁜 시어머니

아나르볼라가 거실을 거닐다

무릎을 꿇어버릴 정도의 산통을 겪습니다.

— 활짝 열린 아버지의 발코니들,

누가 그곳에서 출산하고 쉴 수 있을 거나!

간악한 시어머니는 그 소리를 듣고 있었음이 분명합니다.

— 자 어미야, 가, 가야지.

돈 부에소가 오면 내가 개 점심을 챙겨줄게.

개가 가져오는 사냥감의 반은 너를 위해 남겨놓을게.

적어도 비둘기는 될 것이며, 괜찮으면 메추라기가 될 것이다.

아나르볼라는 이쪽 홀로 나가고, 돈 부에소는 다른 쪽 홀로 들어옵니다.

— 어머니, 제 거울이 어디 있지요,? 제가 바라보곤 하던 그 거울요?

— 아들아, 무슨 거울을 말하는 거니? 유리로 된 거? 아니면 수정으로 된 거?

— 유리로 된 것도 수정으로 된 것도 아니지요.

저의 아나르볼라를 묻는 거예요. 어디에 있는지 말씀해 주세요.

— 아들아, 네 아나르볼라는 저 길로 가고 있단다.

맹금류의 새끼처럼 소리를 지르고 비명을 지르면서 말이다.

네가 자기에게 와인도 빵도 주지 않고

실테를 감고 실을 잣게 했다고 말이다.

당장 개를 만나게 될 곳에서 죽이지 않으면, 아들아,[*]

— 어찌 그 말씀이 사실인지도 모른 채 제가 아내를 죽이기를 원하세요?

— 명명백백한 사실이지, 아들아. 제단에 하느님이 계시듯 말이다.

그는 달리는 말을 놔두고 걷는 노새를 잡습니다.

일곱 날을 걷자 한 몸종이 그를 만나러 왔습니다.

— 제가 소식을 가져왔어요, 돈 부에소, 당신께 드릴 소식을요.

아나르볼라가 아드님을 낳았어요. 벌써 아드님을요.

— 아들놈이 엄마 젖을 물지도, 엄마는 먹지도 못하게 하라![**]

— 원장 수녀님, 그런 나쁜 소식을 전한 자가 누구래요?

— 당신 남편 돈 부에소이죠, 당신을 보려고 벌써 왔어요.

— 여기로 올라오라고 해주세요. 그가 점심을 들게 해주세요.

저 대신 훌륭한 포도주와 흰 빵을 드리세요.

— 난 훌륭한 와인도 흰 빵도 원하지 않는다.

난 네가 일어나기를 바란다.

이 말을 다시 하게 할 때는 단도 앞에서나 가능할 것이다.

그녀는 급하게 입을 옷을 청하고 신을 것을 청합니다.

그녀에게 옷을 입히는 수녀들의 울음은 그칠 줄을 모릅니다.

신을 것을 신기는 몸종들의 한숨은 멈출 줄을 모릅니다.

— 원장 수녀님, 그 천을 제게 주세요. 제 배를 조여 매려고요.

---

* 후반 내용이 사라지고 없다.

** 돈 부에소의 말을 수녀가 아나르볼라에게 전한 것이다.

다른 여인이 그를 더럽히니 제가 그러고 싶습니다.
성모 마리아여, 성 삼위일체여, 저를 보살펴 주소서!
목동의 아내는 여섯 날을 침대 보전하는데
백작의 딸인 나는 하루 반나절조차 누워 있지 못하는구나!
여기에 아버지가 계신다면 나를 이렇게 가게 하지 않으실 텐데.
그녀를 말에 태우고 그들은 가기 시작했습니다.
일곱 날을 걷는 동안 단 한 마디도 없었지요.
— 돈 부에소, 내리고 싶으시면 내리세요.
말 궁둥이가 피로 흥건하거든요.
들판의 야생화들이 사프란*처럼 물드네요.
— 난 저 산에 닿을 때까지 말에서 내리지 않으오.
— 저를 산에 버리지 마세요. 늑대들이 저를 잡아먹을 거예요.
담장이 있는 곳에 놔주세요. 목동들이 저를 볼 겁니다.
고해성사를 할 수 있게 지금 신부님을 제게 데려다 주세요.
— 이렇게 먼 데서 어떻게 그를 데려오라는 건가?
— 그렇게 멀지 않아요, 돈 부에소, 닭 우는 소리가 들리거든요.
당신의 그 붉은 망토로 제 수의를 해주세요.
당신의 신령한 단도로 제 묘를 만들어 주세요.
이러고 있을 때 아기가 말을 하기 시작했습니다.
— 어머니, 걱정하지 마세요. 당신은 천국으로 가십니다.

* 사프란 색깔은 붉다. 그녀가 흘린 피가 바닥에 떨어져 꽃들을 붉게 물들인다.

내 할머니의 영혼은 지옥에 있답니다.*
내 아버지의 영혼은 어디로 갈지 하느님은 아십니다.
저는, 불쌍하게도 세례도 못 받고 갑니다.

해설 카스티야 본으로, 사악하기 이를 데 없는 시어머니로 인해 불행한 며느리 관련 이야기는 세계적으로 만날 수 있는 민속적인 테마이다. 스페인과 중남미에서는 동화로 차용되었다.

* 사악한 시어머니가 이미 죽은 것을 알 수 있다.

작품 6 베르날 프란세스 엘레나의 시가詩歌

고결한 여인네들에게 나 지금 말하노니

결혼한 몸이라면 그 이외 다른 면을 알려고 하지 말라.

불행한 엘레나에게 일어난 일로 알게 될 것이니.

영악하게 군 것 같았으나 결국 그런 게 아니었다.

엘레나에게 애인이 있다는 정보를 남편이 얻었다.

그녀가 혼자 있을 때면 프랑스 연인이 온다는 내용을.

남편이 그 둘을 확인하려고 여행을 가장했지.

잠자리에 있는 그들을 붙들어 그녀를 죽일 수 있도록 말이지.

— 엘레나, 문을 열어주오, 아무런 경계심도 갖지 말고 말이오.

나 프랑스 사람 페르난도요. 프랑스에서 왔다오.

엘레나가 문을 열자 등잔불이 꺼져버렸지.

두 사람은 서로 손을 붙잡고 정원으로 갔지.

그리고 나서 그녀에게 하얀 옷을 입혀주었지, 그녀가 그렇게 입는 것을 알았기에.

두 사람은 꽃으로 침대를 마련한 후 자리에 누웠지.

그 한밤중에 엘레나가 프랑스인 페르난도에게

이렇게 말했지. — 왜 제게 한 말씀도 안 하세요?

프랑스에 사랑하는 이가 있어서인가요, 아니면 저보다 다른 여인을 더 사랑하기 때문인가요?

제 남편은 걱정하지 말아요. 여기서 먼 데 있으니 말이죠.
— 프랑스에 사랑하는 이가 없으며 당신보다 더 사랑하는 여인도 없소.
당신 남편도 걱정하지 않으오, 당신 옆에 있으니.
일어난 일이 일어났으니, 우린 다른 이야기를 해야 할 것이다.
너의 영혼을 하느님께 맡기라, 내가 너를 죽일 것이니 말이다.
— 사랑하는 남편이여, 자비를, 나의 불행에 자비를.
저를 보고 하지 마시고 내 두 아이를 위해 제게 자비를.
— 불쌍히 여겨 내 자식들은 네게 맡기니, 넌 어머니로서 그들을 받아라.
애들이 네게 엘레나를 묻거든 넌 모르는 일이라고 말해줘라.
그래도 계속 네게 묻거든 내가 그녀를 죽였다고 말하거라. 내가
그녀의 살은 육포로 만들었고 그녀의 다리를 짓이겨 버렸다고.
그 한밤중에 요란스레 총성이 울렸으니
아내의 엄청난 불운을 세 발의 총알로 지불했더라.
여기서 이 노래는 끝나니
결혼한 여인네들의 본보기로, 엘레나에게서 그 본을 가지기를 바란다.

해설 베르날 프란세스는 1482년에서 1492년까지 있었던 스페인 그라나다 전쟁에서 수장으로서 군대를 지휘했던 역사적 인물이다. 1487년에서 1488년 사이에 로만세로 불리게 된 것과 인물의 성격으로 보면 이 인물의 역사적 사실성이 입증된다. 본 로만세는 구 로만세 노래집에 수록되어 있지 않았음에도 불구하고 스페인 17세기 황금 세기에 많은 인기를 누렸다.

로페, 공고라, 칼데론 등이 자신들의 작품에 시 내용에 대해 부연하고 있음으로도 알 수 있다. 스페인에서 탄생되어 스페인에서만 아니라 중남미에서도 대단한 인기를 누렸다. 서정시 고유의 형식적 특징을 갖는 멕시코 전통 이야기체 노래인 '시가Corrido'로 재탄생되어 60편이 넘는 다양한 번안으로 존재한다. 스페인 전통 로만세의 운율은 단운인 데 반해 다양한 운율로 이루어져 있다.

작품 7 포로로 잡힌 누이

이제 남자 포로들이 여자 포로들과 함께 옵니다.
여자 포로들 사이에 하얀 여자아이 한 명이 있습니다.
— 이 하얀 아이를 뭣 하러 데려오는 거니?
둠벨로 왕이 그녀를 좋아하면 어쩌려고.
— 아주머니, 그녀에게 포도주를 마시지 못하게 하세요.
혈색을 잃고 한숨이 나오도록 말이죠.
— 포도주를 마시지 못하게 하면 할수록
그녀의 씩씩한 표정은 더욱 생기가 돌아요.
— 아주머니, 물을 마시지 못하게 하세요.
혈색을 잃고 기절하게 말이죠.
— 물을 마시지 못하게 하면 할수록
그녀의 예쁜 표정은 더욱 살아나요.
— 아주머니, 강으로 빨래하러 보내세요.
혈색을 잃고 한숨이 나오도록 말이죠.
— 강으로 빨래하러 보내면 보낼수록
그녀의 강한 표정은 더욱 생기가 돌아요.
벌써 해가 밝아오고 있었지요, 벌써 날이 밝아오고 있었지요,
그 하얀 아이가 빨래 하고 빨래를 널고 있었을 때 말이지요.
오, 찬물에 담긴 두 팔은 어쩜 저리도 하얄까!

내 오빠 둠벨로가 여기로 지나갔지요.

— 오빠, 자유로운 무어인의 옷들은 어떻게 할까?

— 비단으로 된 것이면 내 말 위에다 올리고

쓸모없는 것으로 된 것이면 강물에 던져버리렴.

— 어머니, 여세요, 궁정의 문들을.

며느리 대신에 당신의 딸을 제가 데리고 왔어요.

— 내 며느리라면 내 궁으로 오고

내 딸이라면 내 품으로 오너라.

— 어머니, 여세요, 창고의 문들을.

며느리 대신에 당신의 딸을 제가 데리고 왔어요.

— 나의 며느리라면 내 창고로 오고

내 딸이면 내 품으로 오너라.

해설 본 로만세는 튀르키예 버전이다. 스페인에서 쫓겨난 유대인, 즉 스페인계 유대인인 세파르디 중, 튀르키예로 간 이들이 보존하고 있던 작품이다. 모로코 북쪽 지역에서 불리는 버전은 제목은 같으나 '어느 여름 오후'라는 부제가 붙어 있으며 이야기 전개에서 약간의 차이가 있다. 원문에 보면 8음절이 아니라 6음절로 된 행도 있는데, 이는 유럽 발라드의 영향으로 여겨진다. 특히 대구법 사용이 세파르디 로만세의 특징을 말해준다. 유대인 서정시에서 애용되는 대구법이 로만세에도 영향을 미친 것으로 보인다. 세파르디 로만세의 또 다른 특징은 고어의 보존과 그들이 산 지역 언어의 영향으로 어휘가 변형되어 현 스페인어에서는 사용하지 않는 용어들이 있다는 것이다. 본 작품에서 22행과 23행에 나오는 '나도nado'와 '시르마sirma'는 본 로만세에서 말하고자 하는 뜻으로는 현 스페인어에서 만날 수가 없어서 모로코 지역의 의미로 바꿨다. 모로코 버전은 이렇다. "어느 여름날 오후/난 무어인 촌을 지나갔지/그러다 차가운 샘 발치에서/빨래를 하고 있던 한 무어 소녀를 보았지/난 그녀에게 말했지: — 아름다운 무어 소녀여,/난 그 무어 소녀에게 말했지. 아름다운 무어 소녀여/내 말들이 물을 마시기를/그 맑은 물을 마시기를 원한다오./— 저는 무어인이 아니에요, 기사님/전 스페인에서 태어났으나/무어인들이 아름다운 부활절에/저를 납치했답니다./— 나랑 같이 가기를/원한다면/스페인으로 너를 데려다줄 것이다./— 옷은요? 기사님,/어떻게 할까요?/— 비단에 홀랜드 것이면/내 말이 싣고 갈 것이고/쓸모없는 것이면/강물에 버리면 될 것이다./그의 부모님 댁에 도착할 즈음/소녀는 울며 한숨을 쉽니다./— 아름다운 소녀여 왜 우는가?/아름다운 소녀여, 왜 우는가?/— 제가 우는 이유는 이곳으로/저의 아버지가 사냥하러 오시곤 했거든요/저의 오빠 알레한드로와/그의 일행들을 데리고 말이죠./— 문과 창문을 열어라,/발코니와 홀을 열어라/내가 내 아내를 데리고 오고자 했으나/나의 누이를 데리고 왔노라." //

작품 8 군인

— 군인 양반, 군인 양반, 어디서 오는 길인가요?

— 전쟁터에서 오는 길이라오, 아가씨, 무슨 일이라도 있나요?

— 전쟁터에서 제 남편을 본 적이 있나요?

— 아니요, 부인, 본 적이 없고 어떤 특징이 있는지도 모르지요.

— 제 남편은 키가 크고 금발이지요, 크고 금발에 아라곤 사람이에요.

칼 끝에 제가 수놓은 손수건을 달고 있죠.

제가 어렸을 때 그에게 수놓아 준 거예요, 제가 어렸을 때 수놓은 거예요.

그를 위해 지금도 수를 놓고 있고, 앞으로도 그를 위해 수를 놓을 거예요.

— 당신이 제게 말한 표식으로 보아 당신 남편은 죽었습니다.

사람들이 사라고사에 있는 소령의 집으로 데려갔지요.

— 난 7년을 기다렸는데, 앞으로 다시 7년을 기다릴 거예요.

14년을 기다리는데도 오지 않는다면 난 수녀가 될 거예요.

— 그런 말 말아요, 그런 말 말아요, 이사벨리타, 그런 말 말아요, 그런 말 말아요, 이사벨.

내가 바로 당신이 사랑하는 남편이라오, 당신은 나의 사랑하는 아내라오.

해설 앞선 작품 126번 〈남편의 특징들〉의 어린이용 버전이다. 어린아이 놀이용 노래로 재탄생된 작품이다.

작품 9 어린 백작 부인

프랑스와 포르투갈 간에 전쟁이 났어요.
플로레스 백작을 대장으로 부릅니다.
어린 백작 부인은 그 사실을 알고 울기만 했지요.
— 백작님, 몇 년 동안, 몇 년 동안 가 있는 거예요?
— 7년이라오, 단 7년 만이라오.
8년이 돼도 내가 돌아 오지 않으면 당신은 결혼하시오.
6년이 지나고 7년이 지나고 8년이 되어 갑니다.
어느 날 식탁에 있는데, 그녀의 아버지가 와 그녀를 바라봅니다.
— 아버지, 왜 저를 보시나요? — 내가 너를 바라보는 이유가 뭘까?
7년이 지났고 8년이 지나가려 한단다.
왜 결혼을 안 하니, 딸아?, 왜 결혼을 안 하니, 딸아?
— 아버지 그런 말씀 마세요, 아버지, 그런 말씀은 하시지 마세요.
제 가슴에는 백작이 살아 있다고 씌어 있답니다.
제게 허락만 하신다면, 그를 찾아 길을 나서도 될까요?
— 나는 허락을 한다만, 나머지는 하느님이 주실 것이다.
순례자 복장을 하거라. 그래야 해코지를 당하지 않을 것이다.
낮 동안은 길로 다니고 밤에는 인가가 있는 곳과
이집트 산과 해안가로 다니거라.
그녀는 거기서 망아지들을 이끌고 가던 한 어린 목동을 만났지요.

— 목동이여, 내게 말해주오, 내게 말해주오, 사실을 말해주오.

— 네, 부인, 제가 아는 것이라면 다 말씀드리겠습니다.

— 이토록 통통하게 살찐 말들은 누구의 것이오?

— 플로레스 백작님의 것이지요. 내일 결혼하실 겁니다.

— 그 백작님이 어디에 사시지요? 그 백작님은 어디에 계시지요?

— 여인숙을 묻지 마시고, 병원은 더더욱 묻지 마시고

궁을 물으세요. 대장의 궁을요.

계단을 오르다 백작을 만났지요.

— 좋은 아침입니다. 백작님, 저도 좋은 아침을 맞이할 수 있다면.

보시를 좀 해주시면 감사하겠습니다.

제가 이탈리아에서 오느라 쓸 돈을 갖고 오지 않았거든요.

— 이탈리아에서 왔다면 소식을 알 거 같군요.

어린 백작 부인이 죽었는지 아니면 이미 결혼을 했는지 말이오.

— 그 어린 백작 부인은 죽지도 아직 혼인도 하지 않았습니다.

세상을 떠도는데, 어디에 있는지 사람들은 모른답니다.

당신이라면 어떻게 그녀를 알 수 있을까요? 무엇으로 알 수 있을까요?

— 얼굴색과 가슴에 있는 점으로.

— 얼굴색으로는 이미 나를 알아보지 못하니 단지 가슴에 있는 점만 남았네요.

결혼하려고 하는 백작의 두 번째 여인이 나옵니다.

— 당신을 찾으러 온 그 모험가가 누구지요?

— 나를 찾으러 온 모험가는 무슨 모험가,
내 첫사랑이라오, 내 아내가 될 사람이지.

해설 발렌시아 버전이다. 앞서 본 작품 74《디를로스 백작》의 후글라르 로만세에 기원을 둔 여성 버전이다. 지역에 따라 유사한 유형의 다른 로만세와 섞이기도 한다. 특히 작품 116의《헤리넬도 로만세》이다.

작품 10 물의 정수

성 요한의 아침, 날이 밝기 시작했을 때
성모 마리아가 하늘에서 내려와
자신의 하얀 가슴과 아름다운 얼굴을 씻으러 간답니다.
거처하고 있던 궁정에서 마리아를 본 한 처자는
잽싸게 옷을 입고 더 잽싸게 신을 신었습니다.
그리고 황금 물항아리를 들고 물을 길어 오고자 샘으로 갔습니다.
가던 도중에 성모 마리아를 만났습니다.
— 처자여, 어디로 가는가, 이 이른 시간에 혼자의 몸으로?
— 저는 왕의 딸로 물의 정수를 길으러 간답니다, 마리아시여.
— 왕의 여식인데 동행자가 없구나.
백작이니 후작이니 하는 사람들에 둘러싸여 가야 하는데.
— 제게 한 말씀만 해주세요, 단 한 말씀만 해주세요, 마리아시여.
제가 혼자 살아야 할지, 아니면 결혼을 해야 할지요.
— 당연히 결혼해야지, 복된 여인이여.
아들을 세 명 둘 것인데, 그들은 스페인을 다스릴 것이야.
한 명은 세비야에서 왕이 될 것이고, 다른 한 명은 그라나다에서 왕이 될 것이며
막내는 스페인을 다스리게 될 것이야.
그리고 딸 하나를 두게 될 터인데 산타클라라에서 여왕이 될 것이야.

그런데 그 딸로 인해 엄청 마음고생을 하게 될 것이야.

해설 예부터 물은 신성을 가진 생명, 풍요, 건강의 상징으로 경배의 대상이었다. 강, 샘, 우물도 같은 대상으로 여겼다. 세례 요한이 탄생한 6월 24일 전날부터 당일까지 '하지맞이'라는 이름으로 이교도적 의미와 기독교적 의미의 행사들이 축제로 열린다. 본 로만세는 종교적 내용을 담은 것으로 하지를 맞이하며 벌였던 행사를 기독교화한 데 그 기원을 두고 있다. 성 요한 아침에 열렸던, 생명을 상징하는 샘에서 물을 길어 가는 의식을 기독교화하여 보여주는 것이다. 그러한 의식은 현재 진행 중이다.

로만세, 스페인 발라드

초판 발행 1쇄 2023년 2월 20일

엮은이 메르세데스 디아스 로이그
역해 안영옥
펴낸곳 고려대학교출판문화원
www.kupress.com
kupress@korea.ac.kr
(02841) 서울특별시 성북구 안암로 145
Tel 02-3290-4230, 4232
Fax 02-923-6311
찍은곳 (주)동화인쇄

ISBN 979-11-6956-008-5 03870

값 22,000원